EREC ET ENIDE

Le Moyen Âge
dans la même collection

CHRÉTIEN DE TROYES

EREC ET ENIDE

Texte original et français moderne

Traductïon, introduction et notes
par
Michel ROUSSE

GF Flammarion

© Flammarion, Paris, pour cette édition.
ISBN : 2-08-070759-0

INTRODUCTION

Naissance du Roman

Au milieu du XIIe siècle, la société médiévale goûte l'élan d'une vitalité sans précédent. L'élite chevaleresque affirme sa suprématie et jouit de ressources abondantes qu'elle dilapide allègrement ; elle aime à exercer sa vigueur et s'enivre de sa force dans les divertissements de la chasse comme dans les combats guerriers ou dans les tournois ; lors des fêtes solennelles les vassaux répondent à l'appel de leur suzerain pour l'assemblée de Pâques ou de Pentecôte et se réunissent autour de lui pour partager riches parures, femmes et terres en fonction des services rendus.

Et s'ils ont un moment d'ennui, dans la salle d'apparat du château, au long soir d'une courte journée d'hiver, autour d'un feu qui réchauffe les murs épais, repus d'une venaison abondante et épicée, ils feront entrer les jongleurs. Dans le tumulte des hanaps que l'on vide bruyamment, et des bons mots qu'on se lance sans discrétion, ils se feront psalmodier quelques laisses d'une chanson de geste ; ils retrouveront dans les hauts faits des Roland, Ogier, et autres Guillaume, les coups d'épée surhumains, les audaces téméraires et les folles bravoures dont ils rêvent. L'ivresse aidant, ils y puiseront l'envie de nouvelles expéditions, de nouveaux départs ; ils feront serment d'aller au tombeau du Christ se tailler des fiefs sur l'infidèle, ou en Espagne s'engager dans la *reconquista* et s'éblouir des fabuleux palais des Maures. Demain, on retournera à la chasse, on oubliera les serments, on attendra le prochain tournoi, ou on se préparera à la prochaine expédition contre le voisin.

Dans ce monde rude, consacré au culte de la force physique et de l'habileté à monter les chevaux qu'on achète à prix d'or et à manier la lance et l'épée, les femmes servent à assurer la descendance et à mettre au monde l'enfant mâle qui succédera à la tête du fief; elles sont aussi monnaie d'échange dans les tractations d'alliance que l'on noue entre lignages. Mais si le suzerain ne songe pas à vous donner la noble veuve et son domaine, un rapt un peu violent pourra, s'il est réussi, procurer l'avantage en terres et revenus que l'on convoite.

Pourtant une riche héritière, Aliénor, divorcée du roi de France (et quand elle revenait en son duché d'Aquitaine, libre des liens du mariage, elle dut au moins deux fois bouleverser l'ordre de son voyage pour échapper aux tentatives de seigneurs trop avisés qui voulaient l'enlever), introduit dans ce monde d'hommes de nouvelles exigences. Elle n'est pas seule sans doute, mais elle symbolise tout un mouvement nouveau dans la société qui cherche d'autres plaisirs, un autre mode de vie. Au monde de la prouesse est en train de se superposer le monde de la courtoisie. Et dans les cours aristocratiques, à la cour d'Angleterre, la plus fastueuse, où désormais règne Aliénor d'Aquitaine qui a épousé le bel Henri Plantagenêt, comte d'Anjou, devenu maître de la Normandie et de l'Angleterre, un nouvel art de vivre s'esquisse. Henri II est lettré, il lit le latin et s'entoure de savants conseillers; Aliénor est petite-fille de Guillaume IX d'Aquitaine, le premier des troubadours; elle fait venir de son duché ces poètes qui savent si bien enchanter les rêves des dames par leur « cansos » : l'amour est neuf en ce XIIe siècle et, dans l'emportement de leur ardeur, ces poètes-chevaliers font hommage de leurs élans à la dame qui désormais, dans leur cœur, a sur eux entière suzeraineté. Dans leurs œuvres les rôles sont renversés, la femme devient maîtresse du destin de ces hommes qui lui ont fait hommage et sur lesquels règne son bon plaisir.

Faut-il s'étonner si c'est à ce moment que l'on voit naître de nouvelles œuvres capables de nourrir d'autres rêves et de suggérer de nouveaux comportements ? La guerre a toujours sa place dans ce monde qui ne saurait s'en passer ; mais on en connaît les limites, l'Église essaie d'en modérer les débordements, et les Croisades ont révélé qu'une armée de chevaliers pouvait être tenue en échec. Autour d'Aliénor et d'Henri II, des clercs s'appliquent à transmettre le savoir neuf acquis dans les écoles qui se sont créées dans les villes, à traduire les textes anciens qui parlent d'amour, à les mettre au goût du jour ; ils esquissent les premiers essais de ce genre qui va envahir notre imaginaire et nourrir la littérature pour les siècles à venir : le roman. Tout a commencé par des traductions du latin en cette langue populaire qui, à cette époque, ne s'appelle pas encore le français, mais le roman. Et, première conséquence de ces travaux de traduction et d'adaptation, *roman* prend le sens de « version française d'un récit latin ». L'un met en vers français la rivalité d'Étéocle et de Polynice (*Roman de Thèbes*, vers 1155), l'autre détaille les épisodes de la guerre de Troie (*Roman de Troie*, vers 1165). Un troisième, l'auteur de l'*Énéas* (vers 1160), puise à pleines mains dans la matière de l'*Énéide*, mais ne se prive pas d'en détourner le sens pour l'adapter à un projet d'écriture dont la progression est scandée par la peinture de trois figures féminines : Didon, Camille, et enfin Lavine qui mène le héros au dépassement de lui-même et lui fait découvrir l'amour véritable. Tous donnent un rôle de premier plan aux initiatives féminines. Mais les récits n'en continuent pas moins d'accorder une large place aux batailles et d'être dominés par les péripéties d'une guerre (*Thèbes, Troie*) ou par les aléas et les conflits qui scandent l'errance d'Énée et de ses compagnons en quête de leur terre promise (*Énéas*). Le rôle des femmes et l'importance de l'amour, l'intérêt porté aux sentiments qui meuvent les personnages, le goût pour l'analyse des hésitations qui précèdent une décision, développées en longs monologues, le recours à des dialogues prestement menés, l'emploi de la rime en couplet de vers de huit syllabes, tout cela contribue à instituer l'art romanesque.

Avec ces œuvres nous quittons la salle bruyante de l'assemblée des guerriers. Quelques chevaliers à la mise soignée, — beaucoup sont jeunes —, font cercle autour des dames, des demoiselles, des jeunes filles ; nous sommes dans « la chambre des dames », qu'évoquera — avec quelle secrète nostalgie ! — Joinville au pire moment de la bataille de Mansourah. C'est un lieu d'intimité où la voix se fait discrète, où l'on se plaît à converser, où le geste cherche l'élégance. Un clerc, le chapelain au besoin, mais ce peut être aussi une jeune fille, car les femmes dans la haute société sont plus instruites qu'on ne croit d'ordinaire (le livre ouvert que sur son tombeau, à Fontevraud, Aliénor tient dans ses mains pour l'éternité en est un superbe symbole), un clerc ou une jeune fille donc fait la lecture, lentement, selon le rythme scandé d'un vers octosyllabe qui facilite le déchiffrement de cette écriture pratiquement sans ponctuation. La voix est assurée ; appuyée sur le chantonnement du vers, elle module l'intonation sur le retour des rimes et elle détaille pour les oreilles attentives du petit cercle qui l'entoure, la magie des mots surgis des feuillets ornés du manuscrit.

Il appartient à Chrétien de Troyes d'avoir écrit avec *Érec et Énide* le premier véritable roman de notre littérature et d'en avoir dessiné les traits essentiels. Il avait participé à ce courant qui translatait en français les œuvres latines ; il avait traduit l'*Art d'aimer* d'Ovide, il avait tiré des *Métamorphoses* un récit qui nous est parvenu sous le titre de *Philomena*, il avait

aussi composé un conte *Du roi Marc et d'Yseut la
Blonde* qui est perdu. Mais avec *Érec et Énide* il inau-
gure la série des romans arthuriens. Il introduit là
pour la première fois l'atmosphère mystérieuse de ce
monde dont il va faire la matière de tous ses autres
romans.

D'autres avant lui en avaient déjà fait mention. Le
Roman de Brut que Wace avait terminé en 1155, traduit en langue française l'*Histoire des rois de Bretagne*
écrite en latin par Geoffroy de Monmouth. L'ouvrage
avait commencé à familiariser le public des cours
avec les héros des récits celtiques. Il avait accru la
part dévolue au roi Arthur et fait place à la reine
Guenièvre, à Keu, à Gauvain. Tous ces personnages
vont se retrouver dans *Érec et Énide*. Mais Chrétien
puise peu au total dans l'œuvre de Wace, et son
roman s'inscrit dans les silences de son prédécesseur.
Wace avait raconté comment Arthur avait conquis
l'Irlande et la France tout en soumettant les pays
nordiques ; il avait donné quelque développement
aux douze années de paix que connut le règne
d'Arthur en exaltant la renommée et la courtoisie de
la cour royale ; il avait même signalé que cette période était féconde en contes dont les conteurs se faisaient l'écho, mais il n'en avait rien rapporté :

> *En cele grant pes que je dis,*
> *Ne sai se vos l'avez oï,*
> *Furent les mervoilles provees,*
> *Et les aventures trovees*
> *Qui d'Artur sont tant recontees*
> *Qui a fables sont atornees :*
> *Ne tot mançonge ne tot voir,*
> *Ne tot folor ne tot savoir.*
> *Tant ont les conteor conté*
> *Et li fableor tant fablé*
> *Por lor contes anbeleter,*
> *Que tot ont fet fable sanbler*[1].

1. Texte de I. Arnold et M. Pelan, *La Partie arthurienne du
Roman de Brut*, Paris, Klincksieck, 1962, v. 1191-1258.

« Dans cette longue période de paix que je mentionne, je ne sais si vous en avez entendu parler, se
manifestèrent les merveilles et se produisirent les
aventures qui font l'objet de tant de contes au sujet
d'Arthur qu'on y voit de l'affabulation. Tout n'y est
pas mensonge, tout n'y est pas vérité ; tout n'y est pas
absurdité, tout n'y est pas parfaite raison. Les
conteurs ont tellement raconté et les jongleurs tellement inventé, pour enjoliver leurs contes, qu'ils ont
fait croire que tout n'était qu'affabulation. »

C'est cependant dans ces récits que Chrétien puise
le matériau narratif qu'il met en œuvre. Des contes,
des lais narratifs ou chantés, diffusaient les légendes
du monde celtique. Le Pays de Galles, florissant à
l'époque, faisait le relais avec l'Irlande, qui, de par sa
situation insulaire, avait gardé plus vive sa culture
celtique. Le voisinage du royaume anglo-normand
explique sans doute une part de cette diffusion. Mais
il apparaît aussi quand on examine certains noms
propres, tel le nom même d'Érec, qu'ils renvoient à
la Petite Bretagne. On en vient donc à supposer que
des conteurs bilingues, certains gallois, d'autres bretons, ont répandu largement dans le monde des
conquérants les légendes qui constituèrent le matériau de la *matière de Bretagne*, à laquelle notre littérature romanesque doit tant.

Ne soyons cependant pas dupes. Chrétien ne fait
pas œuvre de folkloriste, et lorsqu'il s'en prend à ces
conteurs qui dans les cours ne cessent de mettre en
pièces et d'altérer les histoires dont il prétend nous
donner la version authentique (v. 19-22), il n'a pas
d'autre but que de marquer sa différence. Il s'agit
pour lui de se distinguer de ce lot de jongleurs qui se
font récitants de contes celtiques ; son ambition est
tout autre ; et les vers qui viennent ensuite marquent
bien le sens à donner à son intervention : il veut faire
œuvre d'éternelle mémoire ; à l'instar des écrivains
antiques, il se veut immortel grâce à son travail. Mais
il donne à la phrase un sourire de bonne compagnie
et atténue la grandiloquence qui pourrait s'y glisser

par une pointe d'humour : il suggère que le nom
même qu'il porte lui est garant de sa prétention à
durer autant que la chrétienté !

On se rendra vite compte en le lisant qu'il ne s'est
pas fait conscience d'altérer les contes auxquels il a
eu recours. Car son dessein est grandiose. D'autres
avaient bâti leur œuvre en prenant leur matériau dans
les œuvres antiques ; Chrétien puise dans les contes
celtiques ; il en détourne le sens, il les transforme, les
greffe l'un sur l'autre, en réinvente les détours, ou les
abandonne sans plus de scrupules. Mais il lui ont
permis de mettre au centre de son récit non plus le
destin d'une nation, la conquête d'un fief, l'épopée
d'une lutte contre l'infidèle, ou la rébellion d'un
lignage, mais le devenir d'un individu.

Le héros n'est plus partie et emblème de tout un
peuple, il ne représente plus que lui-même, en proie à
une histoire dont il ne connaît pas le cheminement.
Les combats ont toujours place, mais le déroulement
de l'intrigue n'en dépend plus. A côté de la passion
guerrière, de la fierté des armes, la passion amoureuse a pris rang. Les fées des légendes celtiques sont
devenues des mortelles à la beauté stupéfiante et
l'amour livre désormais le héros aux incertitudes
d'un devenir lié à l'aventure. Car l'aventure, qui
jusqu'alors n'était que hasard, se charge désormais
du merveilleux issu des contes bretons ; elle devient la
marque d'une élection et l'épreuve mystérieuse qui
révèle à lui-même l'homme en proie à l'amour.

S'instaure alors une autre conception du temps ;
l'histoire n'est plus écrite d'avance pour un destin
commun ; l'individu cherche ce qu'il est et le
découvre dans une progression qui ne cesse de
l'interroger sur lui-même. Dieu est comme absent ;
c'est de l'intérieur de lui-même, de ce monde obscur
des sentiments qui gît en chacun, que surgissent les
forces mystérieuses qui vont mener sa vie. La vision
éblouissante de la femme, belle comme une fée,
déclenche ce tumulte intérieur. Du monde des guerriers continue d'émaner l'appel à l'honneur conçu

comme l'accomplissement d'un combattant parfait, mais il est maintenant confronté à l'amour qui assigne à la vie d'autres buts et d'autres valeurs.

Chrétien ne renvoie plus à son auditoire l'image magnifiée du monde dans lequel il vit; il instaure l'ère des écrivains qui vont bouleverser la conscience occidentale et inviter leurs lecteurs à imaginer un autre monde. Le héros se distingue par des actes d'héroïsme mais aussi par ses faiblesses et il connaît l'hésitation et s'interroge sur ce qu'il doit faire. Il peut se tromper, il se sent le devoir de se transformer, de devenir digne d'une image de lui-même dont il est en quête.

Le lecteur lui-même ne retrouve plus les repères qui règlent sa conduite; à travers son héros, c'est aussi le lecteur que l'auteur confronte au doute sinon à l'angoisse d'une existence dont rien ne vient plus désormais garantir la courbe parfaite; l'homme est livré à l'amour, l'homme est livré à lui-même, l'homme est livré à la femme, mais il lui appartient à lui seul de tracer dans les tâtonnements d'un cheminement aventureux les lignes brisées qui finiront par composer le dessin de son accomplissement.

La haute idée que Chrétien se fait de son travail d'écrivain lui donne des droits nouveaux. Il veut *bien dire et bien aprandre* (« raconter de beaux récits riches d'enseignements », v. 12). Et en vertu de cette ambition, il peut refondre les contes anciens, afin de les faire servir à son projet[1]. Et ce projet fait de lui une sorte de démiurge. Il se targue d'agencer sa matière

---

1. Contrairement à ce qui est l'opinion la plus couramment exprimée, nous ne pensons pas que le conte gallois *Geraint et Énide* soit une version tardive du conte qui aurait servi de modèle à Chrétien pour son *Érec et Énide*. La question est importante et j'avais exprimé une opinion différente à propos du *Chevalier au lion* qui pose un problème identique (Édition GF, Intr. p. 26-27). Je suis aujourd'hui convaincu que les contes gallois ne sont pas sans avoir connu l'œuvre de Chrétien, mais ce n'est pas ici le lieu d'en discuter. On trouvera une traduction de *Geraint et Énide* p. 121-185 de J. Loth, *Les Mabinogion du livre rouge de Hergest*.

selon *une moult belle conjointure* (« un superbe agencement », v. 14). Écrire c'est d'abord créer un monde
auquel on donne son ordonnancement à travers
l'ordre du récit. L'auteur n'est pas loin de se prétendre créateur, rivalisant dans le domaine qui est le
sien, avec le divin Créateur (v. 435-36).

On peut même parfois soupçonner Chrétien d'en
jouer et de nous en faire part malicieusement. Dans
un combat terrible, le fer froid de l'épée atteint la
hanche d'Érec; « Cette fois, dit Chrétien, Dieu le
protégea » et lui évita d'être tranché en deux (v. 948-
950). Mais qui donc détourna le coup? Dieu ou
Chrétien? — Il se fait encore plus clair lorsqu'il
évoque le complot que le comte amoureux d'Énide
vient de mettre au point pour tuer Érec : « Érec ne se
doutait pas qu'ils étaient en train de tramer sa mort;
il aura bien besoin que Dieu l'aide, *et je pense qu'il le
fera* » (v. 3426-29); voilà une prolepse en forme de
réflexion amusée, d'impertinence souriante, qui
laisse apparaître la conscience que le narrateur a de
sa toute-puissance.

Car Chrétien ne se soucie pas de se conformer à la
teneur traditionnelle des contes; il lui faut bâtir son
œuvre et lui donner une cohérence interne, en assurer fortement la liaison, dégager une architecture et
promouvoir un sens.

Cette architecture ne paraît pas toujours évidente
au lecteur moderne. Certes on trouve dans *Érec et
Énide* les éléments du schéma narratif qui dessine
nombre de romans : la rencontre imprévisible de
deux jeunes gens; le « coup de foudre » qui s'ensuit;
la perfection des deux héros; le combat pour l'aimée;
le mariage; l'enchaînement des épisodes inattendus
au rythme d'un voyage, etc.

Mais déjà Chrétien s'éloigne de cet archétype qui
est en germe dans les contes populaires. Le mariage,
qui d'ordinaire intervient soit en début soit en fin de
roman, clôt une première partie qui a déroulé l'histoire de la conquête de la femme. Selon l'archétype
de ce genre de récits, tout devrait logiquement trou-

ver ici son aboutissement, et le roman devrait en rester là. Mais Chrétien relance l'action, le roman et la réflexion : suffit-il d'être chevalier valeureux et guerrier vainqueur, suffit-il d'être jeune fille belle et bien éduquée, suffit-il de se rencontrer dans l'éblouissement du premier regard, de se plaire et de s'épouser, pour que tout soit dit sur le mariage et l'amour ?

En fait ce n'était guère qu'un préambule avant d'aborder une question essentielle : le mariage et l'amour sont-ils compatibles ? Les troubadours croyaient impossible une telle alliance ; pour eux la *fine amour* (*fine* a dans leur bouche le sens alchimique de « raffiné », et s'il faut traduire l'expression, ce pourrait être « le pur amour », « l'amour sublime ») ne pouvait naître et se développer qu'en dehors du mariage ; dans le mariage, le mari est seigneur de sa femme, dans l'amour, la dame est maîtresse de celui qui soupire pour elle et se délecte à cultiver un désir dont la satisfaction est sans cesse repoussée. La merveilleuse histoire d'amour de Tristan et Iseut qui fascine l'époque est fondée sur une situation analogue : le véritable amour ne peut être qu'adultère — et vécu dans la douleur.

Chrétien ne s'y résout pas ; il relève la gageure ; prenant explicitement ses distances par rapport au couple symbolique, il associe l'amour et le mariage. Là où les romans de Tristan livrent l'amour à la ruse et à la dissimulation, à l'angoisse et à la fuite, il instaure la clarté d'une union qui se manifeste dans la joie générale et au su de tous : au soir de leurs noces, dans la chambre préparée par la reine Guenièvre en personne, en présence des évêques et des archevêques, on n'eut pas, dit-il, à substituer Brangien à Iseut (v. 2076-77) : Erec et Énide ont même désir et même impatience de s'unir. On goûte aussi à son juste poids d'humour la présence, parmi les chevaliers de la Table Ronde qui se lèvent pour saluer l'arrivée d'Énide, d'un « Tristan qui jamais n'a ri », assis à côté de Bliobleheris (v. 1713-14) qui est probablement à identifier avec le Breri ou Bleheris

auquel Thomas dans son *Tristan* fait référence
comme à celui qui détient la version authentique de
l'histoire (éd. F. Lecoy, v. 2119-20).

Mais il ne dissimule pas pour autant les difficultés
et les embûches d'un comportement aussi insolite
pour les mœurs de l'époque, et, le mariage célébré, il
relance son roman; la première partie, réduite à ses
données schématiques ne diffère guère de l'archétype
narratif *rencontre / épreuve / mariage*; la seconde partie, deux fois plus longue est toute innovation : comment l'amour peut-il vivre dans le mariage, se conso-
lider, se renforcer, s'épurer, se transformer?
L'évolution est marquée dans la façon même dont
Érec s'adresse à Énide : il l'appelle d'abord « made-
moiselle » lors du combat pour l'épervier, puis « ma
chère amie ». Cette tendre appellation, symbolique
d'un véritable amour, Érec l'utilise même lorsqu'ils
sont mariés; c'est qu'Énide est à la fois son amie et sa
« drue » (v. 2439), — terme qui n'a pas d'exact équivalent en français moderne et qui ajoute à l'appellation « amie » une connotation sensuelle et charnelle :
les joies de l'amour sont les joies du lit (v. 2446-49 et
v. 2475-76); Érec et Énide sont mari et femme, mais
continuent à se comporter en amants passionnés qui
n'assument pas vraiment le rôle qui socialement leur
revient. Le drame éclate lorsque Énide se fait l'écho
des propos qui se colportent sur la *recréantise* de son
époux. Piqué au vif, celui-ci se veut désormais maître
et seigneur de sa femme qu'il n'appelle plus que d'un
simple « Dame », marquant bien ainsi le statut social
que lui a conféré le mariage : elle est la femme du seigneur; l'amie est effacée. L'équilibre entre l'amour et
le mariage est délicat à trouver, ils sont passés d'un
extrême à l'autre. L'aventure du château de Limors
donne l'occasion d'un tournant décisif; le comte
Oringle demande à Énide si elle est « l'amie *ou* la
femme » d'Érec que l'on croit mort; la question, dans
l'opposition qu'elle établit, porte en elle la conception courante de l'époque (et la conduite du comte
illustre de façon explicite le comportement que l'on

peut attendre ordinairement); la réponse d'Énide —
« L'un et l'autre » — transcende ce que l'on croit
impossible : elle est l'amie *et* la femme (v. 4686-89).
Lucidité d'Énide qui devance de quelques instants ce
qui va de nouveau être la vérité de leur couple; c'est
en quittant dans la nuit le château de Limors qu'Érec
lui déclare tendrement : « Désormais je veux être tout
entier à votre service » (v. 4926-27); elle a hautement
prouvé qu'elle savait se conduire à la fois en femme
et en amie; à la femme qu'elle n'a cessé d'être, Érec
redonne le statut d'amie dont il avait cru devoir la
priver. Au château de Brandigan, Érec, qui ne doute
plus de l'authenticité de leur amour, peut unir la tendresse pour l'amie au respect qu'il doit à l'épouse :
« Chère et douce sœur, noble dame loyale et sage »,
lui dit-il dans le bref échange qu'ils ont avant qu'il
aille affronter seul l'aventure de la Joie de la Cour
(v. 5834-35).

Dans cette bipartition du roman, que Chrétien
réutilisera pour le *Chevalier au lion*, on peut voir une
des manifestations de la *conjointure* qui est, à ses
yeux, un élément décisif de son travail d'écriture. Le
mot est riche de sens. Anita Guerreau en a déplié
quelques-unes des implications les plus originales;
elle souligne qu'il s'agit là d'un art de la composition
savant et raffiné, sensiblement différent de celui qui
gouverne les romans modernes : « Épisodes nulle-
ment juxtaposés, mais en réalité entrelacés, les éléments narratifs se répondent les uns aux autres
jusque dans le détail en un vaste système de symé-
tries, de réitérations, d'oppositions et de renverse-
ments. Mais ce qui rend difficile la perception d'un
tel système, c'est à la fois son extension souvent
considérable et son caractère en quelque sorte poly-
phonique; car les épisodes sont articulés entre eux
suivant des " codes " différents (par exemple,
l'espace et les lieux, le temps et les dates ou
moments, les activités comme le combat ou l'amour,
les nombres, les gestes, les objets, les couleurs...), ces
codes déterminant, dans la construction globale,

autant de " voix " qui se superposent sans être paral-
lèles et réductibles les unes aux autres[1]. »

*De Pâques à Noël, le rythme du temps dans Érec
et Énide.*

La *conjointure* qui gouverne le roman et lui donne
son originalité s'exerce à des niveaux forts divers.
L'un des plus immédiatement perceptibles à la lecture est la structure temporelle qui lie l'ensemble des
événements et articule les différents moments du
récit.

Un lecteur un peu distrait peut penser qu'*Érec et
Énide* présente une succession d'épisodes dont
l'enchaînement aléatoire ne répondrait qu'au plaisir
de conter. Le ressort même de sa progression apparente, qui repose sur l'aventure, et donc sur la surprise et le hasard, pourrait entraîner (et le fera dans
les romans d'aventures ultérieurs) péripéties et
rebondissements qui se succèdent sans nécessité. Il
n'en est rien.

Chrétien propose un récit scandé par les grandes
fêtes qui rythment l'année médiévale. Tout
commence à Pâques, se poursuit à la Pentecôte, et
s'achève à Noël de l'année suivante. Parée de vertus
magiques qui lui viennent de la nuit des temps, la fête
est propice au déclenchement d'événements extraordinaires ou à leur triomphante conclusion. Pâques
conjugue le retour du printemps et la Résurrection;
c'est traditionnellement l'assemblée des vassaux à la
cour du suzerain, le renouveau de la nature et des
élans amoureux, le triomphe de la vie sur la mort.
C'est le départ en expédition, la reprise des activités,
la fin de la léthargie hivernale; s'ouvre alors le temps
de l'aventure : Érec est engagé dans une entreprise
qui le mène au combat pour l'épervier dans une cité

1. « Romans de Chrétien de Troyes et contes folkloriques... »,
p. 21.

lointaine ; sur un schéma narratif qui n'est pas sans
rappeler le passage dans l'Autre Monde, on le voit
revenir vainqueur et ramener de l'ombre la jeune fille
à la beauté lumineuse. La Pentecôte vient compléter,
confirmer et achever Pâques, c'est le temps de la
maturation : Érec se marie. Vient la crise, temps de
désarroi que rien dans le calendrier ne peut soutenir,
temps d'incertitude où s'opère le départ « en aventure », la plongée, dans l'inconnu[1]. Au terme des épisodes qui scandent leur devenir, les époux sont cou-
ronnés à Noël. C'est que Noël est le point
d'aboutissement de l'année, la fin de la longue
attente de l'humanité, et le début de sa nouvelle histoire. Elle est enfin par excellence la fête de la Joie,
qui est l'objet — finalement reconnu — de la quête
d'Érec.

A l'intérieur de ces temps hautement significatifs,
Chrétien ordonne son récit selon une perspective
chronologique qui fait alterner moments décisifs,
déroulés en journées successives, rapportées dans le
détail, et temps d'attente, qui sont autant de pauses
du récit, sans limites précises, traités en sommaires.
Ce sont en fait des zones frontières qui articulent les
diverses parties de la construction d'ensemble ; à
l'intérieur de chacune de ces parties, le retour de la
nuit et de l'aube distribue d'un jour sur l'autre les
événements de l'action. Le rythme narratif est donc
institué par un système d'alternances de dilatation et
de contraction du temps[2]. Il est en outre renforcé par

1. Douglas Kelly établit, en s'appuyant sur le vers 4779, que le
départ d'Érec avec Énide « en aventure » se situe en mai. Ce vers
indique en effet que la tentative du comte de Limors se situe un
jour de mai ; mais Chrétien ne s'est pas soucié de situer ainsi
l'ensemble de l'errance d'Érec. On peut penser qu'il situe la scène
de Limors en mai, pour en faire sentir encore plus fortement le
caractère insupportable. Mai est le mois que les poètes dédient à
l'amour ; la conduite du comte de Limors en est d'autant plus
odieuse. Voir « La forme et le sens de la quête dans l'Érec et
Énide... »
2. Voir l'étude fondamentale de Philippe Ménard, « Le temps et
la durée dans les romans de Chrétien de Troyes ».

une alternance entre les lieux de l'action qui oppose
le monde de la cour (essentiellement celle du roi
Arthur), d'où l'on part et où l'on revient, et un Ailleurs multiforme qui est tantôt forêt, tantôt passage
de rivière au pied d'une tour, tantôt château qui
garde dans son surgissement imprévisible une part
d'inconnu et une réserve de mystère.

Une analyse de l'œuvre, menée selon ces para-
mètres, met en évidence les lignes de force de son
architecture; elle permettra ensuite de saisir quelques
aspects d'une construction plus subtile qu'on ne
serait tenté de le supposer au premier abord. Il sera
intéressant de confronter les repères ainsi dégagés
avec ceux que le découpage adopté dans la traduction met en évidence. Ils se recoupent presque
constamment, mais on pourra constater que Chrétien sait éviter la monotonie qui pourrait résulter de
l'application systématique d'une formule : le développement entier d'une action déborde parfois d'un
jour sur l'autre[1].

PROLOGUE (v. 1-26)

On doit faire partager la sagesse que l'on a acquise
et proposer de « beaux récits riches d'enseignements ». Chrétien a tiré d'un conte d'aventure une
fort belle « conjointure » et commence l'histoire
d'Érec qui sera toujours en mémoire.

I — LA CHASSE AU BLANC CERF (v. 27-1844)

Jour de Pâques. — La cour d'Arthur à Caradigan.
Arthur annonce qu'il remet en vigueur la coutume de
la chasse au blanc cerf. Gauvain rappelle que celui
qui tuera le blanc cerf devra donner un baiser à la
plus belle et que ce sera source de dispute entre les
chevaliers : chacun voudra soutenir que son amie est
la plus belle. Mais Arthur ne peut se dédire. (v. 27-
67)

---

1. Douglas Kelly, dans l'article précédemment cité, a établi un
calendrier précis du déroulement d'*Érec et Énide*.

Deuxième jour. — Dans la « forêt aventureuse ». La chasse est lancée. Érec n'y participe pas et rejoint la reine Guenièvre qui est accompagnée d'une de ses suivantes ; ils entendent la chasse au loin, quand surgit un chevalier en armes, accompagné d'une jeune fille et d'un nain. Guenièvre demande à sa suivante d'inviter le chevalier à venir lui parler ; le nain ne la laisse pas passer et la frappe de son fouet. Érec qui s'avance à son tour reçoit le même traitement. Comme il n'est pas en armes, il n'insiste pas et annonce qu'il va suivre le chevalier jusqu'à ce qu'il trouve l'occasion d'emprunter des armes et de venger l'affront fait à la reine. Il reviendra dans trois jours. (v. 68-274)

Le roi a tué le cerf et déjà la contestation s'installe pour désigner la plus belle. Arthur, bien embarrassé, réunit son conseil ; la reine y raconte son aventure et propose d'attendre le retour d'Érec. Le roi se rallie à son avis. (v. 275-342)

Érec cependant arrive à la suite du chevalier dans un château en fête ; un pauvre vavasseur l'héberge ; sa fille, vêtue d'une pauvre tunique blanche, est d'une merveilleuse beauté. Érec apprend que la ville s'apprête à assister au concours de l'épervier qui couronne celui qui défend par les armes la beauté de son amie et que le chevalier qu'il a suivi a déjà emporté deux fois le prix. Il emprunte des armes au vavasseur et lui demande la permission de combattre pour sa fille. (v. 275-695)

Troisième jour. — Érec accompagné de la jeune fille affronte le chevalier. Combat acharné dont il sort vainqueur. Il envoie le chevalier, qui se nomme Yder, à la reine Guenièvre. (v. 696-1083)

Yder arrive à Caradigan où il se livre à la reine et annonce la venue prochaine d'Érec. (v. 1084-1243)

Érec cependant est fêté chez le vavasseur ; il annonce qu'il emmène la jeune fille à la cour d'Arthur pour l'épouser ; elle gardera sa pauvre tunique blanche jusqu'à ce que la reine lui donne une robe. (v. 1244-1423)

Quatrième jour. — Érec conduit la jeune fille à la cour où la reine l'habille splendidement. Quand elles pénètrent dans la salle où sont réunis les chevaliers de la Table Ronde, tous se lèvent. Sur proposition de la reine, le roi accorde à la jeune fille le « baiser du blanc cerf ». « Ici s'achève le prélude. » (v. 1424-1844)

II — LE JEUNE ÉPOUX (v. 1845-2765)

Entre Pâques et la Pentecôte. — Érec fait établir richement le vavasseur dans le royaume de son père. Arthur convoque ses vassaux pour assister aux noces d'Érec. (v. 1845-1932)

La Pentecôte. — **Le mariage**. Liste des rois et des comtes qui y assistent. Les réjouissances. La nuit de noces. Les festivités durent quinze jours. Un tournoi est fixé. (v. 1932-2134)

Un mois après la Pentecôte. — **Le tournoi** se déroule près de Ténébroc. Les faits d'armes d'Érec. Le lendemain, Érec continue ses prouesses et remporte le prix du tournoi. (v. 2135-2292)

Le temps de la passion amoureuse. — Au retour du tournoi, Érec prend congé et se rend avec Énide auprès de son père, à Carnant. Les festivités de l'accueil. La passion d'Érec est si forte qu'il ne se soucie plus des armes et passe tout son temps dans le lit de sa femme. On murmure qu'il est « **recréant** » (qu'il renonce à se battre) ; Énide en a vent. Un jour qu'Érec est endormi près d'elle, elle pleure et dit à haute voix « Quel malheur ! », Érec l'entend, la presse et lui fait avouer le motif de son affliction. Il lui ordonne aussitôt de prendre sa plus belle robe et de faire seller son palefroi. Armé de pied en cap, il part avec elle « sans savoir où, en aventure ». (v. 2293-2765)

III — LA CHEVAUCHÉE AVENTUREUSE (v. 2766-5237)

Premier jour. — Érec ordonne à Énide de chevaucher devant lui et de se garder de lui adresser la parole quoi qu'il arrive. Monologue d'Énide qui déplore la parole qu'elle a laissé échapper. **Trois chevaliers en brigandage** surgissent d'un bois ; Énide les voit, et, après avoir hésité, prévient Érec qui la rabroue. Il tue ou blesse les assaillants et s'empare des chevaux ; il renouvelle ses menaces envers Énide si elle lui adresse à nouveau la parole. (v. 2766-2924)

Cinq autres chevaliers en quête de proie débouchent d'une vallée ; monologue d'Énide qui hésite puis se décide à avertir Érec ; Érec les abat et prend les chevaux. Nouvelles menaces envers Énide si elle parle. Ils dorment dans la forêt, Énide veille. (v. 2925-3120)

Deuxième jour. — A midi, ils rencontrent un jeune homme qui leur offre le repas qu'il porte. Érec lui fait cadeau d'un des chevaux et lui demande d'aller lui retenir un logis. Le comte du lieu, **Galoain**, rend visite à Érec, et fait à Énide des propositions assorties de menaces. Pour protéger la vie d'Érec, elle feint de céder ; elle veille toute la nuit. (v. 3121-3458)

Troisième jour. — Énide éveille Érec très tôt pour l'avertir de la trahison. Galoain, dépité qu'ils lui échappent, les poursuit avec une centaine de chevaliers. Énide, malgré l'interdiction, prévient Érec qui la menace et fait face. Il blesse grièvement le comte qui se repent et retient ses hommes. (v. 3459-3662)

Tandis qu'ils passent au pied d'une tour, un chevalier qui les a aperçus, se fait armer et se lance sur eux. Monologue d'Énide : elle hésite puis prévient son époux qui la menace à nouveau, mais sans vraiment lui en vouloir. Le combat est terrible ; Érec triomphe de **Guivret le Petit** dont l'épée s'est brisée ; il invite Érec à venir se reposer dans son château ; celui-ci refuse, mais lui demande de le secourir s'il apprend qu'il en a besoin. (v. 3663-3932)

Gravement blessé, Érec continue son chemin près d'une forêt où le roi **Arthur** est venu chasser. Keu emprunte par jeu le cheval et les armes de Gauvain, et se trouve face à Érec qu'il ne peut reconnaître. Il lui offre l'hospitalité du roi, mais devant le refus d'Érec, veut se saisir de son cheval. Érec, pour éviter de blesser Keu, le culbute avec le talon de sa lance. Gauvain, envoyé en ambassade à son tour, retient par ses belles paroles Érec jusqu'à ce que le roi Arthur ait déplacé ses tentes et se soit installé sur le chemin d'Érec qui ne peut plus refuser l'hospitalité et se fait connaître. On se réjouit, mais les plaies d'Érec sont graves et le roi le fait soigner avec un onguent donné par Morgue sa sœur. (v. 3933-4280)

Quatrième jour. — Érec se met en route dès le matin. Un cri dans la forêt le conduit auprès d'une demoiselle : **deux géants** viennent de s'emparer de son ami. Érec laisse Énide seule et se lance à leur poursuite ; il les vainc en un combat terrible, et ramène le chevalier à son amie. (v. 4281-4579)

En revenant vers Énide, Érec, épuisé par ses blessures, s'effondre, évanoui. Énide qui le croit mort, se lamente et prend son épée pour se tuer. Un comte qui avait entendu ses cris arrive à temps pour l'en détourner. Il la ramène à son château avec le corps d'Érec qu'il fait mettre sur une estrade dans la grande salle ; quant à Énide, **le comte de Limors** décide de l'épouser sur-le-champ en dépit de sa résistance. Au repas, alors qu'elle refuse de manger, il la gifle. Le cri que pousse Énide tire Érec de son sommeil léthargique ; il se lève et d'un coup d'épée fend le crâne du comte. Panique dans l'assistance : « Fuyez, voici le mort ! » ; Érec trouve dans la cour son cheval, l'enfourche et y fait monter Énide. Il la serre contre lui, et l'assure de son amour. La lune les accompagne... (v. 4580-4938)

Guivret le Petit avait appris qu'on avait trouvé dans la forêt un chevalier mort de ses blessures avec une dame d'une beauté sans égale et que le comte voulait épouser la dame. Se doutant qu'il s'agissait d'Énide, il avait rassemblé une troupe et venait la secourir.

Il est minuit quand Érec aperçoit cette troupe dans le noir. Il fait cacher Énide et s'élance. Guivret s'élance à son tour, ils se heurtent sans dire un mot. Érec, très affaibli, est jeté à terre. Énide sort alors de

sa cachette, prie l'assaillant de cesser le combat. Guivret le lui accorde et lui demande le nom de son
époux. Quand il le sait, il saute à terre pour demander pardon. Il fait établir un campement confortable
pour le blessé et le sert de son mieux. (v. 4939-5172)
Un temps de convalescence. — En trois jours ils
gagnent le château de Penevric où Guivret fait soigner Érec par ses sœurs et en quinze jours il est remis
sur pied. Érec, qui a retrouvé la santé et le bonheur
d'aimer, décide alors de partir le lendemain matin;
Guivret tient à l'accompagner. (v. 5173-5293)

IV — LA JOIE DE LA COUR (V. 5294-FIN)

Premier jour. — Au départ, Guivret donne à Énide
un palefroi à la tête mi-blanche, mi-noire; sur l'arçon
un artiste breton a sculpté l'histoire d'Énée. Le soir,
ils arrivent en vue d'un château magnifiquement
situé et entouré d'une rivière profonde. Guivret voudrait détourner Érec de loger dans ce **château de
Brandigan**, car il craint qu'il n'aille tenter la terrible
aventure dont nul n'est jamais revenu. Quand Érec
apprend qu'elle s'appelle la Joie de la Cour, il dit que
c'est précisément ce qu'il cherche. Ils sont reçus par
le roi Évrain, qui essaie en vain de détourner Érec de
tenter l'aventure. (v. 5294-5671).

Deuxième jour. — Au matin Érec se rend, au milieu
des lamentations de la foule, au verger où le conduit
le roi. C'est un verger clos par une muraille d'air;
fruits et fleurs y viennent à profusion et tous les
oiseaux du monde y font entendre leur chant. Mais
au sein de cet enchantement, Érec aperçoit une série
de têtes fichées sur des pieux; un pieu auquel est suspendu un cor attend sa tête, lui dit le roi; mais celui
qui pourra sonner ce cor sera tenu en grand honneur.
Érec doit continuer seul, il réconforte Énide et
s'avance jusqu'à ce qu'il rencontre une belle jeune
fille assise sur un lit d'argent, à l'ombre d'un
sycomore. Il ne peut en approcher car surgit un chevalier, très grand, qui le défie. **Un terrible combat**
s'engage alors, qui dure jusqu'à la fin de l'après-midi.

Le chevalier est finalement contraint de s'avouer vaincu. Il raconte qu'il s'appelle Mabonagrain, qu'amoureux d'une jeune fille, il lui accorda un « don » (une promesse dont le contenu n'est pas énoncé), et que celle-ci, lorsqu'il fut armé chevalier exigea qu'il ne sortirait jamais de ce lieu avant d'être vaincu. Il ajoute qu'Érec doit sonner du cor, ce qui sera le signal qui déclenchera la Joie. Érec sonne du cor. On l'entend partout et tous de se réjouir et d'accourir. Les dames en firent un lai que l'on appela le *Lai de la Joie*. Énide découvre alors que la jeune fille assise sur le lit est sa cousine. La joie est générale et chacun rend grâce à celui par qui la joie est revenue à la cour. (v. 5672-6391)

Érec à la cour d'Arthur. — Après trois jours de joie à la cour d'Evrain, Érec et ses compagnons gagnent en neuf jours Robais où se trouve le roi Arthur. Ils restent un long temps à la cour et vingt jours avant Noël, on annonce à Érec la mort de son père. Il demande alors à Arthur de le couronner. La cérémonie est prévue à Nantes pour Noël. (v. 6392-6958)

Noël. — La cathédrale n'est pas assez grande pour accueillir l'affluence de rois, de comtes et de chevaliers qui se pressent pour **le couronnement**. Le roi Arthur donne à Érec une robe, œuvre de quatre fées, où sont représentées Géométrie, Arithmétique, Musique et Astronomie. L'évêque de Nantes procède au sacre. Les couronnes et le sceptre sont donnés par Arthur. En l'honneur d'Érec le roi distribue largement des dons à tous.

Le cerf, l'épervier et la jeune fille

Le lecteur du XIIe siècle est habitué à ne pas en rester à la lettre du texte et à établir, selon une approche qui diffère sensiblement de nos méthodes, un parcours de sens qui ne s'en tient pas aux apparences et découvre l'essentiel sous l'apparente contingence.

Les récits que lui livre la tradition orale de ces conteurs qu'il accuse de malmener leur matière sont

de la part de Chrétien l'objet d'un travail subtil. Il a
clairement évoqué ces conteurs en tête de son œuvre.
Il semble renvoyer à leur monde, et d'emblée suppose connues la cour d'Arthur, la chasse au blanc
cerf, la forêt aventureuse. Il nous place ainsi dans un
univers dont le mystère est la loi, où le merveilleux
pourra s'épanouir, où l'aventure pourra surgir.

Pour la chasse au blanc cerf, le thème en est probablement universel, à tout le moins fort répandu
dans les peuples de culture indo-européenne. Évo-
quant le motif de la chasse au cerf, Daniel Poirion
souligne qu'il représente une « structure archaïque et
comme ancrée dans l'imaginaire cosmologique »; il
est présent dès l'Antiquité, où il menait à « la rencontre d'une dame séduisante mais dangereuse car
porteuse de mort, une déesse en somme, comme
dans les mythes d'Actéon, d'Adonis ou même de
Narcisse[1]. » Voilà qui assure une réception immé-
diate et une familiarité sans surprise pour n'importe
quel lecteur de l'époque.

Mais on ne saurait ignorer que le motif, tel que
l'utilise Chrétien et comme il a été montré plusieurs
fois, soit plus spécifiquement lié au monde celtique.
La blancheur de l'animal est « la marque distinctive
des êtres venus de l'Autre Monde[2] ». Laurence Harf-
Lancner a consacré un chapitre de son livre sur *Les
Fées au Moyen Âge* à « La chasse au blanc cerf » : « Les
premières apparitions du blanc cerf dans la littérature
romanesque sont fidèles à la tradition folklorique :
elles ont pour but de conduire un mortel dans les
bras d'une fée[3]. » Le motif fait par exemple la trame
du *Lai de Guigemar* de Marie de France, du *Lai de
Tyolet* ou du *Lai de Guingamor*[4].

1. *Résurgences*, p. 137.
2. Jacques Ribard, *Le Moyen Âge, Littérature et symbolisme*,
p. 39.
3. Chapitre IX, p. 221-241. Voir p. 222.
4. On trouvera une belle analyse d'inspiration jungienne dans
Jean-Claude Aubailly, *La Fée et le chevalier, Essai de mythanalyse de*

Pour *Érec et Énide*, Pierre Galais mentionne une légende armoricaine dans laquelle une biche conduit le héros qui se nomme Érec à l'oratoire de sainte Ninnok[1]. Le nom d'Érec paraît en effet lié à la Bretagne armoricaine, et Joseph Loth indiquait dès 1883 qu'il se retrouve dans le toponyme Bro-Erech (Pays d'Érec), qui dans les actes du Moyen Age est l'un des noms utilisés pour désigner le pays vannetais[2]. Reprenant l'analyse, Jean-Claude Lozac'hmeur rapproche le « premerain vers » du roman de récits irlandais où l'on retrouve la chasse à l'animal magique, qui conduit le héros à rencontrer une vieille femme horrible ; il lui accorde un baiser qui métamorphose la vieille en ravissante jeune fille ; celle-ci n'est d'ailleurs qu'un avatar de la Souveraineté et donne au héros la royauté. Jean-Claude Lozac'hmeur suppose qu'il y eut en Bretagne armoricaine un conte de même veine que les récits irlandais. Il ajoute que le nom d'Énide serait issu, comme l'avait supposé Rachel Bromwich, « d'une prononciation fautive du toponyme breton Bro-Wened ("Le pays de Vannes" — *Venetis*), tout comme le nom d'Érec vient de Bro-Werec. En d'autres termes, la légende de nos deux héros serait tout simplement une version bretonne du mythe de la Souveraineté faisant intervenir Waroc [chef franc qui conquit le pays vannetais] et Gwened, la ville de Vannes[3] ».

Les diverses versions du motif font apparaître que Chrétien en a pris bien à son aise. La chasse au blanc cerf devient une banale partie de chasse dont on entend avec la reine les lointains échos ; tout au plus cette « coutume » oblige-t-elle celui qui a tué la bête à donner un baiser à la plus belle des demoiselles de la

---

quelques lais féeriques des XIIe et XIIIe siècles, Paris, Champion, 1986 ; voir en particulier p. 44-47.

1. *La Fée à la fontaine et à l'arbre*, p. 61, n. 65.
2. *L'Émigration bretonne en Armorique*, Paris, 1883, p. 178.
3. « Les origines armoricaines de la légende d'*Érec et Énide* », *Kreiz*, t. 2 (1991-92), Centre de rech. breton et celtique, Univ. de Bretagne Occidentale, Brest ; p. 145-162.

cour. Le héros du roman n'y participe pas, et se trouve lancé dans une autre aventure dont les péripéties l'amèneront à trouver la belle jeune fille qu'il épousera. En conduisant auprès du roi Arthur, trois jours après la chasse, cette beauté qui vient d'une cité étrangère et qui est fille d'un petit noble ruiné, il règle l'épineuse question de savoir quelle est la plus belle jeune fille de la cour. Désinvolture d'un homme qui avait moins bien compris que certains de ses contemporains le cheminement de la structure narrative qui lui est liée ? Ou plutôt réel travail d'écriture qui ordonne un nouveau texte et ne se soucie pas de faire œuvre de folkloriste ? La seconde hypothèse répond seule aux ambitions affirmées de Chrétien. A peine né, le roman ne se conçoit que dans l'intertextualité.

Chrétien connaissait donc sûrement un ou plusieurs contes du type de ceux que les chercheurs ont pu reconstituer, dans lesquels la poursuite du cerf blanc mène à l'Autre Monde, fait rencontrer une femme d'horrible aspect, à laquelle le héros consent à donner un baiser, qui se révèle être d'une splendide beauté et qui va le conduire au trône. Il nous mène fort loin de ce schéma : Érec est fils de roi, et ne devra son trône qu'à la mort de son père ; le blanc cerf n'est guère qu'un cerf comme les autres, et il ne conduit nulle part ; la chasse dans la forêt aventureuse, qui devait être « mout deliteuse » ne suscite aucune description. Pourtant Chrétien se sert de ce fonds commun pour créer dans son auditoire une attente et l'atmosphère ainsi instituée lui permet de rendre ses lecteurs attentifs à des signes qui prennent le relais du schéma attendu.

Il aime surprendre et avec quelque malice. Le récit bifurque ; un épisode en marge de la chasse qu'un trio de personnages n'a pas réussi à rejoindre, dans un lieu qui est lui-même en marge de la *forêt aventureuse* puisqu'il s'agit d'un *essart* (partie défrichée en bordure de la forêt), va entraîner le héros dans l'aventure. La reine Guenièvre qu'apparemment on n'avait pas attendue pour partir, pourra s'offrir une discrète revanche en contant à l'assemblée des barons inquiète des suites catastrophiques de cette chasse qui devait être « mout deliteuse », l'aventure qu'elle, elle a trouvée dans la forêt (v. 323 ss.).

Une autre aventure prend la place de l'aventure attendue, placée, elle, sous le signe de l'épervier, qui appartient lui aussi au domaine de la chasse dont il est le précieux auxiliaire. Cette aventure réintroduit le thème de l'élection de la plus belle jeune fille. Gauvain s'attendait à une mêlée générale de tous les chevaliers de la cour prêts à soutenir les armes à la main que leur amie mérite seule ce titre. C'est dans une cité éloignée que ce combat se déroule, et des deux jeunes filles qui sont en compétition aucune n'appartient à la cour ! Mieux, Chrétien, jouant avec un motif possible des chasses au blanc cerf, va opérer une transposition du thème : il n'y a pas métamorphose du cerf en jeune fille, mais il établit avec une insistance discrète un lien entre le « blanc cerf » (l'expression revient huit fois) et la soudaine et éblouissante apparition de la jeune fille qui est habillée tout de blanc : une chemise *blanche* que recouvre *un blanc chainse*, « une tunique blanche », (les vers 404-405 rapprochent au plus près la répétition) ; il y revient plusieurs fois et la jeune fille sera ensuite constamment appelée la *pucelle au blanc chainse*, jusqu'au moment précisément où elle recevra le *baiser du blanc cerf*[1]. N'est-il pas troublant de voir, pour le combat dont elle est l'enjeu, la jeune fille armer elle-même Érec et lacer ses chausses de fer avec une courroie... de cerf (v. 712) ?

Quant à Érec, il n'est pas interdit de le comparer, guerrier vainqueur, à l'oiseau chasseur. Chrétien ne

---

1. Il faut ajouter la prédominance de la blancheur dans le teint de la jeune fille : le front et le visage v. 428-29, la gorge v. 1496 (seule notation de couleur en dehors du blond des cheveux dans ce passage) ; dans les habits que Guenièvre lui donne, le *bliaud* qui remplace le *chainse* a une fourrure d'hermine blanche, de même que la bordure du manteau (v. 1596 et 1615).

suggère-t-il pas cette possibilité quand il montre la
jeune fille assise près d'Érec, occupée à nourrir
l'épervier, et unissant dans sa joyeuse allégresse
« l'oiseau et son seigneur » (v. 1313). Magie d'une
écriture qui vit de suggestions et superpose les lec-
tures possibles.

Chrétien regroupe les deux thèmes, comme par
une dernière malice, lors du mariage du couple. Ce
mariage est-il la conséquence de la chasse au blanc
cerf, ou bien du concours de l'épervier ? En tout cas,
usant d'une belle et délicate comparaison rehaussée
d'un jeu avec un psaume bien connu, il réunit en
quelques vers de pure poésie les jeunes mariés sous le
signe du cerf et de l'épervier :

> Cers chaciez qui de soif alainne,
> Ne desirre tant la fontainne,
> N'espreviers ne vient a reclaim
> Si volantiers, quant il a faim,
> Que plus volantiers ne venissent
> A ce que nu s'antretenissent. (v. 2081-2086)

D'autres suggestions sont ouvertes dans ce texte
qui joue de toutes les ressources d'une écriture parfaitement maîtrisée. Les pauvres vêtements de la
jeune fille sont un lointain écho de l'aspect repous-
sant de la créature qu'un baiser du héros va changer
en ravissante jeune fille ; ce n'est pas jeu gratuit ; les
réactions de la cousine d'Énide qui veut lui procurer
un habit honorable montrent bien ce qu'avait de
scandaleux, dans une société où la richesse et l'élégance du vêtement tiennent une telle place, une mise
aussi pauvre et aussi usée. La pauvreté du vêtement
n'a pas arrêté Érec qui a su discerner la véritable
beauté. De plus, le vêtement va assumer une autre
fonction, il va entrer dans un réseau de signes qui
lient l'amie, Énide, à la dame, Guenièvre. Érec a préféré la compagnie de la dame à la chasse, et se trouve
engagé dans une situation où il doit venger l'affront
fait à la reine. Lors du concours de l'épervier, il
combat à la fois pour l'amour d'Énide et pour l'hon-

neur de la reine (v. 915-920). Par la robe dont Guenièvre va revêtir Énide, elle lui confère une part de
son *aura* et lui donne la dignité de la dame des troubadours. Quand Guenièvre et Énide, main dans la
main, entrent dans la grand-salle, elles ont même
majestueuse beauté qui fait se lever d'un seul élan
tous les chevaliers de la Table Ronde [1].

Pour l'ouverture de son roman, Chrétien a utilisé
quelques éléments empruntés à la tradition des
contes bretons ; ce sont autant de signes qui orientent
l'attention de l'auditoire : la chasse au blanc cerf
laisse attendre par exemple la rencontre d'une jeune
fille merveilleusement belle, la rencontre aura lieu,
mais indépendamment de la chasse. En agissant
ainsi, il bouleverse l'ordre attendu et dégage de ce
nouvel agencement des épisodes un sens à méditer :
l'agent magique, le cerf blanc, ne joue plus aucun
rôle, et le héros, au lieu d'être ainsi entraîné vers une
contrée qui lui est inconnue par une volonté extra-
naturelle, prend de son propre chef la décision qui le
mène vers la cité lointaine. Son sens de l'honneur a
déclenché la suite des événements et l'a conduit à ce
combat qui venge la reine et lui donne l'amour
d'Énide. Il a décidé lui-même de son propre destin.

Amour et recréantise

Une fois que le héros est marié et qu'il a prouvé
dans un tournoi digne de mémoire la qualité de ses
vertus de combattant, le roman repart sur de nouvelles données. Le thème est neuf : comment conci-
lier les armes et l'amour. Il répond sans doute au
reproche que devaient faire aux jeunes chevaliers trop

---

1. Henri Rey-Flaud a fait une étude psychanalytique suggestive
des relations d'Érec à Guenièvre et à Énide : « Érec quitte la reine
en quête d'une Femme "absolue", qu'il ramènera, nue, pour la
construire sur le modèle de la reine et qui va lui tenir lieu de
reine. » (*La Névrose courtoise*, p. 45.)

empressés auprès des dames, les guerriers endurcis
qui ne se souciaient guère de courtoisie. Les plaisirs
de l'amour, les plaisirs du lit, amollissent le combattant. Il ne s'entraîne plus au maniement des armes, il
renonce aux tournois et aux combats, il est
« recréant ».

Cette fois encore, Chrétien ordonne subtilement sa
matière. Il nous annonce un départ « en aventure ».
Mais en fait d'aventure, l'action se réduira au hasard
de rencontres et de combats que la décision initiale
d'Érec a provoqués. Il voyage seul, en armes, précédé
de sa femme dans ses plus beaux atours ; tout cela a
l'allure d'un défi permanent, il ne peut qu'attirer le
combat. L'aventure, elle surgira avec le château de
Brandigan, quand on ne l'attend plus, sur le chemin
du retour, quand le héros croit avoir résolu les pro-
blèmes et revient apaisé à la cour.

Les rencontres qu'il fait sont soigneusement
ordonnées autour d'un centre de symétrie constitué
par la nuit passée en hôte d'Arthur dans la forêt. Les
trois journées qui précèdent offrent trois types de
rencontres où Érec se trouve en position d'agressé [1].
Les mobiles suivent une gradation qui va du brigandage par des chevaliers en rupture de ban, à la four-
berie d'un comte qui convoite Énide, et se termine
par l'assaut qui l'oppose à un adversaire royal, épris
de beaux coups d'épée. Au centre, le harcèlement
importun de Keu est l'occasion d'un intermède qui
détend l'atmosphère et prend une coloration humoristique.

Les trois rencontres qui se déroulent ensuite
reflètent sur un registre plus dramatique et en des circonstances infiniment plus dangereuses la première
série ; les mobiles sont analogues mais d'une urgence
plus pressante et d'une gravité accrue : les géants ont

---

1. Les deux attaques de chevaliers brigands appartiennent au
même type ; elles se déroulent selon le même schéma et ne se distinguent que par une gradation dans le nombre des assaillants et
dans l'audace de leurs convoitises.

enlevé un homme; le comte de Limors épouse de force Énide; Érec et Guivret s'élancent inconsidérément à l'assaut l'un de l'autre. Érec prend à chaque fois l'initiative d'intervenir et selon des modalités qui ne sont plus celles des affrontements réglés entre chevaliers : il combat deux géants, redoutables par leur taille et leurs massues; il fend le crâne du comte de Limors alors qu'il mange; à bout de force, il fonce dans la nuit contre Guivret; dans aucune de ces situations, Énide n'eut à le prévenir. Tout se passe dans la même journée élargie à la nuit qui suit, et cette accumulation ajoute à la dramatisation. On assiste de plus à ce qui peut paraître une dégradation du combat chevaleresque. L'urgence commande et le combat est impitoyable. Les géants appartiennent à un monde démoniaque; contre le comte de Limors, l'intervention est sans défi préalable, tout comme contre Guivret. Les forces d'Érec sont épuisées, il sauve d'extrême justesse Énide à Limors, et Guivret le jette à terre à la première joute; il ne doit son salut qu'au courage d'Énide. Le vaillant chevalier n'est plus en état d'assurer le rôle qu'il s'était assigné au départ.

Il a tout lieu pourtant d'être satisfait. Il avait accepté d'être accusé de « recréantise ». Il a fait justice de cette accusation en des situations de plus en plus périlleuses. Il n'a pas seulement utilisé sa force pour se défendre, il l'a mise au service d'une jeune femme éplorée, au risque de faillir à la protection due à sa propre épouse. Face à Guivret, il a montré un mépris absolu du danger, faisant preuve d'une audace insensée en se jetant, alors qu'il est au bord de l'épuisement, à la rencontre de celui que dans la nuit il ne reconnaît pas.

Enfin, en ces quelques épisodes, nous voyons l'amour retrouver sa place dans le couple. Toute cette partie présente de nombreux combats et l'on ne peut douter que le public était friand de ces scènes. Mais elles révèlent surtout l'extraordinaire transformation d'Énide. Avant chaque bataille livrée par

Érec, Énide est le lieu d'une bataille intérieure (Chrétien lui-même utilise le mot en ce sens au vers 3738), et autant que les beaux faits d'armes de l'époux, nous captivent les hésitations, les interrogations, les craintes et le courage d'Énide qui se décide toujours à prévenir son époux du danger qu'elle voit surgir et qu'il semble ignorer. Les terribles menaces qu'il profère à son égard lui paraissent moins à craindre que le péril qui le guette. Entre le début du roman ct la chevauchée des époux, un remarquable renversement s'est opéré. Dans la première partie, Énide apparaissait dans sa merveilleuse beauté, vue par les yeux d'Érec ou ceux des chevaliers éblouis. Sa beauté mystérieuse était soupçonnée d'avoir « lacié et pris » Érec au point de lui faire oublier le métier des armes (v. 2563). Elle était l'étrangère, gardant en elle quelque chose de la fée des contes populaires. Timide et comme apeurée, elle ne prenait jamais la parole; son nom même reste inconnu jusqu'au jour de son mariage où il est révélé à tous (v. 2029-2031). Désormais, nous suivons de l'intérieur l'aventure d'une femme qui cherche sa place dans la vie de son époux. Une parole inquiète et apitoyée a éveillé le dormeur et bouleversé l'ordre de leur bonheur trop calme : *Com mar i fus!* (v. 2507). Une parole analogue lui vient aux lèvres lorsqu'elle le croit mort (v. 4637); nous sommes proches du dénouement, cette parole de douleur désespérée transpose et conjure la première parole; et en un bel effet d'écho à la première scène, son cri de rébellion face au comte de Limors réveille Érec de son sommeil léthargique (v. 4844-4861). Désormais leur union est scellée d'un amour neuf; ils chevauchent dans la nuit, heureux de leur amour retrouvé. Lorsque Érec est abattu d'un coup de lance par Guivret, c'est Énide qui sort de sa cachette, saisit le cheval de l'assaillant à la bride et sauve la vie de son époux. Dans le dernier des affrontements qui ont jalonné leur parcours, Énide supplée son époux épuisé et arrête le combat. Le silence d'Érec en la circonstance l'avait mené aux portes de la mort; les paroles d'Énide le sauvent.

Dans cette partie du roman, le narrateur emprunte le point de vue de la jeune femme. Nous sommes avec elle confrontés au mutisme de son époux dont nous ne savons interpréter les réactions. Nous suivons le mûrissement intérieur que les circonstances vont provoquer. L'attitude étourdie de la jeune femme qui laisse ébranler sa confiance en l'époux par les murmures de réprobation qui lui parviennent, laisse progressivement place, à travers hésitations et tergiversations, à la touchante et décidée sollicitude d'une épouse, inquiète à tort ou à raison pour la vie de celui qu'elle aime, et aboutit à la maturité de celle qui doit assumer seule le destin du couple. L'association des deux noms dans le titre est pleinement justifiée.

La Joie de la Cour

On pouvait croire le roman achevé par le dénouement de la crise conjugale, il n'en est rien, une *aventure* va se présenter : la Joie de la Cour.

Ce récit a indéniablement des racines dans les contes celtiques. Laurence Harf-Lancner a dégagé le schéma narratif qui fut souvent repris dans la littérature romanesque (il est présent dans le *Chevalier au lion*, dans le *Chevalier à la Charrette*, dans le *Conte du Graal*) et qu'elle résume ainsi : « Le héros doit conquérir l'entrée dans l'autre monde et l'amour de la fée en combattant un guerrier surnaturel. » Elle distingue des constantes :

* dans les séquences narratives : — entrée du héros dans un espace magique, — rencontre d'une femme surnaturelle, défendue par un géant aux armes vermeilles, — combat ;

* dans les « fonctions des trois personnages : — le héros quêteur, — la femme appât qui attire le héros dans son jardin aux trompeuses délices, image hiératique de la mort, — le gardien de l'autre monde, dont

la force surnaturelle ne peut s'incliner que devant un
élu [1] ».

Chrétien garde un certain nombre des traits
propres au monde du mythe : le château qui surgit
soudain tout entouré d'eau, le verger clos d'une
muraille d'air, l'aspect d'éternel paradis du lieu, le
temps comme immobile qui assied à longueur de
journée une belle jeune fille sur un lit d'argent à
l'ombre d'un sycomore, la vertu du cor. Les multiples interventions et mises en garde, de Guivret
d'abord, puis des gens de Brandigan et d'Evrain lui-
même, enveloppent d'inquiétude et d'angoisse ce
monde figé ; la série des têtes fichées sur les pieux
ajoute la dernière touche à cette atmosphère de mort.
On a l'impression que l'écrivain tente ici d'approcher
le mystère indicible de la vie et de la mort.

Les mots mêmes employés pour présenter l'épisode viennent renforcer cette impression. Pour la
première fois en effet, dans ce roman, nous sommes
en présence de ce qui est désigné à l'avance comme
l'aventure absolue ; le mot employé auparavant avait
soit le sens de hasard, soit le sens d'événement passé,
— ce qui était advenu —, même si parfois il pouvait
s'y surimposer d'autres nuances ; ici l'aventure ne
désigne pas ce qui va arriver « par aventure », mais
quelque chose de contradictoire avec l'essence même
du mot, puisque d'autres ont déjà subi l'épreuve de
ce « mal trespas » (v. 5422). Le mot est en train de se
charger d'un nouveau sens : l'épreuve a un caractère
surnaturel et magique et doit faire accéder le héros au
plein accomplissement de sa destinée. Elle lui apportera soit une mort honteuse, soit un honneur sans
équivalent. Que l'aventure s'appelle La Joie de la
Cour ajoute à ce monde étrange une énigme qui per-
turbe le jeu même du langage, puisque les mots ne
disent plus ce qu'ils sont censés signifier.

---

1. *Les Fées au Moyen Âge*, p. 351 et 374. Le chapitre XV, « Le
géant et la fée », p. 347-375, est consacré à une étude des différentes versions de ce schéma narratif.

Il est certain que Chrétien a voulu garder à son texte les résonances les plus fécondes du mythe. Mais son effort d'écriture a visé à accorder l'épisode à son dessein d'ensemble. Hormis la muraille d'air qui entoure *par nigromance* le jardin, et le jardin lui-même, il se meut dans un monde qui se veut réel ; la jeune fille au sycomore est cousine d'Énide ; le chevalier aux armes vermeilles, s'il est d'une taille peu commune n'est pas un géant, et il a été élevé à la cour du père d'Érec. Il n'y a pas là véritablement contradiction ; Francis Dubost y voit l'effet d'une « double cohérence » qui « correspond aux structures mentales les plus profondes de l'époque et rend compte de la dualité de la pensée médiévale « écartelée entre pensée symbolique et pensée discursive [1] ».

Chrétien enrichit l'épisode des multiples effets de sens qu'il y fait naître. La Joie de la Cour présente une situation qui n'est pas sans analogie avec ce qu'ont vécu Érec et Énide, un amour d'entière dévotion à l'aimée ; mais Érec a su briser l'enfermement de la chambre et partir « en aventure ». Cette fois Érec parachève son accomplissement et se met au service de la communauté. La *recreantise* qui lui était reprochée est ici définitivement effacée : aux instances du roi Évrain et aux prières d'Énide, il oppose sa volonté de combattre jusqu'au bout ; agir autrement serait *recreantise* (v. 5654 et 5846). Mais s'il a brisé la clôture de la chambre où il restait parfois enfermé jusqu'à midi, il ne veut pas pour autant faire profession d'éternel chevalier errant. Il doit maintenant se mettre au service de tous et réintégrer le monde où il a sa place : la cour.

Les chercheurs ont décelé sous le cor qu'Érec doit sonner, la corne d'abondance celtique qui devait rendre à un pays sa fertilité. Chrétien superpose donc la cour (*cort* en ancien français) au cor, qui lui-même est une corne (le mot est le même en ancien français). À l'évidence, en détournant une nouvelle fois

---

1. *Aspects fantastiques de la littérature médiévale*, t. I, p. 231.

les données d'un mythe pour les plier à son dessein, il
poursuit un travail de réécriture dont il est pleinement conscient. Dans la Joie de la Cour il conjoint
deux mots qui sont deux pôles de son entreprise. Si
l'on excepte les mots de l'outillage grammatical ainsi
que *sire*, *joie* est le terme qui apparaît le plus fréquemment dans le texte, — 107 occurrences (*Le Chevalier
au lion*, de longueur égale, en compte 68), et *cour* suit
de près *dame*, *chevalier* et *pucelle* avec 83 occurrences
(58 dans *Le Chevalier au lion*).

Érec et Énide, qui établit la cour du roi Arthur
comme un lieu de référence où toute valeur se doit
d'être reconnue, tient à enseigner l'art de vivre qui
distingue une véritable cour. On y cultive l'élégance
des sentiments, le goût pour les étoffes précieuses, les
chevaux et les palefrois racés. On y a le sens de la
fête, on sait les vertus d'un accueil attentionné, on va
au-devant de l'hôte, on aide sa compagne à descendre de son palefroi, on le mène par la main dans
la salle, et on a plaisir à converser avec lui. On y
prône les qualités morales de largesse, de franchise,
de courage ; on y révère la beauté et, bien sûr, on met
avant tout le service des dames. L'art de combattre
lui-même est imprégné d'un nouvel esprit : devant les
géants, Érec formule d'abord une demande en
termes fort civils, et quand le combat est devenu iné-
vitable, il oppose à la force brute l'utilisation adroite
des armes dont il dispose. Bref, la courtoisie
imprègne tous les gestes de la vie.

Quant à la joie, elle est comme le leitmotiv du
roman. Il se présente expressément par la bouche
d'Érec comme une quête de la joie :

Deus! an joie n'a se bien non!
Fet Erec, Ce vois je querant. [...]
Riens ne me porroit retenir
Que je n'aille querre la joie. (v. 5466-67 et 5472-73)

Or cette joie en son sens plein ne peut s'épanouir
qu'à la cour. L'usage du mot dans le roman est
concentré en certains moments du texte qu'il scande

par son retour : lors des noces d'Érec à la cour d'Arthur ; lors de la venue du jeune couple à la cour du roi Lac ; lors de la rencontre de la cour d'Arthur dans la forêt ; et bien sûr lors de la Joie de la Cour. Dans la chevauchée aventureuse des héros le mot n'est employé que rarement, — isolément et de façon stéréotypée (*A joie furent reçu*, v. 3204). La rencontre dans la forêt révèle la valeur symbolique du mot : la venue d'Érec provoque la joie de tous (le mot sonne sept fois dans les vers 4185-4217), mais la dernière apparition du mot en nuance singulièrement la portée : « à la vue de ses plaies, la joie se change en douleur ». (v. 4216-17). On ne saurait mieux dire que la quête d'Érec est inachevée.

Le concept de joie est donc de nature spirituelle et irrigue le fonctionnement social, comme le suggère la diffusion de la joie dans la cour d'Évrain lorsque Érec sonne du cor. C'est la manifestation d'une harmonie où s'équilibrent les rapports des individus, avec eux-mêmes, avec leurs semblables, avec la société, avec le roi. L'amour y a place, l'honneur en est l'expression la plus haute, et les deux mots, joie et honneur, sont souvent associés[1]. Triompher de l'aventure, dit à Érec le roi Évrain, vous apportera le plus grand honneur que puisse acquérir un homme (v. 5664-66).

La joie selon Chrétien appartient par essence au bon fonctionnement de la société que forme la cour. L'aventure de la Joie de la Cour, si elle libère la joie pour tous, révèle aussi le véritable destin d'Érec. Il a rendu la joie à la cour. Il était marqué pour accomplir cette périlleuse aventure. Et en triomphant de ce « mal trespas », il a montré qu'il était destiné à libérer la joie. C'est que la joie a sa source première dans la personne royale, et c'est pourquoi cette aventure doit être liée à la suite du roman ; elle est le préambule, l'introduction nécessaire au couronnement qui suit ; elle désigne en Érec la perfection d'un roi[2].

_____

1. Vers 1311, 1900, 4009-4010.
2. Au terme d'une analyse menée en termes duméziliens, Jean-Paul Allard aboutit à une conclusion analogue : « Le cor du verger

Le roi, la femme, le poète

Dans une société en rapide mutation, *Érec et Énide*
témoigne de la vision d'un écrivain qui reconstruit le
monde et rêve la société de demain. Il n'écrit pas
pour refléter la réalité quotidienne; il n'écrit pas pour
mettre au goût du jour ces contes qui ont la faveur de
la cour anglo-normande; il prend le langage quotidien, il prend les contes, il explore, il transforme, il
déplace, il crée de ces mots ordinaires, de ces contes
extraordinaires, un monde qui est aux marges de la
réalité; il essaie de voir dans le miroir sans tain du
passé arthurien, l'avenir d'une société qui, pour lors,
vit de fêtes et de tournois; mais aussi de désastres
guerriers comme la deuxième croisade ou de dissen-
sions belliqueuses comme celles qui se créent entre la
France et l'Angleterre, entre le roi et ses barons. Pour
lors Chrétien croit en un roi large et généreux, tenant
cour ouverte, maintenant les anciennes traditions et
consultant fidèlement ses barons; un roi qui soit
l'incarnation de l'harmonie de la société, qui répande
les bienfaits de son action à travers les chevaliers qui
partent et reviennent à sa cour, un roi qui irradie une
joie symbole de paix et de prospérité continues.
Mais ce qui le fascine aussi, c'est la nouvelle civilisation en train d'éclore dans les cours princières et
royales, le raffinement des mœurs, la courtoisie des
comportements, et la place nouvelle que prend la
femme, épouse qui est à la fois l'amie et la dame,
source de prouesse et de dépassement de soi, prête à
prendre aux côtés de l'époux sa part d'initiatives
fécondes : deux trônes d'ivoire semblables sont
offerts par Arthur aux royaux époux. *Érec et Énide* se

de Brandigan fonde et proclame le droit du vrai souverain, révèle
sa légitimité et devient par là même un insigne ou un talisman
symbolique de la première fonction magique et juridique. [...]
L'aventure de la Joie de la Cour est, précisément par son aspect
magique et thaumaturgique, une épreuve de souveraineté royale. »
(*L'Initiation royale d'Érec*, p. 109 et 111.)

présente face à *Tristan* comme un beau roman
d'amour possible.

Érec et Énide, ensemble, ont forgé leur propre destinée en affrontant avec courage, ténacité, générosité
et amour mutuel, un devenir dont ils n'ont voulu
esquiver aucune des épreuves. L'amour et la vie au
risque de la mort.

Le poète est jeune, il est optimiste. Le rêve touche
pour lui à la réalité. Un peu de magie, un peu de raison, et le monde sera le meilleur des mondes, purgé
des géants et tout entier voué aux armes et à l'amour.
Il a confiance et imagine un roi qui saurait unir
l'étude et la grâce quasi surnaturelle dévolue à la
fonction. Quatre fées ont confectionné le manteau du
couronnement; elles ne sont sans doute pas à distinguer vraiment des quatre figures qu'elles y ont brodées : Géométrie, Arithmétique, Musique et Astronomie; par leur intercession, l'homme peut maîtriser
le monde et y faire régner une heureuse et fertile harmonie. Le savoir est une nouvelle magie qui vient
parfaire l'apprentissage des armes et de la cour.

Le poète est jeune, il a de l'ambition, il voit loin;
son premier roman arthurien porte déjà en son sein
les acteurs de ceux qui suivront, Yvain est là, Lancelot aussi ainsi que Perceval le Gallois. Et la même
destinée mène ses personnages : Érec, muré dans son
silence, est parti « en aventure »; il découvre qu'il est
engagé dans la quête de la Joie. Quête du Sens toujours inachevée, du château de Brandigan au château
du Roi Pêcheur. Joie de la Cour, ou quête du Graal,
le secret n'est jamais vraiment percé[1].

Michel ROUSSE.

1. J'ai plaisir à remercier Jacqueline Léonard et Gérard Lacote
qui ont eu la patience de lire la traduction et d'y apporter de nombreuses et opportunes suggestions.

NOTE LIMINAIRE

En regard de la traduction nous reproduisons le texte publié par Wendelin Foerster, tel qu'il le présenta dans l'édition parue en 1934. C'est une édition critique, qui essaie de retrouver, à travers les manuscrits qui nous sont restés du roman de Chrétien de Troyes, le texte « authentique ». Une telle entreprise suscite bien des objections; mais si l'on peut en contester le principe, le résultat ne manque pas de qualités, et en certains passages, il offre un texte plus cohérent que l'édition procurée par Mario Roques.

A ce texte nous n'avons apporté que très peu de modifications : nous avons en particulier rétabli la leçon *lion* des manuscrits en place de la correction *Sanson* au v. 2268 (voir note à ce vers); nous avons surtout modifié la ponctuation, parfois en fonction d'une interprétation différente du passage, le plus souvent pour la mettre en accord avec l'usage général dans les éditions françaises.

Pour la lecture de l'ancien français, l'édition que nous reproduisons offre l'avantage d'avoir uniformisé la graphie. Il existe aujourd'hui de bons manuels pour introduire à notre ancienne langue. Qu'il suffise de dire à ceux qui voudront en goûter la saveur, qu'il faut apprendre à lire avec l'oreille : ce que présente à l'œil la graphie est parfois déroutant pour nos habitudes, mais la forme sonore du mot qui naît de cette graphie sera souvent reconnaissable; on distinguera à l'oreille *mes* (= mais ou mes), *et* (= ait ou et), on reconnaîtra *proesce* (= prouesse), *mançonge* (= mensonge)... Parmi les graphies qui reviennent constamment, signalons que *an* note tous les sons que le français moderne transcrit par *an* et *en*; que *ei* répond fréquemment à la graphie *ai* du français moderne : *feisoient* est l'imparfait de « faire »; que le *o* note souvent un son qu'aujourd'hui nous transcrivons par *ou* : *cortois* (= courtois), *nos* (= nous), *amors* (= amour), etc. Et disons pour donner de l'assurance à ceux que trop de scrupules rendraient timorés que personne ne peut aujourd'hui prétendre savoir quelle était la musique de cette langue, quel accent avaient ceux qui la parlaient, quelle était la mélodie et le rythme de leur phrase. Ce sont là des éléments autrement importants que la juste prononciation d'un phonème. Nous souhaitons que la présence du texte de Chrétien en face de la traduction donne souvent au lecteur l'envie de se reporter à l'original, et d'y découvrir un art d'écrire autre, la trace d'une incantation que le caractère oral du texte lu en petit cercle ne pouvait que renforcer.

EREC ET ENIDE

LI vilains dit an son respit
Que tel chose a l'an an despit,
Qui mout vaut miauz que l'an ne cuide.
Por ce fet bien qui son estuide
5 Atorne a san, quel que il l'et;
Car qui son estuide antrelet,
Tost i puet tel chose teisir,
Qui mout vandroit puis a pleisir.
Por ce dit Crestiiens de Troies,
10 Que reisons est que totes voies
Doit chascuns panser et antandre
A bien dire et a bien aprandre,
Et tret d'un conte d'avanture
Une mout bele conjointure,
15 Par qu'an puet prover et savoir
Que cil ne fet mie savoir,
Qui sa sciance n'abandone
Tant con Deus la grace l'an done.
D'Erec, le fil Lac, est li contes,
20 Que devant rois et devant contes
Depecier et corronpre suelent
Cil qui de conter vivre vuelent.
Des or comancerai l'estoire
Qui toz jorz mes iert an memoire
25 Tant con durra crestiantez;
De ce s'est Crestiiens vantez.

PROLOGUE

Un proverbe de paysan dit que telle chose qu'on méprise vaut beaucoup mieux qu'on ne croit. Il est donc méritoire d'accorder toute l'attention dont on est capable au sens profond. Car celui qui n'y est pas constamment attentif a vite fait d'écarter quelque chose qui se révélerait source de plaisir par la suite. C'est ce qui amène Chrétien à affirmer qu'en toutes occasions chacun doit s'employer à proposer de beaux récits riches d'enseignements, et il tire d'un conte d'aventure un ensemble de parfaite ordonnance. Dès lors, on ne peut qu'être convaincu qu'il est stupide de n'être pas généreux de tout le savoir dont on est redevable à la grâce de Dieu.

Mon conte parle d'Erec, fils de Lac, et ceux qui veulent vivre de leurs contes ont coutume de le morceler et de l'altérer. Je vais donc commencer cette histoire qui demeurera toujours en mémoire, aussi longtemps que durera la Chrétienté; telle est l'ambition de Chrétien.

UN jor de Pasque, au tans novel,
A Caradigan, son chastel,
Ot li rois Artus cort tenue.
30 Ains si riche ne fu veüe;
Car mout i ot buens chevaliers,
Hardiz et corageus et fiers,
Et riches dames et puceles,
Filles a rois, jantes et beles.
35 Mes einçois que la corz faussist,
Li rois a ses chevaliers dist
Qu'il voloit le blanc cerf chacier
Por la costume ressaucier.
Mon seignor Gauvain ne plot mie,
40 Quant il ot la parole oïe.
« Sire », fet il, « de ceste chace
N'avroiz vos ja ne gré ne grace.
Nos savomes bien tuit pieç'a
Quel costume li blans cers a.
45 Qui le blanc cerf ocirre puet,
Par reison beisier li estuet
Des puceles de vostre cort
La plus bele, a quoi que il tort.
Maus an porroit venir mout granz :
50 Ancore a il ceanz cinc çanz
Dameiseles de hauz parages,
Filles a rois, jantes et sages,
Ne n'i a nule n'et ami
Chevalier vaillant et hardi,
55 Qui chascuns desresnier voudroit,
Ou fust a tort ou fust a droit,
Que cele qui li atalante
Est la plus bele et la plus jante. »
Li rois respont : « Ce sai je bien,
60 Mes por ce n'an leirai je rien.
Car ne doit estre contredite
Parole, puis que rois l'a dite.
Demain matin a grant deduit
Irons chacier le blanc cerf tuit
65 An la forest avantureuse.

LA CHASSE AU BLANC CERF
I. LA RENCONTRE

Un jour de Pâques, au printemps, à Caradigan, son château, le roi Arthur avait réuni sa cour. Jamais on n'en avait vu d'aussi splendide : il y avait affluence de chevaliers valeureux, hardis, courageux et redoutables, de dames splendides, de demoiselles, filles de rois, gracieuses et belles. Mais avant que la cour ne se disperse, le roi dit à ses chevaliers qu'il voulait chasser le blanc cerf pour remettre en honneur la coutume. Ces propos déplurent à monseigneur Gauvain quand il les entendit : « Sire, dit-il, cette chasse n'apportera que désagréments et rancœurs. Nous savons bien tous, depuis longtemps, quelle est la coutume du blanc cerf. Celui qui réussit à tuer le blanc cerf doit selon la règle embrasser, quoi qu'il arrive, la plus belle des jeunes filles de votre cour. De grands malheurs pourraient en découler. Il y a bien ici cinq cents demoiselles de haute lignée, filles de rois, gracieuses et pleines d'esprit, et il n'en est aucune qui n'ait pour ami un chevalier valeureux et hardi : chacun d'entre eux, à tort ou à raison, voudrait soutenir que celle qui lui plaît est la plus belle et la plus gracieuse. » Le roi répondit : « Je le sais bien, mais ce n'est pas ce qui me fera renoncer. Impossible de revenir sur la parole d'un roi, une fois qu'il l'a prononcée. Demain matin, en grande liesse, nous irons tous chasser le blanc cerf dans la forêt

Ceste chace iert mout deliteuse. »
EINSI est la chose atornee
A l'andemain, a l'ajornee.
L'andemain, lués que il ajorne,
70 Li rois se lieve, si s'atorne,
Et por aler an la forest
D'une corte cote se vest.
Les chevaliers fet esvellier,
Les chaceors aparellier.
75 Ja sont tuit monté, si s'an vont,
Lor ars et lor saietes ont.
Aprés aus monte la reïne,
Ansanble o li une meschine,
— Pucele estoit, fille de roi —
80 Et sist sor un blanc palefroi.
Aprés les siut a esperon
Uns chevaliers, Erec ot non.
De la Table Reonde estoit,
Mout grant los an la cort avoit.
85 De tant come il i ot esté,
N'i ot chevalier plus loé;
Et fu tant biaus, qu'an nule terre
N'esteüst plus bel de lui querre.
Mout estoit biaus et preuz et janz,
90 Et n'avoit pas vint et cinc anz.
Onques nus hon de son aage
Ne fu de greignor vasselage.
Que diroie de ses bontez?
Sor un cheval estoit montez,
95 Afublez d'un mantel ermin;
Galopant vint tot le chemin,
S'ot cote d'un diaspre noble
Qui fu fez an Costantinoble.
Chauces de paile avoit chauciees,
100 Mout bien feites et bien tailliees,
Et fu és estriers afichiez,
Uns esperons a or chauciez;
Si n'ot arme o lui aportee
Fors que tant solemant s'espee.

aventureuse. Ce sera une chasse très divertis-
sante. » Ainsi fut-elle décidée pour le lendemain
au lever du jour.

Le lendemain, dès que le jour pointe, le roi se
lève et se prépare ; pour aller dans la forêt il revêt
une tunique courte. Il fait éveiller les chevaliers,
harnacher les chevaux de chasse. Les voici tous
en selle qui partent, munis de leurs arcs et de
leurs flèches ; et après eux, la reine se met en
route, accompagnée d'une seule suivante, — une
demoiselle, fille de roi ; elle monte un palefroi
blanc. Derrière survient, piquant des éperons, un
chevalier.

C'était Erec ; il était de la Table Ronde et avait
grand renom à la cour ; depuis qu'il s'y trouvait,
il éclipsait tous les chevaliers par sa réputation, et
il était d'une telle beauté qu'on n'aurait pu trouver plus beau en aucun pays. Il était paré de
beauté, de vaillance, d'élégance, et n'avait pas
vingt-cinq ans. Jamais un homme de son âge
n'avait montré tant de vaillance. Qu'ajouter pour
parler de ses exploits ?

Vêtu d'un manteau bordé d'hermine, il montait un cheval nerveux. Il arriva au galop, décou-
vrant une tunique d'une soie rare, de celles
qu'on fait à Constantinople ; aux jambes il portait des chausses élégamment coupées et ajustées. Bien ferme sur ses étriers, il avait aux pieds
des éperons d'or. Cependant il n'avait pris
aucune arme hors sa seule épée.

105 La reïne vint ateignant
     Au tor d'une rue poignant.
     « Dame », fet il, « an ceste voie,
     S'il vos pleisoit, o vos iroie.
     Je ne ving ça por autre afeire
110 Fors por vos conpeignie a feire. »
     Et la reïnc l'an mercie :
     « Biaus amis, vostre conpeignie
     Aim je mout, ce sachiez de voir,
     Car ne puis pas mellor avoir. »
115 LORS chevauchent a grant esploit,
     An la forest vienent tot droit.
     Cil qui devant ierent alé
     Avoient ja le cerf levé.
     Li un cornent, li autre huient;
120 Li chien aprés le cerf s'esbruient,
     Corent, angressent et abaient;
     Li archier espessemant traient.
     Devant aus toz chaçoit li rois
     Sor un chaceor espanois.
125 LA reïne Guenievre estoit
     El bois, ou les chiens escoutoit,
     Lez li Erec et sa pucele
     Qui mout estoit cortoise et bele;
     Mes d'aus tant esloignié estoient
130 Cil qui le cerf chacié avoient
     Qu'an ne pooit d'aus oïr rien,
     Ne cor ne chaceor ne chien.
     Por orellier et escouter
     S'il orroient home corner
135 Ne cri de chien de nule part,
     Tuit troi furent an un essart
     Delez le chemin aresté;
     Mes mout i orent po esté,
     Quant il virent un chevalier
140 Venir armé sor son destrier,
     L'escu au col, la lance el poing.
     La reïne le vit de loing.
     Delez lui chevauchoit a destre
     Une pucele de grant estre,

Il rejoignit la reine à toute allure, au tournant d'une rue. « Dame, dit-il, je cheminerais avec vous, si vous le vouliez. Je n'ai eu d'autre but en venant ici que de vous tenir compagnie. » La reine le remercia : « Cher ami, j'aime beaucoup votre compagnie, sachez-le ; je ne peux en avoir de meilleure. » Ils chevauchèrent à vive allure et gagnèrent directement la forêt.

Les autres qui étaient partis devant avaient déjà levé le cerf. On corne, on crie ; les chiens jappent, courent, attaquent, aboient. Les archers tirent des volées de traits. En tête, le roi menait la chasse sur un cheval d'Espagne.

La reine Guenièvre se tenait dans le bois où elle écoutait les chiens, avec, à ses côtés, Erec et sa suivante qui était très courtoise et très belle. Mais les chasseurs à la poursuite du cerf s'étaient tellement éloignés d'eux qu'on ne les entendait pas, on ne percevait ni appels de corne, ni bruits de chevaux ou de chiens. Pour tendre l'oreille afin d'entendre les hommes corner ou les chiens aboyer d'un côté ou de l'autre, tous les trois s'étaient arrêtés non loin du chemin, dans un terrain défriché ; ils y étaient depuis peu quand ils virent surgir sur son destrier un chevalier en armes, l'écu au cou, la lance au poing. La reine l'aperçut de loin. A son côté, à droite, chevauchait une jeune fille de fière allure et devant eux,

145 Et devant aus sor un roncin
    Venoit uns nains tot le chemin,
    Et ot an sa main aportee
    Une corgiee an son noee.
    La reïne Guenievre voit
150 Le chevalier bel et adroit,
    Et de sa pucele et de lui
    Viaut savoir qui il sont andui.
    Sa pucele comande aler
    Isnelemant a lui parler.
155 « DAMEISELE », fet la reïne,
    « Cel chevalier qui la chemine
    Alez dire que vaingne a moi
    Et amaint sa pucele o soi. »
    La pucele va l'anbleüre
160 Vers le chevalier a droiture.
    Li nains a l'ancontre li vient,
    An sa main la corgiee tient.
    « Dameisele, estez ! » fet li nains,
    Qui de felenie fu plains ;
165 « Qu'alez vos ceste part querant ?
    Ça ne passeroiz vos avant ! »
    « Nains », fet ele, « leisse m'aler !
    A cel chevalier vuel parler ;
    Car la reïne m'i anvoie. »
170 Li nains s'estut anmi la voie,
    Qui mout fu fel et de put'eire,
    « Ça n'avez vos », fet il, « que feire !
    Alez arriere ! n'est pas droiz
    Qu'a si buen chevalier parloiz. »
175 La pucele s'est avant treite,
    Passer vost outre a force feite,
    Car le nain ot an grant despit
    Por ce qu'ele le vit petit.
    Et li nains hauce la corgiee
180 Quant vers lui la vit aprochiee.
    Ferir la vost parmi le vis :
    Et cele a son braz devant mis.
    Cil recuevre, si l'a ferue

sur une rosse, un nain ouvrait le chemin; il tenait
en main un fouet à nœuds.

La reine Guenièvre voit le chevalier : il est
beau et adroit, et elle veut savoir qui ils sont tous
deux, lui et la jeune fille. A sa suivante elle
demande d'aller sans retard lui parler : « Demoiselle, fait la reine, ce chevalier qui s'avance sur le
chemin, allez lui dire qu'il vienne ici et qu'il
amène sa demoiselle avec lui. » La suivante, à
petite allure, va droit au chevalier. Le nain se
porte à sa rencontre, son fouet à la main.
« Demoiselle, arrêtez-vous, fait le nain qui se
montra fort grossier. Que cherchez-vous par ici ?
Vous ne ferez pas un pas de plus ! » — « Nain,
dit-elle, laisse-moi passer ! Je veux parler à ce
chevalier ; c'est la reine qui m'envoie. »

Le nain se campa au milieu du chemin, dans
une attitude grossière et agressive : « Vous n'avez
rien à faire ici, dit-il. Retournez sur vos pas !
Vous n'êtes pas digne d'adresser la parole à un
chevalier aussi valeureux ! » La jeune fille fit un
pas en avant, elle voulait passer de force, car elle
n'avait que mépris pour un nain de si petite
taille. Le nain haussa son fouet quand il la vit
s'approcher de lui ; il voulut la frapper au visage,
mais elle se couvrit de son bras ; il recommença

A descovert sor la main nue;
185 Si la fiert sor la main anverse
Que tote an devint la main perse.
La pucele, quant miauz ne puet,
Vuelle ou non, retorner l'estuet.
Retornee s'an est plorant :
190 Des iauz li desçandent corant
Les lermes contreval la face.
La reïne ne set que face;
Quant sa pucele voit bleciee,
Mout est dolante et correciee.
195 « Ha! Erec, biaus amis », fet ele,
« Mout me poise de ma pucele
Que si m'a bleciee cil nains.
Mout est li chevaliers vilains
Quant il sofri que teus feiture
200 Feri si bele creature.
Biaus amis Erec, alez i
Au chevalier et dites li
Qu'il vaingne a moi, et nel lest mie.
Conoistre vuel lui et s'amie. »
205 Erec cele part esperone,
Des esperons au cheval done,
Vers le chevalier point tot droit.
Li nains cuiverz venir le voit,
A l'ancontre li est alez.
210 « Vassaus! » fet il, « arriers estez!
Ça ne sai je qu'a feire aiiez.
Arriers vos lo que vos traiiez. »
« Fui! » fet Erec, « nains enuiieus!
Trop es fel et contraliieus.
215 Leisse m'aler! » — « Vos n'i iroiz! »
« Je si ferai. » — « Vos non feroiz! »
Erec bote le nain an sus.
Li nains fu fel tant que nus plus :
De la corgiee grant colee
220 Li a parmi le col donee.
Le col et la face ot vergiee
Erec del cop de la corgiee.
De chief an chief perent les roies
Que li ont feites les corroies.

et la frappa sur sa main nue que rien ne protégeait. Il lui donna de tels coups sur l'envers de la
main que celle-ci en devint toute violacée.

La jeune fille, voyant qu'elle ne peut rien faire
d'autre, qu'elle le veuille ou non, est contrainte
de rebrousser chemin. Elle revient tout en
pleurs : les larmes coulent de ses yeux et
inondent son visage. La reine ne sait que faire ;
quand elle voit sa suivante blessée, elle éprouve
douleur et colère. « Ah, Erec, cher ami, fait-elle,
je suis fâchée de voir ma suivante maltraitée de la
sorte par ce nain. Le chevalier n'est qu'un rustre
d'avoir permis que cet avorton frappe une créature aussi belle. Mon cher Erec, allez trouver le
chevalier et dites-lui que je l'attends ; qu'il
vienne sans faute ! Je veux faire sa connaissance
et celle de son amie. » Erec pique des éperons et
presse le cheval, il court droit au chevalier.
L'infâme nain le voit venir et se précipite à sa
rencontre. « Vassal ! dit-il, rebroussez chemin,
vous n'avez rien à faire ici ; je vous conseille de
retourner sur vos pas. » — « Déguerpis, fait Erec,
misérable nain, que tu es grossier et hargneux !
Laisse-moi passer ! » — « Vous ne passerez pas ! »
— « Je passerai ! » — « Sûrement pas ! »

Erec pousse le nain sur le côté. Le nain était
hargneux comme pas un, il lui donna un grand
coup de fouet au cou. Erec eut le cou et le visage
marqués par le fouet. On voyait tout au long les
traces que lui avaient laissées les lanières.

225 Il sot bien que del nain ferir
    Ne porroit il mie joïr,
    Car le chevalier vit armé
    Mout felon et desmesuré,
    Et crient qu'assez tost l'ocirroit
230 Se devant lui son nain feroit.
    Folie n'est pas vasselages.
    De tant fist mout Erec que sages :
    Rala s'an, qu'il n'i ot plus fet.
    « Dame », fet il, « or est plus let.
235 Si m'a li nains cuiverz blecié
    Que tot m'a le vis depecié.
    Ne l'osai ferir ne tochier,
    Mes nus nel me doit reprochier,
    Que trestoz desarmez estoie.
240 Le chevalier armé dotoie,
    Qui vilains est et outrageus.
    Et il nel tenist mie a jeus :
    Tost m'oceïst par son orguel.
    Mes itant prometre vos vuel
245 Que, se je puis, je vangerai
    Ma honte ou je l'angreignerai.
    Mes trop me sont mes armes loing,
    Nes avrai pas a cest besoing,
    Qu'a Caradigan les leissai
250 Hui matin, quant je m'an tornai.
    Se je la querre les aloie,
    Ja mes retrover ne porroie
    Le chevalier par avanture
    Qui s'an va mout grant aleüre.
255 Siure le me convient adés,
    Ou soit de loing ou soit de prés,
    Tant que je puisse armes trover
    Ou a loiier ou a prester.
    Se je truis qui armes me prest,
260 Maintenant me trovera prest
    Li chevaliers de la bataille.
    Et bien sachiez sanz nule faille
    Que tant nos conbatrons andui
    Qu'il me conquerra ou je lui ;

Il se rendit compte qu'il ne pourrait se donner
la joie de frapper le nain, car il apercevait le chevalier qui était armé et respirait la hargne et la
violence; il craignit de se faire tuer aussitôt s'il
venait à frapper le nain en sa présence. Il ne faut
pas confondre folie et courage. Erec agit avec
bon sens : il s'en retourna et l'affaire en resta là.
« Dame, dit-il, voilà qui va mal. L'infâme nain
m'a blessé, il m'a lacéré le visage. Je n'ai pas osé
le frapper ou y porter la main, mais personne ne
doit m'en faire reproche, car j'étais complètement désarmé et j'avais des raisons de craindre le
chevalier qui lui est en armes, qui n'a aucune
civilité et qui est violent. Il n'aurait pas pris la
chose à la légère, et dans son arrogance il aurait
eu vite fait de me tuer. Mais je tiens à vous pro-
mettre que, si je le peux, je vengerai ma honte ou
je la doublerai. Mais mes armes sont trop loin :
l'occasion presse, impossible de me les procurer;
je les ai laissées à Caradigan ce matin quand je
suis parti. Si j'allais les y chercher, je ne pourrais
sans doute jamais retrouver le chevalier qui
s'éloigne à grande allure. Il me faut le suivre
immédiatement, de près ou de loin, jusqu'à ce
que je puisse trouver des armes à louer ou à
emprunter. Si je trouve quelqu'un qui me prête
des armes, ce chevalier me verra sur-le-champ
prêt au combat. Et soyez absolument certaine
que nous combattrons jusqu'à ce que l'un des
deux, lui ou moi, soit maître de l'autre. Si je le

265 Et se je puis, jusqu'au tierz jor
    Me serai je mis el retor.
    Lors me reverroiz a l'ostel
    Lié ou dolant, ne sai le quel.
    Dame, je ne puis plus targier,
270 Siure m'estuet le chevalier.
    Je m'an vois. A Deu vos comant. »
    Et la reïne autressimant
    A Deu, qui de mal le deffande,
    Plus de cinc çanz foiz le comande.
275 Erec se part de la reïne,
    Del chevalier siure ne fine;
    Et la reïne el bois remaint,
    Ou li rois ot le cerf ataint.
    A la prise del cerf einçois
280 Vint que nus des autres li rois;
    Le blanc cerf ont desfet et pris.
    Au repeirier se sont tuit mis,
    Le cerf an portent, si s'an vont,
    A Caradigan venu sont.
285 Aprés soper, quant li baron
    Furent tuit lié par la meison,
    Li rois si con costume estoit,
    Por ce que le cerf pris avoit,
    Dist qu'il iroit le beisier prandre
290 Por la costume del cerf randre.
    Par la cort an font grant murmure :
    Li uns a l'autre dit et jure,
    Que ce n'iert ja fet sanz desresne
    D'espee ou de lance de fresne.
295 Chascuns viaut par chevalerie
    Desresnier que la soe amie
    Est la plus bele de la sale;
    Mout est ceste parole male.
    Quant mes sire Gauvains le sot
300 Sachiez que mie ne li plot.
    A parole an a mis le roi.
    « Sire », fet il, « an grant esfroi
    Sont ceanz vostre chevalier.

peux, je serai de retour dans les trois jours. Alors
vous me verrez auprès de vous, joyeux ou désolé,
je ne sais. Dame, je ne peux tarder davantage, il
me faut suivre le chevalier. Je m'en vais. Je vous
recommande à Dieu. » La reine fait de même ;
plus de cent fois elle le recommande à Dieu et
prie qu'il le protège de tout mal. Erec quitte la
reine et entreprend de suivre le chevalier.

La reine reste dans le bois où le roi avait
atteint le cerf. Il était arrivé le premier, devan-
çant les autres, pour prendre le cerf.

Ils ont pris et dépecé le blanc cerf. Ils
s'apprêtent tous à revenir, ils s'en vont en
emportant le cerf et les voici de retour à Caradigan.

Après le souper, tandis que les barons se diver-
tissaient dans le château, vu que telle était la
coutume et étant donné qu'il avait pris le cerf, le
roi annonça qu'il irait prendre le baiser qu'exige
la coutume du cerf. La cour ne fut plus qu'un
immense murmure, et les uns et les autres de
jurer que ceci ne se fera pas sans contestation à
l'épée ou à la lance de frêne. Chacun tient à soutenir par souci de son honneur de chevalier que
son amie est la plus belle de la salle.

C'était une annonce bien néfaste. Quand
monseigneur Gauvain l'apprit, sachez qu'il en
fut mécontent. Il s'adressa au roi : « Sire, dit-il,
voici tous vos chevaliers en grande agitation.

Tuit parolent de cel beisier.
305 Bien dïent tuit que ja n'iert fet,
Que noise et bataille n'i et. »
Et li rois li respont par san :
« Biaus niés Gauvains, conselliez m'an
Sauve m'enor et ma droiture !
310 Car je n'ai de la noise cure. »
AU consoil granz partie cort
Des mellors barons de la cort.
Li rois Yders i est alez,
Qui premiers i fu apelez.
315 Aprés li rois Cadovalanz
Qui mout fu sages et vaillanz.
Keus et Girflez i sont venu,
Et Amauguins, li rois, i fu,
Et des autres barons assez
320 I ot avuec aus amassez.
Tant fu la parole esmeüe
Que la reïne i est venue.
L'avanture lor a contee
Qu'an la forest avoit trovee,
325 Del chevalier que armé vit
Et del nain felon et petit,
Qui de la corgiee ot ferue
Sa pucele sor la main nue,
Et ot feru tot einsimant
330 Erec el vis mout leidemant,
Qui a seü le chevalier
Por sa honte acroistre ou vangier ;
Et dist que repeirier devoit
Jusqu'au tierz jor, se il pooit.
335 « Sire », fet la reïne au roi,
« Antandez un petit a moi !
Se cist baron loent mon dit
Metez cest beisier an respit
Jusqu'au tierz jor qu'Erec revaingne. »
340 N'i a cel qu'a li ne se taingne
Et li rois meïsmes l'otroie.

Tous parlent de ce baiser. Et tous affirment qu'il ne sera pas donné sans entraîner disputes et batailles. » Le roi eut la finesse de lui répondre : « Cher neveu Gauvain, trouvez-moi une solution qui préserve mon honneur et mes droits ; car je ne veux pas de disputes. »

Une grande partie des meilleurs barons de la cour se hâta vers le conseil. Le roi Yder s'y rendit ; il y avait été appelé le premier. Ce fut ensuite le roi Cadovalant, un homme de sagesse et de vaillance. Keu et Girflet y vinrent aussi, et le roi Amauguin y assista ; bien d'autres barons se trouvèrent rassemblés avec eux. On parla beaucoup et la reine arriva. Elle leur raconta l'aventure qui lui était advenue dans la forêt : comment elle avait aperçu le chevalier en armes ; comment le petit nain haigneux avait frappé de son fouet sa suivante sur sa main nue ; comment il avait également frappé Erec au visage, de façon ignoble, et comment celui-ci l'avait suivi pour redoubler sa honte ou la venger ; elle annonça qu'il devait être de retour dans trois jours, s'il le pouvait. « Sire, dit la reine au roi, prêtez-moi un peu attention. Si les barons qui sont ici approuvent ce que je vais dire, remettez ce baiser à plus tard ; attendez trois jours, qu'Erec soit revenu. » Il n'en est pas un qui ne se range à son avis et c'est la décision que prend le roi.

EREC va siuant tote voie
Le chevalier qui armez fu,
Et le nain qui l'avoit feru,
345 Tant qu'il vindrent a un chastel
Mout bien seant et fort et bel;
Parmi la porte antrent tot droit.
El chastel mout grant joie avoit
De chevaliers et de puceles,
350 Car mout an i avoit de beles.
Li un peissoient par les rues
Espreviers et faucons de mues.
Et li autre aportoient fors
Terciaus, ostors muëz et sors.
355 Li autre jeuent d'autre part
Ou a la mine ou a hasart,
Cil as eschas et cil as tables.
Li garçon devant cez estables
Torchent les chevaus et estrillent.
360 Les dames és chanbres s'atillent.
De si loing come il venir voient
Le chevalier qu'il conoissoient,
Son nain et sa pucele o soi,
Ancontre lui vont troi et troi.
365 Tuit le conjoent et saluent,
Mes contre Erec ne se remuent,
Qu'il ne le conoissoient pas.
Erec va siuant tot le pas
Par le chastel le chevalier
370 Tant que il le vit herbergier.
Quant il vit qu'il fu herbergiez,
Formant aur fu joianz et liez.
Un petit est avant passez
Et vit gesir sor uns degrez
375 Un vavassor d'auques de jorz;
Mes mout estoit povre sa corz.
Biaus hon estoit, chenuz et blans,
De bon'eire, jantis et frans.
Iluec estoit toz seus assis;
380 Bien ressanbloit qu'il fust pansis.

Erec cependant s'emploie à suivre le chevalier en armes et le nain qui l'avait frappé.

Ils finirent par arriver à un château superbement situé et fortifié ; ils franchirent hardiment la porte. Dans le château régnait une effervescence joyeuse de chevaliers et de belles jeunes filles, dont il y avait foule. Les uns, dans les rues, donnaient à manger à des éperviers et des faucons de mue, tandis que d'autres promenaient des tiercelets et des autours bruns mués. Ailleurs d'autres jouaient à la mine ou au hasard, ou encore aux échecs ou au trictrac ; devant les écuries, les valets bouchonnaient et étrillaient les chevaux ; dans les chambres, les dames s'apprêtaient.

D'aussi loin qu'ils virent venir le chevalier, qui leur était connu, avec son nain et la jeune fille, ils se portèrent trois par trois à sa rencontre, et tous de le saluer et de lui faire fête. Erec, au petit pas, suivit le chevalier dans le château jusqu'à ce qu'il le vit prendre logis.

Quand il vit qu'il avait pris logis, il en fut rempli de joie. Il continua un peu son chemin et aperçut, installé sur une volée de marches, un vavasseur assez âgé, mais sa cour était de bien pauvre apparence. C'était un bel homme, les cheveux blancs, la tête chenue, de bonne souche, noble et généreux. Il était donc là, assis tout seul et on voyait bien qu'il était préoccupé. Erec

Erec pansa que il estoit
Preudon, tost le herbergeroit.
Parmi la porte antre an la cort;
Li vavassors contre li cort.
385 Ainz qu'Erec li eüst dit mot,
Li vavassors salué l'ot.
« Biaus sire », fet il, « bien veigniez!
Se o moi herbergier deigniez,
Vez l'ostel aparellié ci. »
390 Erec respont : « Vostre merci!
Je ne sui ça venuz por el.
Mestier ai anuit mes d'ostel. »
EREC de son cheval desçant :
Li sire meïsmes le prant,
395 Par la resne aprés lui le tret,
A son oste grant enor fet.
Li vavassors sa fame apele
Et sa fille qui mout fu bele,
Qui an un ovreor ovroient;
400 Mes ne sai quel oevre feisoient.
La dame s'an est fors issue,
Et sa fille qui fu vestue
D'une chemise par panz lee,
Deliëe, blanche et ridee.
405 Un blanc chainse ot vestu dessus;
N'avoit robe ne mains ne plus.
Mes tant estoit li chainses viez
Que as cotes estoit perciez.
Povre estoit la robe defors,
410 Mes dessoz estoit biaus li cors.
MOUT estoit la pucele jante,
Car tote i ot mise s'antante
Nature qui faite l'avoit.
Ele meïsme s'an estoit
415 Plus de cinc çanz foiz mervelliee,
Comant une sole foiiee
Tant bele chose feire sot,
Ne puis tant pener ne se pot
Qu'ele poïst son essanpleire
420 An nule guise contrefeire.

pensa qu'il était homme de qualité et qu'il
s'empresserait de l'héberger. Il franchit la porte
et pénétra dans la cour; le vavasseur courut à sa
rencontre et, avant qu'Erec lui eût adressé la
parole, il l'avait déjà salué : « Cher seigneur,
dit-il, bienvenue! Si vous daignez vous arrêter
chez moi, voici le logis tout prêt. » Erec répondit : « Je vous remercie. Je ne cherche rien
d'autre : j'ai besoin de logis ce soir. »

Erec descendit de son cheval et le vavasseur
lui-même le prit et le conduisit par la bride derrière lui, faisant grand honneur à son hôte. Il
appela sa femme ainsi que sa fille, qui était fort
belle; elles travaillaient dans un ouvroir, mais je
ne sais à quel ouvrage. La dame sortit accompagnée de sa fille qui était vêtue d'une chemise à
larges pans, fine, blanche et plissée; elle avait
mis par-dessus une tunique blanche et n'avait
pas d'autre vêtement. Encore la tunique était-
elle si vieille qu'elle était percée aux coudes. Si
l'habit avait pauvre allure, le corps, dessous, était
splendide.

La jeune fille était fort gracieuse, car Nature
pour la faire y avait mis tout son savoir, et elle-
même, à mille reprises, s'était émerveillée d'avoir
pu, une fois, produire une aussi belle créature;
par la suite, malgré tous ses efforts, elle fut absolument incapable d'en refaire une autre sem-

De cesti tesmoingne Nature,
Qu'onques si bele creature
Ne fu veüe an tot le monde.
Por voir vos di qu'Iseuz la blonde
425 N'ot tant les crins sors ne luisanz
Que a cesti ne fu neanz.
Plus ot que n'est la flors de lis,
Cler et blanc le front et le vis.
Sor la blanchor par grant mervoille
430 D'une color fresche et vermoille
Que Nature li ot donee,
Estoit sa face anluminee.
Li oel si grant clarté randoient
Que deus estoiles ressanbloient.
435 Onques Deus ne sot feire miauz
Le nes, la boche ne les iauz.
Que diroie de sa biauté?
Ce fu cele par verité,
Qui fu feite por esgarder,
440 Qu'an li se poïst an mirer
Aussi come an un mireor.
Issue estoit de l'ovreor :
Quant ele le chevalier voit
Que onques mes veü n'avoit,
445 Un petit arriere s'estut
Por ce qu'ele ne le conut.
Vergoingne an ot et si rogi.
Erec d'autre part s'esbaï
Quant an li si grant biauté vit;
450 Et li vavassors li dit :
« Bele douce fille, prenez
Cest cheval et si le menez
An cele estable avuec les miens.
Gardez qu'il ne li faille riens.
455 Ostez li la sele et le frain,
Si li donez avainne et fain.
Conreez le et estrilliez
Si qu'il soit bien aparelliez. »
LA pucele prant le cheval,
460 Si li deslace le peitral,

blable. De la part de Nature, c'est bien la preuve que jamais en tout le monde on ne vit aussi belle femme. Je vous assure qu'Iseut la blonde n'avait pas les cheveux aussi dorés et brillants : comparés aux siens, ils n'existaient pas. Elle avait le front et le visage d'un teint plus clair et plus blanc que la fleur de lys. C'était merveille de voir sur cette blancheur sa figure illuminée d'une fraîche couleur vermeille dont Nature lui avait fait don. Ses yeux avaient tant d'éclat qu'ils semblaient deux étoiles. Jamais Dieu n'avait mieux réussi nez, bouche ou yeux. Que dirais-je de sa beauté ? En vérité, elle avait été faite pour le plaisir des yeux, car on aurait pu se contempler en elle comme dans un miroir.

Elle était sortie de l'ouvroir et quand elle aperçut le chevalier qu'elle n'avait jamais vu, elle se tint un peu en arrière parce qu'elle ne le connaissait pas ; elle rougit de confusion. Erec de son côté resta bouche bée quand il vit en elle tant de beauté. Le vavasseur lui dit : « Ma chère fille, prenez ce cheval et conduisez-le dans l'écurie avec les miens. Veillez à ce qu'il ne lui manque rien ; ôtez-lui la selle et le frein et donnez-lui de l'avoine et du foin. Pansez-le et étrillez-le ; il faut bien le soigner. »

La jeune fille prend le cheval et détache le poitrail ; elle ôte le frein et la selle. Le cheval a un

Le frain et la sele li oste.
Or a li chevaus mout buen oste :
Mout bien et bel s'an antremet.
El chief un chevoistre li met,
465 Bien le torche, estrille et conroie,
A la mangeoire le loie
Et si li met fain et avainne
Devant assez, novele et sainne ;
Puis revint a son pere arriere.
470 Cil li dist : « Bele fille chiere,
Prenez par la main cest seignor,
Si li portez mout grant enor.
Par la main l'an menez la sus ! »
La pucele ne tarda plus,
475 Qu'ele n'estoit mie vilainne ;
Par la main contre mont l'an mainne.
La dame estoit devant alee,
Qui la meison ot atornee.
Coutes porpointes et tapiz
480 Ot estanduz dessor les liz,
Ou il se sont assis tuit troi,
Erec et ses ostes lez soi,
Et la pucele d'autre part.
Le feus mout cler devant aus art.
485 Li vavassors serjant n'avoit
Fors un tot seul qui le servoit,
Ne chanberiere ne meschine.
Cil atornoit an la cuisine
Por le soper char et oisiaus ;
490 De l'atorner fu mout isniaus.
Bien sot aparellier et tost
Char an esseu, oisiaus an rost.
Quant le mangier ot atorné
Tel come an li ot comandé,
495 L'eve lor done a deus bacins.
Tables et napes, pains et vins
Fu tost aparelliez et mis,
Si se sont au soper assis.
Trestot quanque mestiers lor fu
500 Ont a lor volanté eü.

hôte de choix ! Elle sait fort bien s'en occuper, elle passe un licol autour de sa tête, elle le bouchonne, l'étrille, le panse ; elle l'attache à la mangeoire où elle met devant lui abondance de foin et d'avoine fraîche et saine. Puis elle revient à son père qui lui dit : « Ma fille chérie, prenez ce seigneur par la main et traitez-le avec beaucoup d'honneur. Menez-le par la main là-haut. »

La jeune fille sans attendre, car elle n'avait rien de fruste, le prit par la main et le fit monter. La dame les avait précédés et avait préparé la maison ; elle avait étendu des couvertures brodées et des tapis sur les lits. Ils s'y assirent tous les trois, Erec et son hôte à côté de lui, la jeune fille de l'autre côté. Un grand feu clair brûlait devant eux. Le vavasseur n'avait qu'un seul serviteur à son service, et aucune chambrière ou servante. Le serviteur préparait dans la cuisine, pour le souper, de la venaison et du gibier à plume. Il fit rapidement les préparatifs ; il était habile et prompt à apprêter viande en bouillon et oiseaux rôtis. Quand il eut préparé le repas selon ce qu'on lui avait ordonné, il leur présenta l'eau dans deux bassins. Tables et nappes, pain et vin furent rapidement préparés et mis en place. Ils s'assirent pour souper. Ils eurent à volonté tout ce dont ils avaient besoin.

Quant a lor eise orent sopé
Et des tables furent levé,
Erec mist son oste a reison
Qui sire estoit de la meison.
505 « Dites moi, biaus ostes », fet il,
« De tant povre robe et si vil
Por qu'est vostre fille atornee,
Qui tant par est bele et senee ? »
« Biaus amis », fet li vavassors,
510 « Povretez fet mal as plusors
Et autressi fet ele a moi.
Mout me poise quant je la voi
Atornee si povremant,
Ne n'ai pooir que je l'amant.
515 Tant ai esté toz jorz an guerre,
Tote an ai perdue ma terre
Et angagiée et vandue.
Et neporquant bien fust vestue,
Se sofrisse qu'ele preïst
520 Tot ce qu'an doner li vossist.
Nes li sire de cest chastel
L'eüst vestue bien et bel
Et si li feïst toz ses buens ;
Qu'ele est sa niece, et il est cuens ;
525 Ne n'a baron an cest païs,
Tant soit riches ne poestis,
Qui ne l'eüst a fame prise
Volantiers tot a ma devise ;
Mes j'atant ancor mellor point,
530 Que Deus greignor enor li doint,
Que avanture ça amaint
Ou roi ou conte qui l'an maint.
A dons soz ciel ne roi ne conte
Qui eüst de ma fille honte,
535 Qui tant par est bele a mervoille
Qu'an ne puet trover sa paroille ?
Mout est bele, mes miauz assez
Vaut ses savoirs que sa biautez.
Onques Deus ne fist rien tant sage
540 Ne qui tant fust de franc corage.

Quand ils eurent soupé à l'aise et qu'ils se furent levés de table, Erec s'adressa à son hôte, le maître de maison : « Dites-moi, cher hôte, fit-il, pourquoi votre fille porte-t-elle des vêtements aussi pauvres et aussi misérables, alors qu'elle a tant de beauté et de jugement ?

— Cher ami, dit le vavasseur, Pauvreté s'en prend à bien des gens et elle ne m'épargne pas. Je suis bien fâché de la voir si pauvrement vêtue et je suis dans l'impossibilité de faire mieux. J'ai fait la guerre toute ma vie et j'en ai perdu toute ma terre que j'ai dû engager et vendre. Pourtant elle aurait été bien habillée si j'avais permis qu'elle accepte tout ce qu'on voulait lui offrir. Le seigneur de ce château lui-même était prêt à lui donner des habits honorables et à combler tous ses vœux, car elle est sa nièce et il possède le comté. Pas un baron dans ce pays, si riche et si puissant qu'il soit, qui ne l'aurait épousée volontiers aux conditions fixées par moi. Mais j'attends encore mieux, souhaitant que Dieu lui réserve un honneur encore plus grand et que l'aventure conduise ici un roi ou un comte qui en fera sa compagne. Croyez-vous qu'il existe ici-bas roi ou comte qui pourrait rougir de ma fille ? Elle est d'une si merveilleuse beauté qu'il est impossible de trouver sa pareille. Elle est très belle, mais en elle la raison l'emporte encore sur la beauté. Jamais Dieu ne fit créature d'une telle sagesse ou d'un cœur aussi noble. Quand ma fille

Quant je ai delez moi ma fille,
Tot le mont ne pris une bille.
C'est mes deduiz, c'est mes deporz,
C'est mes solaz, c'est mes conforz,
545 C'est mes avoirs, c'est mes tresorz.
Je n'aim tant rien come son cors. »
QUANT Erec ot tot escouté
Quanque ses ostes a conté,
Si li demande qu'il li die
550 Dont estoit teus chevalerie
Qu'an cest chastel estoit venue;
Qu'il n'i avoit si povre rue
Ne fust plainne de chevaliers
Et de dames et d'escuiiers,
555 N'ostel tant povre ne petit.
Et li vavassors li a dit
« Biaus amis, ce sont li baron
De cest païs ci anviron;
Et tuit li juene et li chenu
560 A une feste sont venu
Qui an cest chastel iert demain;
Por ce sont li ostel si plain.
Mout i avra demain grant bruit
Quant il seront assanblé tuit;
565 Car devant trestote la jant
Iert sor une perche d'arjant
Uns espreviers mout biaus assis
Ou de cinc mues ou de sis,
Li miaudre qu'an porra savoir.
570 Qui l'esprevier voudra avoir,
Avoir li covandra amie
Bele et sage sanz vilenie.
S'il i a chevalier tant os
Qui vuelle le pris et le los
575 De la plus bele desresnier,
S'amie fera l'esprevier
Devant toz a la perche prandre,
S'autre ne li ose deffandre.
Iceste costume maintienent
580 Et por ce chascun an i vienent. »

est auprès de moi, je ne donne pas une bille du
monde entier. Elle est mon plaisir et ma joie, ma
consolation et mon réconfort, toute ma richesse,
mon seul trésor. C'est bien la personne que
j'aime le plus au monde. »

Quand Erec eut écouté le récit de son hôte, il
le pria de lui dire pourquoi tant de chevaliers
étaient venus faire fête en ce château : la plus
pauvre des rues était pleine de chevaliers, de
dames et d'écuyers, tout comme le plus pauvre
et le plus petit des logis. Le vavasseur lui répondit : « Cher ami, ce sont les barons du pays alentour. Jeunes et chenus, ils sont venus à une fête
qui se tiendra dans ce château demain. C'est
pourquoi les logis sont tellement pleins. Demain
régnera une belle effervescence quand ils seront
tous assemblés : en présence de tous, on placera
sur une perche d'argent un superbe épervier, de
cinq ou six mues, le plus beau qu'on puisse trouver. Qui voudra emporter l'épervier devra avoir
une amie, belle, sage, de grande distinction. S'il
y a chevalier assez hardi pour vouloir revendiquer le prix et l'honneur destinés à la plus belle,
en présence de tous il fera prendre l'épervier sur
la perche par son amie, si personne n'ose l'en
empêcher. Telle est la coutume qu'ils main-
tiennent et qui les réunit ici chaque année. »

Aprés li dit Erec et prie :
« Biaus ostes, ne vos enuit mie !
Mes dites moi se vos savez
Qui est li chevaliers armez
585 D'unes armes d'azur et d'or
Qui par ci devant passa or,
Lez lui une pucele cointe
Qui mout prés de lui estoit jointe,
Et devant aus un nain boçu. »
590 Lors a li ostes respondu :
« C'est cil qui avra l'esprevier
Sanz contredit de chevalier.
Ne cuit que nus avant s'an traie
Ja n'i avra ne cop ne plaie.
595 Par deus anz l'a il ja eü
Qu'onques chalangiez ne li fu ;
Mes se il ancore oan l'a,
A toz jorz desresnié l'avra.
Ja mes n'iert anz que il ne l'et
600 Quite sanz bataille et sanz plet. »
Erec respont eneslepas :
« Cel chevalier, je ne l'aim pas.
Sachiez, se je armes avoie,
L'esprevier li chalangeroie.
605 Biaus ostes, par vostre franchise,
Par guerredon et par servise
Vos pri que vos me conselliez
Tant que je soie aparelliez
D'unes armes viez ou noveles,
610 Ne me chaut, ou leides ou beles. »
Et cil li respont come frans :
« Ja mar an seroiz an espans !
Armes buenes et beles ai
Que volantiers vos presterai.
615 Leanz est li haubers tresliz
Qui antre cinc çanz fu esliz.
Chauces ai mout buenes et chieres,
Cleres et beles et legieres.
Li hiaumes est et bruns et biaus,
620 Et li escuz fres et noviaus.

Erec lui fit encore une prière : « Cher hôte, s'il
vous plaît, dites-moi si vous savez qui est le chevalier qui porte une armure aux couleurs d'azur
et or et qui passa par-devant chez vous à l'instant ; il était accompagné d'une jeune fille élégante qui se tenait très près de lui et un nain
bossu les précédait. » L'hôte lui répondit : « C'est
celui qui aura l'épervier, aucun chevalier ne s'y
opposera. Personne, à mon avis, n'osera bouger,
et cela se fera sans coup ni plaie. Il l'a déjà eu
deux années de suite sans qu'on le lui dispute.
Mais s'il l'a encore cette année, il l'aura gagné
définitivement. Toutes les années à venir il le
gardera sans avoir à discuter ou à combattre. »

Erec répliqua aussitôt : « Voilà un chevalier
que je n'aime pas. Sachez-le, si j'avais des armes,
je lui disputerais l'épervier. Cher hôte, j'en
appelle à votre générosité, rendez-moi ce service,
je vous en prie : aidez-moi à me procurer une
armure, vieille ou neuve, laide ou belle, peu
m'importe. » Et l'hôte lui répondit en homme
généreux : « Il serait malheureux que vous vous
en inquiétiez davantage. J'ai une belle armure,
solide, que je vous prêterai volontiers. Ici même
est le haubert à triple maille qui fut choisi parmi
cent autres. J'ai des chausses solides et de prix,
étincelantes, belles et légères. Le heaume est
beau et rutilant, et l'écu tout neuf. Le cheval,

Le cheval, l'espee et la lance,
Tot vos presterai sanz dotance;
Que ja riens n'an sera a dire. »
« La vostre merci, biaus douz sire!
625 Mes je ne quier mellor espee
Que cele que j'ai aportee,
Ne cheval autre que le mien :
De celui m'eiderai je bien.
Se le soreplus me prestez,
630 Vis m'est que c'iert mout granz bontez.
Mes ancor vos vuel querre un don,
Don je vos randrai guerredon,
Se Deus done que je m'an aille
Atot l'enor de la bataille. »
635 Et cil li respont franchemant :
« Demandez tot seürement
Vostre pleisir; comant qu'il aut,
Riens que je aie ne vos faut. »
Lors dist Erec que l'esprevier
640 Viaut par sa fille desresnier :
« Car por voir n'i avra pucele
Qui la çantisme part soit bele »;
Et se il avuec lui l'an mainne,
Reison avra droite et certainne
645 De desresnier et de mostrer
Qu'ele an doit l'esprevier porter.
Puis dist : « Sire, vos ne savez
Quel oste herbergié avez,
De quel afeire et de quel jant.
650 Fiz sui d'un riche roi puissant :
Mes pere li rois Lac a non,
Erec m'apelent li Breton.
De la cort al roi Artu sui,
Bien ai esté trois anz a lui.
655 Je ne sai s'an ceste contree
Vint onques nule renomee
Ne de mon pere ne de moi;
Mes je vos promet et otroi,
Se vos d'armes m'aparelliez

l'épée et la lance, je vous prêterai tout sans hésiter : il n'y manquera rien.

— Je vous remercie, mon cher seigneur, mais je n'ai pas besoin de meilleure épée que celle que j'ai apportée ni d'autre cheval que le mien : il fera bien mon affaire. Si vous me prêtez le reste, je considérerai que vous me faites une grande générosité. Mais je veux encore vous demander un don que je saurai vous revaloir, si Dieu m'accorde de sortir avec les honneurs du combat. »

L'hôte lui répondit généreusement : « Demandez sans crainte ce que vous voulez. Quoi qu'il arrive, tout ce que j'ai est à votre disposition. »

Alors Erec dit qu'il voulait que sa fille vienne avec lui revendiquer l'épervier, « car vraiment il n'y aura pas de jeune fille qui ait le centième de sa beauté ». Et s'il l'emmène avec lui, il aura un motif sûr et fondé de prétendre qu'à l'évidence elle doit emporter l'épervier.

Il ajouta : « Seigneur, vous ignorez quel hôte vous avez accepté d'héberger, quel est son rang, quel est son lignage. Je suis fils d'un roi riche et puissant : mon père se nomme le roi Lac; les Bretons m'appellent Erec. J'appartiens à la cour du roi Arthur que j'ai servi trois bonnes années. Je ne sais si la renommée a jamais porté en cette contrée le nom de mon père ou le mien. Mais je vous promets et je vous garantis que si vous me

660 Et vostre fille me bailliez
    Demain a l'esprevier conquerre,
    Que je l'an manrai an ma terre,
    Se Deus la victoire me done;
    Je li ferai porter corone,
665 S'iert reïne de trois citez. »
    « Ha, biaus sire, est ce veritez
    Qu'Erec, li fiz Lac, estes vos? »
    « Ce sui je », fet il, « a estros. »
    Li ostes mout s'an esjoï
670 Et dist : « Bien avomes oï
    De vos parler an cest païs.
    Or vos aim assez plus et pris,
    Car mout estes preuz et hardiz.
    Ja de moi n'iroiz escondiz :
675 Tot a vostre comandemant
    Ma bele fille vos presant. »
    Maintenant la prist par le poing.
    « Tenez », fet il, « je la vos doing. »
    Erec lieemant la reçut.
680 Or a quanquë il li estut.
    Grant joie font tuit par leanz :
    Mout an est li pere joianz,
    Et la mere plore de joie.
    La pucele sist tote coie;
685 Mes mout estoit joianz et liee
    De ce que li iere otroiiee,
    Por ce que preuz iere et cortois;
    Et bien savoit qu'il seroit rois
    Et ele meïsme enoree
690 Riche reïne coronee.
    Mout orent cele nuit vellié :
    Li lit furent aparellié
    De blans dras et de coutes moles.
    A tant faillirent les paroles :
695 Lieemant se vont couchier tuit.

munissez d'une armure et que vous me confiez votre fille demain pour conquérir l'épervier, je l'emmènerai dans mon pays, si Dieu me donne la victoire; je la ferai couronner et elle sera reine de trois cités. » — « Ah, cher seigneur, est-ce vrai? Vous êtes Erec, le fils de Lac? » — « Oui, c'est moi, fit-il, parfaitement. »

L'hôte s'en réjouit vivement : « Nous avons beaucoup entendu parler de vous dans notre pays, dit-il. A présent j'ai encore plus d'estime et d'amitié pour vous, car vous êtes plein de vaillance et de hardiesse. Je ne saurais rien vous refuser : je remets entièrement ma fille si belle entre vos mains; je vous la confie. » Il la prit alors par le poignet : « Tenez, dit-il, je vous la donne. »

Erec la reçoit avec joie. A présent il a tout ce dont il a besoin. Toute la maison est en liesse; le père est tout heureux et la mère pleure de joie.

La jeune fille restait assise en silence, mais elle était emplie de bonheur et de joie d'être donnée à Erec qui était vaillant et courtois. Elle savait bien aussi qu'il serait roi et qu'elle-même serait comblée d'honneurs et recevrait une couronne de reine puissante.

Ils veillèrent très tard cette nuit-là. On prépara les lits avec des draps blancs et de moelleuses couvertures; les conversations cessèrent et tous allèrent se coucher, le cœur en joie.

Erec dormi po cele nuit.
L'andemain lués que l'aube crieve
Isnelemant et tost se lieve,
Et ses ostes ansanble o lui.
700 Au mostier vont orer andui
Et firent de saint Esperite
Messe chanter a un hermite ;
L'ofrande n'oblierent mie.
Quant il orent la messe oïe
705 Andui anclinent a l'autel,
Si s'an repeirent a l'ostel.
Erec tarda mout la bataille :
Les armes quiert, et l'an li baille.
La pucele meïsme l'arme,
710 N'i ot fet charaie ne charme ;
Lace li les chauces de fer
Et queust a corroie de cer.
Hauberc li vest de buene maille,
Et si li lace la vantaille.
715 Le hiaume brun li met el chief,
Mout l'arme bien de chief an chief.
Au costé l'espee li çaint,
Puis comande qu'an li amaint
Son cheval, et l'an li amainne :
720 Sus est sailliz de terre plainne.
La pucele aporte l'escu
Et la lance qui roide fu,
L'escu li baille, et il le prant,
Par la guige a son le col le pant.
725 La lance li ra el poing mise :
Cil l'a devers l'arestuel prise.
Puis dist au vavassor jantil :
« Biaus sire, s'il vos plest », fet il,
« Feites vostre fille atorner,
730 Qu'a l'esprevier l'an vuel mener
Si con vos m'avez covenant. »
Li vavassors fist maintenant
Anseler un palefroi bai,
Onques ne le mist an delai.
735 Del hernois a parler ne fet,

LA CHASSE AU BLANC CERF
II. LE COMBAT POUR L'ÉPERVIER

Erec dormit peu cette nuit-là. Le lendemain dès que l'aube pointa, il eut vite fait de se lever; son hôte se leva en même temps que lui et tous deux allèrent prier à l'église où ils firent chanter une messe du Saint Esprit par un ermite, sans oublier de donner à l'offrande. Une fois la messe entendue, tous deux s'inclinèrent devant l'autel et retournèrent au logis. Erec attendait avec impatience le combat.

Il demande ses armes, on les lui apporte. La jeune fille l'arme elle-même, sans prononcer incantation ou sortilège; elle lui lace les chausses de fer et les serre avec les lacets en cuir de cerf. Elle le revêt d'un haubert de bonne maille, lui lace le vantail et lui pose le heaume rutilant sur la tête; elle se montre adroite à l'armer de pied en cap. Au côté elle lui ceint l'épée, puis elle ordonne qu'on lui amène son cheval, ce qui est fait aussitôt. Il y saute d'un bond. La jeune fille apporte l'écu et la lance qui était rigide. Elle lui tend l'écu, il le prend, le pend à son cou par la courroie. Elle lui met la lance au poing, et il la saisit à la base.

Il s'adressa alors au noble vavasseur : « Cher seigneur, s'il vous plaît, dit-il, faites préparer votre fille car je veux la conduire à l'épervier, ainsi que vous me l'avez accordé. »

Le vavasseur fit aussitôt seller un palefroi bai et se garda de le faire attendre. Le harnais ne

Car la granz povretez ne let,
Don li vavassors estoit plains.
La sele fu mise et li frains.
Desliee et desafublee
740 Est la pucele sus montee
Qui de rien ne s'an fist proiier.
Erec n'i vost plus delaiier :
Or s'an va, delez lui an coste
An mainne la fille son oste.
745 Aprés le siuent anbedui,
Li sire et la dame avuec lui.
Erec chevauche lance droite,
Delez lui la pucele adroite.
Tuit l'esgardent parmi les rues,
750 Et les granz janz et les menues.
Trestoz li pueples s'an mervoille.
Li uns dit a l'autre et consoille :
« Qui est, qui est cil chevaliers ?
Mout doit estre hardiz et fiers,
755 Qui la bele pucele an mainne.
Cist anploiera bien sa peinne,
Cist puet bien desresnier par droit
Que ceste la plus bele soit. »
Li uns dit a l'autre : « Por voir
760 Ceste doit l'esprevier avoir. »
Li un la pucele prisoient
Et mainz an i ot qui disoient :
« Deus ! qui puet cil chevaliers estre,
Qui la bele pucele adestre ? »
765 « Ne sai » — « Ne sai », ce dit chascuns,
« Mes mout li siet li hiaumes bruns
Et cil haubers et cil escuz
Et cil branz d'acier esmouluz.
Mout est adroiz sor cel cheval,
770 Bien ressanble vaillant vassal.
Mout est bien fez et bien tailliez
De bras, de janbes et de piez. »
Tuit a aus esgarder antandent,
Mes cil ne tardent ne atandent
775 Tant que devant l'esprevier furent ;

mérite pas qu'on en parle, car la grande pauvreté
qui accablait le vavasseur n'en donne pas occasion. On mit la selle et le frein. La chevelure
dénouée et sans manteau, la jeune fille monta
sans se faire prier. Erec ne voulut pas s'attarder
davantage.

A présent il s'en va. A son côté, tout près, il
emmène la fille de son hôte. A leur suite vient le
père accompagné de son épouse. Erec chevauche
lance dressée, et près de lui s'avance la svelte
jeune fille.

Dans les rues tous les regardent, nobles personnages ou petites gens. Tout le monde est
émerveillé et chacun murmure à son voisin :
« Qui est, qui est donc ce chevalier? Il doit être
bien hardi et bien redoutable le chevalier qui
conduit cette belle jeune fille. Voilà un homme
qui fera bon emploi de sa peine, voilà un homme
qui a toute raison de soutenir qu'elle soit la plus
belle. » Et d'ajouter : « Vraiment, cette jeune fille
doit avoir l'épervier. »

On faisait l'éloge de la jeune fille et plus d'un
demandait : « Dieu! qui peut être le chevalier qui
accompagne cette belle jeune fille? » — « Je ne
sais pas. » — « Je ne sais pas, disait chacun, mais
comme il a belle allure avec ce heaume rutilant,
et ce haubert, et cet écu, et cette épée d'acier
aiguisé. Quelle belle prestance sur ce cheval, il a
tout d'un vaillant guerrier! Comme il est bien
fait et comme il est bien taillé, quels bras, quelles
jambes, quels pieds! »

Tous les regards sont fixés sur eux, mais eux,
ils ne s'attardent pas et ne s'arrêtent pas avant de

Iluec de l'une part s'esturent,
Ou le chevalier atandoient.
Estes vos que venir le voient,
Lez lui son nain et sa pucele.
780 Il avoit oï la novele
Qu'uns chevaliers venuz estoit
Qui l'esprevier avoir voloit;
Mes ne cuidoit qu'el siecle eüst
Chevalier qui tant hardiz fust
785 Qui contre lui s'osast conbatre;
Bien le cuidoit vaintre et abatre.
Totes les janz le conoissoient :
Tuit le conjoent et convoient.
Aprés lui ot grant bruit de jant :
790 Li chevalier et li serjant
Et les dames corent aprés
Et les puceles a eslés.
Li chevaliers va devant toz,
Lez lui sa pucele et son goz.
795 Mout chevauche orguelleusemant
Vers l'esprevier isnelemant;
Mes antor avoit si grant presse
De la vilainne jant angresse,
Que l'an n'i pooit atochier
800 Ne de nule part aprochier.
Li cuens est venuz an la place,
As vilains vint, si les menace,
Une verge tint an sa main :
Arriers se traient li vilain.
805 Li chevaliers s'est avant trez,
A sa pucele dit an pez :
« Ma dameisele, cist oisiaus
Qui tant par est muëz et biaus,
Doit vostre estre par droite rante;
810 Car mout par estes bele et jante.
Si iert il voir tote ma vie.
Alez avant, ma douce amie,
L'esprevier a la perche prandre. »
La pucele vost la main tandre,
815 Mes Erec li cort chalangier

se trouver devant l'épervier. Là ils prirent place
sur l'un des côtés pour y attendre le chevalier.

Voici qu'ils le voient venir, et, près de lui, son
nain et sa demoiselle. Il avait appris la nouvelle
qu'un chevalier était venu dans l'intention
d'avoir l'épervier, mais il ne pensait pas qu'il y
eût au monde un chevalier assez hardi pour oser
combattre contre lui. Il s'imaginait qu'il allait le
vaincre et l'abattre. Tous le connaissaient, tous
lui faisaient fête et l'escortaient. Il était suivi
d'une foule bruyante.

Les chevaliers, les serviteurs, les dames, les
jeunes filles se pressent en grande hâte derrière
lui. Le chevalier s'avance en tête, accompagné de
sa demoiselle et de son nabot. Il chevauche gonflé d'orgueil et se dirige rapidement vers l'épervier. Mais il y avait autour une foule de rustres si
houleuse qu'il était impossible d'y porter la main
ou de s'en approcher. Le comte arriva sur les
lieux, il se dirigea vers les rustres et les menaça,
une baguette à la main : les rustres reculèrent.

Le chevalier s'avança et dit calmement à sa
demoiselle : « Ma demoiselle, cet oiseau de
pleine mue et de parfaite beauté doit être vôtre
en légitime jouissance, car vous êtes belle et gracieuse. Et je le soutiendrai toute ma vie. Avancez, ma chère amie, et prenez l'épervier sur la
perche. »

La jeune fille voulut tendre la main, mais Erec

Que rien ne prise son dangier.
« Dameisele », feit il, « fuiiez!
A autre oisel vos deduiiez,
Que vos n'avez droit an cestui.
820 Cui que torner doie a enui,
Ja cist espreviers vostre n'iert,
Que miaudre de vos le requiert,
Plus bele assez et plus cortoise. »
A l'autre chevalier an poise;
825 Mes Erec ne le prise gueire,
Sa pucele fet avant treire.
« Bele », fet il, « avant venez!
L'oisel a la perche prenez,
Car bien est droiz que vos l'aiiez.
830 Dameisele, avant vos traiiez!
Del desresnier tres bien me vant
Se nus s'an ose treire avant,
Que a vos ne s'an prant nes une,
Ne que au soloil fet la lune,
835 Ne de biauté ne de valor
Ne de franchise ne d'enor. »
Li autre nel pot plus sofrir
Quant il l'oï soi porofrir
De la bataille a tel vertu.
840 « Qui », fet il, « vassaus, qui es tu
Qui l'esprevier m'as contredit? »
Erec hardiëment li dit :
« Uns chevaliers sui d'autre terre.
Cest esprevier sui venuz querre,
845 Car bien est droiz, cui qu'il soit let,
Que ceste dameisele l'et. »
« Fui! » fet li autre, « ce n'iert ja.
Folie t'a amené ça.
Se tu viaus avoir l'esprevier,
850 Mout le t'estuet conparer chier. »
« Conparer, vassaus? Et de quoi? »
« Conbatre t'an estuet a moi
Se tu ne le me claimmes quite. »
« Or avez vos folie dite,
855 Fet Erec, au mien esciant

courut s'y opposer car la force du chevalier ne l'impressionnait pas : « Demoiselle, dit-il, déguerpissez ! Amusez-vous avec un autre oiseau car vous n'avez aucun droit sur celui-ci. Peu m'importe qui en pâtira, cet épervier ne sera jamais vôtre, car une autre y prétend, meilleure que vous, bien plus belle et plus courtoise. »

L'autre chevalier en est fâché, mais Erec n'en fait guère de cas, il fait avancer sa demoiselle : « Belle, dit-il, approchez-vous, prenez l'oiseau sur la perche, car il est bien juste que ce soit vous qui l'ayez. Demoiselle, avancez ! Je me fais fort, si quelqu'un se porte en avant, de soutenir que personne ne peut se comparer à vous, pas plus que la lune au soleil, ni en beauté, ni en valeur, ni en noblesse, ni en honneur. »

L'autre chevalier ne put supporter davantage de l'entendre se proposer avec tant d'ardeur pour combattre : « Qui es-tu, fit-il, vassal ! Qui es-tu pour oser me disputer l'épervier ! »

Erec lui répondit hardiment : « Je suis un chevalier d'un pays étranger. Je suis venu réclamer cet épervier car il est bien juste, même si cela déplaît, que la demoiselle que voici l'emporte.

— Déguerpis, fit l'autre, tu n'y réussiras pas. C'est folie que d'être venu ici. Si tu veux emporter l'épervier, tu vas le payer très cher !

— Le payer, vassal ? Et comment ?

— Il te faut combattre contre moi si tu ne reconnais pas que tu me le laisses.

— Voilà de belles sottises, dit Erec ; ces

Ce sont menaces de neant,
Que tot par mesure vos dot. »
« Donc te desfi je tot de bot,
Car ne puet estre sanz bataille. »
860 Erec respont : « Or Deus i vaille !
Qu'onques plus nule rien ne vos. »
Des or mes an orroiz les cos.
La place fu delivre et granz,
De totes parz furent les janz.
865 Cil plus d'un arpant d'antresloignent,
Por assanbler les chevaus poingnent,
As fers des lances se requierent,
Par si grant vertu s'antrefierent
Que li escu percent et croissent,
870 Les lances esclicent et froissent,
Li arçon depiecent deriers :
Guerpir lor estuet les estriers.
Contre terre anbedui se ruient,
Li cheval par le chanp s'an fuient.
875 Cil resont tost an piez sailli,
Des lances n'orent pas failli ;
Les espees des fuerres traient :
Felenessemant s'antressaient,
Des tranchanz granz cos s'antredonent,
880 Li hiaume quassent et ressonent.
Fiers est li chaples des espees :
Mout s'antredonent granz collees,
Que de rien nule ne se faingnent.
Tot deronpent quanqu'il ataingnent,
885 Tranchent escuz, faussent haubers.
Del sanc vermoil rogist li fers.
Li chaples dure longuemant :
Tant se fierent menuëmant
Que tot se lassent et recroient ;
890 Andeus les puceles ploroient :
Chascuns voit la soe plorer,
A Deu ses mains tandre et orer
Qu'il doint l'enor de la bataille
Celui qui por li se travaille.

menaces, je crois bien, ne sont que du vent. Je ne
vous crains que modérément !

— Alors je te défie carrément, car on ne peut
éviter de se battre.

— A la grâce de Dieu ! répondit Erec. C'est
tout ce que je demandais. »

Maintenant vous allez écouter les échanges de
coups.

Le lieu était vaste et découvert ; la foule
l'entourait sur tous les côtés.

Les chevaliers prennent plus d'un arpent de
champ et lancent leurs chevaux pour engager le
combat, ils s'attaquent du fer de leurs lances ; le
choc est d'une grande violence : les écus trans-
percés crissent, les lances éclatent et se brisent,
l'arrière des arçons se rompt : ils doivent vider
les étriers, tous deux chutent à terre, les chevaux
s'enfuient à l'entour. Tous deux sont rapidement
sur pied.

A la lance, ils n'avaient pas démérité. A
présent, ils dégainent les épées et s'assaillent
âprement ; ils échangent de grands coups du
tranchant ; les heaumes défoncés résonnent ; les
assauts à l'épée sont acharnés : ils se donnent des
coups terribles et ne s'épargnent pas un instant.
Ils brisent tout ce qu'ils atteignent, ils tranchent
les écus, faussent les hauberts. Les fers sont
rouges de sang. La mêlée dure longtemps ; ils
font pleuvoir tant de coups qu'ils en sont épuisés
et à bout de force.

Les deux jeunes filles pleuraient. Chacun des
combattants voit sa demoiselle en pleurs tendre
les mains vers le ciel et prier Dieu de donner le
prix du combat à celui qui souffre pour elle.

895 « Ha, vassaus », fet li chevaliers
    A Erec, « traions nos arriers,
    Si soiiens un po an repos ;
    Car trop feromes foibles cos.
    Mellors cos nos covient ferir ;
900 Car trop est prés de l'anserir ;
    Mout est granz honte et granz leidure
    Que ceste bataille tant dure.
    Voi la cele jante pucele
    Qui por toi plore et Deu apele.
905 Mout doucemant prie por toi,
    Et la moie autressi por moi.
    Bien nos devons as branz d'acier
    Por noz amies esforcier. »
    Erec respont : « Bien avez dit. »
910 Lors se reposent un petit.
    Erec regarde vers s'amie
    Qui por lui mout doucemant prie.
    Tot maintenant qu'il l'a veüe,
    Li est mout granz force creüe.
915 Por s'amor et por sa biauté
    A reprise mout grant fierté.
    Remanbre li de la reïne
    Cui il ot promis an plevine
    Que il sa honte vangeroit
920 Ou il ancor l'angreigneroit.
    « He ! mauvés », fet il, « qu'atant gié ?
    Ancor n'ai je mie vangié
    Le let que cist vassaus sofri
    Quant ses nains el bois me feri ! »
925 Ses mautalanz li renovele,
    Le chevalier par ire apele.
    « Vassaus, fet il, tot de novel
    A la bataille vos rapel.
    Trop avons fet grant reposee,
930 Recomançomes la meslee ! »
    Et cil respont : « Ce ne m'est grief. »
    Lors s'antrevienent de rechief.
    Andui sorent de l'escremie :
    A cele premiere anvaïe,

« Ah, vassal, fait le chevalier à Erec, séparons-
nous et prenons un peu de repos : nos coups
deviennent trop faibles. Nous devons frapper
plus fort, car le soir est tout proche et il est bien
honteux et indigne de voir ce combat durer tant.
Regarde là cette gracieuse jeune fille qui pleure
pour toi et implore Dieu. Ta demoiselle prie
avec ferveur pour toi et la mienne pareillement
pour moi. De nos lames d'acier nous devons
donner le meilleur de nous-mêmes pour nos
amies. » — « C'est bien parler », répond Erec.

Ils prennent alors un peu de repos. Erec
tourne ses regards vers son amie qui prie avec
ferveur pour lui. Aussitôt, à sa vue, il fut rempli
d'une grande force. Son amour et sa beauté lui
redonnent une immense ardeur. Il lui souvient
de la reine envers qui il s'est engagé à venger sa
honte ou à la redoubler. « Ah, paresseux, fait-il,
qu'est-ce que j'attends ? Je n'ai pas encore vengé
l'humiliation que ce vassal a tolérée quand dans
le bois son nain m'a frappé ! »

Sa fureur reprend vigueur. Il interpelle avec
colère le chevalier : « Vassal, dit-il, je vous
appelle de nouveau au combat, nous nous
sommes trop reposés ; reprenons la mêlée ! » —
« Je n'en suis pas fâché », répond l'autre.

Alors ils s'assaillent à nouveau ; tous les deux,
ils étaient experts en escrime. Au premier assaut,

935 S'Erec bien coverz ne se fust,
    Li chevaliers blecié l'eüst;
    Et neporquant si l'a feru
    Lonc la tanple dessor l'escu
    Que del hiaume une piece tranche.
940 Res a res de la coife blanche
    L'espee contre val desçant,
    L'escu jusqu'a la bocle fant,
    Et del hauberc lez le costé
    Li a plus d'un espan osté.
945 Bien dut iluec estre afolez :
    Jusqu'a la char li est colez
    Sor la hanche li aciers froiz.
    Deus le gari a cele foiz!
    Se li cos ne tornast defors,
950 Tranchié l'eüst parmi le cors.
    Mes Erec de rien ne s'esmaie :
    Ce qu'il li doit, bien li repaie;
    Mout hardiëment le requiert,
    Par selonc l'espaule le fiert;
955 Tel anpainte li a donee
    Que li escuz n'i a duree,
    Ne li haubers rien ne li vaut,
    Que jusqu'a l'os l'espee n'aut.
    Tot contre val jusqu'au braiier
960 A fet le sanc vermoil raiier.
    Mout sont fier andui li vassal :
    Si se conbatent par igal
    Que ne puet pas plain pié de terre
    Li uns dessor l'autre conquerre.
965 Tant ont lor haubers desmailliez
    Et les escuz si detailliez,
    Que n'an i a tant sanz mantir
    Dont il se puissent garantir;
    Tot se fierent a descovert.
970 Chascuns del sanc grant masse i pert,
    Mout afeblissent anbedui.
    Cil fiert Erec et Erec lui :
    Tel cop a delivre li done
    Sor le hiaume que tot l'estone;

si Erec ne s'était pas bien protégé, le chevalier l'aurait blessé ; il a pourtant réussi à frapper près de la tempe, par-dessus l'écu, et il a tranché un bout du heaume ; l'épée descend au ras de la coiffe blanche ; elle fend l'écu jusqu'à la boucle, et sur le côté elle arrache plus d'une paume du haubert. Erec a bien failli être blessé : l'acier froid a glissé sur la hanche jusqu'à la chair. Dieu l'a protégé cette fois ! Si le coup n'avait pas dévié vers l'extérieur, il aurait pénétré dans le corps.

Mais Erec n'en tient aucun compte et rend coup pour coup. Il attaque hardiment et frappe son adversaire près de l'épaule. L'écu ne résiste pas à la violence du choc et le haubert ne peut empêcher que l'épée ne pénètre jusqu'à l'os. Elle fait ruisseler le sang vermeil jusqu'à la ceinture.

Les deux guerriers sont ardents ; le combat reste égal, impossible à l'un comme à l'autre de conquérir un plein pied de terrain. Ils ont tant déchiqueté leurs hauberts et tailladé leurs écus que sans mentir il ne leur reste plus de quoi se protéger : ils ne se frappent plus qu'à découvert, et chacun de perdre son sang en abondance.

Tous les deux faiblissent. Le chevalier frappe Erec qui réplique et lui assène un tel coup sur le heaume qu'il l'étourdit complètement ; il frappe

975 Fiert et refiert tot a bandon,
Trois cos li done an un randon.
Li hiaumes escartele toz,
Et la coife tranche dessoz.
Jusqu'au test l'espee n'areste,
980 Un os li tranche de la teste;
Mes ne l'atoche an la cervele.
Cil anbronche toz et chancele.
Que qu'il chancele, Erec le bote
Et cil chiet sor le destre cote.
985 Erec par le hiaume le sache,
A force del chief li arrache,
Et la vantaille li deslace,
Le chief li desarme et la face.
Quant li remanbre de l'outrage
990 Que ses nains li fist el boschage,
La teste li eüst copee,
Se il n'eüst merci criee.
« Ha, vassaus », fet il, « conquis m'as.
Merci! Ne m'occire tu pas!
995 Des que tu m'as outré et pris,
Ja n'an avroies los ne pris.
Se tu des or mes me tochoies,
Trop grant vilenie feroies.
Tien m'espee, je la te rant. »
1000 Mes Erec mie ne la prant,
Ainz dit : « Bien va, je ne t'oci. »
« Ha, jantis chevaliers, merci!
Por quel forfet ne por quel tort
Me doiz tu donc haïr de mort?
1005 Ains mes ne te vi, que je sache,
N'onques ne fui an ton damache
Ne ne te fis honte ne let. »
Erec respont : « Si avez fet. »
« Ha, sire, car le dites donques!
1010 Ne vos vi, don moi sovaingne, onques.
Et se je rien mesfet vos ai,
An vostre merci an serai. »

à nouveau à toute volée ; il lui assène trois coups
d'affilée ; le heaume s'est complètement ouvert,
la coiffe dessous est coupée ; l'épée pénètre
jusqu'au crâne et entaille l'os de la tête mais ne
touche pas la cervelle. Le chevalier baisse la tête
et chancelle. Alors qu'il chancelle, Erec le pousse
violemment : il tombe sur le coude droit. Erec le
tire par le heaume que de vive force il lui arrache
de la tête ; il délace le ventail ; la tête n'est plus
protégée et le visage est à nu. Au souvenir de
l'affront que lui fit subir son nain dans le bois, il
lui aurait bien coupé la tête si l'autre n'avait crié
merci :

« Ah, vassal, dit-il, tu m'as conquis ! Pitié ! Ne
me tue pas ! Dès lors que tu m'as vaincu et que je
suis pris, tu n'en tirerais ni éclat ni gloire. Si
maintenant tu me touchais, tu te conduirais trop
bassement. Prends mon épée, je te la rends. »

Mais Erec ne la prend pas : « Soit, je ne te tue
pas. » — « Ah, noble chevalier, pitié ! Quel crime,
quel dommage ai-je commis pour que tu me
haïsses à mort ? Je ne t'ai jamais vu, que je sache ;
jamais je ne t'ai causé de préjudice, jamais je ne
t'ai humilié ou ne t'ai injurié. » — « Si, vous
l'avez fait », répond Erec. — « Ah, seigneur, alors
dites comment. Jamais je ne vous ai vu, autant
qu'il m'en souvienne. Si j'ai commis le moindre
tort envers vous, je me tiendrai en votre merci. »

Lors dist Erec : « Vassaus, je sui
Cil qui an la forest ier fui
1015 Avuec la reïne Guenievre,
Ou tu sofris ton nain anrievre
Ferir la pucele ma dame.
Granz vitance est de ferir fame.
Et moi aprés referi il :
1020 Mout me tenoit li nains por vil.
Trop grant orguel assez feïs,
Quant tu tel outrage veïs,
Si le sofris et si te plot
D'une tel feiture d'un bot
1025 Qui feri la pucele et moi.
Por tel forfet haïr te doi,
Car trop feïs grant mesprison.
Fiancier t'an estuet prison,
Et sanz nul respit or androit
1030 Iras a ma dame tot droit,
Car sanz faille la troveras
A Caradigan, se la vas.
Bien i vandras ancor anuit :
N'i a pas set liues, ce cuit.
1035 Toi et ta pucele et ton nain
Li deliverras an sa main
Por feire son comandemant,
Et si li di que je li mant
Que demain a joie vandrai
1040 Et une pucele amanrai
Tant bele et tant sage et tant preu
Que sa paroille n'est nul leu ;
Bien li porras dire por voir !
Et ton non revuel je savoir. »
1045 Lors li dist cil, ou vuelle ou non :
« Sir, Yders, li fiz Nut, ai non.
Hui matin ne cuidoie mie
Qu'uns seus hon par chevalerie
Me peüst vaintre. Or ai trové
1050 Mellor de moi, bien l'ai prové.
Mout estes chevaliers vaillanz.
Tenez ma foi, je vos fianz

Alors Erec : « Vassal, dit-il, je suis celui qui,
hier dans la forêt, accompagnait la reine Guenièvre, quand tu permis que ton ignoble nain
frappât la suivante de ma dame. C'est une
grande honte de frapper une femme. Et il m'a
frappé ensuite. Le nain m'a traité avec un
complet mépris. Tu t'es montré d'un fol orgueil
quand, voyant cette conduite insolente, tu l'as
tolérée et même tu as pris plaisir à la conduite
insensée d'un nabot qui s'est permis de frapper
une jeune fille et moi-même. Voilà le crime qui
me fait te haïr; tu as commis là un terrible
outrage qui exige que tu te reconnaisses prisonnier; sans délai, immédiatement, tu iras tout
droit à ma dame. Tu la trouveras à coup sûr à
Caradigan si tu t'y rends. Tu peux encore y arriver ce soir : il y a moins de sept lieues, je crois.
Tu te remettras entre ses mains, toi, ta demoiselle et ton nain, et tu feras ce qu'elle t'ordon-
nera. Dis-lui aussi que je lui annonce que
demain je reviendrai tout joyeux et que j'amène-
rai une jeune fille si belle, si sage, si réfléchie,
qu'elle n'a pas sa pareille au monde; tu seras
bien placé pour garantir que c'est exact! Mais je
veux aussi savoir ton nom. »

Alors le chevalier, bon gré mal gré, dut lui
répondre : « Seigneur, je m'appelle Yder, le fils
de Nut. Ce matin je n'imaginais pas que je
puisse être vaincu par un homme seul en combat
chevaleresque. A présent j'ai trouvé plus fort que
moi, j'en ai la preuve. Vous êtes un chevalier de
la plus grande valeur. Vous avez ma parole, je

Que or androit, sanz plus atandre,
M'irai a la reïne randre.
1055 Mes dites moi, nel me celez,
Par quel non estes apelez?
Que dirai je qui m'i anvoie?
Aparelliez sui de la voie. »
Et cil respont : « Je te dirai,
1060 Ja mon non ne te celerai.
Erec ai non. Va, si li di
Que je t'ai anvoiié a li. »
« Et je m'an vois; je vos otroi,
Mon nain et ma pucele o moi
1065 Metrai an son pleisir del tot,
Ja mar an seroiz an redot,
Et si li dirai la novele
De vos et de vostre pucele. »
Lors an a Erec la foi prise.
1070 Tuit sont venu a la devise,
Li cuens et les janz anviron,
Les puceles et li baron.
De liez et de maz an i ot :
As uns pesa, as autres plot.
1075 Por la pucele au chainse blanc,
Qui le cuer ot jantil et franc,
La fille au povre vavassor,
S'esjoïssent tuit li plusor;
Et por Yder dolant estoient
1080 Sa pucele et cil qui l'amoient.
Yders n'i vost plus arester,
Sa foi li covient aquiter;
Maintenant sor son cheval monte.
Por quoi vos feroie lonc conte?
1085 Son nain et sa pucele an mainne,
Le bois trespassent et la plainne,
Tote la droite voie tindrent
Tant que a Caradigan vindrent.
És loges de la sale fors
1090 Estoit mes sire Gauvains lors
Et Keus, li seneschaus, ansanble.

vous promets qu'immédiatement, sans plus
attendre, j'irai me rendre à la reine. Mais dites-
moi, ne me le cachez pas, quel est votre nom?
Qui dois-je dire m'envoie à elle? Je suis prêt à
partir. » — « Je te le dirai et ne te cacherai pas
mon nom, je m'appelle Erec. Va et dis-lui que je
t'ai envoyé à elle. » — « Je pars donc; je vous
assure que je me mettrai entièrement à sa disposition avec mon nain et ma demoiselle, n'ayez
aucun doute là-dessus; et je lui apprendrai ce
qu'il en est de vous et de votre demoiselle. »

Erec lui fit alors prêter serment. Tout le
monde vint y assister, le comte et les nobles des
environs, les jeunes filles et les barons. Il y en eut
de joyeux et de tristes. Les uns étaient peinés, les
autres contents. Pour la jeune fille à la tunique
blanche, la jeune fille au cœur noble et généreux,
la fille du pauvre vavasseur, presque tous se
réjouissaient. Pour Yder s'affligeaient sa demoiselle et ceux qui l'aimaient. Yder ne voulut pas
s'attarder, il lui fallait s'acquitter de son serment.
Il monta aussitôt sur son cheval.

Pourquoi allonger mon récit? Il emmène son
nain et sa demoiselle, ils traversent le bois et la
plaine, ils suivent la route directe : ils sont arrivés
à Caradigan.

Dans les galeries de la grand-salle, à l'extérieur, se trouvait alors monseigneur Gauvain en
compagnie de Keu, le sénéchal. Un grand

Des barons i ot, ce me sanble,
Avuec aus grant masse venuz.
Çaus qui vienent ont parceüz.
1095 Li seneschaus premiers les vit,
A mon seignor Gauvain a dit :
« Sire », fet il, « mes cuers devine
Que cil vassaus qui la chemine
Est cil que la reïne dist
1100 Qui ier si grant enui li fist.
Ce m'est avis que il sont troi :
Le nain et la pucele voi. »
« Voirs est », fet mes sire Gauvains,
« C'est une pucele et uns nains
1105 Qui avuec le chevalier vienent,
Vers nos la droite voie tienent.
Toz est armez li chevaliers,
Mes ses escuz n'est pas antiers.
Se la reïne le veoit,
1110 Je cuit qu'ele le conoistroit.
Ha, seneschaus, car l'apelez ! »
Cil i est maintenant alez,
Trovee l'a an une chanbre.
« Dame », fet il, « s'il vos remanbre
1115 Del nain qui ier vos correça
Quant vostre pucele bleça ? »
« Oïl, mout m'an sovient il bien.
Seneschaus, savez vos an rien ?
Por quoi l'avez ramanteü ? »
1120 « Dame, por ce que j'ai veü
Venir un chevalier errant,
Armé sor un cheval ferrant,
Et se mi oel ne m'ont manti,
Une pucele avuec lui vi,
1125 Et si m'est vis qu'avuec lui vient
Li nains qui la corgiee tient
Dont Erec reçut la colee. »
Lors s'est la reïne levee
Et dist : « Alons tost, seneschaus,
1130 Veoir se ce est li vassaus.

nombre de barons, me semble-t-il, les y avaient suivis. Ils aperçurent les arrivants.

C'est le sénéchal qui les vit le premier et qui dit à monseigneur Gauvain : « Seigneur, mon cœur devine que ce chevalier qui chemine là-bas est celui dont la reine nous a rapporté qu'hier il lui avait causé un grave tort. A mon avis, ils sont trois : je vois le nain et la jeune fille.

— C'est vrai, fait monseigneur Gauvain, c'est bien une jeune fille et un nain qui viennent avec le chevalier. Ils se dirigent droit vers nous. Le chevalier est muni de toutes ses armes, mais son écu est endommagé. Si la reine le voyait, je crois qu'elle le reconnaîtrait. Ah, sénéchal, appelez-la donc ! »

Le sénéchal y est allé aussitôt ; il l'a trouvée dans une chambre. « Dame, dit-il, vous sou-vient-il du nain qui hier vous irrita quand il blessa votre suivante ?

— Oui, je m'en souviens fort bien. Sénéchal, avez-vous appris quelque chose ? Pourquoi en parlez-vous ?

— Dame, parce que j'ai vu venir un chevalier errant, en armes et sur un cheval gris ; et si mes yeux ne m'ont pas menti, j'ai vu une jeune fille avec lui ; de plus, je crois que vient avec lui un nain qui tient le fouet dont Erec a été frappé. »

Alors la reine s'est levée : « Allons vite voir, sénéchal, dit-elle, si c'est bien ce guerrier. Si

Se c'est il, bien poez savoir
Que je vos an dirai le voir
Maintenant que je le verrai. »
Et Keus dist : « Jel vos mosterrai.
1135 Venez an as loges amont
La ou vostre chevalier sont.
D'ilueques venir le veïmes
Et mes sire Gauvains meïsmes
Vos i atant. Dame, alons i,
1140 Que trop avons demoré ci. »
Lors s'est la reïne esmeüe,
As fenestres an est venue,
Lez mon seignor Gauvain s'estut,
Le chevalier bien reconut.
1145 « Ha, seignor », fet ele, « c'est il !
Mout a esté an grant peril.
Conbatuz s'est. Ce ne sai gié
Se Erec a son duel vangié
Ou se cist a Erec veincu,
1150 Mes mout a cos an son escu ;
Ses haubers est coverz de sanc :
De roge i a plus que de blanc. »
« Voirs est », fet mes sire Gauvains ;
« Dame, je sui trestoz certains
1155 Que de rien nule ne mantez.
Ses haubers est ansanglantez,
Mout est hurtez et debatuz :
Bien i pert qu'il s'est conbatuz.
Savoir poons sanz nule faille
1160 Que fiere a esté la bataille.
Ja li orrons tel chose dire
Don nos avrons ou joie ou ire :
Ou Erec l'anvoie a vos ci
An prison an vostre merci,
1165 Ou il s'an vient par hardemant
Vanter antre nos folemant
Qu'il a Erec veincu ou mort.
Ne cuit qu'autre novele aport. »
Fet la reïne : « Je le cuit. »
1170 « Bien puet estre », ce dïent tuit.

c'est lui, vous pouvez être sûr que je vous le dirai dès que je le verrai.

— Je vous le montrerai, dit Keu. Montez aux galeries, vos chevaliers y sont : c'est de là que nous les avons vu venir et monseigneur Gauvain lui-même vous y attend. Dame, allons-y, nous avons trop tardé ici. »

Alors la reine y est allée et s'est approchée des fenêtres ; elle s'arrêta auprès de monseigneur Gauvain. Elle reconnut bien le chevalier : « Ah, seigneurs, dit-elle, c'est lui ! Il a rencontré de grands périls ; il a combattu. Je ne sais pas si Erec a vengé l'affront douloureux qu'il a reçu ou si ce chevalier a vaincu Erec, mais son écu porte la trace de coups sans nombre, son haubert est couvert de sang : on y voit plus de rouge que de blanc.

— C'est vrai, dit monseigneur Gauvain. Dame, je suis absolument certain que vous ne vous trompez pas. Son haubert est couvert de sang, il est brisé et rompu partout ; il est clair qu'il a combattu et nous pouvons conclure sans l'ombre d'un doute que la bataille a été acharnée. Nous allons bientôt l'entendre nous donner des nouvelles dont nous aurons joie ou chagrin : ou bien c'est Erec qui l'envoie ici vers vous comme prisonnier à votre merci, ou bien il a l'insolence de venir parmi nous se vanter follement qu'il vaincu Erec ou qu'il l'a tué. Je ne pense pas qu'il apporte d'autre nouvelle. » — « C'est mon avis », fit la reine. — « C'est bien possible », disent-ils tous.

Atant Yders antre an la porte,
Qui la novele lor aporte.
Des loges sont tuit avalé,
A l'ancontre li sont alé.
1175 Yders vint au perron real,
La desçandi de son cheval.
Et Gauvains la pucele prist,
Jus de son palefroi la mist;
Li nains de l'autre part desçant.
1180 Chevaliers i ot plus de çant;
Quant desçandu furent tuit troi,
Si les mainnent devant le roi.
La ou Yders vit la reïne
Jusque devant ses piez l'ancline,
1185 Saluée l'a tot premiers,
Puis le roi et ses chevaliers,
Et dist : « Dame, an vostre prison
M'anvoie ci uns jantis hon,
Uns chevaliers vaillanz et preuz,
1190 Cil cui fist ier santir les neuz
Mes nains de la corgiee el vis;
Outré m'a d'armes et conquis.
Dame, le nain vos amain ci :
Venuz est a vostre merci.
1195 Moi et ma pucele et mon nain
An vostre prison vos amain
Por feire tot quanque vos plest. »
La reïne plus ne se test,
D'Erec li demande noveles;
1200 « Dites moi », fet ele, « chaeles,
Savez vos quant Erec vandra? »
« Dame, demain, et s'amanra
Une pucele ansanble o lui;
Onques si bele ne conui. »
1205 Quant cil ot conté son message,
La reïne fu franche et sage,
Cortoisement li dist : « Amis,
Dés que an ma merci t'es mis,
Plus an iert ta prisons legiere :
1210 N'ai talant que nul mal te quiere.

A ce moment Yder pénétra dans la tour d'entrée, porteur du message. Ils descendirent tous des galeries et allèrent à sa rencontre. Yder se dirigea vers le perron royal où il descendit de son cheval. Gauvain prit la jeune fille et la déposa à bas de son palefroi; le nain mit pied à terre de son côté. Plus de cent chevaliers étaient là; quand ils furent tous trois à terre, ils furent conduits devant le roi.

Quand Yder vit la reine il s'inclina jusqu'au sol devant elle, il la salua en premier, puis le roi et ses chevaliers. « Dame, dit-il, c'est pour être votre prisonnier que je suis envoyé ici par une noble personne, un chevalier vaillant et courageux, celui à qui mon nain fit hier sentir les nœuds de son fouet en plein visage. Il m'a vaincu aux armes et forcé à me rendre. Dame, voici le nain, je vous l'amène : il est venu en votre merci. Je vous amène ma personne, ma demoiselle et mon nain, nous sommes vos prisonniers et ferons tout ce que vous déciderez. »

La reine ne se tait pas plus longtemps et lui demande des nouvelles d'Erec : « Dites-moi, je vous prie, dit-elle, savez-vous quand Erec reviendra ? » — « Dame, demain, et il amènera avec lui une jeune fille comme je n'en ai jamais vue d'aussi belle. »

Quand le chevalier eut achevé son message, la reine se montra noble et sage. Elle lui dit courtoisement : « Ami, puisque tu t'es mis en ma merci, ta prison en sera plus légère. Je ne veux pas te faire du mal. Dis-moi plutôt, au nom de

Mes ce me di, se Deus t'aït,
Comant as non? » Et ci li dit :
« Dame, Yders ai non, li fiz Nut. »
La verité l'an reconut.
1215 Lors s'est la reïne levee.
Devant le roi an est alee
Et dist : « Sire, avez antandu?
Or avez vos bien atandu
Erec, le vaillant chevalier.
1220 Mout vos donai buen consoil ier,
Quant jel vos loai a atandre.
Por ce fet il buen consoil prandre. »
Li rois respont : « N'est mie fable,
Ceste parole est veritable :
1225 Qui croit consoil n'est mie fos.
Buer creümes ier vostre los ;
Mes se de rien nule m'amez,
Cest chevalier quite clamez
De sa prison par tel covant
1230 Que il soit des or an avant
De ma mesniee et de ma cort,
Et s'il nel fet, a mal li tort. »
Li roi ot sa parole dite,
Et la reïne claimme quite
1235 Le chevalier tot maintenant ;
Mes ce fu par tel covenant
Qu'a la cort del tot remassist.
Cil gueires proiier ne s'an fist,
La remenance a otroiiee.
1240 Puis fu de cort et de mesniee ;
N'an avoit pas devant esté.
Lors furent vaslet apresté
Qui le corurent desarmer.

Dieu, quel est ton nom?» — «Dame, je
m'appelle Yder, fils de Nut», dit-il sans vouloir
cacher la vérité.

La reine se leva alors et vint devant le roi.
«Sire, dit-elle, vous avez entendu? Vous avez
bien fait d'attendre Erec, le vaillant chevalier. Je
vous ai donné un bon conseil hier quand je vous
ai invité à l'attendre; ce qui prouve qu'il vaut la
peine de prendre un bon conseil!»

Le roi répondit : « Ce ne sont pas des billeve-
sées; ces propos sont justes : qui croit conseil
n'est pas fou. Nous avons eu raison de nous ran-
ger hier à votre avis. Mais si vous avez un peu
d'amour pour moi, libérez ce chevalier de sa prison à la condition qu'il fasse désormais partie de
ma maison et de ma cour. S'il s'y refuse, qu'il en
porte les conséquences! »

A peine le roi avait-il parlé que la reine libéra
le chevalier, mais à la condition qu'il demeurât
entièrement à la cour. Il ne s'en fit guère prier et
il consentit à y demeurer. Il fit dès lors partie de
la cour et de la maison du roi, à laquelle il
n'appartenait pas auparavant. A ce moment des
jeunes gens qu'on avait tenus prêts accoururent
pour le désarmer.

Or redevons d'Erec parler
1245 Qui ancor an la place estoit
Ou la bataille feite avoit.
Onques, ce cuit, tel joie n'ot
La ou Tristanz le fier Morhot
An l'Isle saint Sanson veinqui
1250 Con l'an feisoit d'Erec iqui.
Mout feisoient de lui grant los
Grant et petit, et gresle et gros.
Tuit prisent sa chevalerie,
N'i a chevalier qui ne die :
1255 « Deus, quel vassal ! soz ciel n'a tel. »
Aprés lui vont a son ostel,
Grant los an font et grant parole,
Et li cuens meïsmes l'acole,
Qui sor toz grant joie feisoit
1260 Et dist : « Sire, s'il vos pleisoit,
Bien devriiez et par reison
Vostre ostel prandre an ma meison,
Quant vos estes fiz Lac, le roi.
Se vos preniiez mon conroi,
1265 Vos me feriiez grant enor,
Car je vos taing por mon seignor.
Biaus sire, la vostre merci,
De herbergier o moi vos pri. »
Erec respont : « Ne vos enuit !
1270 Ne leisserai mon oste anuit,
Qui mout m'a grant enor portee
Quant il sa fille m'a donee.
Qu'an dites vos, sire ? N'est dons
Mout biaus et mout riches li dons ? »
1275 « Oïl voir, sire », fet li cuens,
« Mout est li dons et biaus et buens.
La pucele est et bele et sage,
Et si est mout de haut parage :
Sachiez que sa mere est ma suer.
1280 Certes mout an ai lié le cuer,
Quant vos ma niece avoir deigniez.
Ancor vos pri que vos veigniez
A moi herbergier anuit mes. »

LA CHASSE AU BLANC CERF
III. ENIDE À LA COUR

Il nous faut à présent revenir à Erec qui était encore dans le lieu où la bataille s'était déroulée. Jamais, je crois, quand Tristan vainquit le terrible Morholt dans l'Ile Saint-Samson, on ne fit fête comme on fit là pour Erec. Tous chantaient ses louanges, petits et grands, gros et menus. Tous louaient sa prouesse et tous les chevaliers de dire : « Dieu, quel guerrier ! il n'a pas son égal au monde. » Ils le suivirent à son logis, ils ne cessaient de le louer et d'en faire l'éloge.

Le comte lui-même qui de tous montrait la joie la plus vive, l'accola et lui dit : « Seigneur, si vous vouliez, vous devriez bien, et ce serait normal, vous loger chez moi, puisque vous êtes fils du roi Lac. Si vous acceptiez que je prenne soin de vous, vous me feriez grand honneur, car je vous tiens pour mon seigneur. Cher seigneur, faites-moi la grâce, je vous en prie, de vous installer chez moi. »

Erec répondit : « Ne soyez pas froissé, je resterai chez mon hôte ce soir, il m'a témoigné le plus grand honneur en me donnant sa fille. Qu'en dites-vous, seigneur ? N'est-ce pas un don des plus magnifiques et des plus précieux ?

— Oui, assurément, seigneur, fit le comte, c'est un don des meilleurs et des plus magnifiques. La jeune fille est belle et sage et de plus elle est de haute naissance : sachez que sa mère est ma sœur. Certes la joie emplit mon cœur quand vous daignez accepter ma nièce. Encore une fois je vous prie de venir vous installer chez moi ce soir. »

Erec respont : « Leissiez m'an pes !
1285 Nel feroie an nule meniere »
Cil voit n'i a mestier proiiere,
Si dist : « Sire, a vostre pleisir !
Or nos an poons bien teisir ;
Mes gié et mi chevalier tuit
1290 Serons avuec vos mes anuit
Por solaz et por conpeignie. »
Quant Erec l'ot, si l'an mercie.
Venuz est Erec chiés son oste,
Et li cuens avuec lui an coste ;
1295 Dames et chevaliers i ot.
Li vavassors mout s'an esjot.
Tot maintenant que Erec vint,
Vaslet corurent plus de vint
Por lui desarmer a esploit.
1300 Qui an cele meison estoit,
Mout pooit grant joie veoir.
Erec s'ala premiers seoir,
Puis s'assieent tuit par les rans
Sor liz, sor coutes et sor bans.
1305 Lez Erec s'est li cuens assis
Et la pucele o le cler vis,
Qui de l'alete d'un plovier
Peissoit sor son poing l'esprevier,
Por cui la bataille ot esté.
1310 Mout avoit le jor conquesté
Enor et joie et seignorage.
Mout estoit liee an son corage
De l'oisel et de son seignor :
Ne pot avoir joie greignor
1315 Et bien an demostra sanblant.
Ne fist pas sa joie an anblant,
Que bien le sorent tuit et virent.
Par la meison grant joie firent
Tuit por amor de la pucele.
1320 Erec le vavassor apele,
Si li a comancié a dire :
« Biaus ostes, biaus amis, biaus sire,
Mout m'avez grant enor portee

Erec répondit : « Ne m'en parlez plus ! De toutes façons, je ne le ferai pas. »

Le comte vit qu'il était inutile d'insister et dit : « Seigneur, comme vous voudrez. Nous n'en dirons plus rien. Mais moi-même et tous mes chevaliers nous serons avec vous ce soir pour vous faire plaisir et vous tenir compagnie. »

Quand Erec l'entendit, il l'en remercia.

Erec est revenu chez son hôte et le comte marchait à ses côtés ; des dames et des chevaliers les accompagnaient. Le vavasseur en fut très heureux. Dès l'arrivée d'Erec, plus de vingt jeunes gens se précipitèrent pour le désarmer au plus vite. Ceux qui étaient dans la maison avaient la chance d'assister à une grande fête. Erec fut le premier à prendre place, les autres s'assirent ensuite en bon ordre sur des lits, sur des couvertures et sur des bancs. Le comte s'était assis auprès d'Erec ainsi que la jeune fille au visage radieux ; elle nourrissait sur son poing, de l'aile d'un pluvier, l'épervier qui avait été l'enjeu du combat. Elle avait acquis ce jour-là honneur, joie et haut rang. L'oiseau et son nouveau seigneur portaient son cœur au comble de la joie ; elle ne pouvait être plus heureuse et son attitude le montrait bien. Elle ne cachait pas son bonheur : tous en étaient témoins et pouvaient le voir. C'était partout dans la maison une grande fête en l'honneur de la jeune fille.

Erec appela le vavasseur et s'adressa à lui : « Cher hôte, cher ami, cher seigneur, vous m'avez manifesté les plus grands égards, mais

Mes bien vos iert guerredonee.
1325 Demain an manrai avuec moi
Vostre fille a la cort le roi.
La la voudrai a fame prandre,
Et s'il vos plest un po atandre
Par tans vos anvoierai querre.
1330 Mener vos ferai an la terre
Qui mon pere est et moie aprés :
Loing est de ci, n'est mie prés.
Iluec vos donrai deus chastiaus
Mout buens, mout riches et mout biaus.
1335 Sire seroiz de Roadan
Qui fu fez dés le tans Adan
Et d'un autre chastel selonc
Qui ne vaut mie mains un jonc;
Les janz l'apelent Montrevel :
1340 Mon pere n'a mellor chastel.
Et ainz que soit tiers jorz passez
Vos avrai anvoiié assez
Or et arjant et ver et gris
Et dras de soie de chier pris
Por vestir vos et vostre fame
1345 Qui est la moie chiere dame.
Demain par son l'aube del jor
An tel robe et an tel ator
An manrai vostre fille a cort.
Je vuel que ma dame l'atort
1350 De la soe robe demainne
De samiz et de dras an grainne. »
Une pucele estoit leanz,
Mout preuz, mout sage, mout vaillanz.
Lez la pucele au chainse blanc
1355 S'estoit assise sor un banc
Et sa cosine estoit germainne
Et niece le conte demainne.
Quant la parole ot antandue
Que si tres povremant vestue
1360 An voloit mener sa cosine
Erec a la cort la reïne,
A parole an a mis le conte :
« Sire », fet ele, « mout grant honte

vous en serez largement récompensé. Demain
j'emmènerai votre fille avec moi à la cour du roi.
C'est là que je veux l'épouser, et si vous voulez
bien patienter un peu, je vous enverrai bien vite
chercher. Je vous ferai conduire dans le pays qui
appartient à mon père et qui sera ensuite le
mien. Il est loin d'ici, à très grande distance. Là-
bas je vous donnerai deux châteaux de grande
valeur et fort beaux. Vous serez seigneur de Roadan dont la fondation remonte au temps
d'Adam, et d'un autre château tout près qui ne
lui cède en rien; les gens l'appellent Montrevel:
c'est le meilleur château que possède mon père.
Et avant trois jours je vous aurai envoyé en quan-
tité or et argent et fourrures de vair ou de gris, de
précieuses étoffes de soie pour vous vêtir, vous et
votre femme que j'honore et chéris comme ma
dame. Demain, à la fine pointe de l'aube,
j'emmènerai votre fille à la cour habillée comme
elle est. Je veux que ma dame la reine la revête
de sa propre robe, toute de satin et d'étoffe écarlate. »

Il y avait là une jeune fille, réfléchie, pleine
d'esprit et distinguée. Elle s'était assise sur un
banc près de la jeune fille à la tunique blanche;
elle était sa cousine germaine et propre nièce du
comte. Quand elle entendit qu'Erec voulait
emmener sa cousine à la cour de la reine si pauvrement vêtue, elle s'adressa au comte : « Seigneur, dit-elle, ce serait pour vous plus que pour

1365 Seroit a vos plus qu'a autrui
     Se cist an menoit avuec lui
     Vostre niece si povremant
     Atornee de vestemant. »
     Et li cuens respont : « Je vos pri,
1370 Ma douce niece, donez li
     De voz robes que vos avez
     La mellor que vos i savez. »
     Erec a la parole oïe
     Et dist : « Sire, n'an parlez mie !
1375 Une chose sachiez vos bien :
     Ne voudroie por nule rien
     Qu'ele eüst d'autre robe point
     Jusque la reïne li doint. »
     Quant la dameisele l'oï
1380 Lors respondi : « Haï,
     Biaus sire, quant vos an tel guise
     An blanc chainse et an sa chemise
     Ma cosine an volez mener,
     Un autre don li vuel doner
1385 Quant vos ne volez antreset
     Que nule de mes robes et.
     Je ai trois palefroiz mout buens,
     Onques mellors n'ot rois ne cuens,
     Un sor, un ver et un bauçant.
1390 Sanz mantir, la ou an a çant,
     N'an a pas un mellor del ver.
     Li oisel qui volent par l'er
     Ne vont plus tost del palefroi ;
     Et si n'est pas de grant esfroi,
1395 Teus est come a puccle estuet :
     Uns anfes chevauchier le puet
     Qu'il n'est onbrages ne restis,
     Ne mort ne fiert ne n'est ragis.
     Qui mellor quiert ne set qu'il viaut ;
1400 Qui le chevauche ne se diaut,
     Ainz va plus eise et plus soef
     Que s'il estoit an une nef. »

personne une bien grande honte si ce chevalier emmenait avec lui votre nièce habillée aussi pauvrement. »

Le comte répondit : « Je vous prie, ma chère nièce, de prendre la meilleure de vos robes et de la lui donner. »

Erec entendit ces paroles : « Seigneur, dit-il, il n'en est pas question ! Sachez-le bien : pour rien au monde je ne voudrais qu'elle accepte une autre robe que celle que lui donnera la reine. »

Quand la demoiselle l'entendit, elle répliqua aussitôt : « Las, cher seigneur, puisque vous voulez emmener ma cousine dans l'état où elle est, en tunique blanche et en chemise, je veux lui faire un autre don puisque vous refusez absolument qu'elle accepte une de mes robes. J'ai trois palefrois de grande valeur, meilleurs que n'en eut jamais roi ou comte ; l'un est brun, l'autre pommelé, et l'autre a des balzanes. Le palefroi pommelé, je vous assure, on peut en prendre cent, on n'en trouvera pas un de meilleur. Les oiseaux qui fendent les airs ne sont pas plus rapides que lui. Et c'est un cheval sans brusquerie, tout à fait ce qu'il faut pour une jeune fille : un enfant peut le chevaucher, il n'est ni ombrageux ni rétif, il ne mord pas, ne rue pas et ne fait pas de foucades. En chercher un meilleur c'est ne pas savoir ce qu'on veut. Le chevaucher est un plaisir, on avance en douceur et sans heurt, mieux que sur une barque. »

Lors dist Erec : « Ma douce amie,
De cest don ne me poise mie
1405 S'ele le prant, einçois me plest.
Ne vuel mie qu'ele le lest. »
Tot maintenant la dameisele
Un suen serjant privé apele,
Si li dist : « Biaus amis, alez !
1410 Mon palefroi ver anselez,
Si l'amenez isnelemant. »
Et cil fet son comandemant :
Le cheval ansele et anfrainne,
Del bien aparellier se painne,
1415 Puis monte el palefroi crenu.
Ez vos le palefroi venu :
Quant Erec le palefroi vit,
Ne le loa mie petit
Car mout le vit et bel et jant.
1420 Puis comanda a un serjant
Qu'an l'estable lez son destrier
Menast le palefroi loiier.
A tant se departirent tuit ;
Grant joie orent fet cele nuit.
1425 Li cuens a son ostel s'an vet,
Erec chiés le vavassor let
Et dit qu'il le convoiera
Au matin, quant il s'an ira.
Cele nuit ont tote dormie.
1430 Au matin quant l'aube est esclarcie,
Erec s'atorne de l'aler,
Ses chevaus comande anseler,
Et s'amie, la bele, esvoille ;
Cele s'atorne et aparoille.
1435 Li vavassors lieve et sa fame,
N'i remaint chevaliers ne dame
Qui ne s'atort por convoiier
La pucele et le chevalier.
Tuit sont monté, et li cuens monte.
1440 Erec chevauche lez le conte
Et delez lui sa douce amie
Qui l'esprevier n'oblia mie :

Erec répondit alors : « Ma chère amie, je n'ai pas de raison de me fâcher si elle accepte ce don, au contraire j'en suis très content. Je ne veux pas qu'elle le refuse. »

Aussitôt la demoiselle appela un homme à son service et lui dit : « Cher ami, allez seller mon palefroi pommelé et amenez-le vite. »

Le serviteur obéit aussitôt, il mit la selle et le frein au cheval, le harnacha soigneusement et monta sur le palefroi à longue crinière. Voici le palefroi arrivé.

Quand Erec le vit, il ne ménagea pas ses louanges car il lui parut d'une beauté et d'une élégance rares. Il commanda ensuite à un serviteur de mener le palefroi à l'étable et de l'attacher près de son cheval.

Ce fut alors le moment pour tous de se séparer après une belle soirée de fête. Le comte retourna dans sa demeure, laissant Erec chez le vavasseur, après avoir annoncé qu'il l'escorterait le lendemain matin lors de son départ. Ils dormirent toute la nuit.

Le matin quand l'aube blanchit, Erec se prépare à partir, il commande de mettre les selles, et réveille sa belle amie. Celle-ci s'apprête et s'habille. Le vavasseur se lève ainsi que sa femme. Chevaliers et dames, tous sans exception, s'apprêtent à escorter la jeune fille et le chevalier. Les voici tous à cheval. Le comte monte à son tour. Erec chevauche à côté du comte, sa douce amie près de lui qui n'avait pas oublié l'épervier ;

A son esprevier se deporte,
Nule autre richesce n'an porte.
1445 Grant joie ont fet au convoiier.
Au departir vost anvoiier
Avuec Erec une partie
Li cuens de sa chevalerie
Por ce qu'enor li feïssiént
1450 Se avuec lui s'an alissiént;
Mes il dist que nul n'an manroit
Ne conpeignie ne queroit
Fors la pucele solemant.
Puis lor dist : « A Deu vos comant! »
1455 Convoiié les orent grand piece.
Li cuens beise Erec et sa niece,
Si les comande a Deu le pi.
Le pere et la mere autressi
Les beisent sovant et menu.
1460 De plorer ne se sont tenu :
Au departir plore la mere,
Plore la pucele et li pere.
Teus est amors, teus est nature,
Teus est pitiez de norreture.
1465 Plorer les feisoit la pitiez
Et la douçors et l'amistiez
Qu'il avoient de lor anfant;
Mes bien savoient neporquant
Que lor fille an tel leu aloit
1470 Don granz enors lor avandroit.
D'amor et de pitié ploroient
Quant de lor fille departoient,
Ne ploroient por autre chose.
Bien savoient qu'a la parclose
1475 An seroient il enoré.
Mout ont au departir ploré :
Plorant a Deu s'antrecomandent;
Or s'an vont que plus n'i atandent.
Erec de son oste depart
1480 Que mervoilles li estoit tart
Que a la cort le roi venist,
De s'avanture s'esjoïst :

elle est ravie de son épervier; c'est la seule richesse qu'elle emporte. On les escorte en grande fête.

Au moment de se séparer, le comte voulut qu'une partie de ses chevaliers accompagne Erec : ils seraient allés avec lui pour lui faire une escorte d'honneur. Mais Erec dit qu'il n'emmènerait personne avec lui et qu'il ne demandait d'autre compagnie que celle de la jeune fille; il ajouta : « Je vous recommande à Dieu ! »

On leur avait fait une longue escorte. Le comte baise Erec et sa nièce; il les recommande à Dieu le miséricordieux. Le père et la mère à leur tour leur donnent force baisers et ne peuvent s'empêcher de pleurer. Au moment de se séparer, la mère pleure, la jeune fille et son père pleurent. C'est l'effet de l'amour, c'est l'effet de la nature. La douce tendresse, l'amour qu'ils portaient à leur enfant les faisaient pleurer. Ils savaient bien pourtant que leur fille se rendait dans un endroit qui leur serait source de grands honneurs. L'amour, la tendresse les faisaient pleurer au moment de quitter leur fille; ils n'avaient pas d'autre motif et ils savaient bien qu'à la fin ils en tireraient de l'honneur. Au moment de se séparer ils ont beaucoup pleuré. Tout en pleurant, ils se recommandent mutuellement à Dieu. A présent ils s'en vont et ne tardent pas davantage.

Erec se sépara de son hôte, car il avait une hâte extrême d'arriver à la cour du roi et d'y fêter

Mout estoit liez de s'avanture,
Qu'amie ot bele a desmesure,
1485 Sage et cortoise et de bone eire.
De l'esgarder ne pot preu feire :
Quant plus l'esgarde, plus li plest.
Ne puet muër qu'il ne la best.
Volantiers prés de li se tret,
1490 An li esgarder se refet.
Mout remire son chief le blont,
Ses iauz rianz et son cler front,
Le nez et la face et la boche,
Don granz douçors au cuer li toche.
1495 Tot remire jusqu'a la hanche,
Le manton et la gorge blanche,
Flans et costez et braz et mains ;
Mes ne regarde mie mains
La dameisele le vassal
1500 De buen oel et de cuer leal
Qu'il feisoit li, par contançon.
Ne preïssent pas reançon
Li uns de l'autre regarder !
Mout estoient igal et per
1505 De corteisie et de biauté
Et de grant deboneireté :
Si estoient d'une matiere,
D'unes mors et d'une meniere,
Que nus qui le voir vossist dire
1510 N'an poïst le mellor eslire
Ne le plus bel ne le plus sage.
Mout estoient d'igal corage
Et mout avenoient ansanble.
Li uns a l'autre son cuer anble.
1515 Onques deux si beles images
N'assanbla lois ne mariages.
Tant ont ansanble chevauchié
Qu'androit midi ont aprochié
Le chastel de Caradigan
1520 Ou andeus les atandoit l'an.
Por esgarder s'il les verroient
As fenestres monté estoient

son aventure. Il en était tellement heureux, car il avait une amie d'une beauté hors du commun, sage, courtoise et de haute naissance. Il ne pouvait se rassasier de la regarder. Plus il la regarde, plus elle lui plaît. Il ne cesse de l'embrasser. Il aime s'approcher d'elle; il se réconforte à la regarder. Il contemple longuement sa blonde chevelure, ses yeux riants, son front lumineux, le nez, le visage, la bouche; il en ressent au cœur une grande douceur. Il contemple toute sa personne jusqu'aux hanches, le menton et la gorge blanche, la taille, les flancs, les bras, les mains...; la demoiselle n'est pas en reste et elle met la même ardeur à contempler le fier jeune homme d'un œil tendre et d'un cœur loyal. Ils n'auraient pas échangé le plaisir de se contempler l'un l'autre contre la plus forte des rançons. Ils étaient d'égale courtoisie, d'égale beauté, d'égale noblesse de caractère. C'était le même naturel, la même éducation, le même comportement. A dire la vérité, il aurait été impossible de discerner qui était le meilleur, le plus beau, le plus sage. Les mêmes sentiments les animaient et ils s'accordaient parfaitement. Ils s'étaient mutuellement ravis leurs cœurs. Jamais le mariage ni les lois n'associèrent deux beautés aussi parfaites.

Ils ont tant chevauché l'un près de l'autre qu'à midi ils étaient à proximité du château de Caradigan où on les attendait tous les deux. Pour guetter leur venue, l'élite des barons de la cour était

Li mellor baron de la cort.
La reïne Guenievre i cort
1525 Et s'i vint meïsme li rois,
Keus et Percevaus li Galois,
Et mes sire Gauvains aprés,
Et Torz, li fiz au roi Arés;
Lucans i fu, li botelliers;
1530 Mout i ot de buens chevaliers.
Erec ont choisi qui venoit
Et s'amie qu'il amenoit.
Bien l'ont trestuit reconeü
De si loing come il l'ont veü.
1535 La reïne grant joie mainne,
De joie est tote la corz plainne
Ancontre son avenemant,
Car tuit l'aimment comunemant.
Lués que il vint devant la sale,
1540 Li rois ancontre lui avale
Et la reïne d'autre part :
Tuit li dïent que Deus le gart;
Lui et sa pucele conjoent,
Sa grant biauté prisent et loent.
1545 Et li rois meïsmes l'a prise,
Jus de son palefroi l'a mise.
Mout fu li rois bien afeitiez;
A cele ore estoit bien heitiez.
La pucele a mout enoree,
1550 Par la main l'a a mont menee
An la mestre sale perrine.
Aprés Erec et la reïne
Sont andui monté main a main,
Et il li dist : « Je vos amain,
1555 Dame, ma pucele et m'amie
De povres garnemanz garnie;
Si come ele me fu donee,
Einsi la vos ai amenee.
D'un povre vavassor est fille.
1560 Povretez maint prodome aville :
Ses peres est frans et cortois,
Mes que d'avoir a petit pois,

montée aux fenêtres. La reine Guenièvre y était
accourue et le roi lui-même s'y trouvait, ainsi
que Keu et Perceval le Gallois, suivis par monseigneur Gauvain, par Tor, le fils du roi Arés.
Lucan le bouteiller y était aussi. Il y avait là foule
de vaillants chevaliers. Ils aperçurent Erec qui
arrivait et qui amenait son amie. Tous l'ont
reconnu sans peine du plus loin qu'ils le virent.
La reine en fut toute heureuse et la joie s'empara
de toute la cour à l'approche d'Erec, car il était
aimé de tous sans exception.

Dès qu'il arriva devant la salle, le roi descendit
à sa rencontre et la reine fit de même. Tous le
saluent d'un « Dieu vous garde », et lui font fête
ainsi qu'à sa demoiselle dont ils louent hautement la grande beauté. Le roi lui-même la prit et
la fit descendre de son palefroi. Il se montra tout
à fait galant et en la circonstance il était ravi. Il
fut plein d'égards pour la jeune fille; la prenant
par la main, il la fit monter dans la grande salle à
la voûte de pierres. A leur suite montèrent Erec
et la reine, main dans la main : « Dame, lui dit-il,
je vous amène ma demoiselle, mon amie, vêtue
de pauvres habits. Je l'ai amenée telle qu'elle me
fut confiée. Elle est fille d'un pauvre vavasseur.
La pauvreté fait tort à bien des hommes de
valeur : son père est noble et courtois — mais il
ne possède presque rien — et sa mère est de

Et mout jantis dame est sa mere
Qu'ele a un riche conte a frere.
1565 Ne por biauté ne por lignage
Ne doi je pas le mariage
De la pucele refuser.
Povretez li a fet user
Cest blanc chainse tant que as cotes
1570 An sont andeus les manches rotes.
Et neporquant, se moi pleüst,
Buenes robes assez eüst,
Qu'une pucele, sa cosine,
Li vost doner robe d'ermine,
1575 De dras de soie, veire ou grise;
Mes je ne vos an nule guise
Que d'autre robe fust vestue
Tant que vos l'eüssiez veüe.
Ma douce dame, or an pansez!
1580 Grant mestier a, bien le veez,
D'une bele robe avenant. »
Et la reïne maintenant
Li respont : « Mout avez bien fet!
Droiz est que de mes robes et,
1585 Et je li donrai buene et bele,
Tot or androit, fresche et novele. »
La reïne erraumant l'an mainne
An la soe chambre demainne
Et dist qu'an li aport isnel
1590 Le fres blïaut et le mantel
De la vert porpre croisilliee
Qui por le suen cors fu tailliee.
Cil cui ele l'ot comandé
Li a le mantel aporté
1595 Et le blïaut qui jusqu'as manches
Fu forrez d'erminetes blanches.
As poinz et a la cheveçaille
Avoit sanz nule devinaille
Plus de demi marc d'or batu;
1600 Et pierres de mout grant vertu,
Indes et verz, bloes et bises,
Avoit par tot sor l'or assises.

haute naissance car son frère est un comte puissant. Pour ce qui est de la beauté ou du lignage,
rien ne peut s'opposer à ce que j'épouse cette
jeune fille. La pauvreté lui a fait porter jusqu'à
l'usure cette tunique blanche, si bien que les
deux manches en sont percées aux coudes.
Cependant, si j'avais voulu, elle aurait eu de
splendides vêtements, car une jeune fille qui est
sa cousine voulait lui donner une robe toute en
soie, fourrée d'hermine, grise ou mouchetée.
Mais je ne voulais pas qu'elle change de robe
avant que vous l'ayez vue. Ma chère dame,
occupez-vous-en. Elle a grand besoin, vous le
voyez bien, d'une robe belle et élégante. »

La reine lui répondit aussitôt : « Vous avez fort
bien fait ! Elle doit porter une de mes robes ; et je
vais immédiatement lui en donner une superbe
et toute neuve. »

La reine sans tarder l'emmène dans sa propre
chambre et commande qu'on lui apporte tout de
suite la robe neuve et le manteau de satin vert à
croisillons qui avait été taillé pour elle-même. Le
serviteur à qui cet ordre avait été adressé lui
apporta le manteau et la robe qui était fourrée
d'hermine blanche jusqu'aux manches. Aux poi-
gnets et à l'encolure, il y avait pour être précis
plus de quatre onces d'or battu, et des pierres
précieuses aux propriétés extraordinaires, vio-
lettes et vertes, bleues et ambrées, étaient serties

Mout estoit riches li blïauz,
Mes por voir ne valoit noauz
1605 Li mantiaus de rien que je sache.
Ancor n'i avoit nule atache;
Car toz estoit fres et noviaus
Et li blïauz et li mantiaus.
Mout fu buens li mantiaus et fins :
1610 Au col avoit deus sebelins,
És tassiaus ot d'or plus d'une once;
D'une part ot une jagonce,
Et un rubi de l'autre part
Plus cler que chandoile qui art.
1615 La pane fu de blanc ermine :
Onques plus bele ne plus fine
Ne fu veüe ne trovee.
La porpre fu mout bien ovree
A croisetes tote diverses,
1620 Indes et vermoilles et perses,
Blanches et verz, bloes et jaunes.
Une ataches de quatre aunes
De fil de soie a or ovrees,
A la reïne demandees.
1625 Les ataches li sont bailliees,
Beles et bien aparelliees.
Ele les fist tot maintenant
Metre el mantel isnelemant
Et s'an fist tel home antremetre
1630 Qui bien estoit mestre del metre;
Quant el mantel n'ot rien que feire,
La jantis dame de bone eire
La pucele au blanc chainse acole
Et si li dist franche parole :
1635 « Ma dameisele, a cest blïaut
Qui plus de çant mars d'arjant vaut,
Vos covient cest chainse changier;
De tant vos vuel je losangier.
Et cest mantel afublez sus!
1640 Une autre foiz vos donrai plus. »
Ele ne le refusa mie,
La robe prant, si l'an mercie.

sur l'or. La robe était magnifique, mais, que je
sache, le manteau n'avait vraiment rien à lui
envier. Les attaches n'étaient pas encore en place
car robe et manteau étaient tout neufs. Le manteau était de fine qualité : le col était de deux
fourrures de zibeline et il y avait plus d'une once
d'or aux plaques d'agrafe ; sur l'une était sertie
une hyacinthe, sur l'autre un rubis plus éclatant
que la flamme d'une chandelle. La doublure
était d'hermine blanche, la plus belle et la plus
fine qu'on ait jamais vue. Le travail de la soie
était magnifique : elle était semée de croisillons
de multiples couleurs, violets, vermeils, lilas,
blancs, verts, bleus et jaunes. La reine demanda
une paire d'attaches confectionnées de quatre
aunes de fils de soie mêlés d'or ; on lui apporta
ces magnifiques attaches toutes préparées. Elle
les fit mettre immédiatement au manteau et
confia le travail à un homme expert dans l'art de
les poser.

Quand le manteau fut fin prêt, la noble dame
de haute naissance mit ses bras autour du cou de
la jeune fille à la tunique blanche et lui tint des
propos généreux : « Ma demoiselle, il vous faut
changer votre tunique pour cette robe qui vaut
plus de cent livres d'argent ; c'est la façon dont je
veux vous obliger. Revêtez aussi ce manteau.
J'aurai encore d'autres cadeaux à vous faire à la
prochaine occasion. »

Enide accepta volontiers, elle prit les vêtements et remercia. Deux jeunes filles la condui-

An une chanbre a recelee
L'an ont deus puceles menee.
1645 La a son chainse desvestu,
Que nel prise mes un festu;
Si a proiié et comandé
Qu'il soit donez por amor Dé.
Puis vest le blïaut, si se çaint,
1650 D'un orfrois a un tor s'estraint,
Et le mantel aprés afuble.
Or n'ot mie la chiere enuble;
Car la robe si li avint
Que plus bele assez an devint.
1655 Les deus puceles d'un fil d'or
Li ont galoné son crin sor;
Mes plus estoit luisanz li crins
Que li fis d'or qui mout est fins.
Un cercelet ovré a flors
1660 De maintes diverses colors
Les puceles el chief li metent.
Miauz qu'eles pueent s'antremetent
De li an tel guise atorner
Qu'an n'i truisse rien qu'amander.
1665 Deus fermeillez d'or neelez
An une cople anseelez
Li mist au col une pucele.
Or fu tant avenanz et bele
Que ne cuit pas qu'an nule terre,
1670 Tant seüst l'an cerchier ne querre,
Fust sa paroille recovree,
Tant l'avoit bien Nature ovree.
Puis est fors de la chambre issue,
A la reïne an est venue :
1675 La reïne mout la conjot;
Por ce l'ama et mout li plot,
Qu'ele estoit bele et bien aprise.
L'une a l'autre par la main prise.
Si sont devant le roi venues.
1680 Et quant li rois les a veües,
Ancontre se lieve an estant.
De chevaliers i avoit tant,

sirent discrètement dans une chambre. Là elle se
dépouilla de sa tunique dont elle ne faisait plus
aucun cas; elle ordonna qu'il en fût fait charité
pour l'amour de Dieu. Elle passa ensuite la robe,
et pour ceinture se ceignit d'un tour de galon
d'or; elle mit ensuite le manteau sur ses épaules.
Son visage alors n'avait rien de morose, car les
habits lui allaient si bien qu'elle en devint beaucoup plus belle. Les deux jeunes filles ont tressé
ses cheveux blonds avec un fil d'or, mais la chevelure était plus éclatante que le fil d'or, pourtant d'une grande finesse. Les jeunes filles
posèrent sur sa tête une petite couronne de fleurs
multicolores. Elles employaient tous leurs soins à
la parer de sorte qu'on ne puisse faire mieux.
Une jeune fille lui mit au cou deux petits fer-
moirs en or niellé appariés l'un à l'autre. Elle
était si gracieuse et si belle, que je ne crois pas
qu'en aucun pays, si loin qu'on veuille aller chercher, on puisse trouver sa pareille, tant Nature
avait mis de soin à la façonner. Elle quitta alors
la chambre et vint devant la reine qui l'accueillit
avec la plus grande joie : elle l'aimait beaucoup
et était charmée par sa beauté et ses manières
parfaites.

Elles se prennent par la main l'une l'autre et
viennent devant le roi. Quand le roi les vit, il se
mit debout pour les accueillir. Lorsqu'elles pénétrèrent dans la salle, il y eut tant de chevaliers à
se

Quant eles an la sale antrerent,
Qui ancontre eles se leverent,
1685 Que je n'an sai nomer le disme,
Le trezisme ne le quinzisme;
Mes d'auquanz des mellors barons
Vos sai je bien dire les nons,
De çaus de la Table Reonde,
1690 Qui furent li mellor del monde.
DEVANT toz les buens chevaliers
Doit estre Gauvains li premiers,
Li seconz Erec, li fiz Lac,
Et li tierz Lanceloz del Lac.
1695 Gornemanz de Gohort fu quarz,
Et li quinz fu li Biaus Coarz.
Li sistes fu li Lez Hardiz,
Li semes Melianz de Liz,
Li huitismes Mauduiz, li Sages,
1700 Nuemes Dodiniaus, li Sauvages.
Gandeluz soit dismes contez;
Car an lui ot maintes bontez.
Les autres vos dirai sanz nonbre
Por ce que li nonbrers m'anconbre.
1705 Esliz i fu avuec Briien,
Et Yvains, li fiz Uriien.
Yvains de Loenel fu outre,
D'autre part Yvains, li Avoutre.
Lez Yvain de Cavaliot
1710 Estoit Garravains d'Estrangot.
Aprés le Chevalier au Cor
Fu li Vaslez au Cercle d'or.
Et Tristanz qui onques ne rist
Delez Bliobleheris sist,
1715 Et par delez Brun de Piciez
Estoit ses frere Grus, l'Iriez.
Li Fevres d'Armes sist aprés,
Qui miauz amoit guerre que pés.
Aprés sist Karadués Briébraz,
1720 Uns chevaliers de grant solaz;
Et Caverons de Robendic
Et li fiz au roi Quenedic

lever pour les accueillir que je serais incapable
d'en nommer un sur dix ou même un sur quinze
ou un sur vingt. Mais je suis capable de vous dire
les noms de quelques-uns des meilleurs barons,
ceux de la Table Ronde qui étaient les meilleurs
chevaliers au monde.

Avant tous il faut nommer en premier Gauvain, puis Erec, fils de Lac, en second. En troisième lieu, Lancelot. Le quatrième c'était Gornemant de Gohort, le cinquième le Beau
Couard, le sixième le Laid Hardi, le septième
Mélian de Liz, le huitième Mauduit le Sage, le
neuvième Dodineau le Sauvage. On comptera
Gandelut en dixième, car il y avait en lui beaucoup de qualités. Les autres, je vous les énu-
mérerai sans ordre, car leur donner un rang
devient difficile. Élit en était en compagnie de
Brien, ainsi qu'Yvain, fils d'Urien; Yvain de
Loenel était plus loin, et de l'autre côté Yvain le
Bâtard. A côté d'Yvain de Cavaliot se trouvait
Garravain d'Estrangot; après le Chevalier au
Cor se trouvait le Jeune au diadème d'or. Tristan
qui jamais ne rit était assis à côté de Bliobléhéris,
et au côté de Brun de Picié se trouvait son frère
Gru la Colère. Après eux venait le Fèvre
d'Armes qui aimait mieux la guerre que la paix!
Venaient ensuite Karadeuc Brascourts, un che-
valier de grand agrément, Caveron de Robendic,
le fils du roi Quenedic, le Jeune de Quintareux,

Et li Vaslez de Quintareus
Et Yders del Mont Dolereus,
1725 Gaherïez et Keus d'Estraus,
Amauguins et Gales, li Chaus,
Grains, Gornevains et Carahés
Et Torz, li fiz le roi Arés,
Girflez, li fiz Do, et Taulas
1730 Qui onques d'armes ne fu las;
Et uns vaslez de grant vertu,
Loholz, li fiz le roi Artu,
Et Sagremors, li Desreez,
Cil ne doit pas estre obliëz,
1735 Ne Beduiers, li conestables,
Qui mout sot d'eschas et de tables,
Ne Bravaïns ne Loz, li rois,
Ne Galegantins, li Galois,
Ne li fiz Keu, le seneschal,
1740 Gronosis qui mout sot de mal,
[Ne Labigodés, li cortois,
Ne li cuens Cadorcaniois
Ne Letrons de Prepelesant,
An cui ot tant d'afeitement,
1745 Ne Breons, li fiz Canodan,
Ne le conte de Honolan,
Qui tant ot le chief bel et sor;
Ce fu cil qui reçut le cor
Au roi plain de male avanture;
1750 Onques de verité n'ot cure.]
QUANT la bele pucele estrange
Vit toz les chevaliers an range
Qui l'esgardoient a estal,
Son chief ancline contre val,
1755 Vergoingne an ot, ne fu mervoille,
La face l'an devint vermoille;
Mes la honte si li avint
Que plus bele assez an devint.
Quant li rois la vit vergoignier,
1760 Ne se vost de li esloignier.
Par la main doucement l'a prise
Et delez lui a destre assise;

et Yder du Mont Douloureux, Gahériet et Keu d'Estrau, Amauguin et Galet le Chauve, Grain, Gornevain et Carahet, et Tort, fils du roi Arès, Girflet, fils de Do, et Taulas qui était infatigable au combat; puis un jeune homme de haut mérite, Loholt, fils du roi Arthur, et Sagremor le Brutal, celui-là, il ne faut pas l'oublier, pas plus que Béduier le connétable qui était habile aux échecs et aux dames, ou Bravaïn ou le roi Lot, ou Galegantin le Gallois, ou le fils de Keu le sénéchal, Gronosis, qui ne songeait qu'à nuire, ou Labigodès le courtois, ou Letron de Prépelesant qui avait de si bonnes manières, ou Bréon, fils de Canodan, ou le comte de Honolan dont la chevelure blonde était si belle : c'était lui qui avait reçu le cor du roi rempli de maléfices ; la vérité était le moindre de ses soucis.

Quand la belle jeune fille étrangère vit tous ces chevaliers bien rangés la fixer immobiles, elle baissa la tête, toute intimidée, ce qui était bien naturel, et son visage s'empourpra. Mais sa confusion ne servit qu'à la rendre encore plus belle. Quand le roi vit qu'elle était intimidée, il voulut la garder près de lui. Il la prit doucement par la main et la fit asseoir à sa droite.

De la senestre part s'assist
La reïne, qui au roi dist :
1765 « Sire, si con je cuit et croi,
Bien doit venir a cort de roi
Qui par ses armes puet conquerre
Si bele fame an autre terre.
Bien feisoit Erec a atandre ;
1770 Or poez vos le beisier prandre
De la plus bele de la cort.
Je ne cuit que nus vos an tort :
Ja nus ne dira, qui ne mante,
Que ceste ne soit la plus jante
1775 Des puceles qui ceanz sont
Et de celes de tot le mont. »
Li rois respont : « N'est pas mançonge ;
Cesti, s'an ne le me chalonge,
Donrai je del blanc cerf l'enor. »
1780 Puis dist as chevaliers : « Seignor,
Qu'an dites vos ? Que vos est vis ?
Ceste est et de cors et de vis
Et de quanque estuet a pucele
La plus jantis et la plus bele,
1785 Qui soit jusque la, ce me sanble,
Ou li ciaus et la terre assanble.
Je di que droiz est antreset
Que ceste l'enor del cerf et.
Et vos, seignor, qu'an volez dire ?
1790 Poez i vos rien contredire ?
Se nus i viaut metre deffanse
Si die or androit ce qu'il panse.
Je sui rois, ne doi pas mantir,
Ne vilenie consantir,
1795 Ne fausseté ne desmesure :
Reison doi garder et droiture.
Ce apartient a leal roi
Que il doit maintenir la loi,
Verité et foi et justise.
1800 Je ne voudroie an nule guise
Feire desleauté ne tort,
Ne plus au foible que au fort.

A la gauche de la jeune fille prit place la reine qui dit au roi : « Sire, pour ne rien vous cacher de ce que je pense, on doit en cour de roi honorer l'arrivée du chevalier qui à la pointe de l'épée peut aller conquérir en pays étranger une femme aussi belle. On a bien fait d'attendre Erec. Maintenant vous pouvez donner le baiser destiné à la plus belle de la cour. Je ne crois pas que personne s'y oppose : personne n'osera prétendre sans mentir que cette jeune fille ne soit la plus belle de toutes celles qui sont ici et de toutes les jeunes filles au monde. »

Le roi répondit : « Voilà qui est vrai. C'est à cette jeune fille, si on ne proteste pas, que j'accorderai l'honneur du blanc cerf. »

Et s'adressant aux chevaliers : « Seigneurs, dit-il, qu'en dites-vous ? Donnez-moi votre avis. Cette jeune fille est, de corps et de visage comme de tout ce qui fait l'ornement du sexe féminin, la plus aimable et la plus belle qui soit, me semble-t-il, jusqu'aux confins où le ciel et la terre se rejoignent. J'affirme qu'il est juste que sans plus attendre l'honneur du cerf lui revienne. Vous autres, seigneurs, qu'en dites-vous ? Y voyez-vous une objection ? S'il est quelqu'un qui veuille s'y opposer, qu'il dise à présent ce qu'il pense. Je suis roi, je ne dois pas mentir ni me prêter à des bassesses, des tromperies ou des violences. Je dois suivre la raison et le droit. Il revient à un roi loyal de maintenir la loi, la vérité, la foi et la justice. Je ne voudrais à aucun prix manquer de loyauté ou causer tort aussi bien au faible qu'au

N'est droiz que nus de moi se plaingne
Ne je ne vuel pas que remaigne
1805 La costume ne li usages
Que siaut maintenir mes lignages.
De ce vos devroit il peser,
Se je vos voloie alever
Autres costumes, autres lois,
1810 Que ne tint mes pere, li rois.
L'usage Pandragon, mon pere,
Qui fu droiz rois et anperere,
Doi je garder et maintenir,
Que que il m'an doie avenir.
1815 Or me dites toz voz talanz!
De voir dire ne soit nus lanz,
Se ceste n'est de ma meison
La plus bele, et doit par reison
Le beisier del blanc cerf avoir :
1820 La verité an vuel savoir. »
Tuit s'escrïent a une voiz :
« Sire, par Deu et par sa croiz!
Bien la poez beisier par droit
Que c'est la plus bele que soit.
1825 An cesti a plus de biauté
Qu'il n'a el soloil de clarté.
Beisier la poez quitemant :
Tuit l'otroions comunemant. »
Quant li rois ot que a toz plest,
1830 Or ne leira qu'il ne la best :
Vers li se torne, si l'acole.
La pucele ne fu pas fole,
Bien vost que li rois la beisast;
Vilainne fust, s'il l'an pesast.
1835 Beisiee l'a come cortois
Veant toz les barons li rois
Et si li dist : « Ma douce amie!
M'amor vos doing sanz vilenie.
Sanz mauvestié et sanz folage
1840 Vos amerai de buen corage. »
Li rois par itel avanture
Randi l'usage et la droiture
Qu'a sa cort devoit li blans cers.
CI FINE LI PREMERAINS VERS.

puissant. Il n'est pas juste que l'on puisse avoir à
se plaindre de moi et je ne veux pas que la coutume et l'usage que maintenaient mes ancêtres
tombent en désuétude. Si je voulais instituer
d'autres coutumes ou d'autres lois que celles que
suivit mon père, vous devriez vous fâcher. Quoi
qu'il advienne, il me faut garder et maintenir
l'usage de Pandragon, mon père, qui fut un
empereur et un roi juste. Dites-moi dès lors
votre opinion et que personne n'hésite à dire
franchement si cette jeune fille n'est pas la plus
belle de ma cour et ne doit pas en bonne justice
recevoir le baiser du blanc cerf. Je veux savoir la
vérité.

— Sire, par Dieu et sa croix, vous pouvez à
juste titre lui donner le baiser, car c'est la plus
belle qui soit. Il y a plus de beauté en elle que
d'éclat dans le soleil. Vous avez toute liberté de
lui donner ce baiser : nous sommes tous de cet
avis. »

Quand le roi entend que tous sont du même
avis, il ne veut pas remettre à plus tard ce baiser :
il se tourne vers elle, et lui met les bras autour du
cou. La jeune fille n'était pas sotte ; elle consentit
sans peine à ce que le roi l'embrasse ; s'en offus-
quer eût été bien grossier. Le roi l'embrassa avec
courtoisie aux yeux de tous ses barons et lui
déclara : « Ma chère amie, je vous donne mon
amour en toute honnêteté. Je vous aimerai de
bon cœur sans perfidie et sans folie. »

C'est ainsi que le roi se conforma à l'usage et à
la règle qui régissaient à sa cour l'aventure du
blanc cerf.

Ici s'achève le prélude.

1845 QUANT li beisiers del cerf fu pris
     Lonc la costume del païs,
     Erec come cortois et frans
     Fu de son povre oste an espans.
     De ce que promis li avoit,
1850 Covant mantir ne li voloit.
     Mout li tint bien son covenant,
     Qu'il li anvoia maintenant
     Cinc somiers sejornez et gras,
     Chargiez de robes et de dras,
1855 De boqueranz et d'escarlates,
     De mars d'or et d'arjant an plates,
     De ver, de gris, de sebelins
     Et de propres et d'osterins.
     Quant chargié furent li somier
1860 De quanqu'a prodome a mestier,
     Dis que chevaliers que serjanz
     De sa mesniee et de ses janz
     Avuec les somiers anvoia,
     Et si lor dist mout et proia
1865 Que son oste li saluassent
     Et si grant enor li portassent
     Et sa fame tot einsimant,
     Con le suen cors demainnemant;
     Et quant presanté lor avroient
1870 Les somiers que il lor menoient,
     L'or et l'arjant et les besanz
     Et toz les autres garnemanz
     Qui estoient dedanz les males,
     An son reaume d'Outre-Gales
1875 An menassent a grant enor
     Et la dame et le vavassor.
     Deus chastiaus lor avoit promis,
     Les mellors et les miauz assis
     Et çaus qui mains dotoient guerre,
1880 Qui fussent an tote sa terre.
     Montrevel l'un apeloit l'an,
     Li autre avoit non Roadan.
     Quant an son reaume vandroient,
     Cez deus chastiaus lor liverroient

LE JEUNE ÉPOUX
I. LE MARIAGE

Quand le baiser du cerf fut accordé selon la coutume du pays, Erec, en homme courtois et généreux, s'inquiéta de son hôte qui vivait dans la gêne. Il ne voulait pas faillir aux promesses qu'il lui avait faites. Il tint parfaitement parole car il lui envoya aussitôt cinq chevaux de bât bien reposés et bien gras porteurs de vêtements et d'étoffes, de bougran, de soie écarlate, de marcs d'or et d'argent en lingots, de fourrures de vair, de gris, de zibeline, de satin et de levantine. Quand les chevaux furent chargés de tout ce qu'un chevalier digne de ce nom se doit d'avoir, il prit dix de ses gens, des chevaliers et des écuyers, et leur confia les chevaux.

Il leur fit les plus vives recommandations : ils salueraient son hôte en son nom et auraient pour lui ainsi que pour sa femme les mêmes égards que pour sa propre personne ; après leur avoir remis les chevaux de bât qu'ils leur amenaient avec l'or, l'argent, les pièces d'or, et l'ensemble des vêtements dont les malles étaient chargées, ils conduiraient la dame et le vavasseur avec beaucoup d'égards dans son royaume d'Outre-Galles. Il leur avait promis deux châteaux, les meilleurs de toute sa terre, les mieux fortifiés et les plus sûrs en temps de guerre ; on nommait l'un Montrevel et l'autre s'appelait Roadan : à leur arrivée dans son royaume, ils leur livreraient

1885 Et les rantes et la justise
     Einsi con lor avoit promise.
     Cil ont bien la chose atornee
     Si come Erec l'ot comandee.
     L'or et l'arjant et les somiers
1890 Et les robes et les deniers,
     Dont il i avoit grant planté,
     Tot ont son oste presanté
     Li messagier eneslejor,
     Qu'il n'avoient soing de sejor.
1895 El reaume Erec les menerent
     Et del servir mout se penerent.
     El païs vindrent an trois jorz,
     Des chastiaus lor livrent les torz,
     Que li rois Lac nel contredist.
1900 Grant joie et grand enor lor fist :
     Por son fil Erec les ama,
     Les chastiaus quites lor clama
     Et si lor fist asseürer,
     Chevaliers et borjois jurer,
1905 Qu'il les tandroient aussi chiers
     Come lor seignors droituriers.
     Quant ce fut fet et atorné,
     Li message sont retorné
     A lor seignor Erec arriere
1910 Qui les reçut a bele chiere ;
     Del vavassor et de sa fanne
     Et de son pere et de son ranne
     Lor a demandees noveles.
     Cil l'an dïent buenes et beles.
1915 NE tarda gueires ci aprés
     Que li termines fu mout prés
     Que ses noces feire devoit.
     Li atandres mout li grevoit ;
     Ne vost plus sofrir ne atandre.
1920 Au roi an ala congié prandre
     Que a sa cort, ne li grevast,
     Ses noces feire li leissast.
     Li rois le don li otroia
     Et par son reaume anvoia

ces deux châteaux avec les rentes et le droit de justice comme il le leur avait promis.

Les messagers accomplirent soigneusement les ordres d'Erec. Ils remirent le jour même à son hôte l'or, l'argent, les chevaux de bât, les vêtements et les deniers qui étaient en abondance, et eurent à cœur de faire au plus vite. Ils les conduisirent dans le royaume d'Erec et firent de leur mieux pour les servir. Ils gagnèrent en trois jours le pays et leur remirent les tours des places fortes, avec l'accord du roi Lac, qui les accueillit avec de grandes démonstrations de joie et beaucoup d'égards. Il leur accorda son amitié à cause de son fils Erec, leur livra les châteaux en toute propriété, et fit jurer par chevaliers et bourgeois qu'ils auraient pour eux l'affection qu'on doit à son légitime seigneur. Leur mission accomplie, les messagers revinrent auprès d'Erec qui fut heureux de les accueillir; il leur demanda des nouvelles du vavasseur et de sa femme, de son père et de son royaume, et ils lui en donnèrent de fort bonnes.

Le temps passa vite et le jour fixé pour la célébration des noces fut tout proche. L'attente pesait beaucoup à Erec; il ne voulut pas languir plus longtemps. Il se rendit auprès du roi et lui demanda qu'il lui fût permis de célébrer ses noces à la cour. Le roi le lui accorda et fit convoquer par son royaume tous les rois et les comtes

1925 Toz les rois et les contes querre,
      Çaus qui de lui tenoient terre,
      Que nul tant hardi n'i eüst
      Qu'a la Pantecoste ne fust.
      N'i a nul qui remenoir ost,
1930 Que a la cort ne vaingne tost,
      Des que li rois les ot mandez.
      Je vos dirai, or m'artandez!
      Qui furent li conte et li roi.
      Mout i vint a riche conroi
1935 Li cuens Brandés de Gloecestre,
      Qui çant chevaus mena an destre.
      [Aprés i vint Menagormon
      Qui cuens estoit de Clivelon.]
      Et cil de la Haute Montaingne
1940 I vint a mout riche conpaingne.
      De Treverain i vint li cuens
      Atot çant chevaliers des suens.
      Aprés vint li cuens Godegrains,
      Qui n'an amena mie mains.
1945 Avuec çaus que m'oëz nomer
      Vint Maheloas, uns hauz ber,
      Li sire de l'Isle de Voirre;
      An cele isle n'ot l'an tonoire
      Ne n'i chiet foudre ne tanpeste,
1950 Ne boz ne serpanz n'i areste,
      N'il n'i fet trop chaut ne n'iverne.
      Graislemiers de Fine Posterne
      I amena conpeignons vint,
      Et Guigomars, ses frere, i vint;
1955 De l'Isle d'Avalon fu sire.
      De cestui avons oï dire
      Qu'il fu amis Morgain, la fee,
      Et ce fu veritez provee.
      Daviz i vint de Tintaguel,
1960 Qui onques n'ot ire ne duel.
      Guergesins, li dus de Haut Bois,
      I vint a mout riche hernois.
      Assez i ot contes et dus;
      Mes des rois i ot ancor plus.

qui tenaient terre de lui ; il leur enjoignait qu'il
n'y eût personne d'assez téméraire pour refuser
d'assister à l'assemblée de Pentecôte. Personne
n'osa se dérober, et tous de s'empresser de venir
à la cour puisque le roi les avait mandés.

Prêtez l'oreille, je vais vous dire qui étaient ces
rois et ces comtes.

Le comte Brandès de Gloucestre y vint en
grand arroi, menant cent chevaux de combat
avec lui. Puis arrivèrent Ménagormon qui était
comte de Clivelon, le comte de la Haute Montagne avec une suite magnifique, le comte de
Tréverain accompagné de cent de ses chevaliers,
le comte Godegrain en égale compagnie. Ajoutez
à ceux que vous m'entendez nommer : Mahéloas, un haut baron, seigneur de l'Ile de Verre
(dans cette île on n'entend pas le tonnerre, la
foudre n'y tombe pas, il n'y a pas d'orage, on n'y
voit ni crapauds ni serpents, et il n'y fait ni très
chaud ni grand froid) ; Graislemier de Fine
Poterne, qui amenait vingt compagnons, et son
frère Guigomar qui était seigneur d'Avalon (de
lui nous savons, de vérité prouvée, qu'il fut l'ami
de la fée Morgain) ; David de Tintaguel qui ne
connut jamais ni chagrin ni douleur ; Guergesin,
duc de Haut Bois, en magnifique équipage.
Comtes et ducs étaient là en bon nombre, mais il
y avait encore plus de rois.

1965 Garras de Corque, uns rois mout fiers,
     I vint a cinc çanz chevaliers
     Vestuz de paile et de çandauz,
     Mantiaus et chauces et blïauz.
     Sor un cheval de Capadoce
1970 Vint Aguisiaus, li rois d'Escoce,
     Et amena ansanble o soi
     Andeus ses fiz, Cadrct et Coi,
     Deus chevaliers mout redotez.
     Avuec çaus que vos ai nomez
1975 Vint li rois Bans de Gomeret,
     Et tuit furent juene vaslet
     Cil qui ansanble o lui estoient,
     Ne barbe ne grenon n'avoient.
     Mout amena jant anveisiee,
1980 Deus çanz an ot an sa mesniee;
     Ne n'i ot nul, queus que il fust,
     Qui faucon ou terçuel n'eüst,
     Esmerillon ou esprevier,
     Ou riche ostor sor ou muiier.
1985 Kerrins, li viauz rois de Riël,
     N'i amena nul jovancel,
     Ainz ot teus conpeignons trois çanz
     Don li mains nez ot set vinz anz.
     Les chiés orent chenuz et blans,
1990 (Car vescu avoient lonc tans),
     Et les barbes jusqu'as ceinturs.
     Çaus tint mout chiers li rois Arturs.
     Li sire des nains vint aprés,
     Bilis, li rois d'Antipodés.
1995 Cil rois don je vos di fu nains
     Et fu Briën frere germains.
     De toz nains fu Bilis li maindre,
     Et Briëns, ses frere, fu graindre
     Ou demi pié ou plainne paume
2000 Que nus chevaliers del reaume.
     Por richesce et por seignorie
     Amena an sa conpeignie
     Bilis deus rois qui nain estoient
     Et de lui lor terre tenoient,

On y vit venir : Garras de Corque, un roi
redoutable, avec cinq cents chevaliers entièrement habillés de soie et de satin, manteaux,
chausses et tuniques ; Aguisel, roi d'Écosse,
monté sur un cheval de Cappadoce, amenant
avec lui ses deux fils, Cadret et Coi, chevaliers
redoutés ; et avec ceux que je viens de nommer,
le roi Ban de Gomeret, dont tous les compagnons étaient des jeunes hommes sans barbe ni
moustaches. Il amenait là une troupe de belle
humeur, et ils étaient deux cents en sa compagnie, tous sans exception portant faucon ou tier-
celet, émerillon ou épervier, ou bien de magnifiques autours, bruns ou adultes. Kerrin, le vieux
roi de Riel, n'amenait pas de jeunes gens, mais le
plus jeune de ses trois cents compagnons avait
pour le moins cent quarante ans ; leurs cheve-
lures étaient blanches et chenues, vu leur grand
âge, et la barbe leur descendait jusqu'à la ceinture ; Arthur les avait en grande estime. Suivait le
seigneur des nains, Bilis, le rois d'Antipodés. Le
roi dont je parle était nain ; c'était le frère de sang
de Brien ; Bilis était le plus petit de tous les nains
et son frère Brien avait bien pleine paume ou
demi-pied de plus que tous les chevaliers du
royaume. Pour montrer sa magnificence et son
pouvoir, Bilis amena en sa compagnie deux rois
nains qui tenaient de lui leur terre, Grigoras et

2005 Grigoras et Glecidalan;
     Mervoilles les esgarda l'an.
     Quant a la cort furent venu,
     Formant i furent chier tenu.
     A la cort furent come roi
2010 Enoré et servi tuit troi,
     Car mout estoient jantil home.
     Li rois Artus a la parsome,
     Quant assanblé vit son barnage,
     Mout an fu liez an son corage.
2015 Aprés por la joie angreignier
     Comanda çant vaslez beignier,
     Que toz les viaut chevaliers feire.
     N'i a nul qui n'et robe veire
     De riche paile d'Alixandre
2020 Chascuns tel come il la vost prandre
     A s'eslite et a sa devise.
     Tuit orent armes d'une guise
     Et chevaus coranz et delivres;
     Toz li pire valoit çant livres.
2025 QUANT Erec sa fame reçut,
     Par son droit non nomer l'estut,
     Qu'autremant n'est fame esposee
     Se par son droit non n'est nomee.
     Ancor ne savoit nus son non;
2030 Lors premieremant le sot on;
     ENIDE ot non an baptestire.
     L'arcevesques de Cantorbire
     Qui a la cort venuz estoit,
     Les beneï si come il doit.
2035 Quant la corz fu tote assanblee,
     N'ot menestrel an la contree
     Qui rien seust de nul deduit,
     Qui a la cort ne fussent tuit.
     An la sale mout grant joie ot,
2040 Chascuns servi de ce qu'il sot:
     Cil saut, cil tume, cil anchante,
     Li uns conte, li autre chante,
     Li uns sifle, li autre note,

Glecidalan; ils suscitèrent l'émerveillement général. Arrivés à la cour, ils furent en grande faveur; à la cour on les servit tous trois avec les égards dus à un roi, car ils étaient de très haute naissance.

Le roi Arthur, à la vue de tous ses barons assemblés, fut empli d'une grande joie. Ensuite pour donner plus d'éclat à la fête, il fit préparer un bain pour cent jeunes nobles qu'il voulait tous armer chevaliers. Tous sans exception reçurent un habit de couleurs vives en précieuse soie d'Alexandrie, et chacun choisit à son gré celui qu'il voulait. Tous furent équipés d'armes assorties et de chevaux rapides et agiles dont le moins bon valait bien cent livres.

Quand Erec épousa sa femme, il dut la nommer par son nom légitime, car on ne peut épouser une femme qu'en lui donnant son nom légitime. Personne n'avait encore entendu son nom, ce fut alors seulement qu'on l'apprit: elle avait reçu en baptême le nom d'Enide. L'archevêque de Cantorbéry qui était venu à la cour, les bénit comme il en a le devoir.

Quand la cour fut toute assemblée, tous les ménestrels de la contrée, tous ceux qui connaissaient quelque divertissement, accoururent. La grande salle était tout en fête, et chacun produisait ce qu'il savait faire.

L'un danse, l'autre fait de la voltige, l'autre des tours de passe-passe; l'un raconte, l'autre chante; l'un siffle, l'autre joue d'un instrument: qui de la harpe ou de la vielle, qui de la citole ou

Cil sert de harpe, cil de rote,
2045 Cil de gigue, cil de vïele,
Cil flaüte, cil chalemele.
Puceles carolent et dancent,
Trestuit de joie feire tancent.
N'est riens qui joie puisse feire
2050 Et cuer d'ome a leesce treire,
Qui ne fust as noce le jor.
Sonent timbre, sonent tabor,
Muses, estives et frestel,
Et buisines et chalemel.
2055 Que diroie de l'autre chose?
N'i ot guichet ne porte close.
Les issues et les antrees
Furent totes abandonees;
N'an fu tornez povres ne riches.
2060 Li rois Artus ne fut pas chiches:
Bien comanda as panetiers
Et as queus et as botelliers,
Qu'il livrassent a grant planté
A chascun a sa volanté
2065 Et pain et vin et veneison.
Nus n'i demanda livreison
De rien nule, queus qu'ele fust,
Qu'a sa volanté ne l'eüst.
MOUT fu granz la joie el palés;
2070 Mes tot le soreplus vos les,
S'orroiz la joie et le delit
Qui fu an la chambre et el lit.
La nuit quant il assanbler durent,
Evesque et arcevesque i furent.
2075 A cele premiere assanblee,
La ne fu pas Yseuz anblee
Ne Brangiens an leu de li mise.
La reïne s'est antremise
De l'atorner et del couchier
2080 Que l'un et l'autre avoit mout chier.
Cers chaciez qui de soif alainne,
Ne desirre tant la fontainne,
N'espreviers ne vient a reclaim
Si volantiers, quant il a faim,
2085 Que plus volontiers ne venissent

du rebec, qui de la flûte ou du chalumeau. Les
jeunes filles dansent rondes et caroles, la liesse
est générale.Il n'est rien qui puisse susciter l'allégresse et emplir de joie le cœur humain qui n'ait
été présent à la noce ce jour-là. Tambourins et
tambours résonnent; sonnent cornemuses,
trompettes, pipeaux, clairons et chalumeaux.
Que dire du reste? Pas une porte, pas un portail
n'étaient clos : on pouvait en toute liberté entrer
et sortir; riche ou pauvre, personne n'était
écarté. Le roi Arthur n'était pas avare. Il avait
bien recommandé aux pannetiers, aux cuisiniers
et aux bouteillers d'offrir en abondance pain, vin
ou venaison, à chacun autant qu'il en voulait.
Personne ne sut rien demander qui ne lui fût
servi à volonté. Dans le palais, la fête battait son
plein et je passe le détail du reste pour que vous
écoutiez la joie et le plaisir qui régnèrent dans la
chambre et au lit.

Le soir, quand fut venu le moment de leur
union, évêques et archevêques furent présents. A
cette première union, on ne vit pas Yseut se
dérober et mettre Brangien à sa place. La reine
s'était occupée de préparer leur lit car elle les
aimait beaucoup l'un et l'autre. Le cerf poursuivi, haletant de soif, n'aspire pas plus ardemment à la source et l'épervier, quand la faim le
presse, ne répond pas plus vivement à l'appel,
que les deux époux ne mirent d'empressement à

A ce que nu s'antretenissent.
Cele nuit ont bien restoré
Ce que il ont tant demoré.
Quant vuidiee lor fu la chanbre,
2090 Lor droit randent a chascun manbre.
Li oel d'esgarder se refont,
Cil qui d'amors la voie font
Et lor message au cuer anvoient,
Que mout lor plest quanque il voient.
2095 Aprés le message des iauz
Vient la douçors, qui mout vaut miauz,
Des beisiers qui amor atraient.
Andui cele douçor essaient
Et lor cuers dedanz an aboivrent
2100 Si qu'a grant painne s'an dessoivrent;
De beisier fu li premiers jeus.
Et l'amors qui est antr'aus deus
Fist la pucele plus hardie,
De rien ne s'est acoardie;
2105 Tot sofri, que que li grevast.
Einçois qu'ele se relevast
Ot perdu le non de pucele;
Au matin fu dame novele.
Cel jor furent jugleor lié,
2110 Car tuit furent a gré paiié.
Tot fu randu quanqu'il acrurent,
Et maint bel don doné lor furent,
Robes de ver et d'erminetes,
De conins et de violetes,
2115 D'escarlates, de dras de soie;
Qui vost cheval, qui vost monoie;
Chascuns ot don lonc son savoir
Si buen come il le dut avoir.
Einsi les noces et la corz
2120 Durerent prés de quinze jorz
A tel joie et a tel richesce.
Por seignorie et por hautesce,
Et por Erec plus enorer,
Fist li rois Artus demorer
2125 Toz les barons une quinzainne.

se tenir nus dans les bras l'un de l'autre. Cette
nuit-là ils ont largement rattrapé le temps où ils
avaient dû patienter! Quand on les laissa seuls
dans la chambre, ils donnèrent libre cours à chacun de leurs sens. Les yeux ne se lassent pas de
regarder, ce sont eux qui tracent la voie pour
l'amour et envoient leur message au cœur, char-
més par tout ce qu'ils voient. Après le message
des yeux vient — combien plus forte — la douceur des baisers qui font naître l'amour. Tous
deux s'essayent à cette douceur, ils s'en
abreuvent jusqu'au fond de leur cœur et ont bien
de la peine à séparer leurs lèvres. Les baisers ne
furent qu'un prélude. Mais l'amour qui les unis-
sait rendit la jeune fille plus hardie, rien ne
l'effrayait plus; elle consentit à tout, même s'il
lui en coûta. Avant le jour, elle avait perdu le
nom de jeune fille et au matin elle était une toute
fraîche dame. Ce fut une journée heureuse pour
les jongleurs, car tous furent payés à leur gré. Ils
avaient fait avance de leurs contributions, ils en
eurent bon salaire et reçurent abondance de
beaux cadeaux, vêtements fourrés de lapin, de
vair ou d'hermine, habits en drap violet, en satin
ou en soie. L'un voulait un cheval, l'autre préférait de l'argent, chacun reçut un cadeau magnifique à proportion de son art. C'est dans cette
allégresse et cette magnificence que durèrent
près de quinze jours les noces et la cour.

Pour manifester sa puissance et son rang et
pour témoigner plus d'honneur à Erec, le roi
Arthur avait retenu ses barons une quinzaine.

Quant vint a la tierce semainne,
Tuit ansanble comunemant
Anpristrent un tornoiemant.
Mes sire Gauvains s'avança,
2130 Qui d'une part le fiança
Antre Evroïc et Tenebroc.
Et Meliz et Meliadoc
L'ont fiancié d'autre partie.
A tant est la corz departie.

Quand vint la troisième semaine, tous ensemble d'un commun accord décidèrent d'organiser un tournoi. Monseigneur Gauvain s'engagea au nom d'un des camps et en fixa le lieu entre Evroïc et Ténébroc, tandis que Mélit et Méliadoc s'engageaient au nom de l'autre camp. Après quoi la cour se sépara.

2135 UN mois après la Pantecoste
     Li tornois assanble et ajoste
     Dessoz Tenebroc an la plaingne.
     La ot tante vermoille ansaingne
     Et tante bloe et tante blanche,
2140 Et tante guinple et tante manche,
     Qui par amors furent donees;
     Tant i ot lances aportees
     D'arjant et de sinople taintes :
     D'or et d'azur an i ot maintes;
2145 Et mainte an i ot d'autre afeire,
     Mainte bandee et mainte veire.
     Iluec vit an le jor lacier
     Maint hiaume a or et maint d'acier,
     Tant vert, tant jaune, tant vermoil
2150 Reluire contre le soloil,
     Tant blazon et tant hauberc blanc,
     Tante espee au senestre flanc,
     Tanz buens escuz fres et noviaus,
     D'arjant et de sinople biaus,
2155 Et tant d'azur a bocles d'or,
     Tant buen cheval bauçant et sor,
     Fauves et blans et noirs et bes :
     Tuit s'antrevienent a eslés.
     D'armes est toz coverz li chans.
2160 D'anbes deus parz fremist li rans,
     An l'estor lieve li escrois.
     Des lances est mout granz li frois :
     Lances brisent et escu troent,
     Li haubers faussent et descloent,
2165 Seles vuident, chevalier tument,
     Li cheval suent et escument.
     Sor çaus qui chieent a grant bruit,
     La traient les espees tuit.
     Li un corent por les foiz prandre
2170 Et li autre por le deffandre.
     Erec sist sor un cheval blanc,
     Toz seus s'an vint au chief del ranc,
     Por joster, se il trueve a cui.

LE JEUNE ÉPOUX
II. LE TOURNOI DE TENEBROC

Un mois après la Pentecôte, on s'assembla et on prit place pour le tournoi dans la plaine au pied de Ténébroc. Que d'enseignes vermeilles! et des bleues! et des blanches! que de guimpes, que de manches données par amour! Que de lances on apporta! certaines au fût d'argent ou de vermeil, beaucoup d'or et d'azur, beaucoup d'autres encore différentes, en bandes de couleurs, ou mouchetées. Que de heaumes on vit lacer en cette journée, des verts, des jaunes, des rouges qui étincelaient au soleil! Que de blasons! Que de hauberts blancs! Que d'épées pendues au flanc gauche! Que de bons écus tout neufs, parés d'argent et de vermeil, ou d'azur avec une bosse dorée! Que de bons chevaux : des balzans et des bruns, des fauves, des blancs, des noirs, des bais! Les voici lancés au galop, la plaine est couverte d'armes, de chaque côté un frémissement court dans les rangs. Le tumulte strident du combat s'enfle. Le fracas des lances est énorme : les lances se brisent, les écus se trouent, les hauberts se faussent et se rompent, les selles se vident, les chevaliers font la culbute, les chevaux suent et écument. Sur la tête de ceux qui tombent à grand bruit, tous alors de brandir les épées. Les uns accourent pour prendre les serments de ceux qui se rendent, les autres pour venir à la rescousse.

Erec montait un cheval blanc. Il s'avança seul en avant de la première ligne pour jouter, s'il

De l'autre part ancontre lui
2175 Point li Orguelleus de la Lande
Et sist sor un cheval d'Irlande,
Qui le porte de grant ravine.
Sor l'escu devant la peitrine
Le fiert Erec de tel vertu
2180 Que del destrier l'a abatu;
El chanp le let et point avant.
Et Rainduranz li vint devant,
Fiz la Vielle de Tergalo,
Qui fu coverz d'un çandal blo;
2185 Chevaliers fu de grant proesce.
Li uns contre l'autre s'adresce,
Si s'antredonent mout granz cos
Sor les escuz qu'il ont as cos.
Erec tant con hanste li dure
2190 Le trebuche a la terre dure.
An son retor a ancontré
Le roi de la Roge Cité
Qui mout estoit vaillanz et preuz.
Les resnes pranent par les neuz
2195 Et les escuz par les enarmes.
Andui orent mout beles armes
Et buens chevaus, forz et isniaus,
Et buens escuz, fres et noviaus.
Par si grant vertu s'antrefierent
2200 Qu'andeus lor lances peçoiierent;
Onques teus cos ne fu veüz :
Ansanble hurtent des escuz
Et des armes et des chevaus.
Çangle ne resnes ne peitraus
2205 Ne porent le roi retenir
Ne l'estuisse a terre venir.
Einsi vola jus del destrier :
N'i guerpi sele ne estrier;
Et nes les resnes de son frain
2210 An porta totes an sa main.
Tuit cil qui ceste joste virent
A mervoilles s'an esbaïrent,
Et dïent que trop chier li coste,

trouvait avec qui combattre. En face, l'Orgueilleux de la Lande pique à sa rencontre, monté sur
un cheval d'Irlande qui l'emporte à vive allure.
Erec le heurte si violemment sur l'écu au niveau
de la poitrine qu'il l'a jeté à bas de son cheval. Il
le laisse au sol et pique en avant. Raindurant, fils
de la Vieille de Tergalo, vint au-devant de lui,
l'armure recouverte d'une soie bleue ; c'était un
chevalier de grande prouesse. Ils s'élancent l'un
contre l'autre et échangent des coups violents
sur les écus accrochés à leurs cous. Erec, de
toute la longueur de sa lance, le projette rude-
ment sur le sol. Dans son demi-tour il trouva
face à lui le roi de la Rouge Cité, homme de
grande vaillance et de grande prouesse. Ils sai-
sirent les rênes par les nœuds et prirent les écus
par les courroies. Ils avaient tous deux de fort
belles armures, de bons chevaux, puissants et
rapides, et de bons écus, tout neufs. Le choc fut
si violent qu'ils brisèrent leurs deux lances ;
jamais on n'avait vu un tel échange de coups : la
rencontre oppose écus, armures, chevaux dans le
même heurt. Ni sangles, ni rênes, ni harnais ne
purent empêcher le roi de tomber. De son cheval
il vola à terre sans quitter selle ni étriers ; il garda
même les rênes avec le frein entre les mains !
Tous ceux qui assistèrent à cette joute en furent
stupéfaits et disent que c'est vraiment cher payer

Qui a si buen chevalier joste.
2215 Erec ne voloit pas antandre
A chevals n'a chevaliers prandre,
Mes a joster et a bien feire
Por ce que sa proesce apeire.
Devant lui fet le ranc fremir...
2220 Sa proesce fet resbaudir
Çaus devers cui il se tenoit.
Chevaus et chevaliers prenoit
Por çaus de la plus desconfire.
De mon seignor Gauvain vuel dire,
2225 Qui mout le feisoit bien et bel.
An l'estor abati Guincel
Et prist Gaudin de la Montaingne;
Chevaliers prant, chevaus gaaingne :
Bien le fist mes sire Gauvains.
2230 Girflez, li fiz Do, et Yvains
Et Sagremors li Desreez,
Çaus de la ont si conreez
Que jusqu'és portes les anbatent,
Assez an pranent et abatent.
2235 Devant la porte del chastel
Ont recomancié le çanbel
Cil dedanz contre çaus defors.
La fu abatuz Sagremors,
Uns chevaliers de mout grant pris.
2240 Toz estoit retenuz et pris
Quant Erec point a la rescosse.
Sor un des lor sa lance estrosse;
Si bien le fiert sor la memele
Que vuidier li covint la sele.
2245 Puis tret l'espee, si lor passe,
Les hiaumes lor anbuingne et quasse.
Cil s'an fuient, si li font rote,
Car toz li plus hardiz le dote.
Tant lor dona et cos et bos
2250 Que Sagremor lor a rescos;
El chastel les remet batant.
Les vespres faillirent a tant.
Si bien le fist Erec le jor

que d'affronter un chevalier aussi valeureux. Erec ne voulait pas prendre des chevaux ou des chevaliers; il ne se souciait que de jouter et d'accomplir des exploits pour faire éclater sa prouesse. Devant lui la ligne des combattants était parcourue d'un frémissement... Sa prouesse emplissait de joie ceux de son camp. Il ne prenait chevaux et chevaliers que pour accabler le camp adverse.

Je veux raconter maintenant les exploits de monseigneur Gauvain. Dans la mêlée il abattit Guincel et prit Gaudin de la Montagne. Il faisait prisonniers les chevaliers et prenait les chevaux en butin; monseigneur Gauvain se signalait par ses exploits. Quant à Girflet, fils de Do, ou Yvain et Sagremor le Brutal, ils malmenèrent si bien ceux du camp adverse qu'ils les firent reculer jusqu'aux portes. Ils en abattirent et en firent prisonniers un bon nombre. La mêlée reprit devant la porte du château entre défenseurs et attaquants. C'est là que fut abattu Sagremor, un chevalier de très haut prix. Il était déjà maîtrisé et prisonnier quand Erec accourt à la rescousse. Il brise sa lance sur l'un des assaillants et ajuste si bien son coup au bas du buste qu'il lui fait vider la selle. Il tire alors l'épée et fonce sur eux, il défonce les heaumes et les casse. Ses adversaires prennent la fuite et lui font place; le plus courageux est saisi d'effroi en face de lui. Il donne tant de coups, fait tant de bosses qu'il leur arrache Sagremor. Il les repousse vivement à l'intérieur du château.

C'est alors que le soir tomba. Les exploits d'Erec ce jour-là firent de lui le héros de la

Que li miaudre fu de l'estor;
2255 Mes mout le fist miauz l'andemain :
Tant prist chevaliers de sa main
Et tant i fist seles vuidier,
Que nus ne le porroit cuidier
Se cil non qui veü l'avoient.
2260 Trestuit d'anbes deus parz disoient
Qu'il avoit le tornoi veincu
Par sa lance et par son escu.
Or fu Erec de tel renon
Qu'an ne parloit se de lui non,
2265 Ne nus n'avoit si buene grace :
Il sanbloit Assalon de face,
Et de la langue Salemon,
Et de fierté sanbloit lion,
Et de doner et de despandre
2270 Fu parauz le roi Alixandre.
Au repeirier de cel tornoi
Ala Erec parler au roi.
Le congié li ala requerre
Qu'aler l'an leissast an sa terre;
2275 Mes mout le mercia einçois
Con frans et sages et cortois
De l'enor que feite li ot,
Que mout mervelleus gré l'an sot.
Aprés li a le congié quis,
2280 Qu'aler s'an viaut an son païs,
Et sa fame an voloit mener.
Ce ne li pot li rois veer;
Mes son vuel n'an alast il mie.
Congié li done et si li prie
2285 Qu'au plus tost qu'il porra retort;
Car n'avoit an tote sa cort
Mellor chevalier ne plus preu
Fors Gauvain, son tres chier neveu;
A celui ne se prenoit nus.
2290 Mes aprés lui prisoit il plus
Erec, et plus le tenoit chier
Que nes un autre chevalier.

mêlée. Mais le lendemain il se surpassa. Il fit tant
de prisonniers de sa propre main, il en désar-
çonna tant, que personne ne pourrait le croire
hormis ceux qui l'avaient vu. Tous les chevaliers,
de l'un et l'autre camp, disaient qu'avec sa lance
et son écu il avait remporté le prix du tournoi. La
renommée d'Erec fut telle qu'on ne parlait plus
que de lui. Personne non plus n'avait autant de
grâce. À son visage, on aurait dit Absalon, pour
ses paroles Salomon, et pour son ardeur guerrière un lion; quant à donner et dépenser, il se
montrait l'égal du roi Alexandre.

Au retour du tournoi, Erec alla trouver le roi;
il lui demanda l'autorisation de retourner dans
son pays; mais auparavant il le remercia avec
effusion en homme noble, sage et courtois, des
marques d'honneur qu'il lui avait données, car il
lui en gardait une vive reconnaissance; après
quoi il lui demanda la permission de partir car il
voulait retourner dans son pays et y emmener sa
femme. Le roi ne pouvait pas s'y opposer, même
s'il eût préféré ne pas se séparer de lui. Il lui
donna donc permission de partir et le pria de
revenir au plus tôt qu'il pourrait; car il n'avait en
toute sa cour chevalier meilleur ou plus vaillant
hormis Gauvain, son très cher neveu, auquel
personne ne pouvait se comparer. Mais après lui,
c'était Erec qu'il estimait le plus et il le chérissait
plus que tout autre chevalier.

EREC ne vost plus sejorner;
Sa fame comande atorner
2295 Des que le congié ot del roi,
Et si retint a son conroi
Seissante chevaliers de pris
A chevaus, a ver et a gris.
Des que son oirre ot apresté,
2300 N'a gueires puis a cort esté;
La reïne congié demande,
Les chevaliers a Deu comande;
La reïne congié li done.
A cele ore que prime sone
2305 Departi del palés real.
Devant toz monte an son cheval,
Et sa fame est el ver montee
Qu'ele amena de sa contree;
Puis monta sa mesniee tote.
2310 Bien furent set vint an sa rote
Antre chevaliers et serjanz.
Tant trespassent puis et pandanz,
Forez et plaingnes et rivieres
Quatre granz jornees plenieres,
2315 Qu'a Carnant vindrent au quint jor
Ou li rois Lac iere a sejor
An un chastel de grant delit.
Onques nus miauz seant ne vit :
De forez et de praeries,
2320 De vingnes, de gaeigneries,
De rivieres et de vergiers,
De dames et de chevaliers
Et de vaslez preuz et heitiez,
De jantis clers bien afeitiez,
2325 Qui bien despandoient lor rantes,
De puceles beles et jantes,
Et de borjois poesteïz
Estoit li chastiaus planteïz.
Ainz qu'Erec el chastel venist,
2330 Deus chevaliers avant tramist
Qui l'alerent le roi conter.

LE JEUNE ÉPOUX
III. LA PASSION AMOUREUSE

Erec ne voulut pas demeurer davantage. Aussitôt qu'il eut la permission du roi, il invita sa femme à se préparer, et retint pour sa suite soixante chevaliers de valeur avec des chevaux à robe mouchetée et grise.

Son départ prêt, il ne prolonge guère son séjour à la cour. Il demande congé à la reine, recommande les chevaliers à Dieu. La reine lui donne congé. A l'heure où sonne l'office de prime, il quittait le palais royal.

Il chevauchait en tête; sa femme montait le cheval moucheté qu'elle avait amené de son pays; venait ensuite toute sa maisonnée, ils étaient bien cent quarante dans sa suite tant chevaliers qu'écuyers. Ils franchirent tant de montagnes et de collines, de forêts, de plaines et de rivières, au long de quatre journées complètes, qu'ils arrivèrent le cinquième jour à Carnant où le roi Lac séjournait dans un château des plus agréables. Jamais on n'en vit de mieux situé. C'était un château riche en forêts, en prairies, en vignes, en pâturages, en rivières et en vergers; riche aussi en dames et chevaliers, en jeunes hommes vaillants et enjoués, en clercs de bonne famille, bien éduqués, qui dépensaient au mieux leur revenu, en jeunes filles belles et gracieuses, en bourgeois entreprenants. Avant de parvenir au château, Erec y dépêcha deux chevaliers pour annoncer son arrivée au roi. Sitôt la nouvelle

Li rois fist maintenant monter
Qu'il ot oïes les noveles,
Clers et chevaliers et puceles,
2335 Et comanda les sainz soner
Et les rues ancortiner
De tapiz et de dras de soie,
Por son fil reçoivre a grant joie ;
Puis est il meïsmes montez.
2340 Quatre vinz clers i ot contez,
Jantis homes et enorables,
A mantiaus gris, orlez de sables.
Chevaliers i ot bien cinc çanz
Sor chevaus bais, sors et bauçanz.
2345 Borjois et dames tant i ot
Que nus conte savoir n'an pot.
Tant galoperent et corurent
Qu'il s'antrevirent et conurent,
Li rois son fil et ses fiz lui.
2350 A pié desçandent anbedui,
Si s'antrebeisent et saluent ;
De grant piece ne se remuent
D'iluec, ou il s'antrancontrerent.
Li un les autres saluërent :
2355 Li rois d'Erec grant joie fet,
A la foiiee l'antrelet,
Si se retorne vers Enide ;
De totes parz est an melide :
Anbedeus les acole et beise,
2360 Ne set li queus d'aus miauz li pleise.
El chastel vienent lieemant :
Ancontre son avenemant
Sonent li sain trestuit a glais.
De jons, de mantastre et de glais
2365 Sont totes jonchiees les rues
Et par dessore portandues
De cortines et de tapiz,
De diaspres et de samiz.
La ot mout grant joie menee :
2370 Tote la janz est aünee
Por veoir lor novel seignor.

apprise, le roi fit monter à cheval clercs, chevaliers et jeunes filles, et ordonna de faire sonner
les cloches et de parer les rues de tapis et de
draps de soie pour recevoir son fils en grande
fête. Lui-même se mit à cheval à son tour. On
pouvait dénombrer quatre-vingts clercs, de
bonne et honorable noblesse, en manteaux gris
ourlés de zibeline; les chevaliers étaient bien
cinq cents, montés sur des chevaux bais, roux ou
balzans; quant aux bourgeois et aux dames, il y
en avait tant qu'il fut impossible d'en faire le
compte.

Ils coururent au galop à la rencontre l'un de
l'autre, ils s'aperçurent, se reconnurent, le roi
son fils, et le fils son père. Tous les deux mirent
pied à terre, et se saluèrent en s'embrassant. Ils
s'attardèrent longtemps à l'endroit même où ils
s'étaient rejoints. Puis tout le monde échangea
des saluts.

Le roi manifeste une joie immense à revoir
Erec, mais parfois il le laisse et se tourne vers
Enide; d'un côté et de l'autre ce n'est que ravis-
sement pour lui: il les prend par le cou, les
embrasse; il ne sait lequel des deux il préfère. Ils
pénètrent dans le château en cortège joyeux.
Pour l'arrivée d'Erec les cloches sonnent à toute
volée. Les rues dont le sol est couvert de joncs,
de menthe et de glaïeuls sont tendues de voiles et
de tapis de soie ou de brocart. On menait grande
fête: toute la ville s'était rassemblée pour voir
son nouveau seigneur. Jamais on ne vit joie plus

Ains nus ne vit joie greignor
Que feisoient juene et chenu.
Premiers sont au mostier venu,
2375 La furent par devocion
Receü a procession.
Devant l'autel del crocefis
S'est Erec a genoillons mis.
Devant l'image Nostre Dame
2380 Menerent dui baron sa fame.
Quant ele i ot s'oreison feite,
Un petit s'est arriere treite;
De sa destre main s'est seigniee
Come dame bien anseigniee.
2385 A tant fors del mostier s'an vont,
El palés real venu sont;
La comança la joie granz.
Le jor ot Erec mainz presanz
De chevaliers et de borjois,
2390 De l'un un palefroi norrois,
Et de l'autre une cope d'or.
Cil li presante un ostor sor,
Cil un brachet, cil un levrier,
Et cil autres un esprevier,
2395 Cil un corant destrier d'Espaingne,
Cil un escu, cil une ansaingne,
Cil une espee, cil un hiaume.
Onques nus rois an son reaume
Ne fu plus lieemant veüz
2400 N'a greignor joie receüz.
Tuit de lui servir se penerent :
Mout plus grant joie ancor menerent
D'Enide que de lui ne firent,
Por la grant biauté qu'an li virent,
2405 Et plus ancor por sa franchise.
An une chanbre fu assise
Dessor une coute de paile
Qu'aportee fu de Tessaile.
Antor ot mainte bele dame;
2410 Mes aussi con la clere jame
Reluist dessor le bis chaillo,
Et la rose sor le pavo :

grande : jeunes et vieux étaient en liesse. Ils se
dirigèrent d'abord vers l'église où ils furent reçus
par une procession pleine de piété. Erec se mit à
genoux devant l'autel du Crucifix. Deux barons
menèrent sa femme devant la statue de Notre
Dame. Une fois sa prière achevée, elle fit quelques pas en arrière et se signa de la main droite,
en dame de bonne éducation. Ils sortirent alors
de l'église et se rendirent au palais royal où
commença une fête splendide.

Ce jour-là, Erec reçut de nombreux présents
venant des chevaliers comme des bourgeois : de
l'un un palefroi norvégien, de l'autre une coupe
en or. Qui lui offre un jeune autour, qui un
braque, qui un lévrier, qui un épervier, qui un
rapide destrier espagnol, qui un écu, qui une
enseigne, qui une épée, qui un heaume. Jamais
un roi ne fut mieux fêté à son arrivée dans son
royaume et accueilli avec plus de joie. Tous
s'affairent à son service. Mais ils fêtent Enide
encore plus que lui, à cause de sa grande beauté
et surtout à cause de sa noble nature. Elle était
assise dans une chambre sur un tapis de soie qui
venait de Thessalie. Elle était entourée d'un
cercle de belles dames, mais comme la pierre
translucide l'emporte en éclat sur le caillou gri-
sâtre, ou la rose sur le pavot, ainsi Enide était-

Aussi iere Enide plus bele
Que nule dame ne pucele
2415 Qui fust trovee an tot le monde,
Qui le cerchast a la reonde;
Tant fu jantis et enorable,
De sages diz et acointable,
De buen estre et de buen atret.
2420 Onques nus ne sot tant d'aguet,
Qu'an li poïst veoir folie
Ne mauvestié ne vilenie.
Tant ot d'afeitemant apris
Que de totes bontez ot pris
2425 Que nule dame puisse avoir
Et de largesce et de savoir.
Tuit l'amoient por sa franchise :
Qui li pooit feire servise,
Plus s'an tenoit chiers et prisoit.
2430 De li nus rien ne mesdisoit;
Car nus n'an pooit rien mesdire.
El reaume ne an l'anpire
N'ot dame de tant buenes mors;
Mes tant l'ama Erec d'amors
2435 Que d'armes mes ne li chaloit,
Ne a tornoiemant n'aloit,
N'avoit mes soing de tornoiier;
A sa fame aloit donoiier.
De li fist s'amie et sa drue :
2440 Tot mist son cuer et s'antandue
An li acoler et beisier;
Ne se queroit d'el aeisier.
Si conpeignon duel an avoient,
Antr'aus sovant se demantoient
2445 De ce que trop l'amoit assez.
Sovant estoit midis passez
Einçois que de lez li levast :
Lui estoit bel, cui qu'il pesast.
Mout petit de li s'esloignoit,
2450 Mes onques por ce ne donoit
De rien mains a ses chevaliers

elle plus belle que dame ou jeune fille que l'on
pût trouver en allant jusqu'aux confins du
monde. Elle avait tant de noblesse et de distinction, ses propos étaient si sages et si accueillants,
elle montrait un si bon naturel et tant de séduc-
tion, que l'observateur le plus attentif n'aurait pu
déceler en elle trace de folie, de méchanceté ou
de bassesse. Elle était si bien éduquée qu'elle
avait acquis toutes les qualités qui distinguent la
véritable dame, modèle de générosité et de
sagesse. Tous l'aimaient pour sa noblesse naturelle. Celui qui trouvait l'occasion de la servir,
s'en félicitait et s'en estimait davantage. Personne ne médisait d'elle, car elle n'offrait aucune
prise à la médisance. Il n'y avait ni dans le
royaume ni dans l'empire femme de mœurs plus
irréprochables.

Mais Erec l'aimait d'un si grand amour qu'il
ne faisait plus cas des armes et n'allait plus aux
tournois : il n'avait plus aucune envie de tour-
noyer, il préférait courtiser sa femme. Il en fit
son amie et sa maîtresse. Tous ses désirs, toutes
ses pensées ne visaient qu'à la couvrir de baisers :
il ne connaissait plus d'autre plaisir. Ses compagnons en étaient malheureux et s'affligeaient
souvent entre eux de le voir pris d'un amour
trop ardent. Il était souvent plus de midi quand
il se décidait à se lever et à quitter sa femme.
Cette vie lui plaisait et il ne se souciait pas de
savoir si d'autres la supportaient mal. Il ne
s'éloignait jamais beaucoup de sa femme, mais
il ne s'en montrait pas moins généreux envers
ses chevaliers à qui il donnait armes, vête-

Armes et robes et deniers.
Nul leu n'avoit tornoiemant
Nes i anvoiast richemant
2455 Aparelliez et atornez.
Destriers lor donoit sejornez
Por tornoiier et por joster,
Que qu'il li deüssent coster.
Ce disoit trestoz li barnages
2460 Que granz diaus iert et granz damages
Quant armes porter ne voloit
Teus ber come il estre soloit.
Tant fu blasmez de totes janz,
De chevaliers et de serjanz,
2465 Qu'Enide l'oï antredire
Que recreant aloit ses sire
D'armes et de chevalerie;
Mout avoit changiee sa vie.
De ceste chose li pesa,
2470 Mes sanblant feire n'an osa,
Car ses sire an mal le preïst
Assez tost, s'ele li deïst.
Tant li fu la chose celee
Qu'il avint une matinee
2475 La ou il jurent an un lit
Ou eü orent maint delit;
Boche a boche antre braz gisoient,
Come cil qui mout s'antramoient;
Cil dormi, et ele vella;
2480 De la parole li manbra
Que disoient de son seignor
Par la contree li plusor;
Quant il l'an prist a sovenir,
De plorer ne se pot tenir.
2485 Tel duel an ot et tel pesance
Qu'il li avint par mescheance
Que ele dist une parole
Dont ele se tint puis por fole;
Mes ele n'i pansoit nul mal.
2490 Son seignor a mont et a val
Comança tant a regarder,

ments et argent. Il ne se tenait pas de tournoi
qu'il ne les y envoyât en magnifique équipage. Il
leur fournissait des chevaux frais pour aller aux
tournois et aux joutes, sans regarder à la
dépense. Tous les barons s'accordaient à regret-
ter et à trouver fâcheux qu'un guerrier de sa
valeur refusât de porter les armes. Tant de gens,
chevaliers comme écuyers, se prirent à blâmer
son comportement qu'Enide perçut que l'on
disait à mots couverts que son époux négligeait
ses devoirs de guerrier et de chevalier, et qu'il
avait bien changé. Elle en fut peinée, mais n'osa
rien en laisser paraître, car son époux aurait eu
vite fait de le prendre mal si elle le lui avait dit.
Elle garda longtemps le silence, mais un matin,
alors qu'ils étaient encore couchés dans le lit où
ils s'étaient livrés à tous leurs plaisirs, — ils
étaient étendus dans les bras l'un de l'autre,
bouche contre bouche, comme des amants passionnés ; il dormait, elle était éveillée —, elle se
souvint des propos que bien des gens dans le
pays tenaient sur son époux. Quand ce souvenir
lui revint, elle ne put s'empêcher de pleurer.
Sa douleur et son chagrin étaient si profonds
qu'elle eut le malheur de laisser échapper une
parole qu'elle jugea par la suite pure folie ; elle
n'avait pourtant que de bonnes intentions. Elle
se mit à regarder longuement son époux,

Le cors bien fet et le vis cler,
Et plore de si grant ravine
Que plorant dessor la peitrine
2495 An chieent les lermes sor lui,
Et dist : « Lasse, con mar m'esmui
De mon païs ! Que ving ça querre ?
Bien me devroit sorbir la terre,
Quant toz li miaudre chevaliers,
2500 Li plus hardiz et li plus fiers,
Li plus biaus et li plus cortois,
Qui onques fust ne cuens ne rois,
A del tot an tot relanquie
Por moi tote chevalerie.
2505 Donques l'ai je honi por voir ;
Nel vossisse por nul avoir. »
Lors li a dit : « Con mar i fus ! »
A tant se test, si ne dist plus.
Erec ne dormi pas formant,
2510 Si l'a tresoï an dormant.
De la parole s'esvella
Et de ce mout se mervella
Que si formant plorer la vit ;
Si li a demandé et dit :
2515 « Dites moi, bele amie chiere,
Por quoi plorez an tel meniere ?
De quoi avez ire ne duel ?
Certes, je le savrai mon vuel.
Dites le moi, ma douce amie,
2520 Et gardez nel me celez mie :
Por qu'avez dit que mar i fui ?
Por moi fu dit, non por autrui.
Bien ai la parole antandue. »
Lors fu mout Enide esperdue,
2525 Grant peor ot et grant esmai.
« Sire », fet ele, « je ne sai
Neant de quanque vos me dites. »
« Dame, por quoi vos escondites ?
Li celers ne vos i vaut rien.
2530 Ploré avez, ce voi je bien.
Por neant ne plorez vos mie ;

son corps bien taillé, son visage ouvert, et fondit en pleurs si violents que les larmes tombaient sur la poitrine d'Erec. « Infortunée, dit-elle, quel malheur d'avoir quitté mon pays! Que suis-je venue chercher ici? La terre devrait m'engloutir, moi pour qui le chevalier le plus hardi et le plus redoutable, le plus beau et le plus courtois, le meilleur de tous, comtes ou rois, a délaissé toute chevalerie. C'est moi qui l'ai mené à ce point de déshonneur, ce que je n'aurais voulu pour rien au monde. » Elle ajouta alors : « Pauvre ami, quel malheur! » Puis elle garda le silence et n'en dit pas plus. Mais Erec ne dormait pas profondément; il l'entendit à travers son sommeil. Cette parole le réveilla, et il fut bien étonné de la voir verser autant de larmes. Il lui demanda : « Dites-moi, belle et chère amie, pourquoi pleurez vous de la sorte? Qu'est-ce qui vous afflige? Je tiens absolument à le savoir. Dites-le-moi, ma douce amie, ne me le cachez surtout pas : pourquoi avez-vous dit : "Pauvre ami, quel malheur!" Je sais qu'il s'agissait de moi et de personne d'autre : j'ai très bien entendu la parole. »

Enide fut alors tout éperdue; une peur la saisit qui la mit dans le plus grand trouble :

« Seigneur, dit-elle, je ne comprends rien à ce que vous me dites.

— Dame, pourquoi nier? Il est inutile de le cacher : vous avez pleuré, je le vois bien. Vous ne pleurez pas sans cause, et dans mon som-

Et an dormant ai je oïe
La parole que vos deïstes. »
« Ha! biaus sire! onques ne l'oïstes,
2535 Mes je cuit bien que ce fu songes. »
« Or me servez vos de mançonges;
Apertemant vos oi mantir;
Mes tart vandroiz au repantir,
Se voir ne me reconoissiez. »
2540 « Sire, quant vos si m'angoissiez,
La verité vos an dirai,
Ja plus ne le vos celerai;
Mes je criem bien ne vos enuit.
Par ceste terre dïent tuit,
2545 Li noir et li blont et li ros,
Que granz damages est de vos,
Que voz armes antreleissiez;
Vostre pris an est abeissiez.
Tuit soloient dire l'autre an
2550 Qu'an tot le mont ne savoit l'an
Mellor chevalier ne plus preu;
Vostre parauz n'estoit nul leu.
Or se vont tuit de vos gabant,
Vieil et juene, petit et grant;
2555 Recreant vos apelent tuit.
Cuidiez vos donc qu'il ne m'enuit,
Quant j'oi dire de vos despit?
Mout me poise quant l'an le dit;
Et por ce m'an poise ancor plus
2560 Qu'il m'an metent le blasme sus;
Blasmee an sui, ce poise moi,
Et dïent tuit reison por quoi,
Que si vos ai lacié et pris
Que tot an perdez vostre pris,
2565 Ne ne querez a el antandre.
Autre consoil vos covient prandre
Que vos puissiez cest blasme estaindre
Et vostre premier los ataindre;
Car trop vos ai oï blasmer :
2570 Onques nel vos osai monstrer.
Sovantes foiz quant m'an sovient

meil j'ai entendu la parole que vous avez dite.

— Ah, cher seigneur, vous n'avez rien entendu, je crois que vous avez rêvé.

— Voilà que vous me débitez des mensonges; je vous entends mentir ouvertement; il sera trop tard pour vous en repentir si vous ne me confessez la vérité.

— Seigneur, puisque vous m'en pressez si fort, je vais vous dire la vérité et ne pas vous la cacher plus longtemps. Mais j'ai terriblement peur que vous en soyez fâché. Dans ce pays, tout le monde dit, bruns, blonds ou roux, qu'il est très fâcheux que vous vous écartiez des combats. Votre gloire s'en trouve amoindrie. L'an passé tous étaient d'avis que dans le monde entier on ne connaissait chevalier meilleur ou plus vaillant : vous n'aviez d'égal nulle part. Mais à présent, ils se gaussent de vous, jeunes et vieux, petits et grands, tous vous accusent de lâcheté. Croyez-vous donc que je ne sois pas affectée d'entendre qu'on vous méprise? Je suis très affectée quand j'en suis témoin, et d'autant plus qu'on m'en rend responsable. C'est moi qu'on accuse — quelle douleur! Tous disent que la raison est que je vous ai si bien pris dans mes lacs que vous en perdez toute votre vaillance et que vous ne pensez à rien d'autre. Il faut que vous preniez une décision afin de faire cesser ces reproches et de retrouver votre ancienne gloire. Que de fois j'ai entendu qu'on vous blâmait sans jamais oser vous le laisser voir. Bien souvent, quand je m'en souviens, l'angoisse me contraint

D'angoisse plorer me covient.
Tel pesance or androit an oi
Que garde prandre ne m'an soi,
2575 Tant que je dis que mar i fustes. »
« Dame », fet il, « droit an eüstes,
Et cil qui m'an blasment ont droit.
Aparelliez vos or androit,
Por chevauchier vos aprestez !
2580 Levez de ci, si vos vestez
De vostre robe la plus bele,
Et feites metre vostre sele
Sor vostre mellor palefroi ! »
Or est Enide an grant esfroi :
2585 Mout se lieve triste et pansive,
A li sole tance et estrive
De la folie qu'ele dist ;
Tant grate chievre que mal gist.
« Ha ! » fet ele, « fole mauveise !
2590 Or estoie je trop a eise,
Qu'il ne me faloit nule chose.
Deus ! et por quoi fui je tant ose
Que tel forsenage osai dire ?
Deus ! don ne m'amoit trop mes sire ?
2595 An foi, lasse, trop m'amoit il.
Or m'estuet aler an essil !
Mes de ce ai je duel greignor
Que je ne verrai mon seignor
Qui tant m'amoit de grant meniere
2600 Que nule rien n'avoit tant chiere.
Li miaudre hon qui onques fust nez
S'estoit si vers moi atornez
Que d'autre rien ne li chaloit.
Nule chose ne me faloit :
2605 Mout estoie buene eüree.
Mes trop m'a orguiauz sozlevee :
An mon orguel avrai damage
Quant je ai dit si grant outrage
Et bien est droiz que je l'i aie.
2610 Ne set qu'est biens qui mal n'essaie. »

à pleurer. J'en avais à l'instant une telle douleur que je ne me suis pas surveillée et que j'ai dit : quel malheur !

— Dame, dit-il, vous aviez raison, et ceux qui m'adressent ces blâmes ont raison aussi. Préparez-vous immédiatement, soyez prête à chevaucher. Levez-vous, revêtez vos plus beaux habits et faites seller votre meilleur palefroi ! »

Voilà Enide folle d'inquiétude ; elle se lève, triste et troublée ; elle s'en prend à elle-même et se fait reproche des paroles qu'elle a eu la folie de dire : tant gratte la chèvre qu'elle est mal couchée. « Ah, fait-elle, misérable folle, j'étais trop bien, il ne me manquait rien. Dieu ! quelle audace m'a poussée à tenir des propos aussi insensés ? Dieu ! Est-ce que mon époux ne m'aimait pas passionnément ? Ah oui, malheureuse, il m'aimait avec trop de passion. A présent il me faut partir en exil ! Mais ce qui m'afflige encore plus, c'est que je ne verrai plus mon époux qui m'aimait si tendrement, qui m'aimait plus que tout. Le meilleur homme du monde m'estimait au point de ne penser à rien d'autre. Il ne me manquait rien : quel bonheur était le mien ! Mais l'orgueil m'a tourné la tête : mon orgueil causera ma perte tant mes paroles ont été offensantes, et je n'aurai que ce que je mérite. Nul ne sait ce qu'est le bonheur tant qu'il n'a pas souffert. »

Tant s'est la dame demantee
Que bien et bel s'est atornee
De la mellor robe qu'ele ot;
Mes nule chose ne li plot,
2615 Einçois li dut mout enuiier.
Puis a fet un suen escuiier
Par une pucele apeler,
Si li comande a anseler
Son riche palefroi norrois;
2620 Onques mellor n'ot cuens ne rois.
Des que ele l'ot comandé,
Cil n'i a respit demandé;
Le palefroi ver ansela.
Et Erec un autre apela,
2625 Si li comande a aporter
Ses armes por son cors armer.
Puis s'an monta an unes loges
Et fist un tapit de Limoges
Devant lui a la terre estandre.
2630 Et cil corut les armes prandre
Cui il l'ot comandé et dit,
Ses aporta sor le tapit.
Eric s'assist de l'autre part
Dessus l'image d'un liépart
2635 Qui el tapit estoit portreite.
Por armer s'atorne et afeite :
Premieremant se fist lacier
Unes chauces de blanc acier.
Aprés vest un hauberc tant chier
2640 Qu'an n'an pooit maille tranchier.
Mout estoit riches li haubers
Que a l'androit ne a l'anvers
N'ot tant de fer come une aguille,
N'il n'i pooit coillir roïlle;
2645 Car tot estoit d'arjant feitiz,
De menues mailles tresliz;
Et iere ovrez tant sotilmant,
Dire vos puis certainnemant
Que nus qui ja vestu l'eüst
2650 Plus las ne plus doillanz n'an fust

Tout en se lamentant la dame avait revêtu ses plus beaux habits. Mais elle n'y trouvait aucun plaisir, tout lui pesait extrêmement. Elle fit appeler un de ses écuyers par une suivante et lui ordonna de seller son magnifique palefroi norvégien ; jamais comte ni roi n'en eut de meilleur. Sitôt l'ordre reçu, le serviteur s'empressa de seller le palefroi pommelé.

Quant à Erec il appela un autre écuyer et lui commanda d'apporter son équipement pour s'armer. Il monta ensuite dans une galerie et fit étendre un tapis de Limoges sur le sol devant lui. Celui qui en avait reçu l'ordre courut prendre les armes et les apporta sur le tapis. Erec s'assit à l'autre bout, sur un léopard figuré sur le tapis. Il se disposa à revêtir ses armes. En premier lieu il se fit lacer une paire de chausses d'acier brillant. Il passa ensuite un haubert si coûteux que les mailles étaient d'une solidité à toute épreuve. C'était un haubert splendide : à l'endroit comme à l'envers, il n'y avait pas la moindre trace de fer si bien qu'il ne pouvait pas rouiller, car il était tout de bel argent à fines mailles de trois fils. C'était un ouvrage d'un raffinement extrême et je peux vous assurer qu'une fois revêtu, il n'était ni plus lourd ni plus pénible à porter qu'une

Que s'il eüst sor la chemise
Une cote de soie mise.
Li serjant et li chevalier
Tuit se pranent a mervellier
2655 Por quoi il armer se feisoit,
Mes nus demander ne l'osoit.
Quant del hauberc l'orent armé,
Un hiaume a cercle d'or listé,
Plus cler reluisant qu'une glace,
2660 Uns vaslez sor le chief li lace.
Puis prant l'espee, si la çaint,
Et comande qu'an li amaint
Le bai de Gascoingne anselé;
Puis a un vaslet apelé :
2665 « Vaslez », fet il, « va tost, et cor
An la chanbre delez la tor,
Ou ma fame est, et si li di
Que trop me fet demorer ci.
Trop a mis a li atorner!
2670 Di li que vaingne tost monter;
Car je l'atant. » Et cil i va,
Aparelliee la trova
Son plor et son duel demenant,
Si li a dit tot maintenant :
2675 « Dame, por quoi tardez vos tant?
Mes sire la fors vos atant
De totes ses armes armez.
Grant piece a que il fust montez
Se vos fussiez aparelliee. »
2680 Mout s'est Enide mervelliee
Que ses sire avoit an corage;
Mes de ce fist ele que sage
Que plus lieemant se contint
Qu'ele pot, quant devant lui vint.
2685 Devant lui vint anmi la cort,
Et li rois Lac aprés li cort.
Chevalier corent qui miauz miauz.
Il n'i remaint juenes ne viauz
N'aille savoir et demander
2690 S'il an voudra nus d'aus mener;

tunique de soie que l'on aurait passée par-dessus la chemise. Chevaliers ou écuyers, tous s'étonnaient et se demandaient pourquoi il se faisait armer. Mais personne n'osait poser de question. Après qu'on lui eut passé le haubert, un jeune homme lui laça sur la tête un heaume bordé d'un cercle d'or et plus éclatant que glace. Il prit ensuite l'épée, l'attacha à la ceinture et commanda qu'on lui selle et qu'on lui amène son cheval de Gascogne bai. Il appela alors un jeune homme : « Jeune homme, dit-il, dépêche-toi de courir à la chambre près de la tour où se trouve ma femme, et dis-lui qu'elle me fait trop attendre. Elle a mis trop de temps à se préparer ! Dis-lui qu'elle se hâte de venir monter à cheval, car je l'attends. » Celui-ci y courut ; il la trouva toute prête, en proie aux larmes et à l'affliction la plus vive. Il s'empressa de lui dire : « Dame, pourquoi tardez-vous tant ? Monseigneur est dehors à vous attendre, armé de pied en cap. Il y a longtemps qu'il serait en selle si vous aviez été prête. »

Enide fut tout étonnée et se demandait quelles étaient les intentions de son époux. Mais elle eut la sagesse d'afficher le maintien le plus joyeux qu'elle put quand elle le rejoignit. Elle se présenta devant lui dans la cour, suivie du roi Lac qui se hâtait.

Accourent alors à qui mieux mieux les chevaliers. Jeunes et vieux, ils viennent tous lui demander s'il voudra prendre quelques-uns

Chascuns s'an porofre et presante.
Mes il lor jure et acreante
Que il n'an manra conpeignon
Se sa fame solemant non;
2695 Por voir dit qu'il an ira seus.
Mout an est li rois angoisseus.
« Biaus fiz », fet il, « que viaus tu feire?
Moi doiz tu dire ton afeire,
Ne me doiz nule rien celer.
2700 Di moi quel part tu viaus aler;
Car por rien nule qu'an te die
Ne viaus que an ta conpeignie
Escuiiers ne chevaliers aille.
Se tu as anprise bataille
2705 Seul a seul vers un chevalier,
Por ce ne doiz tu pas leissier
Que tu n'an mains une partie,
Por richesce et por seignorie,
De tes chevaliers avuec toi.
2710 Ne doit seus aler fiz de roi.
Biaus fiz, fai chargier tes somiers,
Et mainne de tes chevaliers
Trante ou quarante ou plus ancor,
Si fai porter arjant et or,
2715 Et quanque il estuet a prodome. »
Eric respont a la parsome,
Et si li dit tot a devise
Comant il a sa voie anprise.
« Sire », fet il, « ne puet autre estre.
2720 Je n'an manrai cheval en destre.
N'ai que feire d'or ne d'arjant,
Ne d'escuiier ne de serjant;
Ne conpeignie ne demant
Fors que ma fame solemant.
2725 Mes je vos pri, que qu'il avaingne,
Se je muir et ele revaingne,
Que vos l'amez et tenez chiere
Por m'amor et por ma proiiere,
Et la meitie de vostre terre
2730 Quitemant, sanz noise et sanz guerre,
Li otroiiez tote sa vie. »

d'entre eux avec lui ; et chacun d'offrir ses services. Il doit leur jurer avec force qu'il n'emmè-
nera personne d'autre que sa femme ; il assure
qu'il s'en ira seul. Le roi s'en montre très
inquiet : « Cher fils, dit-il, que veux-tu faire ? Il
faut que tu me dises ton intention sans rien me
cacher. Dis-moi où tu veux aller quand, sans
tenir compte de ce qu'on te dit, tu n'acceptes pas
d'être accompagné d'écuyers ou de chevaliers. Si
tu prévois une bataille en combat singulier
contre un chevalier, ce n'est pas une raison pour
refuser d'emmener au moins une partie de tes
chevaliers avec toi, pour faire montre de ta
magnificence et de ton pouvoir. Un fils de roi ne
doit pas voyager seul. Cher fils, fais charger tes
bêtes de somme et emmène trente ou quarante
de tes chevaliers ou plus encore. Emporte de l'or
et de l'argent et munis-toi de tout ce qui
convient à un chevalier digne de ce nom. »

Erec finit par lui répondre et lui explique comment il a organisé son départ : « Seigneur, dit-il,
il ne peut en être autrement. Je n'emmènerai pas
de cheval de rechange. Je n'ai que faire d'or ou
d'argent, ni d'écuyer ou de serviteur et je ne
demande d'autre compagnie que celle de ma
femme. Mais je vous prie, s'il advient que je
meure et qu'elle revienne, de lui garder votre
amour en souvenir de moi et de cette prière que
je vous fais. Donnez-lui aussi la moitié de votre
terre, à vie, en toute propriété, sans querelle ni
guerre. »

Li rois ot que ses fiz li prie,
Et dist : « Biaus fiz, et je l'otroi.
Mes de ce que aler t'an voi
2735 Sanz conpeignie, ai mout grant duel,
Ja si n'i alasses mon vuel. »
« Sire, ne puet estre autremant.
Je m'an vois ; a Deu vos comant.
Mes de mes conpeignons pansez,
2740 Chevaus et armes lor donez,
Et quanqu'a chevalier estuet. »
De plorer tenir ne se puet
Li rois, quant de son fil depart.
Les janz replorent d'autre part :
2745 Dames et chevalier ploroient,
Por lui mout grant duel demenoient.
N'i a un seul qui duel n'an face :
Maint s'an pasmerent an la place ;
Plorant le beisent et acolent,
2750 A po que de duel ne s'afolent.
Ne cuit que plus grant duel feïssent
Se mort ou navré le veïssent.
Lors dist Eric por reconfort :
« Seignor, por quoi plorez si fort ?
2755 Je ne sui pris ne maheigniez.
An cest duel rien ne gaeigniez.
Se je m'an vois, je revandrai,
Quant Deu pleira et je porrai.
Toz et totes vos comant gié
2760 A Deu, si me donez congié :
Car trop me feites demorer.
Et ce que je vos voi plorer,
Me fet grant mal et grant enui. »
A Deu les comande, et il lui.
2765 DEPARTI sont a mout grant painne.

Le roi écoute la prière que lui fait son fils.
« Cher fils, je te l'accorde. Mais j'ai grand chagrin de te voir partir sans compagnie. S'il ne
tenait qu'à moi, tu ne partirais pas ainsi.

— Sire, il ne peut en être autrement. Je m'en
vais, je vous recommande à Dieu. Prenez soin de
mes compagnons, donnez-leur armes et chevaux
et tout ce dont a besoin un chevalier. »

Le roi ne peut s'empêcher de pleurer en
voyant son fils partir. Les gens pleurent aussi :
dames et chevaliers versent des larmes et manifestent la plus vive douleur pour lui. Pas un qui
ne s'afflige : sur le moment, plusieurs s'éva-
nouirent ; tout en pleurant, ils l'embrassent, ils le
serrent et dans leur douleur ils sont tout près de
se blesser. Je ne crois pas que leur affliction eût
été plus vive s'ils l'avaient vu blessé ou mort.

Erec voulut alors les consoler et leur dit : « Seigneurs, pourquoi pleurez-vous si fort ? Je ne suis
ni captif ni blessé. Vous affliger comme vous
faites est inutile. Je pars, mais je reviendrai,
quand Dieu voudra et quand je pourrai. Tous et
toutes, je vous recommande à Dieu ; permettez-
moi de prendre congé car vous me faites trop
tarder, et la vue de vos pleurs me cause un mal et
une douleur extrêmes. » Ils se recommandent
alors mutuellement à Dieu. Les époux eurent
beaucoup de peine à partir.

Erec s'an va; sa fame an mainne
Ne set quel part, an avanture.
« Alez », fet il, « grant aleure,
Et gardez, ne soiiez tant ose,
2770 Se vos veez nes une chose,
Que vos m'an diiez ce ne quoi.
Gardez, ja n'an parlez a moi,
Se je ne vos aresne avant.
Grant aleüre alez devant
2775 Et chevauchiez tot a seür. »
« Sire », fet ele, « a buen eür! »
Devant s'est mise, si se tot.
Li uns a l'autre ne dit mot;
Mes mout est Enide dolante,
2780 A li meïsme se demante
Soef an bas, que il ne l'oie.
« Lasse! », fet ele, « a si grant joie
M'avoit Deus mise et essauciee :
Or m'a an po d'ore abeissiee
2785 Fortune qui m'avoit atreite,
Tost a a li sa main retreite.
De ce ne me chaussist il, lasse,
S'a mon seignor parler osasse.
Mes de ce sui morte et traïe
2790 Que mes sire m'a anhaïe.
Anhaïe m'a, bien le voi,
Quant il ne viaut parler a moi;
Ne je tant hardie ne sui
Que je os regarder vers lui. »
2795 Que qu'ele se demante issi
Uns chevaliers del bois issi,
Qui de roberie vivoit.
Deus conpeignons o lui avoit,
Et s'estoient armé tuit troi.
2800 Mout covoitent le palefroi
Que Enide va chevauchant.
« Seignor, savez que je vos chant? »
Fet il a ses deus conpeignons,
« Se or androit ne gaeignons,

LA CHEVAUCHÉE AVENTUREUSE
I. LES CHEVALIERS BRIGANDS

Erec s'en va, il emmène sa femme il ne sait où, en aventure.

« Chevauchez à vive allure, lui dit-il, et gardez-vous d'avoir l'audace, si vous voyez quelque chose, de m'en souffler mot. Gardez-vous de m'en parler si je ne m'adresse à vous d'abord. Chevauchez devant à vive allure et soyez entièrement rassurée.

— Seigneur, dit-elle, voilà qui est parfait. » Elle passa devant et se tut.

Ils n'échangent pas un mot entre eux, mais Enide est pleine de tristesse. Elle se lamente à part soi, doucement et à voix basse pour qu'il ne l'entende pas : « Malheureuse, fait-elle, Dieu m'avait donné d'atteindre un tel bonheur ; voici qu'en peu de temps Fortune m'en a retirée après m'y avoir menée ; elle m'a bien vite ôté son bras. Malheureuse, je ne m'en inquiéterais pas si j'osais parler à mon époux. Mais ce qui m'abat et me désespère c'est que mon époux m'a prise en haine. Il me hait, je le vois bien, puisqu'il ne veut plus me parler, et moi, je ne me sens pas assez hardie pour oser me retourner et le regarder. »

Tandis qu'elle se livrait à ses lamentations, sortit du bois un chevalier qui faisait métier de voler. Il avait deux compagnons avec lui et tous les trois étaient armés. Le palefroi qu'Enide chevauche leur fait grande envie. « Seigneurs, savez-vous ce que je vais vous chanter ? fait-il à ses deux compagnons. Si aujourd'hui nous sommes

2805 Mauvés somes et recreant
     Et a mervoilles mescheant.
     Ci vient une dame mout bele;
     Ne sai, s'ele est dame ou pucele,
     Mes mout est richemant vestue.
2810 Li palefroiz et la sanbue
     Et li peitraus et li lorains
     Valent mil livres de chartains.
     Le palefroi vuel je avoir,
     Et vos aiiez tot l'autre avoir!
2815 Ja plus n'an quier a ma partie.
     Li chevaliers n'an manra mie
     De la dame, se Deus me saut.
     Je li cuit feire tel assaut
     Qu'il conperra mout duremant.
2820 Je l'ai veü premieremant,
     Por ce est droiz que je i aille
     Feire la premiere bataille. »
     Cil li otroient, et il point,
     Tot droit dessoz l'escu se joint,
2825 Et li dui remestrent an sus.
     Adonc estoit costume et us,
     Que dui chevalier a un poindre
     Ne devoient a un seul joindre,
     Que s'il l'eüssent anvaï,
2830 Vis fust qu'il l'eüssent traï.
     Enide vit les robeors,
     Mout l'an est prise granz peors.
     « Deus! », fet ele, « que porrai dire?
     Or iert ja morz ou pris mes sire;
2835 Que cil sont troi, et il est seus.
     N'est pas a droit partiz li jeus
     D'un chevalier ancontre trois.
     Cil le ferra ja par detrois,
     Que mes sire ne s'an prant garde.
2840 Deus! serai je donc si coarde
     Que dire ne li oserai?
     Ja si coarde ne serai :
     Je li dirai, nel leirai pas. »
     Vers lui s'an torne eneslepas,

bredouilles, nous sommes des lâches et des incapables, et victimes d'une malchance extraordinaire. Voici venir une bien belle dame. Je ne sais
si elle est dame ou jeune fille, mais ses vêtements
sont magnifiques. Le palefroi avec sa selle, son
harnais et les rênes vaut bien mille livres en monnaie de Chartres. Je me réserve le palefroi et je
vous laisse tout le reste. Je ne demande rien de
plus pour moi. De la dame il ne restera rien pour
le chevalier, sur mon âme. Je m'apprête à faire
une charge qui lui coûtera cher. Je l'ai vu le premier, il est donc juste que j'aille livrer bataille le
premier. »

Ses compagnons y consentent, il s'élance, bien
protégé par l'écu ; les autres restent à l'écart.
C'était alors la coutume que dans une passe
d'armes deux chevaliers ne pouvaient s'attaquer
à un seul ; s'ils avaient participé à l'attaque, on
aurait estimé qu'ils avaient agi par traîtrise.
Enide vit les voleurs, elle eut grande peur.
« Dieu, fit-elle, comment faire ? Mon mari va être
tué ou fait prisonnier, car ces gens sont trois et il
est tout seul. La partie n'est pas égale quand un
chevalier en affronte trois. Celui-ci va l'atteindre
par-derrière car mon mari n'est pas sur ses
gardes. Dieu ! vais-je donc être assez couarde
pour ne rien oser lui dire. Non, je n'aurai pas
cette couardise, je le préviendrai, je n'y manquerai pas. »

Elle rebrousse chemin pour venir rapidement
vers lui :

2845 Et dist : « Biaus sire, ou pansez vos?
     Ci vienent poignant aprés vos
     Troi chevalier qui mout vos chacent.
     Grant peor ai mal ne vos facent. »
     « Quoi » fet Erec, « qu'avez vos dit?
2850 Or me prisiez vos mout petit!
     Trop avez fet grant hardemant,
     Que avez mon comandemant
     Et ma deffanse trespassee.
     Ceste foiz vos iert pardonee;
2855 Mes s'autre foiz vos avenoit
     Ja pardoné ne vos seroit. »
     Lors torne l'escu et la lance,
     Contre le chevalier se lance
     Cil le voit venir, si l'escrie.
2860 Quant Erec l'ot, si le desfie.
     Andui poingnent, si s'antrevienent,
     Les lances aloigniees tienent;
     Mes cil a a Erec failli
     Et Erec a lui maubailli
2865 Qui bien le sot droit anvaïr.
     Sor l'escu fiert par tel aïr,
     De l'un chief an l'autre le fant;
     Ne li haubers ne le deffant :
     Anmi le piz le fausse et ront,
2870 Et de la lance li repont
     Pié et demi dedanz le cors :
     Au retreire a son cop estors
     Et cil cheï, morir l'estut;
     Car li gleives el cors li but.
2875 Li uns des autres deus s'esleisse,
     Son conpeignon arriere leisse,
     Vers Erec point, si le menace.
     Erec l'escu formant anbrace,
     Si le requiert come hardiez :
2880 Cil met l'escu devant le piz;
     Si fierent parmi les blazons;
     La lance vole an deus tronçons
     Au chevalier de l'autre part.
     Erec de sa lance le quart

« Cher seigneur, dit-elle, à quoi songez-vous ?
Voici venir sur vous, à bride abattue, trois chevaliers lancés à votre poursuite. J'ai grand peur
qu'ils ne vous fassent du mal.

— Quoi, fait Erec, qu'avez-vous dit ? Vous
m'estimez vraiment bien peu. Vous avez poussé
l'audace trop loin quand vous avez passé outre à
mes ordres et ignoré ma défense. Pour cette fois,
vous serez pardonnée. Mais si vous recommen-
cez, vous n'obtiendrez aucun pardon. »

Il tourne alors l'écu et la lance et s'élance
contre le chevalier. L'autre le voit venir et lui crie
des insultes. Quand Erec l'entend, il le défie.
Tous deux piquent leur monture et fondent à la
rencontre l'un de l'autre, tenant la lance en arrêt.
L'autre manque Erec, mais Erec le met à mal car
il a su viser juste. Il atteint l'écu avec une telle
violence qu'il le fend de haut en bas, et le haubert ne le protège pas mieux, il le fausse et le
rompt en pleine poitrine, et il lui loge un pied et
demi de sa lance dans le corps. En la tirant il la
fait tourner : l'autre tombe, il ne lui reste qu'à
mourir, car la lance s'est abreuvée dans son
corps.

L'un des deux autres s'élance, laissant son
compagnon en arrière ; il pique sur Erec, les
menaces à la bouche. Erec tient fermement l'écu
et lui fait front hardiment. L'autre place son écu
devant la poitrine. Ils s'atteignent au milieu des
blasons. La lance du chevalier adverse vole en
deux tronçons tandis qu'Erec lui plongeait le

2885 Li fist parmi le piz passer.
Cist ne le fera plus lasser :
Pasmé jus del destrier l'anverse,
A l'autre point a la traverse.
Quant cil le vit vers lui venir,
2890 Si s'an comança a foïr.
Peor ot, ne l'osa atandre ;
An la forest cort recet prandre.
Mes li foïrs rien ne li vaut ;
Erec l'anchauce et crie haut :
2895 « Vassaus, vassaus ! car retornez !
Del deffandre vos atornez,
Que je ne vos fiere an fuiant.
Vostre fuie ne vaut neant. »
Mes cil n'a de retorner cure ;
2900 Fuiant s'an vet grant aleüre.
Erec l'anchauce, si l'ataint,
A droit le fiert sor l'escu taint,
Si l'anverse de l'autre part.
De cez trois n'a il mes regart :
2905 L'un an a mort, l'autre navré
Et del tierz s'a si delivré
Qu'a pié l'a jus del destrier mis.
Toz trois an a les chevaus pris,
Ses loie par les frains ansanble.
2910 Li uns l'autre de poil ne sanble :
Li premiers fu blans come lez,
Li seconz noirs, ne fu pas lez,
Et li tierz fu trestoz veiriez.
A son chemin est repeiriez
2915 La ou Enide l'atandoit.
Les trois chevaus li comandoit
Devant li mener et chacier,
Et mout la prant a menacier,
Qu'ele ne soit mes tant hardie
2920 Que un seul mot de boche die,
Se il ne l'an done congié.
Cele respont : « Non ferai gié
Ja mes, biaus sire, s'il vos plest. »
Lors s'an vont, et cele se test.

quart de sa lance dans la poitrine. Celui-ci ne viendra plus l'importuner ; il le culbute évanoui à bas de son cheval.

Il coupe pour piquer sur l'autre. Mais dès que celui-ci le voit venir vers lui, il se met à fuir ; pris de peur, il n'ose pas l'attendre. Il court chercher refuge dans la forêt. Mais la fuite ne lui sert à rien ; Erec le poursuit en criant : « Vassal, vassal, revenez et préparez-vous à vous défendre ou vous serez frappé en fuyard ; il est inutile de fuir. » Mais l'autre n'a cure de revenir ; il fuit à toute allure. Erec le poursuit, il le rattrape, et d'un coup en plein sur l'écu peint il le culbute de l'autre côté du cheval.

Il n'a plus rien à craindre de ces trois-là. Il a tué l'un, blessé l'autre, et il s'est si bien débarrassé du troisième qu'il l'a laissé à pied, jeté bas de sa monture.

Il s'empara des trois chevaux dont il attacha ensemble les rênes. Ils étaient de trois robes différentes : le premier était blanc comme lait, le second noir, loin d'être laid, et le troisième, tout pommelé. Il regagna le chemin à l'endroit où Enide l'attendait. Il lui confia les trois chevaux à conduire devant elle, et commença à la menacer en lui signifiant qu'elle s'abstienne désormais d'avoir la hardiesse de lui dire le moindre mot sans qu'il l'y autorise. Elle répondit : « Je ne le ferai plus, cher époux, si telle est votre volonté. » Ils se mettent alors en route, et Enide reste silencieuse.

2925 N'ORENT pas une liue alee,
      Quant devant an une valee
      Lor vindrent cinc chevalier autre,
      Chascuns sa lance sor le fautre,
      Les escuz as cos anbraciez,
2930 Et les hiaumes bruniz laciez;
      Roberie querant aloient.
      A tant la dame venir voient
      Qui les trois chevaus amenoit
      Et Erec qui aprés venoit.
2935 Tot maintenant que il les virent,
      Par parole antr'aus departirent
      Trestot lor hernois autressi
      Con s'il an fussent ja seisi.
      Male chose a an coveitise;
2940 Mes ne fu pas a lor devise,
      Que bien i fu mise deffanse.
      Mout remaint de ce que fos panse,
      Et teus cuide prandre qui faut :
      Si firent il a cel assaut.
2945 Ce dist li uns que il avroit
      La pucele ou il i morroit;
      Et li autre dist que suens iert
      Li destriers vers, que plus ne quiert
      De trestot le gaaing avoir.
2950 Li tierz dist qu'il avroit le noir.
      « Et gié le blanc! » ce dist li quarz.
      Li quinz ne fu mie coarz,
      Qu'il dist qu'il avroit le destrier
      Et les armes au chevalier.
2955 Seul a seul les voloit conquerre
      Et si l'iroit premiers requerre,
      Se il le congié l'an donoient;
      Et cil volantiers li otroient.
      Lors se part d'aus, et point avant;
2960 Cheval ot buen et bien movant.
      Erec le vit et sanblant fist
      Qu'ancor garde ne s'an preïst.
      Quant Enide les a veüz,
      Toz li sans li est esmeüz;

Ils n'avaient pas fait une lieue quand, au creux d'une vallée, surgirent face à eux cinq autres chevaliers, chacun lance en appui sur le feutre, écu passé au cou, et le heaume éclatant attaché; ils allaient en quête de rapines.

C'est alors qu'ils voient venir la dame qui menait les trois chevaux, et Erec qui suivait en arrière. Ils ne les eurent pas plutôt aperçus que déjà ils parlaient de se partager l'équipement comme s'ils en étaient déjà maîtres. La convoitise est mauvaise conseillère; tout n'alla pas selon leurs vœux, car ils rencontrèrent une solide résistance. Les projets des sots sont loin d'aboutir et tel qui s'imagine réussir manque son coup : c'est ce qui leur arriva dans cette attaque. L'un dit qu'il aurait la jeune fille ou qu'il y perdrait la vie; l'autre dit que le destrier pommelé serait pour lui, et qu'il ne demanderait rien de plus dans le butin; le troisième dit qu'il aurait le cheval noir, « Et moi, le blanc! » dit le quatrième. Le cinquième ne manqua pas de courage : il dit qu'il aurait le destrier et les armes du chevalier; il voulait les gagner en combat singulier et il irait donc attaquer le premier, s'ils y consentaient : les autres le lui accordèrent volontiers. Il les laissa alors et se lança en avant : il avait un bon cheval, très maniable.

Erec le vit et fit comme s'il ne s'en était pas encore aperçu. Quand Enide les avait vus, son

2965 Grant peor ot et grant esmai.
     « Lasse! » fet ele, « je ne sai
     Que je die ne que je face;
     Que mes sire mout me menace,
     Et dit qu'il me fera enui,
2970 Se je de rien parol a lui.
     Mes se mes sire estoit or morz,
     De moi seroit nus reconforz;
     Morte seroie et maubaillie.
     Deus! mes sire ne les voit mie!
2975 Qu'atant je donc, mauveise fole?
     Trop ai or chiere ma parole
     Quant je ne li ai dit pieç'a.
     Bien sai que cil qui vienent ça,
     Sont de mal feire ancoragié.
2980 Et Deus! comant li dirai gié?
     Il m'ocirra. Assez m'ocie!
     Ne leirai que je ne li die. »
     Lors l'apele doucemant : « Sire! »
     « Quoi? » fet il; « que volez vos dire? »
2985 « Sire, merci! Dire vos vuel
     Que desbuschié sont de cest bruel
     Cinc chevalier, don mout m'esmai.
     Je pans et aparceü ai
     Qu'il se vuelent a vos conbatre.
2990 Arriere sont remés li quatre,
     Et li cinquismes a vos muet
     Tant con chevaus porter le puet;
     Je ne gart l'ore qu'il vos fiere.
     Li quatre sont remés arriere
2995 Mes ne sont gueires de ci loing;
     Tost le secorront au besoing. »
     Erec respont : « Mar le pansastes
     Quant ma parole trespassastes,
     Ce que deffandu vos avoie.
3000 Et neporquant tres bien savoie
     Que vos gueires ne me prisiez.
     C'est servises mal anploiiez
     Que je ne vos an sai nul gré,
     Ainz sachiez que plus vos an hé;

sang s'était figé; elle était transie de peur : « Malheureuse, fit-elle, je ne sais que dire ni que faire; car mon mari ne cesse de me menacer et de me dire que j'aurai affaire à lui si je lui adresse le moindre mot. Mais si mon mari était tué maintenant, je n'aurais plus aucune consolation, ce serait ma perte et ma mort. Dieu! et mon mari qui ne les voit pas! Qu'est-ce que j'attends donc, misérable sotte? Je fais trop de cas de mes paroles quand je ne lui ai encore rien dit. Je me rends bien compte que ceux qui arrivent sont pleins de mauvaises intentions. Hé, Dieu! comment puis-je le lui dire? Il me tuera. Hé bien, qu'il me tue! je ne renoncerai pas à le prévenir. »

Elle l'appelle alors doucement : « Seigneur!

— Quoi? fait-il. Qu'avez-vous à dire?

— Sire, pitié! Je veux vous prévenir que viennent de déboucher de ce bois cinq chevaliers et j'en suis tout effrayée. Je pense, à ce que j'ai pu voir, qu'ils veulent vous attaquer. Quatre d'entre eux sont restés en arrière et le cinquième se dirige sur vous de toute la vitesse de son cheval. Il ne va pas tarder à vous frapper; les quatre qui sont restés en arrière ne sont pas loin d'ici, et viendront vite le secourir s'il en est besoin. »

Erec rétorque : « Vous avez eu grand tort de ne pas tenir compte de mes paroles et d'avoir passé outre à ma défense. Je savais pourtant bien que vous ne m'estimiez guère. C'est un service mal employé car je ne vous en sais aucun gré; sachez au contraire que je n'en ai que plus de haine

3005 Dit le vos ai, et di ancore.
Ancor le vos pardonrai ore
Mes autre foiz vos an gardez,
Ne ja vers moi ne regardez;
Que vos feriiez mout que fole.
3010 Je n'aim mie vostre parole. »
Lors point el champ contre celui,
Si s'antrevienent anbedui.
L'uns anvaïst l'autre et requiert :
Erec si duremant le fiert
3015 Que li escuz del col li vole,
Et si li brise la chanole;
Li estrier ronpent, et cil chiet,
Ne n'a pooir qu'il se reliet,
Car mout fu quassez et bleciez.
3020 Uns des autres s'est adreciez,
Si s'antrevienent de randon.
Erec li met tot a bandon
Dessoz le manton an la gorge
Le fer tranchant de buene forge,
3025 Tot tranche les os et les ners;
Derier le col an saut li fers,
Et li sans chauz vermauz an raie
D'anbes deus parz parmi la plaie;
L'ame s'an vet, li cuers li faut.
3030 Li tierz fors de son aguet saut
Qui d'autre part un gué estoit;
Parmi l'eve s'an vient tot droit.
Erec point, si l'a ancontré
Ainz qu'il par fust issuz del gué;
3035 Si bien le fiert que il abat
Et lui et le destrier tot plat.
Li destriers sor le cors li jut
Tant qu'an l'eve noiier l'estut;
Et li chevaus tant s'esforça
3040 Qu'a quelque painne se dreça;
Einsi an a les trois conquis.
Li autre dui ont consoil pris
Que la place li guerpiront
Ne ja a lui ne chanpiront;

pour vous ; je vous l'ai dit et je vous le dis encore. Cette fois encore je vous pardonnerai, mais la prochaine fois gardez-vous-en bien et ne tournez pas vos regards vers moi, ce serait pure folie. Je n'apprécie pas du tout vos paroles. »

Il se lance alors dans l'espace qui le sépare de son adversaire ; ils foncent l'un sur l'autre ; ils s'attaquent et se pressent. Erec frappe l'autre si violemment que l'écu s'arrache de son cou et lui brise la clavicule ; les étriers se rompent, il tombe ; grièvement blessé, il n'a pas la force de se relever. Un de ceux qui restaient charge alors à son tour. Ils foncent l'un sur l'autre à toute allure. Erec lui loge de vive force le fer tranchant et bien trempé sous le menton, dans la gorge, et tranche tout, os et tendons ; le fer ressort par la nuque et le sang chaud et vermeil jaillit de chaque côté de la plaie. L'âme s'en va, le cœur cesse de battre. Le troisième quitte son embuscade, sur l'autre rive d'un gué, et vient directement à travers l'eau. Erec s'élance et le rejoint avant qu'il soit complètement sorti du gué. Il le frappe si fort qu'il étend au sol cavalier et cheval.

Écrasé sous le cheval, l'autre se noya dans l'eau. Quant au cheval, il se débattit si vigoureusement qu'après bien des efforts il se releva. Trois des bandits sont donc maîtrisés. Les deux autres ont décidé de décamper et de ne pas rester affronter Erec.

3045 Fuiant s'an vont par la riviere.
Erec les anchauce deriere;
Si an fiert un dessor l'eschine
Que sor l'arçon devant l'ancline.
Trestote sa force i a mise,
3050 Sa lance sor le cors li brise,
Et cil cheï le col avant.
Erec mout chieremant li vant
Sa lance que sor lui a freite,
Del fuerre a fors l'espee treite.
3055 Cil releva, si fist que fos.
Erec li dona teus trois cos,
Qu'el sanc li fist l'espee boivre;
L'espaule del bu li dessoivre
Si qu'a la terre jus cheï.
3060 A l'espee l'autre anvaï,
Qui mout isnelemant s'an fuit
Sanz conpeignie et sanz conduit.
Quant cil voit que Erec le chace,
Tel peor a ne set que face:
3065 N'ose atandre, ganchir ne puet,
Le cheval guerpir li estuet,
Que n'i a mes nule fiance.
L'escu giete jus et la lance,
Si se leisse cheoir a terre.
3070 Erec ne le vost plus requerre
Qu'a terre cheoir se leissa;
Mes a la lance s'abeissa:
Celi n'i a mie leissiee
Por la soe qui fu brisiee.
3075 La lance an porte, si s'an vet,
Ne les chevaus mie ne let:
Toz cinc les prant, si les an mainne.
Del mener fu Enide an painne:
Les cinc avuec les trois li baille,
3080 Si li comande que tost aille
Et de parler a lui se taingne,
Que maus ne enuis ne l'an vaingne;
Mes ele mot ne li respont,
Einçois se test et si s'an vont,
3085 Les chevaus an mainnent toz huit.

Ils prennent la fuite par la rivière; Erec les
poursuit; il atteint l'un à l'échine et le couche sur
l'arçon; il y a mis tant de force qu'il lui brise sa
lance sur le corps et le fait basculer cou en avant.
Erec est décidé à lui faire payer très cher la lance
qu'il a brisée sur lui et dégaine son épée.

L'autre se releva : c'était de la folie; Erec lui
donna trois terribles coups qui abreuvèrent son
épée d'un flot de sang. Il lui tranche l'épaule
qu'il sépare du buste et le fait tomber à terre. Il
attaque à l'épée le dernier qui fuit à toute allure,
sans compagnie et sans escorte. Quand il se voit
poursuivi par Erec, une peur terrible le saisit; il
ne sait que faire : il n'ose l'attendre, il ne peut
pas non plus s'esquiver; il ne lui reste qu'à abandonner son cheval qui ne lui est plus d'aucun
secours. Il jette l'écu et la lance et se laisse tomber sur le sol. Erec ne voulut pas continuer
davantage le combat puisque son adversaire
s'était laissé tomber à terre, mais il se baissa pour
prendre la lance qu'il se garda bien de laisser,
puisque la sienne s'était brisée.

Il emporte la lance et s'en va, mais il ne laisse
pas non plus les chevaux; il les prend tous les
cinq et les emmène. C'est à Enide que revint la
charge de les conduire, il lui confie les cinq chevaux à mener avec les trois autres en lui ordon-
nant de faire vite et de s'abstenir de lui adresser
la parole pour éviter de grands malheurs. Mais
elle ne lui répond mot et se tait tandis qu'ils se
mettent en route en emmenant les huit chevaux.

CHEVAUCHIÉ ont jusqu'a la nuit
Qu'a vile n'a recet ne vindrent.
A l'anuitier lor ostel prindrent
Soz un aubor an une lande.
3090 Erec a la dame comande
Qu'ele dorme et il vellera.
Cele respont que nel fera,
Car n'est droiz et feire nel viaut :
Il dormira qui plus se diaut.
3095 Erec l'otroie et bel li fu.
A son chief a mis son escu
Et la dame son mantel prant,
Sor lui de chief an chief l'estant.
Cil dormi, et cele vella;
3100 Onques la nuit ne somella,
Ainz tint par les frains an sa main
Les chevaus jusqu'a l'andemain,
Et mout s'est blasmee et maudit
De la parole qu'ele ot dite,
3105 Et dist que mal a esploitié,
Ne n'a mie de la meitié
Tant mal come ele a desservi.
« Lasse! » fet ele, « con mar vi
Mon orguel et ma sorcuidance!
3110 Savoir pooie sanz dotance
Que tel chevalier ne mellor
Ne savoit l'an de mon seignor.
Bien le savoie; or le sai miauz,
Car je l'ai veü a mes iauz,
3115 Que trois ne cinc armez ne dote
Honie soit ma langue tote,
Qui l'orguel et l'outrage dist,
Don mes cors a tel honte gist. »
Si s'est tote nuit demantee
3120 Jusqu'au demain a l'ajornee.

Ils ont chevauché jusqu'à la nuit sans trouver de village ni d'habitation. La nuit venant ils s'installèrent sous un cytise dans une lande. Erec ordonne à la dame de dormir tandis qu'il veillera, mais elle refuse en disant que ce n'est pas juste et qu'elle ne le veut pas : c'est lui qui dormira puisqu'il est le plus éprouvé. Erec y consent et en est content. Il place l'écu sous sa tête et la dame prend son manteau et l'en recouvre des pieds à la tête.

Il dormit donc tandis qu'elle veillait. Elle ne sommeilla pas de toute la nuit, mais elle garda les chevaux en tenant les rênes dans sa main jusqu'au lendemain matin, tout en se maudissant et se blâmant d'avoir parlé. Elle se disait qu'elle avait mal agi et qu'elle n'avait pas la moitié des malheurs qu'elle méritait : « Malheureuse, disait-elle, comme il est désolant de voir mon orgueil et mon arrogance ! J'avais toutes les raisons d'être sûre qu'on ne connaissait pas de chevalier comme mon époux, ni de plus vaillant, je le savais bien ; à présent je le sais mieux encore, car je l'ai constaté de mes propres yeux : trois ou cinq hommes armés ne l'effraient pas. Honte à ma langue qui par ses propos orgueilleux et outrageants m'a mise dans la situation indigne où je me trouve. » Elle passa toute la nuit à se lamenter jusqu'au matin quand le jour parut.

Erec se lieve par matin,
Si se remettent au chemin,
Ele devant et il deriers.
Androit midi uns escuiiers
3125 Lor vint devant an un valet.
Avuec lui ierent dui vaslet
Qui portoient gastiaus et vin
Et gras formages de gaïn
As prez le conte Galoain
3130 A çaus qui fauchoient son fain.
Li escuiiers fu de grant vide :
Quant il vit Erec et Enide
Qui de vers la forest venoient,
Bien aparçoit que il avoient
3135 La nuit an la forest geü,
N'avoient mangié ne beü
Qu'une jornee tot antor
N'avoit chastel, vile ne tor,
Ne meison fort ne abeïe,
3140 Ospital ne herbergerie.
Puis s'apansa de grant franchise :
Ancontre aus a sa voie anprise,
Si les salue come frans
Et dist : « Sire, je croi et pans
3145 Qu'anuit avez mout traveillié.
Bien sai que vos avez vellié
Et geü an ceste forest.
De cest blanc gastel vos revest
S'il vos plest un po a mangier.
3150 Nel di pas por vos losangier,
Que rien ne vos quier ne demant.
Li gastel sont de buen fromant,
Buen vin ai et formages gras,
Blanche toaille et biaus henas.
3155 S'il vos plest a desjeüner
Ne vos covient aillors torner.
An l'erbe vert dessoz cez charmes
Vos desarmeroiz de vos armes,
Si vos reposeroiz un po.
3160 Desçandez, que je le vos lo. »

LA CHEVAUCHÉE AVENTUREUSE
II. LE COMTE GALOAIN

Erec se leva tôt et ils se mirent en route, elle devant, lui derrière.

Vers midi, ils virent venir en face d'eux dans un vallon, un écuyer accompagné de deux garçons qui portaient des gâteaux, du vin et de gras fromages de regain aux hommes qui fauchaient le foin dans les prés du comte Galoain. L'écuyer était un homme intelligent : quand il vit Erec qui venait de la direction de la forêt, il comprit bien qu'ils y avaient passé la nuit et qu'ils n'avaient ni bu ni mangé, car à une journée de voyage, il n'y avait à l'entour ni château, ni village, ni tour ou fortification, ni abbaye, aumônerie ou hôtellerie. Il eut alors un geste d'une grande générosité : il se dirigea vers eux et les salua avec courtoisie : « Seigneur, dit-il, je pense que cette nuit a été éprouvante, je suis sûr que vous avez dû coucher dans cette forêt et rester éveillé. Je vous offre ce gâteau blond, si vous avez envie de manger un peu. Ce n'est pas pour vous enjôler, car je n'ai rien à vous demander. Les gâteaux sont de bon froment, j'ai du bon vin et des fromages gras, une nappe blanche et de belles coupes. S'il vous plaît de déjeuner, inutile d'aller chercher ailleurs. Sur l'herbe verte, à l'ombre de ces charmes, je vous déferai de vos armes et vous pourrez vous reposer un peu. Arrêtez-vous, je vous y invite. »

Erec a pié a terre mis,
Si li a dit : « Biaus douz amis,
Je mangerai vostre merci,
Ne quier aler avant de ci. »
3165 Li serjanz fu de bel servise :
La dame a jus del cheval mise
Et li vaslet les chevaus tindrent
Qui ansanble o l'escuiier vindrent.
Puis se vont asseoir an l'onbre.
3170 Li escuiiers Erec desconbre
De son hiaumc, si li deslace
La vantaille devant la face ;
Puis a devant aus estandue
La toaille sor l'erbe drue ;
3175 Le gastel et le vin lor baille,
Un formage lor pere et taille.
Cil manjuent qui faim avoient
Et del vin volantiers bevoient.
Li escuiiers devant aus sert
3180 Qui son servise pas ne pert.
Quant mangié orent et beü,
Erec cortois et larges fu.
« Amis », fet il, « an guerredon
Vos faz d'un de mes chevaus don.
3185 Prenez celui qui miauz vos siet !
Et si vos pri, mes ne vos griet,
Arriers au chastel retornez,
Un riche ostel m'i atornez. »
Et cil respont que il fera
3190 Volantiers quanque lui pleira.
Puis vint as chevaus, ses deslie,
Le ver an prant, si l'an mercie ;
Car cil li sanble li miaudre estre.
Sus monte par l'estrier senestre,
3195 Andeus les a iluec leissiez,
Au chastel vint toz esleissiez,
Ostel a pris bien atorné.
Ez le vos arriers retorné ;
« Or tost, sire », fet il, « montez ;
3200 Car buen ostel et bel avez. »

Erec mit pied à terre : « Cher ami, lui dit-il, je vais manger, je vous remercie ; je ne veux pas aller plus loin. »

Le serviteur était parfait. Il aida la dame à descendre tandis que les jeunes gens venus avec lui tenaient les chevaux. Ils allèrent alors s'asseoir à l'ombre et l'écuyer débarrassa Erec de son heaume, et délaça le vantail qui lui protégeait le visage. Il étendit ensuite la nappe devant eux sur l'herbe épaisse ; il leur donna le gâteau et le vin, et leur prépara un fromage qu'il découpa. Eux qui avaient faim prenaient plaisir à manger et boire du vin. L'écuyer, qui n'oubliait pas son office, se tenait devant eux pour les servir.

Quand ils eurent mangé et bu, Erec se montra courtois et généreux : « Ami, dit-il, en remerciement je vous fais don d'un de mes chevaux. Prenez celui que vous préférez, et je vous demande, si cela ne vous dérange pas, de retourner au château me préparer un hébergement somptueux. » L'autre répondit qu'il ferait volontiers tout ce qu'il voudrait. Il alla aux chevaux, les détacha et prit le pommelé avec de grands remerciements : c'est celui qui lui semblait être le meilleur. Il sauta en selle par l'étrier gauche et les laissa là tous les deux. Il se rendit au château à bride abattue, où il prépara un hébergement de qualité.

Le voici qui revient : « Vite, seigneur, dit-il, à cheval ! un bon hébergement vous attend. »

Erec monta, la dame aprés.
Li chastiaus estoit auques prés :
Tost furent a l'ostel venu.
A joie furent receü :
3205 Li ostes mout bel les reçut
Et tot quanquë il lor estut
Fist atorner a grant planté
Liez et de buene volanté.
QUANT li escuiiers fet lor ot
3210 Tant d'enor con feire lor pot,
A son cheval vint, si remonte,
Par devant les loges le conte
Mena a ostel son cheval.
Li cuens et troi autre vassal
3215 S'estoient venu apuiier.
Quant li cuens vit son escuiier
Qui sor le destrier ver seoit
Demanda li cui il estoit.
Et il respont qu'il estoit suens.
3220 Mout s'an est mervelliez li cuens.
« Comant ? » fet il, « ou l'as tu pris ? »
« Uns chevaliers que je mout pris,
Sire », fet il, « le m'a doné.
An cest chastel l'ai amené,
3225 S'est a ostel chiés un borjois.
Li chevaliers est mout cortois,
Et tant bel home onques ne vi.
Se juré l'avoie et plevi,
Ne vos conteroie je mie
3230 Sa biauté tote ne demie. »
Li cuens respont : « Je pans et croi
Que il n'est pas plus biaus de moi ? »
« Par foi, sire », fet li serjanz,
« Vos estes assez biaus et janz.
3235 N'a chevalier an cest païs
Qui de la terre soit naïs
Que plus biaus ne soiiez de lui ;
Mes bien os dire de cestui
Qu'il est plus biaus de vos assez,
3240 Se del hauberc ne fust quassez
Et quamoissiez et debatuz.

Erec monta à cheval, suivi de la dame. Le château était assez près, ils arrivèrent rapidement à leur logis. Ils y furent reçus joyeusement. L'hôte leur fit un bel accueil et fit préparer largement tout ce dont ils avaient besoin, avec joie et de bon cœur.

Quand l'écuyer les eut honoré de son mieux, il alla à son cheval et, l'enfourchant, il le mena chez lui en passant devant les galeries du comte. Le comte et trois de ses vassaux étaient venus s'y accouder. Quand le comte vit son écuyer monté sur le destrier pommelé, il lui demanda à qui il était. L'autre répondit qu'il lui appartenait.

Le comte en fut tout étonné : « Comment, dit-il, où l'as-tu pris?

— Un chevalier pour qui j'ai beaucoup d'estime, me l'a donné. Je l'ai conduit dans notre ville ; il est logé chez un bourgeois. C'est un chevalier très courtois et je n'ai encore jamais vu d'aussi bel homme. Même si je m'y étais engagé par de grands serments, je serais incapable de vous d'écrire toute sa beauté ou même de n'en donner qu'une idée. »

Le comte répondit : « J'imagine qu'il n'est pas plus beau que moi?

— Ma foi, seigneur, dit le serviteur, vous avez beaucoup de beauté et d'élégance et il n'y a en ce pays chevalier né de cette terre qui puisse vous être comparé. Mais pour celui-ci, j'ose bien dire qu'il est encore plus beau que vous, si l'on considère que son haubert lui a fait plein de meurtrissures, de contusions et de blessures. Il a livré

An la forest s'est conbatuz
Toz seus ancontre huit chevaliers,
S'an amainne les huit destriers.
3245 Et avuec lui vient une dame
Tant bele qu'onques nule fame
La meitié de sa biauté n'ot. »
Quant li cuens ceste novele ot,
Talanz li prant que veoir aille
3250 Se ce est veritez ou faille.
« Onques mes », fet il, « n'oï tel.
Mainne moi dons a son ostel;
Que certainnemant vuel savoir,
Se tu me dis mançonge ou voir. »
3255 Cil respont : « Sire, volantiers.
Ci est la voie et li santiers,
Que jusque la n'a pas grant voie. »
« Mout me tarde que je les voie »,
Fet li cuens, lors s'an vet a val;
3260 Et cil desçant de son cheval,
Si a fet le conte monter.
Devant corut Erec conter
Que li cuens veoir le venoit.
Erec mout riche ostel tenoit,
3265 Que bien an iert acostumez.
Mout i ot cierges alumez
Et chandoiles espessemant.
A trois conpeignons solemant
Vint li cuens, que n'an i ot plus.
3270 Erec contre lui leva sus
Qui mout estoit bien anseigniez,
Si li dist : « Sire, bien veigniez! »
Et li cuens resalua lui.
Acoté se sont anbedui
3275 Sor une coute blanche et mole,
Si s'antracointent de parole.
Li cuens li porofre et presante
Et prie li qu'il li consante
Que de lui ses gages repraingne.
3280 Mes Erec prandre ne les daingne,
Ainz dit qu'assez a a despandre;

bataille dans la forêt, seul contre huit chevaliers dont il amène les huit destriers. Il est accompagné d'une dame si belle que jamais femme n'eut la moitié de sa beauté. »

Quand le comte entendit cette nouvelle, il eut envie de voir si c'était vérité ou mensonge. « Je n'ai encore jamais rien entendu de tel. Mène-moi donc à son logis, car je veux savoir si c'est mensonge ou vérité.

— Volontiers, seigneur, répondit l'écuyer. Voici le chemin, ce n'est pas loin d'ici.

— J'ai grand hâte de les voir », dit le comte qui quitta alors les galeries.

L'écuyer descendit de son cheval pour y faire monter le comte et courut devant annoncer à Erec que le comte venait le voir.

Erec était fastueusement installé, comme il en avait coutume. Une multitude de cierges et de chandelles brûlaient. Le comte vint avec trois compagnons seulement, car il n'en avait pas plus.

Erec qui était bien éduqué se leva à son arrivée et lui dit : « Bienvenue, seigneur ! »

Le comte lui rendit son salut et ils s'assirent l'un près de l'autre sur une couverture blanche et moelleuse. Ils engagèrent la conversation. Le comte lui fit une offre : il le priait de consentir à ce qu'il prenne en charge ses dépenses. Mais Erec ne daigna pas accepter et répondit qu'il avait largement de quoi payer ses dépenses et

N'a mestier de son avoir prandre.
Mout parolent de mainte chose,
Mes li cuens onques ne repose
3285 De regarder de l'autre part;
De la dame se prist regart.
Por la biauté qu'an li veoit,
Tot son pansé an li avoit.
Tant l'esgarda come il plus pot;
3290 Tant l'ancovi et tant li plot
Que sa biautez d'amors l'esprist.
De parler a li congié prist
A Erec mout covertemant.
« Sire », fet il, « je vos demant
3295 Congié mes qu'il ne vos enuit :
Par corteisie et par deduit
Vuel lez cele dame seoir.
Por bien vos ving andeus veoir,
Ne vos n'i devez mal noter :
3300 A la dame vuel presanter
Mon servise sor tote rien.
Tot son pleisir, ce sachiez bien,
Feroie por amor de vos. »
Erec ne fu mie jalos,
3305 Ne n'i pansa ne mal ne boise.
« Sire », fet il, « pas ne me poise.
Seoir et parler vos i loist.
Ne cuidiez pas que il m'an poist.
Volantiers congié vos an doing. »
3310 La dame seoit de lui loing
Tant con deus lances ont de lonc;
Et li cuens s'est assis selonc
Delez li sor un bas eschame.
Devers lui se torna la dame
3315 Qui mout estoit sage et cortoise.
« Haï », fet il, « come il me poise,
Quant vos alez a tel viltance!
Grant duel an ai et grant pesance;
Mes se croire me voliiez,
3320 Enor et preu i avriiez
Et mout granz biens vos an vandroit.

n'avait pas besoin de prendre son argent. Ils
s'entretinrent de maints sujets, mais le comte ne
cessait de regarder de l'autre côté : il avait remar-
qué la dame et la vue de sa beauté captivait toute
son attention. Il la contemplait le plus qu'il pouvait. Il la convoita et elle lui plut tellement qu'il
s'enflamma d'amour pour sa beauté.

Il demanda à Erec la permission de lui parler,
sans laisser voir ses intentions : « Seigneur, dit-il,
si je ne vous importune, je voudrais vous demander une permission : je souhaite avoir la courtoisie et le plaisir de m'asseoir près de cette dame.
Je suis venu vous voir tous les deux en tout bien
tout honneur ; n'allez pas soupçonner de mauvaises intentions. Je souhaite par-dessus tout
présenter mes services à la dame ; je suis prêt à
faire tout ce qui lui plaira pour l'amour de vous,
sachez-le bien. »

Erec n'avait aucune jalousie et il ne soupçonna
ni mal ni artifice. « Seigneur, dit-il, je vous en
prie, vous pouvez vous asseoir près d'elle et lui
parler ; ne pensez pas que j'y voie un inconvé-
nient ; c'est très volontiers que je vous le per-
mets. »

La dame était assise à une distance d'environ
deux lances. Le comte s'assit près d'elle sur un
petit escabeau. La dame se tourna vers lui en
femme sage et courtoise : « Hélas, dit-il, comme
il m'ennuie de vous voir voyager en si piètre
équipage. J'en ai mal au cœur et j'en souffre.
Mais si vous vouliez me croire, vous pourriez y
gagner honneur et profit, et en tirer de grands

A vostre biauté covandroit
Granz enors et granz seignorie.
Je feroie de vos m'amie,
3325 S'il vos pleisoit et bel vos iere ;
Vos seriiez m'amie chiere
Et dame de tote ma terre.
Quant je d'amor vos daing requerre,
Ne m'an devez pas escondire.
3330 Bien sai et voi que vostre sire
Ne vos aimme ne ne vos prise.
A buen seignor vos seroiz prise,
Se vos avuec moi remenez. »
« Sire, de neant vos penez! »
3335 Fet Enide, « Ce ne puet estre.
He! miauz fusse je or a nestre,
Ou an un feu d'espines arse
Si que la çandre fust esparse,
Que j'eusse de rien faussé
3340 Vers mon seignor ne anpansé
Felenie ne traïson.
Trop avez fet grant mesprison,
Qui tel chose m'avez requise.
Je nel feroie an nule guise. »
3345 Li cuens comance a anflamer :
« Ne me deigneriiez amer.
Dame? » fet il, « Trop estes fiere.
Por losange ne por proiiere
Ne feriiez rien que je vuelle?
3350 Bien est voirs que fame s'orguelle
Quant l'an plus la prie et losange ;
Mes qui la honist et leidange,
Cil la trueve mellor sovant.
Certes je vos met an covant
3355 Que, se vos mon talant ne feites,
Ja i avra espees treites.
Ocirre ferai or androit,
Ou soit a tort ou soit a droit,
Vostre seignor devant voz iauz. »
3360 « He, sire, feire poez miauz »,
Fet Enide, « que vos ne dites.

bienfaits. Ce qu'il faudrait à votre beauté, ce sont de grands égards et un brillant état. Je pourrais faire de vous mon amie, si vous le vouliez et si cela vous plaisait. Vous seriez ma tendre amie et dame de toute ma terre. Si je daigne vous prier d'amour, vous ne devez pas me repousser, d'autant que je sais et vois bien que votre mari ne vous aime ni ne vous estime. Vous aurez trouvé un excellent époux si vous restez avec moi.

— Seigneur, vous perdez votre temps, dit Enide. C'est impossible. Je préférerais n'avoir pas vu le jour ou être brûlée dans un feu d'épines dont les cendres seraient dispersées au vent, plutôt que de faire la plus petite tromperie à mon mari ou de penser à le trahir malhonnêtement. Vous m'avez gravement insultée en me faisant de telles propositions. Je ne peux y répondre en aucune façon. »

Le comte commença à s'enflammer : « Vous êtes bien farouche ! Ni mes compliments ni mes prières ne pourraient vous amener à faire ce que je souhaite ? Il est bien vrai que plus on prie et plus on complimente une femme, plus elle devient arrogante. Mais si on la méprise et si on la maltraite, on la trouve souvent mieux disposée. Certes, je vous donne ma parole que, si vous ne faites pas ce que je désire, il va falloir tirer l'épée, et je ferai tuer sur-le-champ, que j'aie tort ou raison, votre mari sous vos yeux.

— Hé, seigneur, dit Enide, vous valez mieux que ce que vous dites. Ce serait trop grande

Trop seriiez fel et traïtes,
Se vos l'ocïeiiez einsi.
Rapaiiez vos, je vos an pri,
3365 Car je ferai vostre pleisir.
Por vostre me poez tenir :
Je sui vostre et estre le vuel.
Ne vos ai rien dit par orguel
Mes por savoir et esprover
3370 Se je porroie an vos trover
Que vos m'amissiez de buen cuer.
Mes je ne voudroie a nul fuer
Que eüssiez traïson feite.
Mes sire vers vos ne se gueite :
3375 Se vos einsi l'ocïeiiez
Trop grant traïson feriiez
Et j'an reseroie blasmee.
Tuit diroient par la contree
Que ce seroit fet par mon los.
3380 Jusqu'au matin aiiez repos,
Que mes sire voudra lever.
Adonc le porroiz miauz grever
Sanz blasme avoir et sanz reproche. »
El panse cuers que ne dit boche.
3385 « Sire », fet ele, « or me creez!
Ne soiiez pas si esfreez,
Mes demain anvoiiez ceanz
Vos chevaliers et vos serjanz,
Si me feites a force prandre :
3390 Mes sire me voudra deffandre
Qui mout est fiers et corageus.
Ou soit a certes ou a jeus,
Feites le prandre et afoler
Ou de la teste decoler.
3395 Trop ai menee ceste vie :
Je n'aim mie la compeignie
Mon seignor, je n'an quier mantir.
Je vos voudroie ja santir
An un lit certes nu a nu.
3400 Des qu'a ce an somes venu,
De m'amor estes a seür. »

cruauté et trop grande traîtrise que de le tuer ainsi. Calmez-vous, je vous en prie, je ferai ce que vous voulez. Vous pouvez me tenir pour vôtre; je suis à vous, j'y consens. Ce n'est pas l'arrogance qui m'a fait tenir les propos que je vous ai tenus, je voulais seulement savoir et éprouver si je pourrais trouver en vous quelqu'un qui m'aimerait du fond du cœur. Mais je ne voudrais pour rien au monde que vous ayez commis un acte de traîtrise. Mon époux ne se méfie pas de vous : si vous en profitiez pour le tuer, vous commettriez un acte de trop grande traîtrise, et le blâme en retomberait sur moi. Tout le monde dans le pays dirait que je suis l'instigatrice du crime. Ne faites rien jusqu'à demain matin quand mon époux voudra se lever. Vous aurez alors une meilleure occasion de l'attaquer sans encourir de blâme ni de reproche. »

Le cœur ne pensait pas ce que disaient les lèvres : « Seigneur, dit-elle, faites-moi confiance et ne soyez pas si impatient. Demain matin envoyez ici vos chevaliers et vos serviteurs et faites-moi enlever de force : mon époux qui est hardi et courageux voudra me défendre. Que vous fassiez un véritable combat ou que vous le simuliez, faites-le prendre et mutiler ou coupez-lui la tête. J'ai trop longtemps mené cette vie. Je n'aime pas la compagnie de mon mari, inutile de mentir. Je voudrais déjà être toute nue près de vous et vous sentir contre moi. Maintenant que nous en sommes là, vous pouvez être assuré de mon amour. »

Li cuens respont : « A buen eür,
Dame ! Certes buer fustes nee ;
A grant enor seroiz gardee. »
3405 « Sire », fet ele, « bien le croi ;
Mes avoir an vuel vostre foi,
Que vos me tandroiz chieremant :
Ne vos an crerroie autremant. »
Li cuens respont liez et joianz :
3410 « Tenez, ma foi je vos fianz,
Dame, leaumant come cuens,
Que je ferai trestoz vos buens ;
Ja de ce ne vos esmaiiez :
Ne voudroiz rien que vos n'aiiez. »
3415 Lors an a cele la foi prise ;
Mes po l'an est et po la prise
Fors por son seignor delivrer.
Bien set par parole enivrer
Bricon des qu'ele i met s'antante.
3420 Miauz est assez qu'ele li mante
Que ses sire fust depeciez.
De lez li s'est li cuens dreciez,
Si la comande a Deu çant foiz ;
Mes mout li vaudra po la foiz
3425 Que fianciee li avoit.
Erec de ce rien ne savoit,
Qu'il deüssent sa mort pleidier ;
Mes Deus li porra bien eidier,
Et je cuit que si fera il.
3430 Or est Erec an grant peril
Et si ne cuide avoir regart.
Mout est li cuens de male part
Qui sa fame tolir li panse
Et lui ocirre sanz deffanse.
3435 Come fel prant a lui congié :
« A Deu », fet il, « vos comant gié. »
Erec respont : « Sire, et gié vos. »
Einsi departent antr'aus dos.
De la nuit fu granz masse alee.
3440 An une chanbre a recelee
Furent dui lit a terre fet.

Le comte répondit : « Parfait, dame ! Vous êtes née sous une bonne étoile. Vous serez entourée des plus grands égards.

— Seigneur, dit-elle, je le crois volontiers, mais je veux avoir votre parole que vous me traiterez en femme tendrement aimée. Sinon je ne vous accorderai pas confiance. »

Le comte, joyeux et ravi, répondit : « Tenez, je vous donne ma parole, dame, la parole loyale d'un comte, que je ferai tout ce qui vous plaira. N'en ayez surtout aucune inquiétude : tous vos souhaits seront exaucés. »

Il lui a alors donné sa parole, mais elle ne s'en soucie pas et en fait peu de cas, si ce n'est pour sauver son mari. Elle réussit parfaitement à faire perdre la tête à un coquin, dès qu'elle s'y emploie. Il vaut bien mieux qu'elle lui mente plutôt que de voir son mari massacré. Le comte s'est levé d'à côté d'elle et la recommande à Dieu cent fois. Mais la parole qu'il lui avait donnée lui sera de bien peu d'utilité. Erec ne se doutait de rien et ne savait pas qu'ils débattaient de sa mort, mais il se pourrait que Dieu lui vienne en aide et je suis enclin à penser qu'il le fera.

Voilà donc Erec en grand péril, et pourtant il n'imagine pas qu'il doive se méfier. Le comte est un horrible personnage qui s'apprête à lui enlever sa femme et à le tuer par surprise. Le traître prend congé de lui : « Je vous recommande à Dieu, dit-il.

— Moi aussi, seigneur », répond Erec. C'est ainsi qu'ils se séparent.

La nuit était déjà fort avancée. Dans une chambre retirée deux lits avaient été faits sur le

Erec an l'un couchier se vet,
An l'autre est Enide couchiee
Mout dolante et mout correciee.
3445 Onques la nuit ne prist somoil
Por son seignor fu an esvoil
Que le conte ot bien coneü,
De tant come ele l'ot veü,
Que plains estoit de felenie.
3450 Bien set que, se il a baillie
De son seignor, ne puet faillir
Que il nel face maubaillir;
Seürs puet estre de la mort :
De li ne set nul reconfort.
3455 Tote la nuit vellier l'estuet;
Mes ainz le jor, se ele puet
Et ses sire la vuelle croirre,
Avront il atorné lor oirre.
EREC dormi mout longuemant
3460 Tote la nuit seuremant
Tant que li jorz mout aprocha.
Lors vit bien Enide et soscha,
Que ele pooit trop atandre.
Vers son seignor ot le cuer tandre
3465 Come buene dame et leaus;
Ses cuers ne fu dobliers ne faus.
Ele se lieve et aparoille,
A son seignor vint, si l'esvoille.
« Ha! sire », fet ele, « merci!
3470 Levez isnelemant de ci,
Que traïz estes antreset
Sanz achoison et sanz forfet.
Li cuens est traître provez :
Se ci poez estre trovez
3475 Ja n'eschaperoiz de la place
Que tot desmanbrer ne vos face.
Avoir me viaut, por ce vos het.
Mes se Deu plest, qui toz biens set,
Vos n'i seroiz ne morz ne pris.
3480 Des ersoir vos eüst ocis,
Se creanté ne li eüsse

sol. Erec alla se coucher dans l'un et Enide dans
l'autre, plongée dans une grande affliction et en
proie à une violente indignation. Elle ne put
trouver le sommeil de toute la nuit, la pensée du
danger que courait son époux la maintenait
éveillée, car il lui avait suffi de voir le comte pour
comprendre qu'il était plein de traîtrise.

Elle sait assez que, s'il s'empare de son époux,
il ne manquera pas de lui faire subir les plus
mauvais traitements; elle peut être sûre qu'il le
mettra à mort. Elle ne voit nulle part de
réconfort : il faut qu'elle reste éveillée toute la
nuit, mais avant le jour, si elle le peut et si son
époux veut bien la croire, ils auront repris leur
voyage.

Erec dormit toute la nuit d'un sommeil profond, et le jour était tout proche. Alors Enide se
rendit compte qu'elle pouvait craindre de trop
attendre. Elle était tout attendrie pour son mari
en bonne épouse loyale. Son cœur ignorait
l'hypocrisie et la fausseté. Elle se leva et
s'apprêta, puis alla trouver son époux et
l'éveilla : « Ah, seigneur, fit-elle, pitié ! Levez-
vous prestement, car, c'est fait, vous êtes trahi
sans avoir commis le moindre méfait. Le comte
est un traître prouvé : s'il peut vous trouver ici,
vous ne quitterez pas cet endroit qu'il ne vous ait
fait massacrer. C'est moi qu'il convoite et c'est
pourquoi il vous hait. Mais, s'il plaît à Dieu plein
de bonté, vous ne serez ni tué ni fait prisonnier.
Il vous aurait tué dès hier soir si je ne lui avais

Que s'amie et sa fame fusse.
Ja le verroiz ceanz venir :
Prandre me viaut et retenir,
3485 Et vos ocirre, s'il vos trueve. »
Or ot Erec que bien se prueve
Vers lui sa fame leaumant.
« Dame », fet il, « isnelemant
Feites noz chevaus anseler
3490 Et corez nostre oste apeler,
Si li dites qu'il vaingne ça.
Traïsons comança pieç'a. »
Ja sont li cheval anselé,
Et la dame a l'oste apelé.
3495 Erec s'est armez et vestuz.
A lui est ses ostes venuz.
« Sire », dist il, « quel haste avez,
Qui a tel ore vos levez,
Ainz que jorz ne solauz apeire ? »
3500 Erec respont qu'il a a feire
Mout longue voie et grant jornee,
Por ce a sa voie atornee
Que mout an est an grant espans ;
Et dist : « Sire, de mon despans
3505 N'avez vos ancor rien conté.
Enor m'avez feite et bonté
Et mout i afiert granz merite.
Por set destriers me clamez quite
Que je ai ceanz amenez.
3510 Ne vos soit po, çaus retenez !
De plus ne vos puis mon don croistre,
Nes de la monte d'un chevoistre. »
De cest don fu li borjois liez,
Si l'an ancline jusqu'as piez,
3515 Granz merciz et graces l'an rant.
Lors monte Erec et congié prant,
Si se remetent a la voie.
Mout va chastiant tote voie
Enide, se ele rien voit,
3520 Qu'ele tant hardie ne soit
Que ele le mete a reison.

promis de devenir son amie et sa femme. Vous
allez le voir arriver ici : il veut s'emparer de moi
et me garder, et vous, il veut vous tuer, s'il vous
trouve. »

Erec à présent a la preuve que sa femme se
conduit loyalement envers lui. « Dame, dit-il,
faites prestement seller nos chevaux et courez
appeler notre hôte ; dites-lui de venir ici. La trahison est déjà bien avancée. »

Les chevaux sont déjà sellés et la dame a fait
appeler l'hôte. Erec a revêtu son armure. L'hôte
est venu le trouver : « Seigneur, dit-il, qu'est-ce
qui vous presse ? Pourquoi vous lever si tôt,
avant qu'il soit jour et que le soleil ne paraisse ? »

Erec répond qu'il a une longue route à faire et
que la journée sera longue, c'est pourquoi il s'est
préparé à partir, car il en est préoccupé. Il
ajouta : « Seigneur, vous n'avez pas encore fait le
compte de ce que je vous dois. Vous m'avez reçu
avec beaucoup d'égards et d'attentions et cela
mérite une bonne récompense. Tenez-moi quitte
pour les sept destriers que j'ai amenés ici. Je vous
prie de vous en contenter et de les accepter. Je ne
peux rien vous donner de plus, pas même la
valeur d'un harnais. »

Ce cadeau réjouit le bourgeois qui, s'inclinant
profondément, l'en remercia très vivement. Erec
monta alors à cheval et prit congé. Ils reprirent
leur route et Erec en profita pour avertir Enide :
si elle voyait quoi que ce soit, il ne voulait pas
qu'elle prît la hardiesse de lui adresser la parole.

A tant antrent an la meison
Çant chevalier d'armes garni ;
Mes de tant furent escharni
3525 Qu'il n'i ont pas Erec trové.
Lors a bien li cuens esprové
Que la dame l'ot deceü.
L'esclo des chevaus a seü,
Si se sont tuit mis an la trace.
3530 Li cuens formant Erec menace
Et dit que, s'il le peut ataindre,
Por rien nule ne puet remaindre
Que maintenant le chief n'an praingne.
« Mar i avra nul qui se faingne »,
3535 Fet il, « de tost esperoner !
Qui me porra le chief doner
Del chevalier que je tant hé,
Mout m'avra bien servi a gré. »
Lors s'esleissent tuit abrivé,
3540 De mautalant sont enivré
Vers celui qui onques nes vit,
Ne mal ne lor a fet ne dit.
Tant chevauchent qu'il le choisirent :
Au chief d'une forest le virent,
3545 Ainz qu'il par fust anforestez.
Lors n'an est uns seus arestez,
Par contançon s'esleissent tuit.
Enide ot la noise et le bruit
De lor armes, de lor chevaus,
3550 Et voit que plains an est li vaus.
Des que ele les vit venir
De parler ne se pot tenir.
« Haï ! sire », fet ele, « haï !
Con vos a cist cuens anvaï
3555 Qui por vos amainne tel ost !
Sire, car chevauchiez plus tost,
Tant qu'an cele forest soiiens.
Espoir tost eschaperiiens,
Car cil sont ancor mout arriere.
3560 Se vos alez an tel meniere,
Ne poez de mort eschaper,
Que n'estes mie per a per. »

C'est alors que cent chevaliers avec toutes leurs
armes pénétrèrent dans la maison; mais ils
furent bien ridicules, car ils n'y trouvèrent pas
Erec. Le comte comprit alors que la dame l'avait
trompé. Il entreprit de suivre l'empreinte des
sabots et tous se lancèrent sur leurs traces.

Le comte fulmine contre Erec et jure que, s'il
peut le rattraper, rien ne l'empêchera de lui couper la tête sur-le-champ. « Gare, fait-il, à qui sera
lent à éperonner! Celui qui m'apportera la tête
du chevalier que je hais aura droit à toute ma
reconnaissance. » Ils s'élancent alors à bride
abattue, ivres de fureur, à la poursuite d'Erec qui
ne les avait jamais vus et qui ne leur avait rien dit
ou rien fait de mal.

Ils chevauchèrent si promptement qu'ils
l'aperçurent; il était à l'entrée d'une forêt et
s'apprêtait à y pénétrer. Pas un seul ne marqua
alors un temps d'arrêt, tous s'élancèrent en rivalisant d'ardeur.

Enide entendit le vacarme que faisaient leurs
armes et leurs chevaux, et s'aperçut que leur
troupe emplissait le vallon. Aussitôt qu'elle les
vit venir, elle ne put s'empêcher de parler : « Ah,
seigneur, fit-elle, ah, quelle attaque vous prépare
ce comte qui a rassemblé tant d'hommes contre
vous. Seigneur, hâtez le pas afin de pénétrer dans
la forêt. Peut-être aurions-nous vite fait de leur
échapper, car ils sont encore loin. Si vous continuez à cette allure, vous ne pourrez éviter d'être
tué, car le combat n'a rien d'égal. »

Erec respont : « Po me prisiez,
Ma parole mout despisiez.
3565 Je ne vos sai tant bel priier
Que je vos puisse chastiier.
Mes se Deus et de moi merci
Tant qu'eschaper puisse de ci,
Ceste vos iert mout chier vandue
3570 Se corages ne me remue. »
Il se retorne maintenant
Et vit le seneschal venant
Sor un cheval fort et isnel.
Devant aus toz fet un çanbel
3575 Le tret de quatre arbalestees.
N'avoit pas ses armes prestees,
Car mout s'an fu bien acesmez.
Erec a çaus de la esmez
Et voit que bien an i a çant.
3580 Celui qui si le va chaçant
Panse qu'arester li estuet.
Li uns contre l'autre s'esmuet
Et fierent parmi les escuz
Granz cos des fers tranchanz aguz.
3585 Erec son roit espié d'acier
Li fist parmi le cors glacier,
Ne li escuz ne li haubers
Ne li valut un çandal pers.
A tant ez vos poignant le conte,
3590 Qui, si con l'estoire reconte,
Estoit chevaliers forz et buens ;
Mes de ce fist que fos li cuens
Qu'il n'ot que l'escu et la lance.
An sa proesce ot tel fiance
3595 Qu'armer ne se vost autremant.
De ce fist mout grant hardemant
Que devant trestotes ses janz
S'esleissa plus de nuef arpanz.
Quant Erec le vit fors de rote,
3600 A lui ganchist ; cil nel redote,
Si s'antrevienent fieremant.
Li cuens le fiert premieremant

Erec répondit : « Vous m'estimez bien peu et vous ne tenez aucun compte de ce que je vous ai dit. J'ai beau vous en prier, impossible de vous corriger. Mais si Dieu veut bien avoir pitié de moi et me permettre d'échapper d'ici, vous paierez cher votre intervention si je garde les mêmes sentiments. »

Il se retourna aussitôt et aperçut le sénéchal qui arrivait sur un cheval robuste et rapide. Il faisait un galop de défi à quatre portées d'arbalète en avant des autres. Il n'avait pas laissé ses armes en gage : il s'en était soigneusement équipé.

Erec considère ses adversaires et voit qu'ils sont bien une centaine. Il lui faut, se dit-il, arrêter celui qui le poursuit de plus près. Ils s'élancent l'un contre l'autre et du fer acéré de leurs lances se portent des coups violents sur les écus. Erec fit glisser l'acier rigide à travers son corps et l'écu et le haubert n'offrirent pas plus de résistance qu'une soie moirée.

A ce moment voici que surgit le comte, qui, à ce que raconte l'histoire, était un chevalier vigoureux et vaillant. Mais il avait eu la folie de ne se munir que de l'écu et de la lance. Il se fiait tellement en sa prouesse qu'il n'avait pas voulu s'armer davantage. Il eut la belle hardiesse de prendre plus de neuf arpents d'avance sur ses gens. Quand Erec le vit isolé du reste de la troupe, il obliqua vers lui. Celui-ci ne marqua aucune crainte et ils s'élancèrent furieusement

Par tel vertu devant le piz
Que les estriers eüst guerpiz
3605 Se bien afichiez ne se fust.
De l'escu fet croissir le fust
Que d'autre part an saut li fers.
Mes mout fu riches li haubers
Qui si de mort le garanti
3610 Qu'onques maille n'an desronpi.
Li cuens fu forz, sa lance froisse :
Erec le fiert par tel angoisse
Sor l'escu qui fu tainz de jaune,
Que de la lance plus d'une aune
3615 Parmi le vuit bu li anbat ;
Pasmé jus del destrier l'abat.
A tant ganchist, si s'an retorne,
An la place plus ne sejorne.
Parmi la forest a droiture
3620 S'an vet poignant grant aleüre.
Ez vos Erec anforesté,
Et li autre sont aresté
Sor çaus qui anmi le chanp jurent.
Mout s'afichent formant et jurent
3625 Que il le chaceront einçois
A esperon deus jorz ou trois
Que il nel praingnent et ocïent.
Li cuens antant ce que il dïent,
Qui mout fu el vuit bu bleciez.
3630 Un petit s'est a mont dreciez,
Et les iauz un petitet oevre.
Bien aparçoit que mauveise oevre
Avoit ancomancié a feire.
Les chevaliers fet arriers treire :
3635 « Seignor », fet il, « a toz vos di
Qu'il n'i et un seul si hardi,
Fort ne foible, ne haut ne bas,
Qui ost aler avant un pas.
Retornez tuit isnelemant !
3640 Esploitié ai vilainnemant :
De ma vilenie me poise.

l'un contre l'autre. Le comte l'atteignit le premier avec une telle violence qu'il lui aurait fait
vider les étriers s'il n'avait été bien ferme en
selle. Le bois de l'écu éclata, traversé par le fer.
Mais le haubert était de qualité et protégea Erec
de la mort : aucune maille ne céda. Le comte
était vigoureux, sa lance se brisa.

Erec frappe son écu qui était peint en jaune,
avec tant de rage qu'il lui plante plus d'une aune
de lance dans le ventre ; il le jette sans connaissance à bas de son cheval. Il fait alors demi-tour
et s'éloigne sans s'attarder davantage.

Il pique à vive allure tout droit sur la forêt. Le
voici au cœur de la forêt, tandis que les autres
sont arrêtés près de ceux qui gisent au sol. Ils
proclament à grand renfort de serments que,
dussent-ils le poursuivre à force d'éperons deux
jours ou même trois, ils ne renonceront pas à le
prendre et à le tuer. Le comte qui était grièvement blessé au ventre entend leurs propos, il se
redresse légèrement et entrouvre les yeux. Il se
rend bien compte qu'il s'est jeté dans une entreprise injuste. Il rappelle ses chevaliers : « Seigneurs, dit-il, je m'adresse à vous tous : que pas
un d'entre vous, quels que soient son rang ou sa
force, n'ait la hardiesse de continuer la poursuite.
Hâtez-vous tous de rentrer ! J'ai agi traîtreuse-
ment, et ma traîtrise m'afflige. La dame qui m'a

Mout est preuz et sage et cortoise
La dame qui deceü m'a.
Sa biautez d'amor m'aluma :
3645 Por ce que je la desiroie,
Son seignor ocirre voloie
Et li par force retenir.
Bien m'an devoit maus avenir :
Sor moi an est venuz li maus.
3650 Que fel feisoie et desleaus
Et traïtres et forsenez !
Onques ne fu de mere nez
Miaudre chevaliers de cestui.
Ja mes par moi n'avra enui
3655 La ou jel puisse destorner.
Toz vos comant a retorner. »
Cil s'an revont desconforté.
Le seneschal an ont porté
Mort an l'anvers de son escu.
3660 Li cuens a puis assez vescu,
Qu'il ne fu pas a mort navrez.
Einsi fu Erec delivrez.

trompé est pleine de vaillance, de sagesse et de courtoisie. Sa beauté m'enflamma d'amour : c'est parce que je la désirais que j'ai voulu tuer son époux et m'emparer d'elle par la force. Je devais m'attendre à en récolter quelque malheur, et ce malheur s'est abattu sur moi. J'agissais en scélérat déloyal, en traître insensé ! Le monde ne connaît pas de meilleur chevalier que celui-ci. Il n'aura jamais rien à craindre de moi et je le défendrai si j'en ai l'occasion. Je vous ordonne à tous de faire demi-tour. »

Les chevaliers rebroussent chemin pleins d'affliction. Ils emportent le corps du sénéchal sur son écu retourné. Le comte vécut ensuite longtemps car il n'avait pas été blessé à mort. C'est ainsi qu'Erec se tira de ce danger.

EREC s'an vet toz esleissiez.
Une voie antre deus pleissiez,
3665 Il et sa fame devant lui.
A esperon an vont andui.
Tant ont erré et chevauchié
Qu'il vindrent an un pré fauchié.
Au desbuschier del pleisseïz
3670 Troverent un pont torneïz
Par devant une haute tor
Qui close estoit de mur antor
Et de fossé lé et parfont.
Isnelemant passent le pont,
3675 Mes mout orent alé petit,
Quant de la tor amont les vit
Cil qui de la tor estoit sire.
De lui vos sai verité dire
Qu'il estoit mout de cors petiz,
3680 Mes de grant cuer estoit hardiz.
Quant il vit Erec trespassant,
De la tor contre val desçant,
Et fist sor un grant destrier sor
Metre une sele a lions d'or.
3685 Puis comande qu'an li aport
Escu et lance roide et fort,
Espee forbie et tranchant,
Et son hiaume cler et luisant,
Hauberc blanc et chauces treslices;
3690 Car veü a devant ses lices
Un chevalier armé passer,
A cui se viaut d'armes lasser,
Ou cil a lui se lassera
Tant que toz recreanz sera.
3695 Cil ont son comandemant fet :
Ez vos ja le cheval fors tret;
La sele mise et anfrené
L'a uns escuiiers amené;
Uns autre les armes aporte.
3700 Li chevaliers parmi la porte
S'an est issuz plus tost qu'il pot
Toz seus, que compeignon n'i ot.

LA CHEVAUCHÉE AVENTUREUSE
III. GUIVRET LE PETIT

Erec s'en va à toute allure. Il prend un chemin entre deux haies vives, sa femme le précède. Tous deux pressent des éperons leur monture.

Ils cheminèrent et chevauchèrent si longuement qu'ils arrivèrent à une prairie fauchée. Au débouché des haies, ils trouvèrent un pont tournant devant une haute tour que ceignaient une muraille et un fossé large et profond. Ils passent rapidement le pont, mais ils s'étaient à peine avancés que du haut de la tour les aperçut celui qui en était le seigneur. De cet homme, je peux vous dire en toute vérité qu'il était de très petite taille, mais qu'il avait un cœur d'une grande hardiesse. Quand il vit Erec passer, il descendit au bas de la tour et fit mettre sur un grand destrier brun une selle ornée de lions d'or. Il commanda ensuite qu'on lui apporte un écu, une lance forte et solide, une épée aiguisée et tranchante, son heaume brillant, un haubert blanc et des chausses à triples mailles : c'est qu'il a vu passer devant ses barrières un chevalier en armes et il veut l'affronter jusqu'à épuisement, à moins que ce ne soit l'autre qui s'épuise et renonce au combat.

Ses ordres sont exécutés : voici le cheval prêt, un écuyer l'a amené sellé et harnaché; un autre apporte les armes. Il franchit la porte d'entrée à toute allure, seul, sans autre compagnon. Erec

Erec s'an vet par un pandant :
Ez vos le chevalier fandant
3705 Parmi le tertre contre val,
Et sist sor un mout fort cheval
Qui si grant esfroi demenoit
Que dessoz ses piez esgrumoit
Les chaillos plus menuëmant
3710 Que muele n'esquache fromant,
Et s'an voloient de toz sanz
Estanceles cleres ardanz,
Que des quatre piez iert avis
Que tuit fussent de feu espris.
3715 Enide ot la noise et l'esfroi ;
A po que de son palefroi
Ne cheï jus pasmee et vainne.
An tot le cors de li n'ot vainne
Don ne li remuast li sans.
3720 Toz li devint pales et blans
Li vis con se ele fuste morte.
Mout se despoire et desconforte,
Que son seignor dire ne l'ose,
Qui la menace mout et chose
3725 Et comande qu'ele se teise.
De deus parz est mout a mal eise,
Qu'ele ne set le quel seisir,
Ou le parler ou le teisir.
A li meïsme se consoille :
3730 Sovant del dire s'aparoille
Si que la langue se remuet,
Mes la voiz pas issir n'an puet ;
Car de peor estraint les danz,
S'anclot la parole dedanz.
3735 Einsi se justise et destraint :
La boche clot, les danz estraint,
Que la parole fors n'an saille.
A li a prise grant bataille
Et dist : « Seüre sui et certe
3740 Que mout recevrai leide perte,
Se je einsi mon seignor pert.
Dirai li donc tot an apert ?

chemine sur une pente. Voici le chevalier qui
dévale le tertre, monté sur un cheval vigoureux
qui fonce avec tant de fougue qu'il écrase sous
ses pieds les cailloux plus menu que froment
broyé sous la meule ; des étincelles vives et crépi-
tantes s'envolent en tous sens ; on aurait dit que
ses quatre pieds n'étaient que feu.

Enide entend le vacarme, peu s'en faut qu'elle
ne tombe sans connaissance de son palefroi. Son
sang reflue de toutes les veines de son corps ; son
visage devient pâle et blanc comme si elle était
morte. Elle se désespère et se désole car elle
n'ose prévenir son époux qui ne cesse de proférer
des menaces et de lui interdire de parler. D'un
côté comme de l'autre elle est en bien mauvaise
situation ; elle ne sait quel parti adopter, parler
ou se taire. Elle délibère en elle-même : souvent
elle est sur le point de parler et elle bouge déjà la
langue mais la voix ne peut pas sortir, tant la
peur lui serre les dents et retient la parole à
l'intérieur. Elle se contient, elle se contraint, elle
ferme la bouche, serre les dents pour qu'aucune
parole n'échappe. Elle lutte contre elle-même.
« Je suis assurée, se dit-elle, d'éprouver un terrible dommage si je laisse mon époux aller à sa
perte. Vais-je donc le prévenir ouvertement ?

Nenil. Por quoi? Je n'oseroie,
Que mon seignor correceroie.
3745 Et se mes sire se corroce
Il me leira an ceste broce
Sole, cheitive et esgaree.
Lors serai plus mal eüree.
Mal eüree? Moi que chaut?
3750 Diaus ne pesance ne me faut
Ja mes, tant con je aie a vivre,
Se mes sire tot a delivre
An tel guise d'ici n'estort,
Qu'il ne soit maheigniez a mort.
3755 Mes se je tost ne li acoint,
Cil chevaliers qui ci apoint
L'avra mort ainz qu'il se regart;
Car mout sanble de male part.
Oïl, trop ai je atandu!
3760 Si le m'a il mout deffandu;
Mes ja nel leirai por deffanse.
Je voi bien que mes sire panse
Tant que lui meïsmes oblie;
Donc est bien droiz que je li die. »
3765 Ele li dist. Cil la menace,
Mes n'a talant que mal li face,
Qu'il aparçoit et conoist bien
Qu'ele l'aimme sor tote rien,
Et il li tant que plus ne puet.
3770 Contre le chevalier s'esmuet,
Qui de bataille le semont.
Assanblé sont au pié del mont,
La s'antrevienent et desfient.
As fers des lances s'antranvïent
3775 Anbedui de totes lor forces.
Ne lor valurent deus escorces
Li escu qui as cos lor pandent.
Li cuir ronpent et les és fandent,
Et des haubers ronpent les mailles.
3780 Anbedui jusques as antrailles
Se sont des gleives anferré,
Et li destrier sont aterré;

Non. Pourquoi? Je n'oserais car je le mettrais en
colère, et si mon époux se met en colère, il me
laissera dans ces broussailles, seule, abandonnée
sans défense. Je serai alors encore plus malheureuse. Malheureuse? Que m'importe? Tout ce
qui me reste de vie ne sera plus que douleur et
affliction si mon époux ne s'échappe rapidement
d'ici pour éviter d'être blessé à mort. Mais si je
ne l'avertis pas bien vite, ce chevalier qui charge
sur nous l'aura tué avant qu'il ait le temps de se
retourner, car tout dit sa férocité. Oui, j'ai trop
attendu! il peut bien me l'avoir défendu, ses
défenses ne me retiendront pas. Je vois bien que
mon époux est plongé dans ses pensées au point
de ne pas prendre garde à lui-même; il est donc
légitime que je l'avertisse. »

Elle l'avertit. Erec répond par des menaces,
mais il n'a aucune volonté de lui faire du mal,
car il se rend clairement compte qu'elle l'aime
plus que tout au monde, et que lui-même il
l'aime par-dessus tout.

Il se lance contre le chevalier qui le provoque
au combat. Ils se rejoignent au pied de la colline.
C'est là qu'ils se jettent l'un contre l'autre en se
défiant. Tous deux mettent toutes leurs forces à
s'attaquer du fer de leurs lances. Les écus qui
leur pendent au cou ne leur furent pas plus utiles
qu'une écorce. Les cuirs se rompent, les
planches se fendent, et les mailles des hauberts
se brisent. Chacun d'eux plonge sa lance dans
les entrailles de son adversaire; les destriers

Car mout ierent li baron fort.
Ne furent pas navré a mort,
3785 Mes duremant furent blecié.
Isnelemant sont redrecié,
S'ont a aus lor lances retreites :
Ne furent maumises ne freites ;
Anmi le chanp les ont gitees.
3790 Del fuerre traient les espees,
Si s'antrevienent par grant ire.
Li uns l'autre blesce et anpire
Que de rien ne s'antrespargnierent.
Si granz cos sor les hiaumes fierent,
3795 Qu'estanceles ardanz an issent
Quant les espees ressortissent.
Les escuz fandent et esclicent,
Lor haubers faussent et deslicent.
An quatre leus sont anbatues
3800 Les espees jusqu'as charz nues,
Que mout afebloient et lassent ;
Et se les espees durassent
Anbes deus longuemant antieres,
Ja ne s'an treississent arrieres,
3805 Ne la bataille ne fenist
Tant que l'un morir covenist.
Enide qui les esgardoit,
A po de duel ne forsenoit.
Qui li veïst son grant duel feire,
3810 Ses poinz detordre, ses crins treire,
Et les lermes des iauz cheoir,
Leal dame poïst veoir.
Et trop fust fel qui la veïst
Se granz pitiez ne l'an preïst.
3815 Et li chevalier se conbatent,
Des hiaumes les pierres abatent,
Li uns a l'autre granz cos done.
Des tierce jusque prés de none
Dura la bataille, si fiere
3820 Que nus hon an nule meniere
Certainnemant n'aparceüst
Qui le mellor avoir deüst.

s'écroulent au sol : telle était la force de ces guerriers. Leur blessure n'est pas mortelle, même si
elle est grave. Rapidement ils sont debout, ils
dégagent leurs lances qui ne sont ni endomma-
gées ni brisées, et les jettent au sol. Ils tirent les
épées du fourreau et s'attaquent avec fougue. Ils
se blessent et se mettent à mal mutuellement
sans s'épargner. Ils donnent de tels coups sur
leurs heaumes que les épées en rebondissant font
jaillir des étincelles. Ils fendent et font éclater les
écus, ils faussent et démaillent les hauberts.
Quatre fois les épées pénètrent jusqu'à la chair;
ils ont perdu beaucoup de leurs forces et sont
épuisés. Aussi longtemps que leurs épées tien-
dront, ils ne renonceront pas à se battre et le
combat ne se terminera pas avant la mort de l'un
d'entre eux.

Enide qui les regardait était près de devenir
folle de douleur. A la voir se désoler aussi vivement, se tordre les mains, s'arracher les cheveux,
pleurer à chaudes larmes, on ne pouvait douter
de sa loyauté, et il aurait fallu être bien cruel
pour ne pas être pris de pitié.

Les chevaliers continuent de se battre, ils
abattent les pierres de leurs heaumes et
échangent des coups terribles.

Le combat dura du matin jusqu'au milieu de
l'après-midi, si acharné que personne n'aurait pu
deviner qui allait l'emporter.

Erec s'esforce et s'esvertue,
S'espee li a anbatue
3825 El hiaume jusqu'el chapeler
Si que tot l'a fet chanceler;
Mes bien se tint, qu'il ne cheï.
Et cil ra Erec anvaï,
Si l'a si duremant feru
3830 Sor la pane de son escu
Qu'au retreire est li branz brisiez,
Qui mout estoit buens et prisiez.
Quant il vit brisiee s'espee
Par mautalant a jus gitee
3835 La part qui li remest el poing,
Tant come il onques pot plus loing.
Peor ot; arriers l'estuet treire,
Que ne puet pas grant esforz feire
An bataille ne an assaut
3840 Chevaliers cui s'espee faut.
Erec l'anchauce, et cil li prie
Por Deu merci, qu'il ne l'ocie.
« Merci », fet il, « frans chevaliers !
Ne soiiez vers moi fel ne fiers.
3845 Des que m'espee m'est faillie
La force avez et la baillie
De moi ocirre ou de vif prandre,
Que n'ai don me puisse deffandre. »
Erec respont : « Quant tu me pries,
3850 Outreemant vuel que tu dies,
Si tu es outrez et conquis.
Plus ne seras par moi requis,
Se tu te mez an ma menaie. »
Et cil del dire se delaie.
3855 Quant Erec le vit delaiier,
Por lui feire plus esmaiier,
Li ra une anvaïe feite,
Sore li cort l'espee treite;
Et cil dist qui fu esmaiiez :
3860 « Merci, sire ! Conquis m'aiiez
Des qu'autremant estre ne puet. »

Erec rassemble toutes ses forces; il plante son épée dans le heaume de son adversaire; le coup pénètre jusqu'à la coiffe et le fait chanceler, mais il tient bon et ne tombe pas. Il assaille Erec à son tour et le frappe si violemment sur le sommet de l'écu qu'en la dégageant, il brise son épée qui était pourtant de grande qualité et de haut prix.

Quand il la vit brisée, de rage il jeta au sol, le plus loin qu'il put, le tronçon qui lui restait au poing. La peur s'empara de lui; il lui fallut reculer, car un chevalier à qui son épée fait défaut ne peut pas faire grand-chose dans un combat.

Erec le poursuit, et l'autre le prie, au nom de Dieu, de ne pas le tuer. « Merci, fait-il, noble chevalier, ne vous montrez pas cruel ou violent envers moi. Puisque mon épée m'a fait défaut, vous êtes le plus fort et vous êtes maître de me tuer ou de me prendre vivant, car je n'ai plus rien pour me défendre.

— Puisque tu m'en pries, répond Erec, je veux que tu dises clairement si tu es vaincu et conquis. Je ne t'attaquerai plus si tu te rends et te remets entre mes mains. »

Mais le chevalier tarde à se déclarer vaincu. Quand Erec le vit hésiter, il se lance à nouveau à l'attaque pour l'effrayer davantage; il court sur lui, l'épée haute. L'autre, épouvanté, crie: « Pitié, seigneur! C'est dit, vous m'avez vaincu, puisqu'il ne peut en être autrement. »

Erec respont : « Plus i estuet,
Qu'a tant n'an iroiz vos pas quites.
Vostre estre et vostre non me dites,
3865 Et je vos redirai le mien. »
« Sire », fet il, « vos dites bien.
Je sui de ceste terre rois.
Mi home lige sont Irois,
N'i a nul ne soit mes rantiz ;
3870 Et j'ai non Guivrez li Petiz.
Assez sui riches et puissanz,
Qu'an ceste terre de toz sanz
N'a baron qui a moi marchisse,
Qui de mon comandemant isse
3875 Et mon pleisir ne face tot.
Je n'ai veisin qui ne me dot,
Tant se face orguelleus ne cointes ;
Mes mout vuel estre vostre acointes
Et vostre amis d'or an avant. »
3880 Erec respont : « Je me revant
Que je sui assez jantis hon.
Erec, fiz le roi Lac, ai non.
Rois est mes pere d'Outre-Gales.
Riches citez et beles sales
3885 Et forz chastiaus a mout mes pere :
Plus n'an a rois ne anperere
Fors le roi Artu solemant.
Celui an ost je voiremant,
Car a lui nus ne s'aparoille. »
3890 Guivrez de ce mout s'esmervoille
Et dist : « Sire, grant mervoille oi.
Onques de rien tel joie n'oi
Con j'ai de vostre conoissance.
Avoir poez buene fiance !
3895 Et s'il vos plest a remenoir
An ma terre et an mon menoir,
Mout vos i ferai enorer.
Ja tant n'i voudroiz demorer
Que dessor moi ne soiiez sire.
3900 Andui avons mestier de mire,
Et j'ai ci prés un mien recet,
N'i a pas huit liues ne set.

Erec répond : « Ce n'est pas suffisant; vous ne
serez pas quitte pour autant. Dites-moi votre
rang et votre nom et je vous dirai le mien
3905 ensuite.

— Seigneur, dit-il, vous avez raison. Je suis roi
de ce pays. Les Irlandais sont mes hommes liges,
et tous sans exception me doivent tribut. Je
m'appelle Guivret le Petit. Ma richesse et ma
3910 puissance sont considérables, car, partout en ce
pays, il n'est pas de baron tenant de moi sa terre
qui aille contre mes ordres et ne fasse ce que je
décide. Je n'ai voisin qui ne me craigne, si
orgueilleux et si hautain qu'il soit. Mais désor-
3915 mais mon plus grand désir est de vous connaître
mieux et d'être votre ami.

— Pour moi, répond Erec, je me vante d'être
aussi d'assez noble naissance. Je me nomme
Erec, fils du roi Lac. Mon père est roi d'Outre-
3920 Galles et il possède nombre de cités opulentes,
de beaux palais, et de puissants châteaux. Il n'est
roi ou empereur qui en possède davantage, hormis le seul roi Arthur. Je fais véritablement
exception pour lui, car personne ne peut lui être
3925 comparé. »

Guivret est tout étonné de ce qu'il entend et
réplique : « Seigneur, j'apprends des nouvelles
extraordinaires. Je n'ai jamais éprouvé autant de
plaisir que j'en ai aujourd'hui à faire votre
3930 connaissance. Vous pouvez me faire confiance,
et si vous voulez vous arrêter sur ma terre, dans
mon manoir, je veillerai à ce qu'on vous traite
avec les plus grands honneurs. Si longuement
que vous souhaitiez y demeurer, vous y serez
3935 mon seigneur. Nous avons tous deux besoin de
médecin, et j'ai à proximité un manoir, à moins
de sept ou huit lieues. Je veux vous y emmener

La vos vuel avuec moi mener,
S'i ferons noz plaies sener »
3905 Erec respont : « Bon gré vos sai
De ce qu'oï dire vos ai.
N'i irai pas, vostre merci;
Mes itant solemant vos pri
Que se nus besoinz m'avenoit
3910 Et la novele a vos venoit,
Que j'eüsse mestier d'aïe,
Adonc ne m'oblïessiez mie. »
« Sire », fet il, « je vos plevis
Que ja tant con je soie vis
3915 N'avroiz de mon secors mestier
Que ne vos aille lués eidier
A quanque je porrai mander. »
« Ja plus ne vos quier demander »,
Fet Erec, « Mout m'avez promis.
3920 Mes sire estes et mes amis,
Se l'uevre est teus con la parole. »
Li uns l'autre beise et acole.
Onques de si dure bataille
Ne fu si douce dessevraille,
3925 Que par amor et par franchise
Chascuns des panz de sa chemise
Trancha bandes longues et lees,
S'ont lor plaies antrebandees.
Quant li uns ot l'autre bandé,
3930 A Deu sont antrecomandé.
DEPARTI sont an tel meniere.

avec moi pour que nous y fassions soigner nos plaies.

— Je vous suis reconnaissant, répond Erec, des propos que je vous ai entendu tenir. Je vous en remercie, mais je ne vous accompagnerai pas. Je vous fais seulement une prière : si je me trouvais en difficulté et que la nouvelle vous parvînt que j'eusse besoin d'aide, ne m'oubliez pas.

— Seigneur, fait Guivret, je vous assure que tant que je serai en vie, si vous avez besoin de mon aide, j'irai sur-le-champ vous porter secours avec tous les hommes que je pourrai rassembler.

— Je n'ai rien de plus à vous demander, fait Erec. J'attache un grand prix à vos promesses; vous êtes mon seigneur et mon ami, si les actes répondent aux paroles. »

Ils échangent baisers et accolades; jamais après un combat aussi rude on ne vit d'aussi tendres adieux; ils firent chacun assaut d'amitié et de générosité et taillèrent dans les pans de leurs chemises des bandes longues et larges dont ils bandèrent mutuellement leurs plaies. Quand ils eurent achevé de se panser, ils se recommandèrent l'un l'autre à Dieu. C'est ainsi qu'ils se séparèrent.

Seus s'an revet Guivrez arriere;
Erec a son chemin retret,
Qui grant mestier eüst d'antret
3935 Por ses plaies medeciner.
Ainz ne fina de cheminer
Tant que il vint an une plainne
Lez une haute forest plainne
De cers, de biches et de dains
3940 Et de chevriaus et de ferains
Et de tote autre sauvagine.
Li rois Artus et la reïne
Et de ses barons li mellor
I estoient venu le jor.
3945 An la forest voloit li rois
Demorer quatre jorz ou trois
Por lui deduire et deporter;
Si ot comandé aporter
Tantes et pavellons et trez.
3950 El tré le roi estoit antrez
Mes sire Gauvains toz lassez,
Qui chevauchié avoit assez.
Defors la tante estoit uns charmes;
La ot un escu de ses armes
3955 Leissié, et sa lance de fresne.
A une branche par la resne
Ot le Guingalet aresné,
La sele mise et anfrené.
Tant estut iluec li chevaus
3960 Que Keus i vint, li seneschaus.
Cele part vint grant aleüre,
Aussi con por anveiseüre
Prist le destrier et monta sus
Qu'onques ne li contredist nus.
3965 La lance et l'escu prist aprés,
Qui soz l'arbre ierent iluec prés.
Galopant sor le Guingalet
S'an aloit Keus tot un valet
Tant que par avanture avint,
3970 Qu'Erec a l'ancontre li vint.

LA CHEVAUCHÉE AVENTUREUSE
IV. ARTHUR DANS LA FORÊT

Guivret s'en revint seul et Erec reprit son chemin. Il aurait pourtant eu grand besoin d'onguent pour soigner ses plaies, mais il chemina jusqu'au moment où il parvint dans une plaine en bordure d'une haute forêt pleine de cerfs, de biches, de daims, de chevreuils et autres animaux et bêtes sauvages.

Le roi Arthur y était venu ce jour-là avec la reine et l'élite de ses barons. Le roi avait l'intention de rester trois ou quatre jours dans la forêt pour chasser et se distraire. Il avait donc fait apporter des pavillons et toutes sortes de tentes. Dans la tente du roi venait d'entrer Gauvain, tout recru d'une longue chevauchée. A la porte de la tente il y avait un charme; c'est là qu'il avait laissé un écu à ses armes et sa lance de frêne, et à une branche il avait attaché par la rêne Guingalet qui portait encore la selle et le harnachement. Le cheval se trouvait toujours là quand le sénéchal Keu y survint à vive allure. Comme par jeu, il prit le destrier et monta dessus sans que personne ne s'y oppose. Il prit aussi la lance et l'écu qui se trouvaient auprès sous l'arbre. Keu, au galop sur le Guingalet, suivait un vallon et le hasard voulut qu'Erec arrivât en face.

Erec connut le seneschal
Et les armes et le cheval,
Mes Keus pas lui ne reconnut;
Car a ses armes ne parut
3975 Nule veraie conoissance,
Que tant cos d'espee et de lance
Avoit sor son escu eüz
Que toz li tainz an fu cheuz;
Et la dame par grant veisdie,
3980 Por ce qu'ele ne voloit mie
Qu'il la coneüst ne veïst,
Aussi con s'ele le feïst
Por le hasle et por la poudriere,
Mist sa guinple devant sa chiere.
3985 Keus vint avant plus que le pas
Et prist Erec eneslepas
Par la resne sanz saluër.
Ainz qu'il le leissast remuër,
Li demanda par grant orguel :
3990 « Chevaliers », fet il, « savoir vuel,
Qui vos estes et don venez. »
« Fos estes, quant vos me tenez. »
Fet Erec, « nel savroiz anuit. »
Et cil respont : « Ne vos enuit;
3995 Car por vostre bien le demant.
Je voi et sai certainnemant
Que bleciez estez et navrez.
Anquenuit buen ostel avrez,
Se avuec moi volez venir.
4000 Je vos ferai mout chier tenir
Et enorer et aeisier,
Car de repos avez mestier.
Li rois Artus et la reïne
Sont ci prés an une gaudine
4005 De trez et de tantes logié.
Par buene foi le vos lo gié,
Que vos an veigniez avuec moi
Veoir la reïne et le roi,
Qui de vos grant joie feront
4010 Et grant enor vos porteront. »

Erec reconnut le sénéchal, ainsi que les armes et le cheval, mais Keu ne le reconnut pas, car il ne portait aucun emblème sur ses armes ; il avait reçu tant de coups d'épée et de lance sur son écu, que toute couleur en avait disparu. Quant à la dame, ne voulant pas qu'il la vît et la reconnût, elle avait eut l'astuce de baisser sa guimpe sur son visage, comme si elle avait voulu se protéger du hâle et de la poussière. Keu se porta vivement en avant et commença par saisir les rênes du cheval d'Erec, sans même saluer. Erec n'eut pas le temps de faire un geste, que déjà il lui demandait avec arrogance : « Chevalier, je veux savoir qui vous êtes et d'où vous venez.

— Il faut être fou pour vouloir me retenir, fit Erec ; vous ne saurez rien aujourd'hui. »

L'autre répondit : « Ne vous fâchez pas, je ne vous veux que du bien. Je vois sans risque de me tromper que vous êtes couvert de blessures. Vous aurez ce soir un bon logis si vous voulez bien venir avec moi. Je veillerai à ce qu'on soit plein de prévenances et d'égards pour vous et vous serez bien soigné, car vous avez besoin de repos. Le roi Arthur et la reine se sont arrêtés tout près d'ici, dans un bois où ils ont fait monter des tentes. C'est en toute bonne foi que je vous invite à venir avec moi voir la reine et le roi : ils en seront ravis et vous recevront avec beaucoup d'honneur. »

Erec respont : « Vos dites bien ;
Mes je n'i iroie por rien.
Ne savez mie mon besoing ;
Ancor m'estuet aler plus loing.
4015 Leissiez m'aler, que trop demor.
Ancor i a assez del jor. »
Keus respont : « Grant folie dites,
Quant del venir vos escondites ;
Espoir vos an repantiroiz.
4020 Et bien vos poist, si i iroiz
Andui, et vos et vostre fanne,
Si con li prestres vet au sanne,
Ou volantiers ou a anviz.
Anquenuit seroiz mal serviz,
4025 (Se mes consauz n'an est creüz)
Se bien n'i estes coneüz.
Venez an tost, que je vos praing. »
De ce ot Erec grant desdaing.
« Vassaus », fet il, « folie feites,
4030 Qui par force aprés vos me treites.
Sanz desfiance m'avez pris :
Je di que vos avez mespris,
Que toz seürs estre cuidoie,
Vers vos de rien ne me gardoie. »
4035 Lors met a l'espee la main
Et dist : « Vassaus, leissiez mon frain !
Traiiez vos la ! Je vos taing mout
Por orguelleus et por estout.
Je vos ferrai, bien le sachiez,
4040 Se aprés vos plus me sachiez.
Leissiez moi tost ! » Et cil le leisse,
El chanp plus d'un arpant s'esleisse,
Puis retorna, si le desfie
Come hon plains de grant felenie.
4045 Li uns contre l'autre ganchist ;
Mes Erec de tant se franchist
Por ce que cil desarmez iere,
De sa lance torna deriere
Le fer et l'arestuel devant.

Erec répondit : « Vous êtes bien aimable, mais rien ne me fera y aller. Vous ne connaissez pas la nécessité où je me trouve ; je dois aller encore plus loin, laissez-moi partir, je tarde trop. La journée n'est pas encore terminée. »

Keu répondit : « Vous êtes vraiment fou pour refuser de venir, mais je crois que vous allez vous en repentir. Même si cela vous déplaît, vous viendrez avec moi tous les deux, vous et votre femme, comme le prêtre va au synode, de bon gré ou à contrecœur. Et vous serez ce soir bien mal reçu là-bas, si vous ne voulez pas croire mes conseils, sauf à vous y faire reconnaître. Suivez-moi sans délai, je vous fais prisonnier. »

Erec n'eut que mépris pour ces propos : « Vassal, fit-il, vous êtes fou de me forcer à vous suivre. Vous m'avez fait prisonnier sans me défier. Je vous le dis, vous avez commis une faute grave, car je croyais n'avoir rien à craindre, je ne me méfiais absolument pas de vous. »

Il mit alors la main à l'épée et ajouta : « Vassal, lâchez ma bride ! écartez-vous ! Vous n'êtes qu'un sot arrogant. Je vais vous frapper, sachez-le bien, si vous continuez de me traîner. Lâchez-moi vite ! »

L'autre le lâcha, prit plus d'un arpent de champ, se retourna et défia Erec, en homme plein de traîtrise. Ils obliquèrent l'un vers l'autre, mais Erec eut un geste de générosité : comme l'autre n'avait pas d'armure, il retourna la lance et plaça le fer à l'arrière et présenta le talon.

4050 Tel cop li dona neporquant
Sor son escu haut el plus anple,
Que hurter li fist a la tanple,
Et que le braz au piz li serre :
Tot estandu le porte a terre.
4055 Puis vint au destrier, si le prant,
Enide par le frain le rant.
Mener l'an vost, et cil li prie,
Qui mout sot de losangerie,
Que par franchise li randist.
4060 Mout bel le losange et blandist :
« Vassaus », fet il, « se Deus me gart,
An cel cheval gié n'i ai part ;
Ainz est au chevalier el monde,
An cui graindre proesce abonde,
4065 Mon seignor Gauvain, le hardi.
Tant de la soe part vos di
Que son destrier li anvoiiez
Por ce que enor i aiiez.
Mout feroiz que frans et que sages,
4070 Et je serai vostre messages. »
Erec respont : « Vassaus, prenez
Le cheval et si l'an menez !
Des qu'il est mon seignor Gauvain,
N'est mie droiz que je l'an main. »
4075 Keus prant le cheval, si remonte,
Au tré le roi vint, si li conte
Le voir, que rien ne l'an cela.
Et li rois Gauvain apela :
« Biaus niés Gauvains », ce dist li rois,
4080 « S'onques fustes frans ne cortois,
Alez aprés isnelemant.
Demandez amiablement
De son estre et de son afeire.
Et se vos le poez atreire
4085 Tant qu'avuec vos l'an ameigniez,
Gardez ja ne vos an feigniez. »
Gauvains monte an son Guingalet ;
Aprés le siuent dui vaslet.
Ja ont Erec aconseü,

Néanmoins, il porta un coup si violent au sommet de l'écu, sur la partie la plus large, qu'il le fit heurter la tempe, et qu'il lui plaqua le bras contre la poitrine : il l'étendit de tout son long à terre. Il rattrapa ensuite le destrier dont il s'empara et dont il confia la bride à Enide. Il s'apprêtait à l'emmener, quand l'autre, qui ne manquait pas de belles paroles, le pria d'avoir la générosité de le lui rendre ; il ne ménageait pas les belles paroles et les flatteries :

« Vassal, fit-il, Dieu m'en est témoin, ce cheval ne m'appartient aucunement, il est au plus vaillant chevalier qui soit au monde, monseigneur Gauvain le Hardi. Et je peux vous le dire de sa part : renvoyez-lui son destrier et il vous comblera d'honneurs. Ce sera agir en chevalier sage et généreux et je me chargerai d'être votre messager. »

Erec répondit : « Vassal, prenez le cheval et emmenez-le ! Puisque c'est celui de monseigneur Gauvain, je n'ai pas le droit de le retenir. »

Keu prit le cheval, remonta dessus et revint à la tente du roi où il fit un récit véridique de ce qui s'était passé, sans rien omettre. Le roi appela Gauvain : « Gauvain, mon cher neveu, dit le roi, si vous avez jamais eu l'occasion d'être affable et courtois, c'est le moment, rattrapez vite ce chevalier, et demandez-lui aimablement qui il est et ce qu'il cherche. Et si vous avez la possibilité de le disposer à vous suivre, n'hésitez pas à le faire. »

Gauvain saute sur son Guingalet, suivi de deux jeunes gens. Les voici déjà à la hauteur

4090 Mes ne l'ont mie coneü.
     Gauvains le salue et il lui;
     Salué se sont anbedui.
     Puis li dist mes sire Gauvains,
     Qui de grant franchise fu plains :
4095 « Sire », fet il, « an ceste voie
     Li rois Artus a vos m'anvoie.
     La reïne et li rois vos mandent
     Saluz, et prïent et comandent
     Qu'avuec aus vos vegniez deduire,
4100 (Eidier vos puet et neant nuire),
     Et si ne sont pas loing de ci. »
     Erec respont : « Mout an merci
     Le roi et la reïne ansanble,
     Et vos qui estes, ce me sanble,
4105 De bone eire et bien afeitiez.
     Je ne sui mie bien heitiez,
     Ainz sui navrez dedanz le cors;
     Et neporquant ja n'istrai fors
     De mon chemin por ostel prandre.
4110 Ne vos i covient plus atandre :
     Vostre merci, ralez vos an! »
     Gauvains estoit de mout grant san.
     Arrieres se tret, si consoille
     A un des vaslez an l'oroille
4115 Que tost aille dire le roi
     Que il praingne prochain conroi
     De ses trez destandre et abatre,
     Et vaingne trois liues ou quatre
     Devant aus anmi le chemin
4120 Tandre les aucubes de lin.
     Iluec l'estuet la nuit logier,
     S'il viaut conoistre et herbergier
     Le mellor chevalier por voir,
     Que il cuidast onques veoir;
4125 Qu'il ne viaut por un ne por el
     Changier sa voie por ostel.
     Cil san va, son message a dit.
     Destandre fet sanz nul respit
     Li rois ses trez. Destandu sont;
4130 Los somiers chargent, si s'an vont.

d'Erec qu'ils n'ont pas reconnu. Gauvain le salue et Erec lui rend la politesse : ils se sont tous les deux salués. Monseigneur Gauvain qui était d'une grande amabilité, continua : « Seigneur, le roi Arthur m'envoie en mission vers vous. La reine et le roi vous saluent et vous prient instamment de venir vous divertir avec eux (il n'y a rien là qui puisse vous nuire, tout au contraire !), ils ne sont pas loin d'ici. »

Erec répondit : « Je remercie très vivement le roi et la reine, ainsi que vous-même qui êtes, je le vois, de haute naissance et de bonne éducation. Je suis en piètre état, j'ai de nombreuses blessures ; mais je ne m'écarterai pas de mon chemin pour chercher un logis. Inutile de vous attarder davantage avec moi : je vous remercie vivement, repartez ! »

Gauvain était un homme très avisé ; il recula et invita à voix basse l'un des jeunes gens à aller vite dire au roi de se disposer rapidement à faire plier les tentes et de venir trois ou quatre lieues plus loin en plein chemin remonter les pavillons de lin. C'est là qu'il doit se loger cette nuit s'il veut connaître et héberger le meilleur chevalier assurément qu'il ait jamais rencontré, car celui-ci ne veut absolument pas s'écarter de son chemin pour se loger.

Le jeune homme s'en va, s'acquitte de son message ; le roi fait immédiatement plier les tentes ; elles sont démontées, on charge les bêtes de somme et on part.

Sor l'Aubagu monta li rois;
Sor un blanc palefroi norrois
S'an monta la reïne aprés.
Mes sire Gauvains tot adés
4135 Ne fine d'Erec delaiier;
Et cil li dist : « Plus alai hier
Assez que je ne ferai hui.
Sire, vos me feites enui.
Leissiez m'aler ! De ma jornee
4140 M'avez grant masse destorbee. »
Et mes sire Gauvains li dit :
« Ancor vuel aler un petit
Ansanble o vos, ne vos enuit;
Car grant piece a jusqu'a la nuit. »
4145 Tant ont au parler antandu,
Que tuit li tré furent tandu
Devant aus, et Erec les voit.
Herbergiez est, bien l'aparçoit.
« Haï ! Gauvains ! » fet il, « haï !
4150 Vostre granz sans m'a esbaï.
Par grant san m'avez retenu.
Des qu'or est einsi avenu,
Mon non vos dirai or androit;
Li celers rien ne m'i vaudroit.
4155 Je sui Erec qui fu jadis
Vostre conpainz et vostre amis. »
Gauvains l'ot, acoler le va.
Son hiaume a mont li sozleva
Et la vantaille li deslace.
4160 De joie l'acole et anbrace,
Et Erec lui de l'autre part.
A tant Gauvains de lui se part
Et dist : « Sire, ceste novele
Sera ja mon seignor mout bele.
4165 Liez an iert ma dame et mes sire,
Et je lor irai avant dire;
Mes einçois m'estuet anbracier
Et conjoïr et solacier
Ma dame Enide, vostre fame.
4170 De li veoir a mout ma dame

Le roi monta sur l'Aubagu et la reine suivait sur un palefroi norvégien.

Pendant ce temps Gauvain ne cessait de retarder Erec qui finit par lui dire : « J'ai fait hier davantage de route que je n'en ferai aujourd'hui. Seigneur, vous m'êtes importun. Laissez-moi partir ! Vous avez accaparé une grande partie de mon temps. »

Monseigneur Gauvain lui dit alors : « Je veux encore faire un bout de chemin avec vous, sans vous fâcher ; car la nuit est encore loin. »

Ils s'absorbèrent tellement dans leur conversation que toutes les tentes se trouvèrent montées en avant d'eux.

Erec les voit soudain : il est hébergé, il s'en rend bien compte : « Ah, Gauvain ! fait-il, ah ! je me suis laissé étourdir par votre finesse et votre rouerie a réussi à me retenir. Puisqu'on en est là, je vais vous dire tout de suite mon nom ; il serait inutile de le cacher. Je suis Erec qui était, voici quelque temps, votre compagnon et votre ami. »

À ces mots Gauvain court le prendre dans ses bras, il soulève son heaume et délace le vantail. Plein de joie, il le presse d'accolades et d'embrassades qu'Erec ne manque pas de lui rendre. Gauvain le quitte alors en disant : « Seigneur, cette nouvelle fera grand plaisir à mon seigneur le roi. Ma dame et mon seigneur en seront très heureux et je vous précède pour la leur annoncer. Mais auparavant il me faut embrasser et féliciter joyeusement ma dame Enide, votre femme. Ma dame la reine désire

La reïne grant desirrier.
Ancor parler l'an oï hier. »
A tant vers Enide se tret,
Si li demande qu'ele fet,
4175 S'ele est bien sainne et bien heitiee.
Ele respont come afeitiee :
« Sire, mal ne dolor n'eüsse,
Se an grant dotance ne fusse
De mon seignor; mes ce m'esmaie
4180 Qu'il n'a gueires manbre sanz plaie. »
Gauvains respont : « Moi poise mout.
Il apert mout bien a son vout,
Qu'il a pale et descoloré.
Je an eüsse assez ploré
4185 Quant je le vi si pale et taint;
Mes la joie le duel estaint,
Que de lui teus joie me vint,
Que de nul duel ne me sovint.
Or venez petite anbleüre !
4190 J'irai devant grant aleüre
Dire la reïne et le roi
Que vos venez ci aprés moi.
Bien sai qu'anbedui an avront
Grant joie, quant il le savront. »
4195 Lors s'an part, au tré le roi vient.
« Sire », fet il, « or vos covient
Joie feire, vos et ma dame,
Que ci vient Erec et sa fame. »
Li rois de joie saut an piez :
4200 « Certes », fet il, « mout an sui liez.
Ne poïsse novele oïr
Qui tant me poïst resjoïr. »
La reïne et tuit s'esjoïssent,
Et qui ainz ainz des tantes issent.
4205 Li rois meïsme ist de son tré.
Mout ont Erec prés ancontré.
Quant Erec voit le roi venant,
A terre desçant maintenant
Et Enide rest desçandue.
4210 Li rois les acole et salue,

vivement la voir. Je l'ai entendu encore hier en parler. »

Il s'approche alors d'Enide et lui demande comment elle va, si elle se porte bien et si elle est contente. Elle lui fait une réponse pleine de politesse : « Seigneur, j'ignorerais le mal et la douleur si je n'étais dans la plus grande inquiétude pour mon époux, mais je me tourmente à voir qu'il n'a guère de membre sans plaie.

— J'en suis peiné moi aussi, répond Gauvain. On s'en rend bien compte à voir son visage, pâle et sans couleur. J'ai failli pleurer quand je l'ai vu si pâle et si livide ; mais la joie étouffe la douleur, et j'ai eu une telle joie à le voir que j'en ai oublié ma peine. Marchez au petit pas tandis que j'irai devant au galop prévenir la reine et le roi que vous me suivez. Je sais qu'ils seront tous deux très heureux de l'apprendre. »

Il les quitte alors et se rend à la tente du roi : « Sire, fait-il, vous pouvez vous réjouir, vous et ma dame, car Erec vient ici avec sa femme. »

Le roi se lève tout joyeux : « Certes, fait-il, j'en suis tout heureux. Il n'y a pas de nouvelle qui puisse me réjouir davantage. »

La reine et toute la cour manifestent leur joie, et l'on sort au plus vite des tentes. Le roi lui-même quitte la sienne.

Ils n'eurent guère de chemin à faire, ils trouvèrent Erec tout près.

Quand Erec voit le roi venir à sa rencontre, il met aussitôt pied à terre, imité par Enide. Le roi les salue et les prend par le cou, et la reine, avec

Et la reïne doucemant
Les beise et acole einsimant;
N'i a nul qui joie ne face.
Iluec meïsmes an la place
4215 Li ont ses armes desvestues;
Et quant ses plaies ont veües,
Si retorne la joie an ire.
Li rois mout parfont an sospire
Et fet aporter au antret
4220 Que Morgue, sa suer, avoit fet.
Li antrez iert de tel vertu,
Que Morgue avoit doné Artu,
Que ja plaie qui an fust ointe,
Ou soit sor nerf ou soit sor jointe,
4225 Ne faussist qu'an une semainne
Ne fust tote garie et sainne,
Mes que le jor une foiiee
Fust de l'antret aparelliee.
L'antret ont le roi aporté,
4230 Qui mout a Erec conforté.
Quant ses plaies orent lavees,
Ressuiiees et rebandees,
Li rois lui et Enide an mainne
An la soe tante demainne,
4235 Et dist que por la soe amor
Viaut an la forest a sejor
Demorer quinze jorz toz plains,
Tant qu'il soit toz gariz et sains.
Erec de ce le roi mercie
4240 Et dist : « Sire, je nen ai mie
Plaie de quoi je tant me duelle,
Que ma voie leissier an vuelle.
Retenir ne me porroit nus :
Demain (ja ne tarderai plus)
4245 M'an voudrai par matin aler,
Des que le jor verrai lever. »
Li rois an a crollé le chief
Et dist : « Ci a mout grant meschief
Quant vos remenoir ne volez.
4250 Je sai bien que mout vos dolez.

une grande gentillesse, les embrasse et leur met elle aussi les bras autour du cou. La joie est générale. A l'endroit même où il se trouve, on enlève à Erec son armure, et quand on voit ses plaies, la joie se change en douleur. Le roi en pousse de profonds soupirs et fait apporter un onguent qui avait été fabriqué par sa sœur Morgane.

L'onguent qu'elle lui avait donné était si efficace que toute plaie, soit de muscle, soit de ligament, qui en était enduite, était infailliblement soignée et guérie en une semaine, pourvu que l'onguent fût appliqué une fois par jour. On apporta au roi son onguent, qui soulagea beaucoup Erec. Quand on eut lavé, séché et bandé ses plaies, le roi emmena Erec et Enide dans sa propre tente; il annonça que, par amitié pour Erec, il voulait demeurer quinze jours pleins dans la forêt et y attendre sa complète guérison. Erec remercia le roi : « Sire, dit-il, je n'ai pas de blessure qui me fasse tant souffrir que je veuille abandonner mon entreprise. Personne ne pourrait me retenir : demain (je ne veux pas m'attarder davantage), je tiens à partir dès le matin, aussitôt que je verrai le jour se lever. »

Le roi hocha la tête : « Quel malheur que vous ne vouliez rester. Je vois bien que vous souffrez

Remenez, si feroiz que sages.
Mout iert granz diaus et granz damages
Se vos an cez forez morez.
Biaus douz amis ! car demorez
4255 Tant que vos soiiez respassez. »
Erec respont : « Or est assez.
Je ai si ceste voie anprise,
Ne remandroie an nule guise. »
Li rois ot qu'an nule meniere
4260 Ne remandroit por sa proiiere,
Si leisse la parole ester,
Et comande tost aprester
Le soper et les tables metre ;
Li serjant s'an vont antremetre.
4265 Ce fu un samedi a nuit,
Que mangierent peisson et fruit,
Luz et perches, saumons et truites,
Et puis poires crues et cuites.
Aprés soper, ne tarda gueire,
4270 Comanderent les couches feire.
Li rois avoit Erec mout chier :
An un lit le fist seul couchier ;
Ne vost que avuec lui couchast
Nus, qui a ses plaies tochast.
4275 Cele nuit fu bien ostelez.
An un autre lit jut delez
Enide ansanble o la reïne
Dessoz un covertor d'ermine,
Et dormirent a grant repos
4280 Tant qu'au main fu li jorz esclos.

beaucoup. Restez, c'est la sagesse. Quel deuil et quelle perte si vous venez à mourir dans cette forêt! Mon cher ami, restez avec nous jusqu'à ce que vous soyez complètement remis.

— Inutile de continuer, répondit Erec. Je me suis lancé dans cette entreprise et rien ne peut me faire renoncer. »

Le roi comprend que, de toute façon, ses prières sont incapables de le faire rester; il n'en parle donc plus et ordonne qu'on apprête rapidement le souper et qu'on mette les tables; ce que les serviteurs s'empressent d'exécuter. On était au samedi soir; ils mangèrent du poisson et des fruits : des brochets et des perches, des saumons et des truites, puis des poires crues et cuites. Après souper, on ne tarda guère et on commanda de faire les lits. Le roi qui aimait beaucoup Erec le fit coucher seul dans un lit, car il voulait que personne ne couche avec lui pour éviter qu'on touche à ses plaies. Il eut donc cette nuit-là bon logis. Dans un autre lit, à côté de lui, couchèrent Enide et la reine sous une couverture d'hermine. Ils dormirent profondément jusqu'au matin quand le jour se leva.

L'ANDEMAIN lués que il ajorne
Erec se lieve, si s'atorne,
Ses chevaus comande anseler
Et fet ses armes aporter.
4285 Vaslet corent, si li aportent.
Ancor de remenoir l'enortent
Li rois et tuit li chevalier;
Mes proiiere n'i a mestier,
Que por rien ne vost demorer.
4290 Lors les veïssiez toz plorer
Et demener un duel si fort
Con s'il le veïssent ja mort.
Il s'arme et Enide se lieve :
A trestoz les chevaliers grieve,
4295 Que ja mes reveoir nes cuident.
Tuit aprés aus lor tantes vuident :
Por aus conduire et convoiier,
A lor chevaus font anvoiier.
Erec lor dist : « Ne vos poist pas !
4300 Ja avuec moi n'iroiz un pas.
Les voz granz merciz, remenez ! »
Ses chevaus li fu amenez,
Et il monte sanz demorance.
Son escu a pris et sa lance,
4305 Si les comande toz a Dé,
Et il i ront lui comandé.
Enide monte, si s'an vont.
AN une forest antré sont,
Jusque vers prime ne finerent.
4310 Par la forest tant cheminerent
Qu'il oïrent criër mout loing
Une pucele a grant besoing.
Erec a antandu le cri ;
Bien aparçut, quant il l'oï,
4315 Que la voiz de dolor estoit
Et de secors mestier avoit.
Tot maintenant Enide apele :
« Dame », fet il, « une pucele
Va par cel bois formant criant.
4320 Ele a par le mien esciant
Mestier d'aïe et de secors.

LA CHEVAUCHÉE AVENTUREUSE
V. LES DEUX GÉANTS

Le lendemain, sitôt le jour paru, Erec se lève, se prépare, ordonne qu'on selle ses chevaux et fait apporter ses armes. Les jeunes gens courent les chercher. Le roi et tous les chevaliers le prient encore une fois de rester, mais toute prière est inutile, car rien ne pouvait le décider à rester. Quel spectacle alors : tous de pleurer et de manifester une douleur aussi violente que s'il était déjà mort. Mais lui, il s'arme tandis qu'Enide se lève.

Tous les chevaliers ont le cœur lourd, car ils pensent qu'ils ne les reverront plus. Tous sortent de leurs tentes derrière eux; pour les accompagner et leur faire escorte, ils envoient chercher leurs chevaux. Erec leur dit : « N'en soyez pas fâchés, vous ne ferez pas un pas de plus pour m'accompagner. Je vous en prie instamment, restez! »

On lui amena son cheval, il monta aussitôt, prit son écu et sa lance et les recommanda tous à Dieu; ils lui firent aussi leurs adieux. Enide monte, ils s'en vont.

Ils pénétrèrent dans une forêt, où ils poursuivirent leur route jusqu'au début de la matinée, sans s'arrêter. Ils cheminaient depuis longtemps dans la forêt quand ils entendirent, au loin, les cris d'une jeune fille en danger. Erec se rendit bien compte, quand il les entendit, qu'il s'agissait de la voix de quelqu'un qui était en détresse et qui avait besoin de secours.

Cele part vuel aler le cors,
Si savrai quel besoing ele a.
Desçandez ci et j'irai la,
4325 Si m'atandez andemantiers. »
« Sire », fet ele, « volantiers. »
Sole la leisse, si s'an va
Tant que la pucele trova
Qui par le bois aloit braiant
4330 Por son ami que dui jaiant
Avoient pris, si l'an menoient
Et mout vilmant le demenoient.
La pucele aloit descirant
Ses dras et ses crins detirant
4335 Et sa tandre face vermoille.
Erec la voit, mout s'an mervoille,
Et prie li qu'ele li die
Por quoi si formant plore et crie.
La pucele plore et sospire,
4340 An sospirant li dist : « Biaus sire,
N'est mervoille se je faz duel ;
Que morte seroie mon vuel.
Je n'aim ma vie ne ne pris,
Que mon ami an mainnent pris
4345 Dui jaiant felon et cruël
Qui sont si anemi mortel.
Deus ! que ferai ? Lasse, cheitive !
Del mellor chevalier qui vive,
Del plus fanc et del plus jantil !
4350 Or est de mort an grant peril.
Ancui le feront a grant tort
Morir de mout vilainne mort.
Frans chevaliers, por Deu te pri
Que tu secores mon ami,
4355 Se tu onques le puez secorre.
Ne t'estovra gueires loing corre :
Ancor sont il de ci mout prés. »
« Damoisele, j'irai aprés »,
Fet Erec, « quant vos m'an proiiez,
4360 Et tote seüre an soiiez
Que tot mon pooir an ferai :

Il appelle aussitôt Enide : « Dame, fait-il, une jeune fille pousse de grands cris dans ce bois. A ce que je pense, elle a besoin d'aide et de secours. Je vais aller de ce côté au plus vite pour savoir dans quel danger elle se trouve. Mettez pied à terre ici, et attendez-moi tandis que j'irai là-bas.

— Seigneur, volontiers », fait-elle.

Il la laisse seule et part. Il finit par trouver la jeune fille qui était en train de hurler dans le bois parce que deux géants avaient pris son ami et l'emmenaient en le brutalisant honteusement. La jeune fille déchirait ses vêtements, s'arrachait les cheveux et griffait son visage tendre et vermeil. Quand il la vit, Erec, au comble de l'étonnement, la pria de lui dire la cause de ces cris et de ces pleurs. La jeune fille, sans cesser ses pleurs et ses soupirs, lui dit : « Cher seigneur, il n'est pas étrange que je me lamente ; je voudrais être morte. Je maudis ma vie et la compte pour rien, car deux géants perfides et cruels ont pris mon ami et l'emmènent, et ce sont ses ennemis mortels. Dieu ! que faire ? Pauvre malheureuse ! C'est le meilleur chevalier qui vive, le plus généreux, le plus noble ! Le voici en grand danger de mort. A présent, contre toute justice, ils vont le faire périr de mort honteuse. Noble chevalier, au nom de Dieu je te prie de secourir mon ami, si tu le peux. Tu n'auras pas loin à courir : ils sont encore tout près d'ici.

— Demoiselle, je vais les poursuivre, fait Erec, puisque vous m'en priez, et soyez assurée que je ferai tout ce qui sera en mon pouvoir : ou

Ou je avuec lui pris serai
Ou jel vos randrai tot delivre.
Se li jaiant le leissent vivre
4365 Tant que je le puisse trover,
Bien me cuit a aus esprover. »
« Frans chevaliers », dist la pucele,
« Toz jorz serai mes vostre ancele
Se vos mon ami me randez.
4370 A Deu soiiez vos comandez!
Hastez vos, la vostre merci! »
« Quel part s'an vont? » « Sire, par ci.
Vez ci la voie et les esclos. »
Lors s'est Erec mis és galos,
4375 Si li dist que iluec l'atande.
La pucele a Deu le comande
Et prie Deu mout doucemant
Que il par son comandemant
Li doint force de desconfire
4380 Çaus qui vers son ami ont ire.
EREC s'an va tote la trace,
A esperon les jaianz chace;
Tant les a chaciez et seüz
Que il les a aparceüz
4385 Ainz que del bois par fussent fors,
Et vit le chevalier an cors
Deschauz et nu sor un roncin
Con s'il fust pris a larrecin,
Les mains liiees et les piez.
4390 Li jaiant n'avoient espiez,
Escuz, n'espees esmolues,
Fors que tant solemant maçues,
Et corgiees andui tenoient,
De quoi si vilmant le batoient,
4395 Que ja li avoient del dos
La char ronpue jusqu'as os.
Par les costez et par les flans
Li coroit contre val li sans
Si que li roncins estoit toz
4400 An sanc jusqu'au vantre dessoz.
Erec vint aprés aus toz seus;

bien je me ferai prendre à mon tour ou bien je le libérerai et vous le rendrai. Si les géants ne le tuent pas avant que je puisse les trouver, j'ai bien l'intention de me mesurer avec eux.

— Noble chevalier, dit la jeune fille, si vous me rendez mon ami, je serai votre servante pour la vie. Que Dieu vous protège ! Hâtez-vous, je vous en prie.

— De quel côté s'en vont-ils ?

— Seigneur, par ici : voici les traces de leur passage. »

Erec partit alors au galop en lui disant de l'attendre là. La jeune fille le recommande à Dieu à qui elle adresse de ferventes prières pour qu'il veuille bien lui donner la force de vaincre ceux qui s'en prennent à son ami.

Erec se lance sur les traces, il pique des éperons à la poursuite des géants.

Il les pourchassa tant qu'il les aperçut avant qu'ils soient sortis du bois ; il vit alors le chevalier attaché nu, sans habit, sur une rosse, comme s'il avait été pris en train de voler, pieds et mains liés. Les géants n'avaient ni lance, ni écu, ni épée affilée ; tous deux tenaient seulement une massue et des courroies dont ils frappaient si férocement le chevalier qu'ils lui avaient déjà entaillé le dos jusqu'à l'os. Le sang coulait sur ses côtes et sur ses flancs si bien que la rosse avait du sang jusque dessous le ventre. Erec les

Mout fu dolanz et angoisseus
Del chevalier que il lor vit
Demener a si grant despit.
4405 Antre deus bois an une lande
Les a atainz, si lor demande :
« Seignor », fet il, « por quel forfet
Feites a cest home tel let
Et come larron le menez?
4410 Trop leidemant le demenez.
Aussi le menez par sanblant
Con s'il estoit repris anblant.
Granz viltance est de chevalier
Nu desvestir et puis liier
4415 Et batre si vilainnemant.
Randez le moi, jel vos demant
Par franchise et par corteisie;
Par force nel vos quier je mie. »
« Vassaus », font il, « a vos que tient?
4420 De mout grant folie vos vient
Quant vos rien nos an demandez,
S'il vos poise, si l'amandez. »
Erec respont : « Por voir m'an poise.
Ne l'an manroiz hui mes sanz noise.
4425 Quant abandon m'an avez fet,
Qui avoir le porra, si l'et.
Traiiez vos la! Je vos desfi.
Ne l'an manroiz avant de ci
Qu'einçois n'i et departiz cos. »
4430 « Vassaus », font il, « mout estes fos,
Quant a nos vos volez conbatre.
Se vos estiiez or tel quatre
N'avriiez vos force vers nos
Ne qu'uns aigniaus contre deus los. »
4435 « Ne sai que iert », Erec respont;
« Se li ciaus chiet et terre font,
Donc sera prise mainte aloe.
Teus vaut petit qui mout se loe.
Gardez vos! que je vos requier. »
4440 Li jaiant furent fort et fier
Et tindrent an lor mains serrees
Les maçues granz et ferrees.

suivait, tout seul. Il souffrait et s'inquiétait pour le chevalier qu'il les voyait traiter si indignement.

Il les rejoint entre deux bois, dans une lande : « Seigneurs, leur demande-t-il, quel crime a commis cet homme pour que vous lui fassiez tant de mal et que vous l'emmeniez comme un voleur. Vous le traitez de façon indigne. A voir comment vous l'emmenez, on croirait qu'il a été pris en train de voler. Il est ignoble d'ôter ses habits à un chevalier et de le mettre nu, puis de le lier et le battre si honteusement. Remettez-le-moi, je vous le demande en toute noblesse et courtoisie ; je ne cherche pas à le prendre de force.

— Vassal, font-ils, que vous importe ? Il faut que vous soyez fou pour vous inquiéter de cet homme. Si ça ne vous plaît pas, libre à vous d'y porter remède.

— Vraiment, ça ne me plaît pas, répond Erec. Vous n'allez pas pouvoir continuer de l'emmener sans en découdre. Puisque vous m'en avez laissé libre, je prétends qu'il soit à celui qui pourra le prendre. En place ! je vous défie ! Avant que vous puissiez l'emmener plus loin, il va falloir en venir aux coups.

— Vassal, font-ils, vous avez complètement perdu la tête de vouloir vous battre contre nous. Seriez-vous quatre comme vous, vous ne feriez pas le poids contre nous, pas plus qu'un agneau en face de deux loups.

— C'est à voir, répond Erec. Si le ciel tombe et que la terre s'écroule, on prendra beaucoup d'alouettes ! Tel vaut peu qui se vante beaucoup. En garde ! Je vous attaque ! »

Les géants étaient vigoureux et féroces ; ils tenaient leurs énormes massues ferrées bien serrées dans leurs poings. Erec s'élance contre eux

Erec lor vint lance sor fautre ;
Ne redote ne l'un ne l'autre
4445 Por menace ne por orguel
Et fiert le premerain an l'uel
Si parmi outre le cervel
Que d'autre part le haterel
Li sans et la cervele an saut ;
4450 Et cil chiet morz, li cuers li faut.
Quant li autre vit celui mort,
S'il l'an pesa, n'ot mie tort.
Par mautalant vangier le va :
La maçue a deus mains leva
4455 Et cuida ferir a droiture
Parmi le chief sanz coverture ;
Mes Erec le cop aparçut
Et sor son escu le reçut.
Tel cop neporquant li dona
4460 Li jaianz que tot l'estona
Et por po que jus del destrier
Nel fist a terre trebuchier.
Erec de son escu se cuevre
Et li jaianz son cop recuevre
4465 Et cuide ferir de rechief
A delivre parmi le chief ;
Mes Erec tint l'espee treite,
Une anvaïe li a feite
Don li jaianz fu mal serviz :
4470 Si le fiert parmi la cerviz
Que tot jusqu'as arçons le fant ;
La boele a terre an espant,
Et li cors chiet toz estanduz,
Qui fu an deus meitiez fanduz.
4475 Li chevaliers de joie plore
Et reclaimme Deu et aore
Qui secors anvoiié li a.
A tant Erec le deslia,
Sel fist vestir et atorner
4480 Et sor un des chevaus monter ;
L'autre li fist mener an destre,
Si li demande de son estre.

la lance en arrêt ; ni l'un ni l'autre ne l'intimident et il fait fi de leurs menaces et de leur arrogance. Il atteint le premier dans l'œil, et son coup s'enfonce dans le crâne faisant jaillir le sang et la cervelle par la nuque ; il rend son dernier souffle et tombe mort.

Quand son compagnon le vit mort, il en fut fâché, on le comprend. La colère le presse de le venger. Il leva sa massue à deux mains et s'apprêtait à frapper Erec en plein sur la tête que rien ne protégeait. Mais celui-ci sentit le coup venir et le reçut sur son écu. Ce qui n'empêcha pas le géant de lui porter un coup dont il resta tout étourdi et qui faillit le précipiter à terre.

Erec se protège de son écu, tandis que le géant veut renouveler son coup et s'imagine avoir la voie libre pour frapper à nouveau la tête, mais Erec a tiré l'épée et pousse une attaque dont le géant n'eut pas lieu d'être satisfait et lui assène sur la nuque un coup qui le fend jusqu'aux arçons. Les entrailles coulent à terre et le corps s'écroule au sol, coupé en deux. Le prisonnier pleure de joie, invoque Dieu et lui rend grâce du secours qu'il lui a envoyé.

Erec alors défit ses liens, l'aida à s'habiller, le fit monter sur un des chevaux et lui donna l'autre à mener à main droite. Il lui demanda qui

Et cil li dist : « Frans chevaliers,
Tu es mes sire droituriers.
4485 Mon seignor vuel feire de toi
Et par reison feire le doi,
Que tu m'as sauvee la vie,
Qui ja me fust del cors partie
A grant tormant et a martire.
4490 Queus avanture, biaus douz sire,
Por Deu, t'a ça a moi tramis,
Qui des mains a mes anemis
M'as gité par ton vasselage?
Sire, je te vuel feire homage :
4495 Toz jorz mes avuec toi irai,
Con mon seignor te servirai. »
Erec le voit antalanté
De lui servir a volanté,
Se il poïst, an nule guise,
4500 Et dist : « Amis, vostre servise
Ne vuel je pas de vos avoir;
Mes ce devez vos bien savoir,
Que je ving ça an vostre aïe
Por la proiiere vostre amie,
4505 Que an cest bois trovai dolante.
Por vos se conplaint et demante;
Car mout an a son cuer dolant.
De vos li vuel feire presant.
S'a li rassanblé vos avoie,
4510 Puis retandroie seus ma voie,
Car avuec moi n'iroiz vos mie :
N'ai soing de vostre conpeignie;
Mes vostre non savoir desir. »
« Sire », fet il, « vostre pleisir.
4515 Quant vos mon non savoir volez,
Ne vos doit pas estre celez.
Cadoc de Tabriol ai non :
Sachiez, einsi m'apele l'on.
Mes quant de vos partir m'estuet,
4520 Savoir voudroie, s'estre puet,
Qui vos estes et de quel terre,

il était, et l'autre lui répondit : « Généreux chevalier, tu es mon seigneur légitime, et je veux qu'il
en soit ainsi, comme la raison m'impose de le
faire, car tu m'as sauvé la vie, que j'allais perdre
dans les pires tourments. Quelle aventure, cher
seigneur, dis-le-moi au nom de Dieu, t'a conduit
jusqu'à moi et a donné occasion à ton courage
de me tirer des mains de mes ennemis ? Seigneur, je veux devenir ton homme lige : je te sui-
vrai partout et te servirai comme mon seigneur. »

Erec le voit disposé à se mettre entièrement à
son service, et, à la mesure de ses forces, en
toutes circonstances. « Ami, dit-il, je ne veux pas
que vous vous mettiez à mon service, mais vous
devez savoir que ce sont les prières de votre amie
qui m'ont fait venir ici vous secourir ; je l'ai trouvée en ce bois en grand désarroi ; elle gémit et se
lamente sur votre sort qui lui brise le cœur. Vous
êtes le présent que je veux lui faire. Une fois que
je vous aurai réunis, je reprendrai seul mon chemin ; vous ne viendrez pas avec moi, je n'ai pas
besoin de compagnon, mais je désire savoir votre
nom.

— Seigneur, dit-il, comme il vous plaira.
Puisque vous voulez connaître mon nom, il ne
vous sera pas caché ; je porte le nom de Cadoc de
Tabriol ; c'est ainsi, sachez-le, qu'on m'appelle.
Mais puisqu'il me faut vous quitter, je voudrais
savoir, s'il se peut, qui vous êtes, de quel pays

Ou vos porrai trover ne querre
Ja mes, quant de ci partirai. »
« Amis, ja ce ne vos dirai »,
4525 Fet Erec ; « Ja plus n'an parlez !
Mes se vos savoir le volez
Et moi de rien nule enorer,
Donc alez tost sanz demorer
A mon seignor le roi Artu
4530 Qui chace a force et a vertu
Cers an ceste forest de ça,
Et mien esciant jusque la
N'a mie cinc liues petites.
Alez i tost et si li dites,
4535 Qu'a lui vos anvoie et presante
Cil cui ersoir dedanz sa tante
Reçut a joie et herberja.
Et gardez ne li celez ja
De quel peril je ai mis fors
4540 Et vostre vie et vostre cors.
Je sui mout a la cort amez :
Se de par moi vos reclamez
Servise et enor me feroiz.
La, qui je sui demanderoiz,
4545 Nel poez savoir autremant. »
« Sire, vostre comandemant »,
Fet Cadoc, « vuel je feire tot.
Ja mar an avroiz vos redot
Que je mout volantiers n'i aille.
4550 La verité de la bataille,
Si con feite l'avez por moi,
Conterai je tres bien au roi. »
Einsi parlant lor voie tindrent
Tant que a la pucele vindrent
4555 La ou Erec leissiee l'ot.
La pucele mout se resjot,
Quant son ami revenir voit
Que ja mes veoir ne cuidoit.
Erec par le poing li presante,
4560 Et dist : « Ne soiiez pas dolante,
Dameisele ! Veez vos ci

vous venez et où je pourrai vous trouver ou vous chercher désormais quand je serai parti d'ici.

— Ami, de tout cela, je ne vous dirai rien, fait Erec; qu'il n'en soit plus question! Mais si vous voulez savoir comment m'être utile et me rendre quelque honneur, allez immédiatement auprès de monseigneur le roi Arthur qui met son ardeur à chasser les cerfs dans la forêt voisine; à mon avis, c'est à moins de cinq petites lieues. Allez-y tout de suite, et dites-lui que vous êtes envoyé à lui de la part de celui qu'hier soir il se fit une fête de recevoir et d'héberger dans sa tente. Prenez soin de ne pas lui cacher le péril dont je vous ai tiré, et comment je vous ai sauvé la vie. Je suis très aimé à la cour : si vous vous y réclamez de moi, ce sera me servir et me faire honneur. Là, vous demanderez qui je suis; c'est le seul moyen de le savoir.

— Seigneur, fait Cadoc, je tiens à faire exactement ce que vous me commandez. N'allez surtout pas penser que je ne me rende pas très volontiers à la cour. Je raconterai très fidèlement au roi le déroulement de la bataille que vous avez livrée pour moi. »

Tout en parlant ils cheminaient et ils finirent par retrouver la jeune fille à l'endroit où Erec l'avait laissée. La jeune fille fut transportée de joie quand elle vit revenir son ami qu'elle pensait ne plus revoir. Erec le prit par le poignet et le lui présenta : « Demoiselle, dit-il, laissez vos

Tot lié et joiant vostre ami. »
Cele respont par grant savoir :
« Sire, bien nos devez avoir
4565 Andeus conquis, et moi et lui.
Vostre devons estre anbedui
Por vos servir et enorer.
Mes qui porroit guerredoner
Ceste desserte nes demie ? »
4570 Erec respont : « Ma douce amie,
Nul guerredon ne vos demant.
Anbedeus a Deu vos comant,
Que trop cuit avoir demoré. »
Lors a son cheval trestorné,
4575 Si s'an va plus tost que il puet.
Cadoc de Tabriol s'esmuet
D'autre part, il et sa pucele.
Ja a contee la novele
Le roi Artu et la reïne.

plaintes; voici, tout heureux et débordant de joie, votre ami. »

La jeune fille répondit avec beaucoup d'à-propos : « Seigneur, tous deux, il n'est que juste que nous vous appartenions, lui comme moi, et, tous les deux, nous nous devons d'être à votre service et de vous faire honneur. Mais comment pourrait-on vous rendre fût-ce la moitié de ce dont nous vous sommes redevables?

— Ma chère amie, répond Erec, je ne vous demande rien en retour. Je vous recommande maintenant tous deux à Dieu, car je trouve que je me suis trop attardé. »

Il fit tourner son cheval et partit au plus vite qu'il put tandis que Cadoc de Tabriol s'en allait de son côté avec sa compagne et la nouvelle ne tarda pas à être racontée au roi Arthur et à la reine.

4580 EREC tote voie ne fine
De chevauchier a grant esploit
La ou Enide l'atandoit,
Qui mout an avoit grant duel fet,
Et cuidoit bien tot antreset
4585 Qu'il l'eüst guerpie del tot.
Et cil restoit an grant redot,
Qu'aucuns ne l'an eüst menee,
Qui la l'eüst sole trovee;
Si se hastoit mout del retor.
4590 Mes la chalors qu'il ot le jor,
Et les armes tant li greverent
Que les plaies li escreverent
Et totes les bandes tranchierent.
Onques ses plaies n'estanchierent
4595 Tant que il vint au leu tot droit
La ou Enide l'atandoit.
Cele le vit, grant joie an ot;
Mes ele n'aparçut ne sot
La dolor dont il se pleignoit,
4600 Que toz ses cors an sanc beignoit
Et li cuers faillant li aloit.
A un tertre qu'il avaloit,
Cheï tot a un fes a val
Jusque sor le col del cheval.
4605 Si come il relever cuida,
La sele et les estriers vuida,
Et chiet pasmez con s'il fust morz.
Lors comança li diaus si forz,
Quant Enide cheoir le vit.
4610 Mout li poise quant ele vit,
Et cort vers lui si come cele
Qui sa dolor mie ne cele.
An haut s'escrie et tort ses poinz;
De robe n'i remest uns poinz
4615 Devant son piz a descirer.
Ses crins comance a detirer,
Et sa tandre face descire.
« Ha! Deus! » fet ele, « biaus douz sire,
Por quoi me leisses tu tant vivre?
4620 Morz! car m'oci, si t'an delivre! »

LA CHEVAUCHÉE AVENTUREUSE
VI. LE COMTE DE LIMORS

Cependant Erec s'empresse de retourner au plus vite à l'endroit où Enide l'attendait : elle était dans la plus grande affliction et s'imaginait déjà qu'il l'avait abandonnée. Quant à lui, il était très inquiet et craignait que quelqu'un, la trouvant seule en ce lieu, ne l'eût emmenée. Il se hâtait donc de revenir. Mais la chaleur qu'il avait dû supporter ce jour-là et le poids de son armure l'accablèrent au point que ses plaies se rouvrirent et que les bandes se rompirent. Ses plaies saignaient toujours quand il arriva à l'endroit même où Enide l'attendait. Quand celle-ci le vit, elle fut transportée de joie, mais elle ne pouvait ni apercevoir ni connaître la douleur qui lui arrachait des plaintes : son corps baignait dans le sang et son cœur commençait à défaillir. Tandis qu'il descendait une colline, il s'affala tout d'une masse sur le col de son cheval. En voulant se redresser, il vida la selle et les étriers et tomba évanoui, comme s'il était mort. Alors, quand elle le vit tomber, Enide laissa éclater sa douleur.

Elle regrette d'être encore en vie, elle court vers lui en femme qui ne cache pas sa peine. Elle pousse de grands cris et se tord les mains ; la robe sur sa poitrine est toute déchirée. Elle commence à s'arracher les cheveux et à griffer son tendre visage. « Ah, Dieu ! fait-elle, cher seigneur, pourquoi me laisses-tu tant vivre ? Mort, tue-moi, fais vite ! »

A cest mot sor le cors se pasme.
Quant ele revint, si se blasme :
« Ha », fet ele, « dolante Enide,
De mon seignor sui omecide,
4625 Par ma parole l'ai ocis.
Ancor fust or mes sire vis,
Se je come outrageuse et fole
N'eüsse dite la parole
Por quoi mes sire ça s'esmut.
4630 Ainz teisirs a home ne nut,
Mes parlers nuist mainte foiiee.
Ceste chose ai bien essaiiee
Et esprovee an mainte guise. »
Devant son seignor s'est assise
4635 Et met sor ses genouz son chief.
Son duel comance de rechief :
« Haï ! » fet ele, « con mar fus,
Sire, cui parauz n'estoit nus ;
Qu'an toi s'estoit Biautez miree,
4640 Proesce s'i iert esprovee,
Savoirs t'avoit son cuer doné,
Largesce t'avoit coroné,
Cele sanz cui nus n'a grant pris.
Mes qu'ai je dit ! Trop ai mespris,
4645 Qui la parole ai maintenue
Don mes sire a mort receüe,
La mortel parole antoschiee
Qui me doit estre reprochiee ;
Et je reconois et otroi
4650 Que nus n'i a coupes fors moi ;
Je sole an doi estre blasmee. »
Lors rechiet a terre pasmee ;
Et quant ele releva sus,
Si se rescrie plus et plus :
4655 « Deus ! que ferai ? Por quoi vif tant ?
Morz que demore et que atant,
Que ne me prant sanz nul respit ?
Trop m'a la morz an grant despit !
Quant ele ocirre ne me daingne,

A ces mots, elle se pâme sur le corps d'Erec. Quand elle revient à elle, elle s'accuse : « Ah, pauvre Enide, j'ai causé la mort de mon époux, les mots que j'ai dits l'ont tué. A présent mon époux serait encore en vie, si je n'avais eu la folie criminelle de dire ces mots qui l'ont déterminé à se mettre en route. Se taire n'a jamais fait de tort à personne, mais parler a causé bien des maux. C'est une vérité que j'ai vérifiée de bien des façons. »

Elle s'est assise près de son époux et prend sa tête sur ses genoux. Elle se laisse aller de nouveau à sa douleur : « Ah, fait-elle, quel malheur, seigneur, tu n'avais pas d'égal ; tu étais le miroir de Beauté, le siège éminent de Prouesse ; Sagesse t'avait donné son cœur, Largesse, sans qui nul n'a grand renom, t'avait couronné. Mais il a fallu que je prononce ces mots ! J'ai commis une faute horrible en proférant les paroles qui ont causé la mort de mon époux, ces paroles porteuses d'un poison mortel dont on doit me faire reproche. Je reconnais et je confesse que la faute est toute mienne ; je dois, moi seule, en être blâmée. »

Elle tombe à nouveau à terre, évanouie, et quand elle se relève, ses cris redoublent : « Dieu ! que ferai-je ? Pourquoi suis-je encore en vie ? Pourquoi la Mort tarde-t-elle, qu'attend-elle pour me prendre sans autre délai ? La Mort n'a que mépris pour moi ! Puisqu'elle ne daigne me

4660 Moi meïsme estuet que je praingne
     La vanjance de mon forfet.
     Einsi morrai, mal gré an et
     La Morz qui ne me viaut eidier.
     Ne puis morir por soheidier,
4665 Ne rien ne m'i vaudroit conplainte.
     L'espee que mes sire a çainte,
     Doit par reison sa mort vangier.
     Ja n'an serai mes an dangier
     N'an proiiere ne an sohet. »
4670 L'espee fors del fuerre tret,
     Si la comance a regarder.
     Deus la fist un po retarder
     Qui plains est de misericorde.
     Andemantiers qu'ele recorde
4675 Son duel et sa mesavanture,
     A tant ez vos grant aleüre
     Un conte a grant chevalerie,
     Qui de mout loing avoit oïe
     La dame a haute voiz criër.
4680 Deus ne la vost mie obliër,
     Que maintenant se fust ocise,
     Se cil ne l'eüssent sozprise,
     Qui tolue li ont l'espee
     Et arriere el fuerre botee.
4685 Puis desçandi li cuens a terre,
     Si li comança a anquerre
     Del chevalier qu'ele li die
     S'ele estoit sa fame ou s'amie.
     « L'un et l'autre », fet ele, « sire !
4690 Tel duel ai ne vos puis plus dire.
     Moi poise que je ne suis morte. »
     Et li cuens mout la reconforte :
     « Dame », fet il, « por Deu vos pri,
     De vos meïsme aiiez merci !
4695 Bien est reisons que duel aiiez,
     Mes por neant vos esmaiiez,
     Qu'ancor porroiz assez valoir.
     Ne vos metez an nonchaloir,
     Confortez vos ! ce sera sans,

tuer, il me faut venger moi-même mon crime.
C'est ainsi que je pourrai mourir et je maudis la
Mort qui ne veut m'aider. Mais il ne suffit pas
d'appeler la mort pour mourir, et mes plaintes
ne me seront d'aucune aide. L'épée que mon
époux porte à la ceinture doit en toute justice
venger sa mort. Et je n'aurai plus à craindre la
mort, à la souhaiter ou à la prier de venir. »

Elle tire l'épée du fourreau et commence à la
contempler. Dieu, qui est plein de miséricorde,
la fit tarder un peu. Tandis qu'elle repense à sa
douleur et à son malheur, voici que survient à
vive allure un comte avec une troupe nombreuse
de chevaliers ; il avait entendu de loin les cris que
poussait la dame. Dieu ne voulait pas l'oublier,
car elle se serait tuée sur-le-champ si les chevaliers n'avaient pas surgi à l'improviste : ils lui
enlevèrent l'épée et la remirent dans le fourreau.

Le comte mit alors pied à terre et l'interrogea
tout d'abord sur le chevalier, lui demandant si
elle était sa femme ou son amie. « L'un et l'autre,
fit-elle, seigneur ! Ma détresse est telle que je ne
peux rien ajouter. Je regrette de n'être pas
morte. »

Le comte s'efforce de la consoler : « Dame,
dit-il, pour Dieu, je vous en prie, ayez pitié de
vous-même. Il est normal que vous ayez de la
peine, mais vous vous tourmentez inutilement,
tout n'est pas perdu pour vous. Ne vous laissez
pas abattre ! Reprenez courage, vous ferez bien.

4700 Deus vos fera liee par tans.
     Vostre biautez, qui tant est fine,
     Buene avanture vos destine,
     Que je vos recevrai a fame,
     De vos ferai contesse et dame.
4705 Ce vos doit mout reconforter ;
     Et j'an ferai le cors porter,
     S'iert mis an terre a grant enor.
     Leissiez ester ceste dolor,
     Que folemant vos deduiiez. »
4710 Cele respont : « Sire, fuiiez !
     Por Deu merci, leissiez m'ester !
     Ne poez ci rien conquester.
     Riens qu'an porroit dire ne feire,
     Ne me porroit a joie atreire. »
4715 A tant se trest li cuens arriere
     Et dist : « Feisons tost une biere
     Sor quoi cest cors an porterons,
     Et avuec la dame an manrons
     Tot droit au chastel de Limors ;
4720 La iert an terre mis li cors.
     Puis voudrai la dame esposer,
     Mes que bien li doie peser ;
     Qu'onques mes tant bele ne vi
     Ne nule tant n'an ancovi.
4725 Mout sui liez quant trovee l'ai.
     Or faisons tost et sanz delai
     Une biere chevaleresce ;
     Ne vos soit painne ne peresce ! »
     Li auquant traient les espees,
4730 Tost orent deus perches copees
     Et bastons liiez a travers.
     Erec ont sus couchié anvers,
     S'i ont deus chevaus atelez.
     Enide chevauche delez
4735 Qui de son duel feire ne fine,
     Sovant se pasme et chiet sovine ;
     Mes li chevalier prés la tienent,
     Qui antre lor braz la soztienent,
     Si la relievent et confortent.

Dieu vous remettra en joie bientôt. Votre beauté qui est si délicate, vous promet au bonheur ; car je vous prendrai pour femme : je ferai de vous une dame et une comtesse. Voilà qui doit vous consoler. Je ferai emporter le corps et il sera mis en terre avec beaucoup d'honneurs. Laissez-là cette douleur, c'est perdre sottement son temps.

— Disparaissez, seigneur, répond-elle ; par la miséricorde divine, laissez-moi en paix ! vous n'avez rien à gagner ici. Quoi qu'on puisse dire ou faire, rien ne pourra me rendre la joie. »

Le comte s'écarte alors pour donner ses ordres : « Faisons tout de suite une bière pour emporter ce corps, et nous emmènerons en même temps la dame au château de Limors ; là, on enterrera le corps, et j'ai bien l'intention d'épouser la dame, même si elle s'y oppose, car jamais je n'en ai vu d'aussi belle et jamais je n'ai aussi vivement convoité une femme. Je suis bien heureux de l'avoir trouvée. Allons, faisons vite et sans perdre de temps une civière que porteront les chevaux ; faites-le de bon cœur et sans traîner ! »

Quelques hommes prennent leurs épées et ils ont vite fait de couper deux perches et des bâtons qu'ils lient en travers. Ils y couchent Erec sur le dos et y attellent deux chevaux. Enide chevauche à côté, sans cesser ses gémissements ; souvent elle s'évanouit et tombe à la renverse, mais les chevaliers sont tout près d'elle et la soutiennent entre leurs bras, ils la relèvent et la

4740 Jusqu'a Limors le cors an portent
     Et vienent el palés le conte.
     Toz li puebles aprés aus monte,
     Dames, chevalier et borjois.
     Anmi la sale sor un dois
4745 Ont le cors mis tot estandu,
     Lez lui sa lance et son escu.
     La sale anpli, granz est la presse.
     Chascuns de demander s'angresse
     Queus diaus ce est et queus mervoille.
4750 Andemantiers li cuens consoille
     A ses barons priveemant :
     « Seignor », fet il, « isnelemant
     Vuel ceste dame recevoir.
     Nos poons bien aparcevoir
4755 A ce qu'ele est et bele et sage
     Qu'ele est de mout jantil lignage.
     Sa biautez mostre et sa franchise
     Qu'an li seroit bien l'enors mise
     Ou d'un reaume ou d'un anpire.
4760 Je ne serai ja de li pire,
     Einçois an cuit mout amander.
     Feites mon chapelain mander,
     Et vos alez la dame querre.
     La meitié de tote ma terre
4765 Li voudrai doner an doeire,
     S'ele viaut ma volanté feire. »
     Lors ont le chapelain mandé
     Si con li cuens l'ot comandé,
     Et la dame ront amenee,
4770 Si li ont a force donee ;
     Car ele mout le refusa.
     Mes totes voies l'esposa
     Li cuens, qu'einsi feire li plot.
     Et quant il esposee l'ot,
4775 Tot maintenant li conestables
     Fist el palés metre les tables
     Et fist le mangier aprester ;
     Car tans estoit ja de soper.

réconfortent. Ils emportent le corps jusqu'à
Limors et pénètrent dans le palais du comte.
Tout le peuple monte à leur suite, dames, chevaliers, bourgeois. Ils étendent le corps au milieu
de la grande salle, sur une estrade, sa lance et
son écu posés à côté. La salle se remplit, la
presse est grande. Chacun de demander la raison
de ce deuil et de s'étonner.

Pendant ce temps le comte réunit en conseil
privé ses barons : « Seigneurs, fait-il, je veux très
vite épouser cette dame. Il est facile de voir à sa
beauté et à sa sagesse qu'elle est de très haute
naissance. A considérer sa beauté et sa noblesse,
il est clair que l'honneur d'un royaume ou d'un
empire ne déparerait pas sur sa tête. Il n'est pas à
craindre qu'elle me fasse déchoir, je pense bien
plutôt en gagner une meilleure position. Faites
venir mon chapelain, et vous, allez chercher la
dame. J'ai l'intention de lui donner la moitié de
toute ma terre en douaire, si elle consent à faire
ce que je veux. »

On fit donc venir le chapelain, comme le
comte l'avait ordonné et on amena la dame, qui
lui fut livrée de force, car elle ne cessait de s'y
opposer. Cependant le comte l'épousa puisqu'il
l'avait décidé. Aussitôt qu'il l'eut épousée, le
connétable fit mettre les tables dans la grande
salle et préparer le repas, car le moment de souper était venu.

APRÉS vespres, un jor de mai,
4780 Enide estoit an grant esmai.
Onques ses diaus ne recessoit.
Et li cuens auques l'angressoit
Par proiiere et par menacier
De pes feire et de solacier,
4785 Et si l'a sor un faudestuel
Feite asseoir estre son vuel.
Vossist ou non l'i ont assise
Et devant li la table mise.
D'autre part est li cuens assis
4790 Qui por un po n'esrage vis
Quant reconforter ne la puet.
« Dame », fet il, « il vos estuet
Cest duel leissier et obliër.
Mout vos poez an moi fiër
4795 D'enor et de richesse avoir.
Certainnemant poez savoir
Que morz hon por duel ne revit,
Qu'onques nus avenir nel vit.
Sovaigne vos de quel poverte
4800 Vos est granz richesce aoverte.
Povre estiiez : or seroiz riche.
N'est pas Fortune anvers vos chiche
Qui tel enor vos a donee
Qu'or seroiz contesse clamee.
4805 Voirs est que morz est vostre sire :
Se vos an avez duel et ire,
Cuidiez vos que je m'an mervoil?
Naie. Mes je vos doing consoil,
Le mellor que doner vos sai :
4810 Quant je esposee vos ai,
Mout vos devez esleecier.
Gardez vos de moi correcier !
Mangiez ! que je vos an semoing. »
Cele respont : « Sire, n'ai soing.
4815 Certes ja tant con je vivrai
Ne mangerai ne ne bevrai,
Se je ne voi mangier einçois
Mon seignor qui gist sor cest dois. »

Tard le soir (c'était un jour de mai), Enide était en proie à ses tourments, elle ne mettait aucun frein à sa douleur. Le comte faisait alterner prières et menaces pour la presser de faire la paix et de participer à ses plaisirs. Il l'avait fait asseoir sur un fauteuil contre son gré. Que cela lui plût ou non, on l'y avait assise et l'on avait dressé la table devant elle.

En face s'était assis le comte qui n'était pas loin d'enrager vif à l'idée qu'il ne pouvait la consoler : « Dame, fit-il, il vous faut finir votre deuil et oublier votre chagrin. Vous savez que vous pouvez compter sur moi pour ne pas manquer de richesses et d'honneurs, et vous n'ignorez pas que la douleur ne rend pas la vie à un mort, cela ne s'est jamais vu. Pensez à la pauvreté dont je vous tire pour vous offrir de grandes richesses. Vous étiez pauvre : à présent vous serez riche. Fortune n'est pas chiche envers vous : elle veille si bien à vous honorer qu'à présent vous allez être appelée comtesse. Votre époux est mort, il est vrai : si vous en avez de la douleur et de la peine, croyez-vous que j'en sois étonné ? Certes non. Mais je vous donne un conseil, le meilleur que je puisse vous donner : puisque vous êtes devenue mon épouse, vous avez tout pour vous réjouir. Évitez de me mettre en colère ! Mangez, je vous l'ordonne.

— Seigneur, répondit-elle, je n'y songe pas. Aussi longtemps que je reste en vie, je ne veux ni boire ni manger si je ne vois manger auparavant mon époux qui gît sur cette estrade.

« Dame, ce ne puet avenir.
4820 Por fole vos feites tenir,
Quant vos si grant folie dites.
Vos an avroiz males merites,
S'ui mes vos an feites semondre. »
Cele mot ne li vost respondre,
4825 Que rien ne prise sa menace.
Et li cuens la fiert an la face :
Cele s'escrie, et li baron
Le conte blasment anviron.
« Ostez, sire », font il au conte ;
4830 « Mout devriiez avoir grant honte,
Qui ceste dame avez ferue
Por ce que ele ne manjue.
Trop grant vilenie avez feite :
Se ceste dame se desheite
4835 Por son seignor qu'ele voit mort,
Nus ne doit dire qu'ele et tort. »
« Teisiez vos an tuit ! » fet li cuens,
« La dame est moie, et je sui suens,
Si ferai de li mon pleisir. »
4840 Lors ne se pot cele teisir
Ainz jure que ja soe n'iert.
Et li cuens hauce, si refiert,
Et cele s'escria an haut :
« Ha ! fel » fet ele, « ne me chaut
4845 Que tu me dies ne ne faces !
Ne criem tes cos ne tes menaces.
Assez me bat, assez me fier !
Ja tant ne te troverai fier
Que por toi face plus ne mains,
4850 Se tu or androit a tes mains
Me devoies les iauz sachier
Ou trestote vive escorchier. »
Antre cez diz et cez tançons
Revint Erec de pasmeisons
4855 Aussi con li hon qui s'esvoille.
S'il s'esbaï, ne fu mervoille,
Des janz qu'il vit anviron lui ;

— Dame, c'est impossible. Vous passez pour
une folle quand on vous entend dire de telles sottises. Si aujourd'hui je dois encore vous répéter
de manger, vous le paierez cher. »

Enide qui faisait fi de ses menaces, ne voulut
rien répondre. Le comte la frappe alors au
visage. Elle pousse un cri, et les barons présents
blâment le comte : « Ça non, seigneur ! disent-ils
au comte. Vous devriez avoir grand-honte de
frapper cette dame parce qu'elle ne mange pas.
Vous avez vraiment mal agi : si cette dame se
désole pour son mari qu'elle voit mort, personne
ne doit dire qu'elle ait tort.

— Taisez-vous tous ! fait le comte. La dame
est à moi, et je suis à elle ; je ferai donc d'elle ce
que je voudrais. »

Enide ne put alors se taire davantage, elle jure
qu'elle ne sera jamais à lui. Le comte lève la
main et la frappe à nouveau ; elle de s'écrier haut
et fort : « Ah, traître ! fait-elle, peu m'importe ce
que tu peux me dire ou me faire ! Je ne crains ni
tes menaces ni tes coups. Tu peux me battre, tu
peux me frapper ! Si violent que tu puisses te
montrer, tu ne me feras pas bouger d'un pouce,
même si tu devais à l'instant de tes propres
mains m'arracher les yeux ou m'écorcher vive. »

C'est au milieu de ces propos et de ces disputes qu'Erec revint à lui, comme un homme
qui sort du sommeil. S'il fut surpris des gens
qu'il découvrit autour de lui, il n'y a rien d'éton-

Mes grant duel ot et grant enui
Quant la voiz sa fame antandi.
4860 Del dois a terre desçandi
Et tret l'espee isnelemant.
Ire li done hardemant,
Et l'amors qu'a sa fame avoit.
Cele part cort ou il la voit,
4865 Et fiert parmi le chief le conte
Si qu'il l'escervele et afronte
Sanz desfiance et sanz parole;
Li sans et la cervele an vole.
Li chevalier saillent des tables,
4870 Tuit cuident que ce soit deables
Qui leanz soit antre aus venuz.
N'i remaint juenes ne chenuz,
Car mout furent esmaiié tuit.
Li uns devant l'autre s'an fuit,
4875 Quanqu'il pueent, a grant eslés.
Tost orent vuidié le palés,
Et crïent tuit, et foible et fort :
« Fuiiez, fuiiez! vez ci le mort. »
Mout est granz la presse a l'issue :
4880 Chascuns de tost foïr s'argue,
Et li uns l'autre anpaint et bote.
Cil qui deriers est an la rote,
Vossist bien estre el premier front.
Einsi trestuit fuiant s'an vont
4885 Que li uns l'autre n'ose atandre.
Erec corut son escu prandre;
Par la guige a son col le pant,
Et Enide la lance prant;
Si s'an vienent parmi la cort.
4890 N'i a si hardi qui la tort;
Car ne cuidoient pas que fust
Hon qui si chacier les deüst,
Mes deables ou anemis
Qui dedanz le cors se fust mis.
4895 Tuit s'an fuient, Erec les chace,
Et trueve fors anmi la place
Un garçon, qui voloit mener

nant. Mais quelle fut sa douleur et son inquiétude quand il entendit la voix de sa femme ! Il
sauta à bas de l'estrade et tira rapidement l'épée.

La colère exaltée par l'amour qu'il porte à sa
femme, le rend hardi. Il court là où il la voit et
frappe le comte à la tête : il lui brise le front et
fait éclater le crâne sans une parole et sans un
mot de défi. Le sang et la cervelle giclent. Les
chevaliers quittent les tables ; tous pensent qu'un
diable s'est introduit au milieu d'eux. Jeunes ou
vieux, pas un qui reste, tant ils sont tous effrayés.
A qui mieux mieux ils prennent la fuite, le plus
vite qu'ils peuvent à toutes jambes ! Ils ont vite
fait de vider le palais, et tous de crier : « Fuyez,
fuyez ! Voici le mort ! » On s'écrase pour sortir,
chacun s'empresse de fuir au plus vite ; on se
pousse, on se bouscule ; le dernier de la bande
voudrait bien être au premier rang devant ; ils
fuient tous et ne se soucient pas de s'attendre.

Erec courut prendre son écu qu'il pendit à son
cou par la courroie tandis qu'Enide prenait la
lance.

Ils sortent dans la cour ; personne n'a la hardiesse de s'y aventurer, car ils sont persuadés
que, pour se lancer ainsi à leur poursuite, il ne
peut s'agir d'un homme, mais bien d'un démon
ou d'un diable qui se serait glissé dans le corps
du mort. Tous s'enfuient, poursuivis par Erec
qui trouve sur la place, dehors, un valet qui

Son destrier a l'eve abevrer,
Atorné de frain et de sele.
4900 Ceste avanture li fu bele :
Erec vers le cheval s'esleisse,
Et cil tot maintenant le leisse,
Que peor ot grant li garçons.
Erec monte antre les arçons,
4905 Puis se prant Enide a l'estrier
Et saut sor le col del destrier,
Si con li comanda et dist
Erec qui sus monter la fist.
Li chevaus andeus les an porte,
4910 Et truevent overte la porte,
Si s'an vont, que nus nes areste.
El chastel avoit grant moleste
Del conte qui estoit ocis ;
Mes n'i a nul, tant soit de pris,
4915 Qui voise aprés por le vangier.
Ocis fu li cuens au mangier :
Et Erec qui sa fame an porte
L'acole et beise et reconforte ;
Antre ses braz contre son cuer
4920 L'estraint et dit : « Ma douce suer,
Bien vos ai del tot assaiiee !
Ne soiiez de rien esmaiiee,
Qu'or vos aim plus qu'ains mes ne fis,
Et je resui certains et fis
4925 Que vos m'amez parfitemant.
Tot a vostre comandemant
Vuel estre des or an avant,
Aussi con j'estoie devant.
Et se vos rien m'avez mesdite,
4930 Jel vos pardoing tot et claim quite
Del forfet et de la parole. »
Adons la rebeise et acole :
Or n'est pas Enide a mal eise
Quant ses sire l'acole et beise
4935 Et de s'amor la rasseüre.
Par nuit s'an vont grant aleüre,
Et ce lor fet grant soatume,
Que la lune cler lor alume.

s'apprête à mener son propre destrier à l'abreu-
voir, muni du frein et de la selle.

Ce fut pour lui un coup de chance.

Erec se lance vers le cheval, l'autre l'abandonne aussitôt, saisi d'épouvante. Erec bondit
entre les arçons suivi d'Enide qui, prenant appui
sur l'étrier, saute sur l'encolure du destrier,
comme l'y invite Erec qui la fait monter. Le cheval les emporte tous les deux, ils trouvent la
porte ouverte ; ils s'en vont sans que personne ne
les arrête.

Le château retentit de lamentations pour la
mort du comte, mais il n'est personne, même
des plus valeureux, qui se lance à leur poursuite
pour le venger. Le comte a été tué à son repas.
Erec, lui, qui emporte sa femme, la prend par le
cou, l'embrasse et la réconforte. Il la prend entre
ses bras et la serre contre son cœur tout en
disant : « Ma chère sœur, vous avez triomphé de
toutes les épreuves. Ne vous tourmentez plus de
rien, car à présent je vous aime plus que jamais,
et je suis absolument sûr que vous m'aimez parfaitement. Désormais je veux être entièrement à
votre commandement, comme je l'étais auparavant. Si vous m'avez critiqué, je vous le par-
donne sans réserve et je vous tiens quitte des
paroles que vous avez commis la faute de prononcer. »

A nouveau il l'embrasse et la prend par le cou.
Enide n'est pas malheureuse, croyez-moi, que
son époux l'embrasse, la prenne par le cou et
l'assure de son amour. Ils vont dans la nuit, à
vive allure, et ce leur est une douce jouissance de
voir la lune luire pour eux.

MOUT est tost alee novele,
4940 Que riens nule n'est si isnele.
Ceste novele estoit alee
A Guivret le Petit, contee
Qu'uns chevaliers d'armes navrez
Iert morz an la forest trovez,
4945 O lui une dame si bele
Qu'Iseuz sanblast estre s'ancele,
Et feisoit un duel mervelleus.
Trovez les avoit anbedeus
Li cuens Oringles de Limors,
4950 S'an avoit fet porter le cors,
Et la dame esposer voloit ;
Mes ele le contredisoit.
Quant Guivrez la parole oï
De rien nule ne s'esjoï,
4955 Qu'erraumant d'Erec li sovint.
An cuer et an panser li vint
Que il ira la dame querre,
Et fera le cors metre an terre
A grant enor, se ce est il.
4960 Serjanz et chevaliers ot mil
Assanblez por le chastel prandre.
Se li cuens ne li vossist randre
Volantiers le cors et la dame,
Tot meïst a feu et a flame.
4965 A la lune, qui cler luisoit,
Sa jant vers Limors conduisoit,
Hiaumes laciez, haubers vestuz,
Et les escuz as cos panduz.
Einsi venoient armé tuit,
4970 Et fu ja prés de miënuit,
Quant Erec les a parceüz.
Or cuide il estre deceüz
Ou morz ou pris sanz retenal.
Desçandre fet jus del cheval
4975 Enide delez une haie.
N'est pas mervoille s'il s'esmaie :

LA CHEVAUCHÉE AVENTUREUSE
VII. GUIVRET LE PETIT

La nouvelle s'était très vite répandue, rien n'est si rapide, et cette nouvelle était parvenue à Guivret le Petit; elle racontait qu'un chevalier blessé dans un combat avait été trouvé mort dans la forêt, et qu'il y avait avec lui une femme si belle qu'Iseut aurait semblé sa suivante et cette femme était folle de douleur. Le comte Oringle de Limors les avait trouvés tous les deux. Il avait fait emporter le corps et voulait épouser la dame, mais celle-ci s'y opposait.

Quand Guivret entendit ce récit, il fut loin de se réjouir car il pensa aussitôt à Erec. Son cœur lui inspira l'idée d'aller chercher la dame et de faire mettre le corps en terre avec tous les honneurs, s'il s'agissait bien de lui. Il avait rassemblé un millier de soldats et de chevaliers pour prendre le château. Si le comte ne consentait pas de bon gré à rendre le corps et la dame, il aurait tout mis à feu et à cendres.

Par un beau clair de lune, il conduisait ses gens vers Limors. Le heaume lacé, le haubert endossé et l'écu au cou, ainsi avançaient-ils, tous munis de leurs armes.

Il était déjà près de minuit quand Erec les aperçut. Il s'imagina aussitôt qu'il était tombé dans un piège et qu'il allait être pris ou tué sans recours. Il fit descendre Enide de cheval près d'une haie, — il a de bonnes raisons de s'inquiéter.

« Remenez ci, dame », fet il,
« Un petit delez cest sevil
Tant que cez janz trespassé soient.
4980 Je n'ai cure que il vos voient;
Car je ne sai queus janz ce sont,
Ne quel chose querant il vont;
Espoir nos n'avons d'aus regart.
Mes je ne voi de nule part
4985 Ou nos nos poïssiens refuire,
S'il nos voloient de rien nuire.
Ne sais se maus m'an avandra;
Ja por peor ne remandra
Que a l'ancontre ne lor aille;
4990 Et s'il i a nul qui m'assaille,
De joster ne li faudrai pas.
Si sui je mout doillanz et las :
N'est pas mervoille se me duel.
Droit a l'ancontre aler lor vuel,
4995 Et vos soiiez ci tote coie!
Gardez que ja nus ne vos voie
Tant qu'il vos aient esloigniee. »
A tant ez vos lance aloigniee
Guivret, qui l'ot de loing veü.
5000 Ne se sont mie coneü,
Qu'an l'onbre d'une nue brune
S'estoit esconsee la lune.
Erec fu foibles et quassez,
Et cil fu auques respassez
5005 De ses plaies et de ses cos.
Or fera Erec trop que fos
Se tost conoistre ne se fet.
An sus de la haie se tret :
Et Guivrez vers lui esperone,
5010 De rien nule ne l'areisone
Ne Erec ne li sona mot;
Plus cuida feire qu'il ne pot.
Qui plus viaut corre qu'il ne puet,
Recroire ou reposer l'estuet.
5015 Li uns contre l'autre s'ajoste :
Mes ne fu pas igaus la joste;

« Dame, fait-il, restez un peu ici près de ce buisson, jusqu'à ce que ces gens soient passés. Je ne veux pas qu'ils vous voient, car je ne sais qui ils sont ni ce qu'ils cherchent ; nous n'avons peut-être rien à craindre d'eux. Mais je ne vois autour de nous nulle possibilité de fuite s'ils nous voulaient du mal. Je ne sais s'il m'en arrivera malheur, mais ce n'est pas la peur qui m'empêchera d'aller à leur rencontre, et si l'on m'attaque, je ne manquerai pas d'accepter la joute. Je souffre pourtant beaucoup et je suis épuisé : j'ai de bonnes raisons de me désoler. Je vais aller directement à leur rencontre tandis que vous, vous resterez ici sans bruit. Veillez à ce que personne ne vous voie jusqu'à ce qu'ils se soient éloignés. »

Mais voici que, lance en arrêt, surgit Guivret, qui l'avait aperçu de loin. Ils ne se reconnurent pas car la lune s'était cachée à l'ombre d'un nuage sombre. Erec était affaibli et blessé, tandis que Guivret était assez bien remis de ses plaies et des coups reçus. Erec serait fou de ne pas se faire rapidement connaître.

Il s'éloigne de la haie : Guivret pique des éperons vers lui ; il ne lui adresse pas la parole et Erec ne sonne mot non plus, il se pensait plus vigoureux qu'il n'était. Quand on veut courir plus qu'on ne peut, il faut renoncer ou faire une pause. Ils se lancèrent l'un contre l'autre, mais la joute n'était pas égale, car l'un était affaibli et

Que cist fu foibles et cil forz.
Guivrez le fiert par tel esforz
Que par la crope del cheval
5020 L'an porte a terre contre val.
Enide qui tapie estoit,
Quant son seignor a terre voit,
Morte cuide estre et maubaillie.
Fors est de la haie saillie
5025 Et cort por eidier son seignor.
S'onques ot duel, or a greignor.
Vers Guivret vint, si le seisist
Par la resne, puis si li dist :
« Chevaliers, maudiz soies tu!
5030 Qu'un home foible et sanz vertu,
Doillant et prés navré a mort,
As anvaï a si grant tort
Que tu ne sez dire por quoi.
Se ici n'eüst fors que toi,
5035 Que seus fusses et sanz aïe,
Mar fust feite ceste anvaïe
Mes que mes sire fust heitiez.
Or soies frans et afeitiez,
Si leisse ester par ta franchise
5040 Ceste bataille qu'as anprise ;
Car ja n'an vaudroit miauz tes pris,
Se tu avoies mort ou pris
Un chevalier qui n'a pooir
De relever, ce puez veoir ;
5045 Car d'armes a tant cos soferz
Que toz est de plaies coverz. »
Cil respont : « Dame, ne tamez!
Bien voi que leaumant amez
Vostre seignor, si vos an lo.
5050 N'avez garde ne bien ne po
De moi ne de ma conpeignie.
Mes dites moi, ne celez mie,
Comant vostre sire a a non,
Que ja n'i avroiz se preu non.
5055 Qui que il soit, son non me dites,
Puis s'an ira seürs et quites.

l'autre avait toute sa force. Guivret lui porte un coup si violent qu'il le fait passer par-dessus la croupe du cheval et le porte à terre.

Quand Enide, qui était cachée, vit son époux à terre, elle se crut perdue et morte. Elle sortit de la haie et courut pour secourir son époux. Elle avait connu bien des tourments, celui-ci était encore plus terrible ; elle vint à Guivret, le saisit par les rênes en lui lançant : « Maudit sois-tu, chevalier ! C'est à un homme affaibli et sans force, un homme souffrant et grièvement blessé, que tu t'en es pris, et cela si injustement que tu ne peux dire pourquoi. N'y eût-il eu ici que toi, toi seul et sans aide, tu aurais bien regretté cette attaque si mon époux avait été en bonne santé. Mais montre-toi noble et courtois, et trouve la générosité de renoncer à la bataille que tu as commencée. Ta gloire n'aurait rien à gagner à prendre ou à tuer un chevalier qui n'a pas la force de se relever, comme tu peux le voir. Il a reçu tant de coups qu'il est tout couvert de plaies. »

Le chevalier répond : « Dame, ne craignez rien ! Je vois bien que vous aimez sincèrement votre époux, et je vous en félicite. Vous n'avez absolument rien à craindre de moi ou de mes hommes. Mais dites-moi, ne me le cachez pas, comment se nomme votre époux ? Quel que soit

N'estuet doter ne vos ne lui,
Qu'a seür estes anbedui. »
QUANT Enide asseürer s'ot,
5060 Briémant li respont an un mot :
« Erec a non, mantir n'an doi ;
Car de bone eire et franc vos voi. »
Guivrez desçant, qui mout fu liez,
Et vet Erec cheoir as piez
5065 La ou il gisoit a la terre.
« Sire, je vos aloie querre »,
Fet il, « vers Limors droite voie,
Que mort trover vos i cuidoie.
Por voir m'estoit dit et conté,
5070 Qu'a Limors an avoit porté
Un chevalier navré a mort
Li cuens Oringles, et a tort
Une dame esposer voloit
Qu'ansanble o lui trovee avoit ;
5075 Mes ele n'avoit de lui soing.
Et je venoie a grant besoing
Por li eidier et delivrer.
Se il ne me vossist livrer
La dame et vos sanz contredit,
5080 Je me prisasse mout petit,
S'un pié de terre li leissasse.
Sachiez, se mout ne vos amasse,
Que ja ne m'an fusse antremis.
Je sui Guivrez, li vostre amis ;
5085 Mes se je vos ai fet enui
Por ce que je ne vos conui,
Pardoner bien le me devez. »
A cest mot s'est Erec levez
An son seant, qu'il ne pot plus ;
5090 Et dist : « Amis, relevez sus !
De cest forfet quites soiiez,
Quant vos ne me conoissiiez. »
Guivrez se lieve, et il li conte
Comant il a ocis le conte
5095 La ou il manjoit a sa table,
Et comant devant une estable

son rang, dites-moi son nom et il s'en ira quitte en toute sécurité. Soyez sûre que vous n'avez rien à redouter ni vous, ni lui; vous êtes en sûreté. »

Quand Enide entend les assurances qui lui sont données, elle ne répond qu'un mot : « Il s'appelle Erec; je ne veux pas chercher à vous mentir, car je vois que vous êtes noble et généreux. »

Guivret descend tout joyeux de cheval et se laisse tomber aux pieds d'Erec qui était couché sur le sol : « Seigneur, fait-il, je m'en allais tout droit à Limors vous chercher, car je pensais vous y trouver mort. On m'avait assuré que le comte Oringle avait emporté à Limors un chevalier blessé à mort et qu'il voulait injustement épouser une dame qu'il avait trouvée auprès de lui; mais celle-ci, affirmait-on, ne voulait pas de lui. Je venais donc lui porter secours et la tirer de ce danger. S'il n'avait pas voulu me livrer sans discussion la dame et vous, j'aurais eu une piètre estime de moi-même si je lui avais laissé seulement un pied de terre. Il fallait que je vous porte une vive amitié, sachez-le, pour me lancer dans cette entreprise. Je suis Guivret, votre ami. Mais si je vous ai fait du mal faute de vous avoir reconnu, vous devez bien me le pardonner. »

A ces mots, Erec se souleva et s'assit, sans pouvoir faire davantage : « Ami, dit-il, relevez-vous. Je vous tiens quitte de tout tort, puisque vous ne me reconnaissiez pas. »

Guivret se releva tandis qu'Erec lui racontait comment il avait tué le comte alors qu'il était à table en train de manger; comment, à la porte

Avoit recovré son destrier,
Comant serjant et escuiier
Fuiant crioient an la place :
5100 « Fuiiez, fuiiez! Li morz nos chace! »
Comant il dut estre antrapez
Et comant il est eschapez
Parmi le chastel contre val,
Comant sor le col del cheval
5105 An avoit sa fame aportee;
S'aventure li a contee.
Et Guivrez li redist aprés :
« Sire, j'ai un chastel ci prés,
Qui mout siet bien et an sain leu.
5110 Por vostre eise et por vostre preu
Vos i voudrai demain mener,
S'i ferons voz plaies sener.
J'ai deus serors jantes et gaies,
Qui mout sevent de garir plaies;
5115 Celes vos garront bien et tost.
Anuit ferons logier nostre ost
Jusqu'au matin parmi cez chans;
Que grant bien vos fera, ce pans,
Anuit un petit de repos :
5120 Ci nos logerons par mon los. »
Erec respont : « Ice lo gié. »
Iluec sont remés et logié.
Ne furent pas de logier coi
Mes petit troverent de quoi,
5125 Car n'i avoit mie po jant.
Par cez haies se vont lojant :
Guivrez fist son pavellon tandre
Et comanda une esche esprandre
Por alumer et clarté feire;
5130 Des forgiers fet les cierges treire,
Ses alument parmi la hante.
Or n'est pas Enide dolante;
Car mout bien avenu li est.
Son seignor desarme et desvest,
5135 Si li a ses plaies lavees,
Ressuiiees et rebandees;

d'une écurie, il avait récupéré son destrier; comment valets et écuyers s'enfuyaient en criant sur la place : « Fuyez, fuyez! Le mort est à nos trousses! »; comment il faillit être pris au piège, et comment il s'était échappé par le bas du château; comment il avait emporté sa femme sur l'encolure du cheval; bref, il lui fit un récit complet de son aventure.

Après quoi, Guivret prit la parole : « Seigneur, j'ai près d'ici un château, bien situé et l'air y est salubre. Vous aurez profit à vous y reposer et j'ai l'intention de vous y conduire demain, nous y ferons soigner vos plaies. J'ai deux sœurs gracieuses et enjouées qui connaissent bien l'art de panser les plaies : elles vous guériront rapidement. Ce soir nous ferons camper notre troupe dans ces champs, car un peu de repos cette nuit vous fera grand bien, je crois. Mon avis est que nous campions ici.

— C'est aussi le mien », répondit Erec.

Ils n'allèrent donc pas plus loin et campèrent sur place. Ils s'employèrent à établir leur campement, mais ce ne fut pas facile, car ils étaient nombreux. Tandis qu'ils s'installaient le long des haies, Guivret fit monter son pavillon. Puis il ordonna d'enflammer une mèche pour pouvoir donner de la lumière; il fit retirer les cierges des coffres et on les disposa dans la tente.

A présent Enide ne se plaint plus : tout s'est bien terminé. Elle désarme son époux et lui ôte ses vêtements; elle lave ses plaies, les sèche et

Car n'i leissa autrui tochier.
Or ne li set que reprochier
Erec, qui bien l'a esprovee;
5140 Vers lui a grant amor trovee.
Et Guivrez qui mout les conjot,
De coutes porpointes qu'il ot
Fist un lit feire haut et lonc,
Qu'assez troverent herbe et jonc;
5145 S'ont Erec couchié et covert.
Lors a Guivrez un cofre overt,
S'an fist fors treire deus pastez.
« Amis », fet il, « or an tastez
Un petit de cez pastez froiz!
5150 Vin a eve meslé bevroiz;
J'an ai de buen sis baris plains;
Mes li purs ne vos est pas sains;
Car bleciez estes et plaiiez.
Biaus douz amis, or essaiiez
5155 A mangier, que bien vos fera.
Et ma dame remangera,
Vostre fame, qui mout a hui
Por vos esté an grant enui;
Mes bien vos an estes vangiez.
5160 Eschapez estes; or mangiez,
Et je mangerai, biaus amis. »
Lors s'est Guirez lez lui assis
Et Enide, cui mout pleisoit
Trestot quanque Guivrez feisoit.
5165 Andui de mangier le semonent;
Vin et eve meslé li donent,
Car li purs est trop forz et rades.
Erec manja come malades
Et but petit, que il n'osa;
5170 Mes a grant eise reposa
Et dormi trestote la nuit,
Qu'an ne li fist noise ne bruit.
AU matinet sont esvellié,
Si resont tuit aparellié
5175 De monter et de chevauchier.
Erec ot mout son cheval chier,

les bande, et ne laisse personne d'autre y tou-
cher. A présent Erec ne voit rien à lui reprocher,
car elle a triomphé de toutes les épreuves. Il est
sûr qu'elle l'aime d'un immense amour.

Guivret leur faisait fête ; il avait de riches couvertures dont il fit un grand lit de bonnes dimensions, car ils trouvèrent de l'herbe et des joncs en
suffisance. Erec y fut couché, bien couvert.

Après quoi Guivret ouvrit un coffre et en sortit
deux pâtés : « Ami, dit-il, goûtez un peu de ces
pâtés froids ; vous boirez du vin mêlé d'eau, j'en
ai six barils pleins du meilleur, mais le boire pur
ne serait pas bon pour vous à cause de vos blessures et de vos plaies. Mon cher ami, essayez
donc de manger, ça vous fera du bien. Ma dame
votre femme mangera aussi ; vous lui avez donné
aujourd'hui les plus vives inquiétudes. Mais vous
avez tout surmonté. Vous en êtes sorti ; j'attends,
cher ami, que vous mangiez pour manger moi
aussi. »

Guivret s'assit alors à côté de lui, et Enide,
ravie de l'empressement de Guivret, insistait
avec lui pour qu'il mange ; ils lui donnèrent du
vin mêlé d'eau, car le vin pur est trop fort et trop
vif. Erec mangea une portion de malade et but
peu, par prudence ; mais il eut tout loisir de se
reposer ; il dormit toute la nuit, car pour lui on
s'abstint de tout tapage et de tout bruit.

Au petit matin, au réveil, ils se préparèrent
tous à se mettre en selle et à chevaucher. Erec
tenait beaucoup à son cheval et ne voulait pas en

Que d'autre chevauchier n'ot cure.
Enide ont bailliee une mure,
Car perdu ot son palefroi.
5180 Mes ne fu pas an grant esfroi,
N'onques n'i pansa par sanblant.
Bele mule ot et bien anblant,
Qui a grant eise la porta.
Et ce mout la reconforta,
5185 Qu'Erec ne s'esmaioit de rien,
Ainz lor disoit qu'il garroit bien.
A Penevric, un fort chastel,
Qui mout seoit et bien et bel,
Vindrent einçois tierce de jor.
5190 La sejornoient a sejor
Les serors Guivret anbes deus,
Car mout estoit pleisanz li leus.
An une chanbre delitable,
Loing de jant, et bien essorable,
5195 An a Guivrez Erec mené.
A lui garir ont mout pené
Ses serors, cui il an pria.
Erec an eles se fia,
Car eles mout l'asseurerent.
5200 Premiers la morte char osterent.
Puis mistrent sus antret et tante ;
A lui garir ont grant antante
Con celes qui mout an savoient.
Sovent ses plaies li lavoient
5205 Et remetoient antret sus.
Chascun jor quatre foiz ou plus
Le feisoient mangier et boivre,
Sel gardoient d'auz et de poivre ;
Mes qui qu'alast ne anz ne fors,
5210 Toz jorz estoit devant son cors
Enide, cui plus an tenoit.
Guivrez leanz sovant venoit
Por demander et por savoir
S'il voudroit nule rien avoir.
5215 Bien fu gardez et bien serviz,
Et n'estoit pas feite a anviz

monter d'autre ; à Enide on donna une mule, car
elle avait perdu son palefroi ; sa monture ne lui
donna aucun embarras et il était clair qu'elle ne
s'inquiétait pas : elle avait une belle mule qui
allait bien l'amble et la portait très confortable-
ment. Tout son réconfort lui venait d'Erec qui
ne manifestait aucune inquiétude et qui leur
disait qu'il allait guérir rapidement.

Ils atteignirent Pénevric, un puissant château,
magnifiquement situé, avant le milieu de la matinée. C'est là que résidaient ordinairement les
deux sœurs de Guivret, car l'endroit était plaisant. Guivret mena Erec dans une chambre
agréable, à l'écart des gens et bien aérée. Sur sa
prière, ses sœurs se donnèrent beaucoup de mal
pour le guérir. Erec leur fit entièrement
confiance, car elles furent très rassurantes. Elles
ôtèrent d'abord les chairs mortes, et appli-
quèrent sur les plaies un onguent et des panse-
ments. Pleines de zèle, elles mettaient tout leur
savoir à le guérir. Elles lui lavaient fréquemment
ses plaies et remettaient de l'onguent dessus.
Chaque jour, à quatre reprises au moins, elles lui
donnaient à manger et à boire, en lui évitant tou-
tefois l'ail et le poivre. Mais, au milieu des allées
et venues, Enide qui prenait le plus à cœur sa
guérison, restait constamment près de lui. Guivret lui faisait de fréquentes visites pour savoir
s'il ne manquait de rien. Il fut ainsi entouré de
soins attentifs ; on ne rechignait pas à lui pro-

Riens nule qui li fust mestiers,
Mes lieemant et volantiers.
A lui garir mistrent tel painne
5220 Les puceles qu'einçois quinzainne
Ne santi il mal ne dolor.
Lors por revenir sa color
Le comancierent a beignier.
An eles n'ot que anscignicr,
5225 Car bien an sorent covenir.
Quant il pot aler et venir
Ot Guivrez fet deus robes feire,
L'une d'ermine, l'autre veire,
De deus dras de soie divers.
5230 L'une fu d'un osterin pers,
Et l'autre d'un bofu roiié,
Qu'an presant li ot anvoiié
D'Escoce une soe cosine.
Enide ot la robe d'ermine
5235 Et l'osterin qui mout chiers fu,
Erec le ver et le bofu,
Qui ne valoient mie mains.

curer ce dont il pouvait avoir besoin, on le faisait avec un plaisir empressé.

Les jeunes filles furent si diligentes à le guérir, qu'en moins de quinze jours il ne sentit plus aucune douleur. Pour qu'il reprenne ses couleurs, elles commencèrent à lui faire prendre des bains. On n'avait rien à leur apprendre, elles savaient très bien y faire. Pour le moment où il pourrait aller et venir, Guivret avait fait confectionner deux robes, l'une fourrée d'hermine, l'autre de petit gris, dans deux étoffes de soie différentes : l'une était une levantine violette, l'autre, un satin rayé, qui lui avait été envoyé d'Écosse par une cousine. La robe en précieuse levantine fourrée d'hermine fut pour Enide ; le petit gris et le satin, qui n'étaient pas de moindre valeur, furent pour Erec.

Or fu Erec et forz et sains,
Or fu gariz et respassez.
5240 Or fu Enide liee assez,
Or ot totes ses volantez,
Or li revient sa granz biautez,
Car mout estoit et pale et tainte,
Si l'avoit ses granz diaus atainte.
5245 Or fu acolee et beisiee,
Or fu de toz biens aeisiee,
Or ot sa joie et son delit,
Que nu a nu sont an un lit
Et li uns l'autre acole et beise;
5250 N'est riens nule qui tant lor pleise.
Tant ont eü mal et enui,
Il por li et ele por lui,
Qu'or ont feite lor penitance.
Li uns ancontre l'autre tance
5255 Comant plus li puisse pleisir;
Del soreplus me doi teisir.
Or ont lor amor rafermee
Et lor grant dolor obliëe,
Que petit mes lors an sovient.
5260 Des or aler les an covient,
Si ont Guivret congié rové,
Cui mout orent ami trové;
Car de totes les riens qu'il pot,
Enorez et serviz les ot.
5265 Erec li dist au congié prandre :
« Sire, or ne vuel je plus atandre
Que je ne m'an aille an ma terre.
Feites m'aparellier et querre
Que j'aie tot mon estovoir.
5270 Je voudrais par matin movoir
Demain, quant il iert ajorné.
Tant ai antor vos sejorné
Que je me sant fort et delivre.
Deus, se li plest, me lest tant vivre
5275 Que je ancor an leu vos voie
Que la puissance resoit moie
De vos servir et enorer!

LA JOIE DE LA COUR
I. LE CHÂTEAU DE BRANDIGAN

A présent Erec avait retrouvé vigueur et santé, et était complètement rétabli. A présent Enide était au comble de la joie; elle avait tout ce qu'elle désirait; elle retrouvait la merveilleuse beauté que ses souffrances avaient altérée, la laissant pâle et livide. A présent elle goûte embrassades et baisers; elle connaît tous les bonheurs; elle savoure ce qui fait sa joie et son plaisir : tout nus dans un lit, ils échangent embrassades et baisers; rien ne pouvait les rendre plus heureux. Ils ont connu l'un pour l'autre, elle pour lui, lui pour elle, tant de maux et de chagrins, qu'à présent leur pénitence est faite. Chacun rivalise d'ardeur à rendre l'autre heureux; pour le reste, je ne peux que me taire. A présent leur amour a retrouvé toute sa vigueur et leurs souffrances, auxquelles ils ne songent plus guère, sont oubliées.

Il était donc temps qu'ils partent, ils vinrent prendre congé de Guivret qui leur avait témoigné une si vive amitié et qui les avait honorés et servis du mieux qu'il pouvait.

Au moment de prendre congé, Erec lui déclara : « Seigneur, à présent je ne veux pas attendre davantage pour retourner dans mon pays. Faites-moi préparer tout ce dont j'ai besoin. J'ai l'intention de partir demain matin au lever du jour. J'ai séjourné si longtemps chez vous que je me sens fort et dispos. Je demande à Dieu de bien vouloir me laisser vivre assez longtemps pour avoir l'occasion de vous voir en position d'accepter qu'à mon tour je vous serve et

Je ne cuit nul leu demorer,
Se pris ne sui ou retenuz,
5280 Tant qu'a la cort serai venuz
Le roi Artu, que veoir vuel
Ou a Robais ou a Carduel. »
Guivrez respont eneslepas :
« Sire, seus n'an iroiz vos pas !
5285 Car je m'an irai avuec vos,
Et si manrai ansanble o nos
Conpeignons, s'a pleisir vos vient. »
Erec a cest consoil se tient
Et dist que tot a sa devise
5290 Viaut que la voie soit anprise.
La nuit font lor oirre aprester,
Car plus n'i vostrent arester ;
Tuit s'atornent et aparoillent.
Au matinet quant il s'esvoillent,
5295 Sont és chevaus mises les seles.
Erec és chanbres as puceles
Va congié prandre ainz qu'il s'an tort,
Et Enide aprés lui i cort,
Qui mout estoit joianz et liee
5300 Quant lor voie iere aparelliee ;
As puceles ont congié pris :
Erec, qui bien estoit apris,
Au congié prandre les mercie
De sa santé et de sa vie,
5305 Et mout lor promet son servise.
Puis a l'une par la main prise,
Celi qui plus li estoit prés ;
Enide a prise l'autre aprés ;
Si sont fors de la chanbre issu
5310 Tuit main a main antretenu,
Si vienent el palés amont.
Guivrez de monter les semont
Maintenant sanz nule demore.
Ja ne cuide veoir cele ore
5315 Enide qu'il soient monté.
Un palefroi de grant bonté,
Soef anblant, jant et bien fet,
Li a l'an fors au perron tret.

vous honore. Je pense ne faire aucune halte, à moins de me trouver pris et empêché, avant d'arriver à la cour du roi Arthur, que je veux aller voir à Robais ou à Cardeul. »

La réponse de Guivret ne se fit pas attendre : « Seigneur, vous n'allez pas partir seul ! Je vais partir avec vous et j'emmènerai avec nous une escorte de compagnons, si vous le voulez bien. »

Erec se range à cet avis et lui dit d'organiser leur voyage comme il le voudra.

Ils firent faire les préparatifs la nuit même, car ils ne voulaient pas tarder davantage ; ils prirent donc tous leurs dispositions pour être prêts, et au petit matin, dès le réveil, les chevaux étaient sellés. Avant de partir, Erec alla prendre congé des jeunes filles dans leurs chambres et Enide y courut à sa suite, tout heureuse de voir leur départ apprêté.

Ils ont donc pris congé : Erec, avec beaucoup de civilité, prit congé en les remerciant de lui avoir sauvé la vie et redonné la santé et les assura de son entier dévouement. Puis il prit l'une par la main, celle qui était le plus près de lui, tandis qu'Enide prenait l'autre de la même façon ; ils sortirent ainsi de la chambre en se tenant par la main et gagnèrent la grande salle.

Guivret les invita à se mettre en selle sans plus tarder. Pour Enide, qui attendait avec impatience que tous soient à cheval, on conduisit au perron un palefroi de grand prix, à l'allure douce, élégant et racé.

Li palefroiz fu biaus et buens :
5320 Ne valoit pas mains que li suens
     Qui estoit remés a Limors.
     Cil estoit vers, et cist est sors ;
     Mes la teste fu d'autre guise :
     Partie estoit par tel devise
5325 Que tote ot blanche l'une joe
     Et l'autre noire come choe.
     Antre deus avoit une lingne
     Plus vert que n'est fuelle de vingne,
     Qui departoit le blanc del noir.
5330 Del lorain vos sai dire voir,
     Et del peitral et de la sele,
     Que l'uevre an fu et riche et bele.
     Toz li peitraus et li lorains
     Fu d'or et d'esmeraudes plains.
5335 La sele fu d'autre meniere,
     Coverte d'une porpre chiere.
     Li arçon estoient d'ivoire,
     S'i fu antailliee l'estoire,
     Comant Eneas vint de Troie,
5340 Comant a Cartage a grant joie
     Dido an son lit le reçut,
     Comant Eneas la deçut,
     Comant ele por lui s'ocist,
     Comant Eneas puis conquist
5345 Laurente et tote Lonbardie,
     Dont il fu rois tote sa vie.
     Sotis fu l'uevre et bien tailliee,
     Tote a fin or aparelliee.
     Uns brez taillierre qui la fist
5350 Au taillier plus de set anz mist,
     Qu'a nule autre oevre n'antandi.
     Ce ne sai je s'il la vandi,
     Mes avoir an dut grant desserte.
     Or ot bien Enide la perte
5355 De son palefroi restoree,
     Quant de cestui fu enoree.
     Li palefroiz li fu bailliez
     Si richemant aparelliez,

C'était un palefroi de toute beauté, qui n'avait
rien à envier au sien, resté à Limors. Le sien était
pommelé tandis que celui-ci était brun, et la tête
était différente avec des couleurs réparties si
exactement que l'une des joues était blanche et
l'autre d'un noir de corbeau; entre les deux courait une raie plus verte qu'une feuille de vigne,
séparant le blanc du noir.

Pour dire la vérité des rênes, du harnais et de
la selle, l'ensemble était d'un travail magnifique.
Rênes et harnais étaient semés d'or et d'éme-
raudes. La selle se distinguait : elle était recouverte d'une précieuse étoffe pourpre; les arçons
étaient en ivoire; l'histoire d'Enée y était
sculptée, comment il quitta Troie, comment, à
Carthage, Didon lui fit fête et l'accueillit dans
son lit, comment Enée la trahit, comment elle se
tua à cause de lui, comment Enée conquit
ensuite Laurente et toute la Lombardie dont il
fut roi sa vie durant. L'œuvre était délicate et
adroitement sculptée, elle était rehaussée d'or
fin; elle avait été exécutée par un sculpteur breton qui y passa plus de sept ans, sans rien faire
d'autre. Je ne sais s'il la vendit, mais il dut en
être généreusement récompensé.

Pour Enide, qui se voyait offrir ce palefroi,
voilà qui réparait la perte du sien. Il lui fut donné
avec ce magnifique harnachement; elle y monta

Et ele i monte lieemant;
5360 Puis monterent isnelemant
Li seignor et li escuiier.
Maint riche ostor sor et muiier,
Maint terçuel et maint esprevier
Et maint brachet et maint levrier
5365 Fist Guivrez avuec aus mener,
Por aus deduire et deporter.
CHEVAUCHIÉ ont des le matin
Jusqu'au vespre le droit chemin
Plus de trente liues galesches,
5370 Et vienent devant les bretesches
D'un chastel fort et riche et bel,
Clos tot antor de mur novel;
Et par dessoz a la reonde
Coroit une eve mout parfonde,
5375 Rade et bruianz come tanpeste.
Erec an l'esgarder s'areste
Por demander et por savoir
Se nus li porroit dire voir
Qui de cel chastel estoit sire.
5380 « Amis, savriiez me vos dire »
Fet il a son buen conpeignon,
« Comant cist chastiaus ci a non,
Et cui il est? Dites le moi
S'il est ou a conte ou a roi.
5385 Des que ci amené m'avez,
Dites le moi, se vos savez. »
« Sire », fet il, « mout bien le sai,
La verité vos an dirai.
Brandiganz a non li chastiaus,
5390 Qui tant par est et forz et biaus,
Que roi n'anpereor ne dote.
Se France et Angleterre tote
Et tuit cil qui sont jusqu'au Liege
Estoient anviron a siege,
5395 Nel prandroient il an lor vies;
Car plus dure de quatre liues
L'isle, ou li chastiaus est assis,
Et tot croist dedanz le porpris

joyeusement et seigneurs et écuyers se mirent rapidement en selle. Guivret fit emporter nombre de splendides autours bruns, tous mués, des tiercelets, des éperviers, ainsi que nombre de braques et de lévriers, pour se livrer aux plaisirs de la chasse.

Entre le matin et le soir ils parcoururent sans faire de détours plus de trente lieues galloises et arrivèrent devant les tourelles d'un château fort, de magnifique apparence; il était entièrement ceint d'un rempart tout neuf, au pied duquel coulait une eau profonde et rapide, qui grondait comme un orage.

Erec s'arrêta pour le contempler et s'enquit afin de savoir si l'on pourrait lui dire qui était seigneur de ce château : «Ami, sauriez-vous me dire, fit-il à son cher compagnon, comment s'appelle ce château et à qui il est? Dites-moi, appartient-il à un comte ou à un roi? Puisque vous m'avez conduit ici, dites-le-moi, si vous le savez.

— Sire, répondit-il, je le sais fort bien, et je vais vous en dire toute la vérité. Ce château, si puissant et si magnifique qu'il ne craint ni roi ni empereur, porte le nom de Brandigan. Même si la France et l'Angleterre s'alliaient à tous ceux du pays qui va jusqu'à Liège pour venir l'assiéger, il resterait imprenable à vie. L'île où est établi le château s'étend sur plus de quatre lieues et dans

Quanqu'a riche chastel covient :
5400 Et fruiz et blez et vins i vient
Ne bois ne riviere n'i faut.
De nule part ne crient assaut,
Ne riens nel porroit afamer.
Li rois Evrains le fist fermer,
5405 Qui l'a tenu an quiteé
Trestoz les jorz de son aé,
Et tandra trestote sa vie ;
Mes fermer ne le fist il mie
Por ce qu'il dotast nules janz,
5410 Mes li chastiaus an est plus janz.
Car s'il n'i avoit mur ne tor
Fors de l'eve qui cort antor,
Tant forz et tant seürs seroit,
Que tot le mont ne doteroit. »
5415 « Deus », dist Erec, « con grant richesce !
Alons veoir la forteresce,
Et si ferons nostre ostel prandre
El chastel, que j'i vuel desçandre. »
« Sire », fet cil, cui mout grevoit,
5420 « Se enuiier ne vos devoit,
Nos n'i desçandriiemes pas :
El chastel a un mal trespas. »
« Mal ? » fet Erec, « savez le vos ?
Qui que il soit, dites le nos,
5425 Que mout volantiers le savroie. »
« Sire », fet il, « peor avroie
Que vos n'i eüssiez damage.
Je sai tant an vostre corage
De hardemant et de bonté,
5430 Se je vos avoie conté
Ce que je sai de l'avanture,
Qui tant est perilleuse et dure,
Que vos i voudriiez aler.
J'en ai sovant oï parler ;
5435 Et passé a set anz ou plus
Que del chastel ne revint nus
Qui l'avanture i alast querre ;
S'i sont venu de mainte terre

l'enceinte pousse tout ce dont a besoin un château puissant : il y vient des fruits, du blé et du
vin, et il n'y manque ni bois ni rivière. Pas un
côté où il craigne d'être assailli, et impossible de
l'affamer! C'est le roi Evrain qui le fit fortifier et
qui le possède en toute franchise aussi longtemps
qu'il vivra. Il ne le fit pas fortifier par crainte de
quelque ennemi, mais parce qu'il en a plus
d'allure ; car n'aurait-il ni tours ni remparts, mais
seulement l'eau qui court tout autour, il serait si
fort et si sûr qu'il ne craindrait personne au
monde.

— Dieu, dit Erec, quelle magnificence!
Allons voir cette forteresse, nous logerons dans
ce château, c'est là que je veux faire étape.

— Seigneur, fit Guivret qui en était tout
inquiet, si cela ne vous ennuyait pas, je préférerais que nous n'y fassions pas étape : il y a dans
ce château une épreuve maléfique.

— Maléfique? fit Erec. La connaissez-vous?
Quelle qu'elle puisse être dites-la-nous, car je
voudrais bien la connaître.

— Seigneur, fit-il, je craindrais pour vous une
issue fâcheuse. Je sais tant de hardiesse et de
courage en votre cœur que, si je vous avais
raconté ce que je sais de cette aventure si périlleuse et si difficile, vous voudriez vous y lancer.
J'en ai souvent entendu parler, et il y a sept ans
ou plus que personne n'est revenu du château
après s'y être introduit en quête de l'aventure ; et
pourtant on a vu arriver là, de bien des pays, des

Chevalier fier et corageus.
5440 Sire, nel tenez mie a jeus !
Que ja par moi ne le savroiz
De ci que creanté m'avroiz
Par l'amor que m'avez promise
Que par vos ne sera requise
5445 L'avanture don nus n'estort
Qu'il n'i reçoive honte ou mort. »
OR ot Erec ce que li siet ;
Guivret prie que ne li griet,
Et dist : « Haï ! biaus douz amis,
5450 Sofrez que nostre osteus soit pris
El chastel mes ne vos enuit.
Tans est de herbergier anuit,
Et por ce vuel qu'il ne vos poist,
Que se nule enors nos i croist,
5455 Ce vos devroit estre mout bel.
De l'avanture vos apel,
Que solemant le non me dites.
Del soreplus soiiez toz quites. »
« Sire », fet il, « ne puis teisir
5460 Que ne die vostre pleisir.
Li nons est mout biaus a nomer,
Mes mout est griés a assomer,
Que nus n'an puet eschaper vis.
L'avanture, ce vos plevis,
5465 LA JOIE DE LA CORT a non. »
« Deus ! an joie n'a se bien non ! »
Fet Erec, « Ce vois je querant.
Ja ne m'alez desesperant,
Biaus douz amis ! de ce ne d'el,
5470 Mes feisons prandre nostre ostel,
Que granz biens nos an puet venir.
Riens ne me porroit retenir
Que je n'aille querre la Joie. »
« Sire », fet il, « Deus vos an oie,
5475 Que vos joie puissiez trover
Et sanz anconbrier retorner.
Bien voi qu'aler nos i estuet.
Des qu'autremant estre ne puet,

chevaliers ardents et courageux. Seigneur, ne
croyez pas à une plaisanterie, vous n'apprendrez
rien de plus de moi avant de m'avoir assuré, par
l'amitié que vous m'avez jurée, que vous ne tenterez pas l'aventure dont nul ne réchappe sans y
trouver la honte ou la mort. »

Voilà qui plaît à Erec! « Ah, cher ami, dit-il,
permettez que nous fassions étape dans ce château, pourvu que vous n'en soyez pas fâché. Il
est temps, ce soir, de s'arrêter. Et je tiens à ce
que vous ne vous en offusquiez pas, car vous
devriez être heureux si nous pouvons y gagner
quelque gloire. Pour l'aventure, je vous adjure,
dites-moi seulement son nom et je vous tiens
quitte du reste.

— Seigneur, fit-il, il m'est impossible de me
taire et de refuser de dire ce que vous voulez.
C'est une aventure dont le nom est agréable à
prononcer, mais qu'il est difficile de mener à son
terme, car personne ne peut en sortir vivant.
L'aventure, je vous le garantis, s'appelle *la Joie de
la Cour*.

— Dieu, fit Erec, il ne peut rien y avoir de
mauvais dans la joie. C'est elle que je cherche,
ne me mettez pas au désespoir, cher ami, ni en
ceci ni en autre chose. Logeons-nous ici, de
grands biens peuvent nous en advenir et rien ne
pourrait m'empêcher de me mettre en quête de
la Joie.

— Seigneur, fit-il, que Dieu vous entende et
vous donne de trouver la joie et de revenir sans
encombre. Je vois bien qu'il nous faut y aller.
Puisqu'il ne peut en être autrement, allons-y!

Alons i ! Nostre osteus est pris,
5480 Que nus chevaliers de haut pris
(Ce ai oï dire et conter)
Ne puet an cest chastel antrer
Por ce que herbergier i vuelle,
Que li rois Evrains nel recuelle.
5485 Tant est jantis et frans li rois
Qu'il a fet ban a ses borjois,
Si chier con chascuns a son cors,
Que prodon qui vaingne de fors
An lor meisons ostel ne truisse,
5490 Por ce que il meïsmes puisse
Toz les prodomes enorer
Qui leanz voudront demorer. »
AINSI vers le chastel s'an vont,
Les lices passent et le pont ;
5495 Et quant les lices ont passees,
Les janz qui furent amassees
Parmi les rues a tropiaus
Voient Erec qui mout est biaus,
Et par sanblant cuident et croient
5500 Que trestuit li autre a lui soient.
A mervoilles l'esgardent tuit ;
La vile an fremist tote et bruit,
Tuit an consoillent et parolent ;
Nes les puceles qui carolent
5505 Lor chant an leissent et retardent,
Totes ansanble le regardent
Et de sa grant biauté se saingnent
Et a grant mervoille le plaingnent.
An bas dit l'une a l'autre : « Lasse !
5510 Cist chevaliers qui par ci passe,
Vet a la Joie de la Cort.
Dolanz an iert ainz qu'il s'an tort ;
Onques nus ne vint d'autre terre
La Joie de la Cort requerre
5515 Qu'il n'i eüst honte et damage
Et n'i leissast la teste an gage. »
Aprés por ce que il l'antande
Dïent an haut : « Deus te deffande,

Nous avons trouvé où nous héberger, car à ce
que j'ai entendu raconter, tout chevalier de
grand renom qui entre en ce château en souhaitant trouver où se loger, ne peut manquer d'être
accueilli par le roi Evrain lui-même. C'est un roi
si noble et si généreux qu'il a fait proclamer
interdiction à ses bourgeois, sous peine de la vie,
de loger chez eux un chevalier d'élite venant de
l'étranger, afin qu'il puisse lui-même traiter avec
égards tous les chevaliers d'élite qui auront
l'intention de s'arrêter ici. »

Ils se dirigèrent donc vers le château et pas-
sèrent les barrières et le pont ; quand ils eurent
franchi les barrières, une foule de gens s'étaient
massés dans les rues et formaient des attroupe-
ments ; voyant passer Erec qui était d'une si
grande beauté, et s'imaginant, comme il semblait
bien, que tous les autres étaient de sa suite, ils le
regardaient avec émerveillement. Toute la ville
en frémissait en une immense rumeur ; tous en
parlaient en discussions animées ; même les
jeunes filles en train de danser laissaient leurs
chants et les remettaient à plus tard ; toutes
ensemble, elles le regardaient et se signaient à la
vue de sa grande beauté, tout en se répandant en
plaintes des plus vives sur son sort. A voix basse,
elles se disaient l'une à l'autre : « Quel malheur !
Le chevalier qui vient par ici se rend à la Joie de
la Cour. Il s'en désolera avant même de revenir.
Aucun étranger n'est jamais venu chercher la
Joie de la Cour sans y trouver honte et dommage
et sans y laisser sa tête en gage. »

Après quoi, à voix haute, pour qu'il entendît
leurs paroles, elles ajoutaient : « Dieu te protège

Chevaliers, de mesavanture !
5520 Car mout es biaus a desmesure,
Et mout fet ta biautez a plaindre ;
Car demain la verrons estaindre.
A demain est ta morz venue ;
Demain morras sanz atandue,
5525 Se Deus ne te garde et deffant. »
Erec ot bien et si antant
Qu'an dit de lui aval la vile ;
Plus le pleignoient de deus mile ;
Mes riens ne le puet esmaiier.
5530 Outre s'an va sanz delaiier,
Saluant deboneiremant
Toz et totes comunalmant.
Et tuit et totes le saluent,
Et li plusor d'angoisse suent,
5535 Qui plus dotent que il ne fet
Et de sa honte et de son let.
Seul de veoir sa contenance,
Sa grant biauté et sa sanblance,
A si les cuers de toz a lui,
5540 Que tuit redotent son enui,
Chevalier, dames et puceles.
Li rois Evrains ot les noveles
Que teus janz a sa cort venoient
Qui grant conpeignie menoient,
5545 Et bien ressanbloit as hernois,
Que li sire estoit cuens ou rois.
Li rois Evrains anmi la rue
Vint ancontre aus, si les salue.
« Bien vaingne », fet il, « ceste rote,
5550 Et li sires et la janz tote !
Bien veigniez, seignor ! Desçandez ! »
Desçandu sont : il fu assez
Qui lor chevaus reçut et prist.
Li rois Evrains pas n'antreprist,
5555 Quant il vit Enide venant,
Si la salue maintenant
Et li cort eidier a desçandre.
Par la main qu'ele ot blanche et tandre,

de tout malheur, chevalier! car tu es d'une
beauté peu commune et pourtant bien à
plaindre, car demain nous la verrons s'effacer.
Ta mort est pour demain; demain, sans espoir,
tu mourras si Dieu ne vient te protéger et te
défendre. »

Erec entendait clairement ce qu'on disait de
lui par la ville. Ils étaient plus de deux mille à le
plaindre; mais rien ne pouvait l'effrayer; il pas-
sait son chemin sans hésiter, et les saluait courtoisement tous et toutes; tous et toutes lui ren-
daient son salut, mais la plupart suaient
d'angoisse, car ils craignaient plus que lui la
honte et le malheur qui le guettaient. La seule
vue de son maintien, de sa grande beauté, de son
comportement, lui attachait si bien tous les
cœurs que tous, chevaliers, dames ou jeunes
filles, étaient pleins de crainte pour les maux qui
l'attendaient.

On rapporta au roi Evrain la nouvelle : une
troupe de gens arrivaient à sa cour, avec une
suite nombreuse, et on pouvait voir à leur équipement que leur seigneur était comte ou roi. Le
roi Evrain sortit dans la rue et vint à leur rencontre : il les salua : « Bienvenue à cette troupe,
fit-il, à son seigneur et à toute la compagnie!
Bienvenue, seigneur! Mettez pied à terre! »

Ils mirent pied à terre, et les gens ne man-
quaient pas pour prendre et emmener les chevaux. Le roi Evrain n'était pas emprunté; quand
il vit arriver Enide, il la salua sur-le-champ et
courut l'aider à descendre de cheval. La prenant
par sa main blanche et délicate, il la fit monter

L'an mainne anz el palés amont
5560 Si con franchise le semont,
Si l'enora de quanqu'il pot;
Car bien et bel feire le sot
Sanz folie et sans mal panser.
Une chanbre fist ançanser
5565 D'ançans, de myrre et d'aloé.
A l'antrer anz ont tuit loé
Le bel sanblant au roi Evrain.
An la chanbre antrent main a main,
Si con li rois les i mena,
5570 Qui d'aus grant joie demena.
Mes por quoi vos deviseroie
Les peintures, les dras de soie,
Don la chanbre estoit anbelie?
Le tans gasteroie an folie,
5575 Ne je ne le vuel pas gaster,
Einçois me vuel un po haster,
Car qui tost va la droite voie
Passe celui qui se desvoie;
Por ce ne m'i vuel arester.
5580 Li rois comande a aprester
Le soper, quant tans fu et ore;
Por ce ne vuel feire demore,
Se trover puis voie plus droite.
Quanque cuers desirre et covoite
5585 Orent plenieremant la nuit,
Oisiaus et veneison et fruit
Et vin de diverse meniere;
Mes tot passe la bele chiere!
Car de toz mes est li plus douz
5590 La bele chiere et li liez vouz.
Mout furent servi richemant,
Tant qu'Erec estrosseemant
Leissa le mangier et le boivre,
Si comança a ramantoivre
5595 Ce qui au cuer plus li tenoit;
De la Joie li sovenoit,
S'an a la parole esmeüe,
Li rois Evrains l'a maintenue.

dans la grande salle, comme la politesse l'exige, et lui témoigna tous les égards possibles. Il sut très bien s'en acquitter, sans arrière-pensée ni mauvaise intention. Il fit aussi parfumer une chambre d'encens, de myrrhe et d'aloès. En pénétrant à l'intérieur du palais, tous étaient pleins d'éloges pour la conduite parfaite du roi Evrain. Celui-ci les mena en leur faisant fête dans la chambre où ils pénétrèrent main dans la main.

Pourquoi vous dépeindre les peintures, les étoffes de soie qui embellissaient la chambre? Ce serait sottement perdre un temps que je ne veux pas gâcher; je préfère me hâter un peu. Car celui qui suit tout droit son chemin va plus vite que celui qui fait des détours; c'est pourquoi je ne veux pas m'attarder ici.

Le roi ordonna, le moment venu, d'apprêter le souper; là non plus je ne veux pas prendre de retard, si je peux trouver un chemin plus direct. Ce soir-là, ils eurent en abondance tout ce qu'on peut désirer et souhaiter, gibier à plumes, venaison, fruits et diverses sortes de vins. Mais ce qui l'emporte sur tout, c'est la qualité de l'accueil; un bel accueil, un visage joyeux, c'est là le meilleur des mets.

Le service fut magnifique, mais vint un moment où Erec cessa soudain de manger et de boire et commença à songer à ce qui lui tenait le plus à cœur, la Joie lui revenait à l'esprit et il mit la conversation sur le sujet; le roi Evrain ne se

« Sire », fet il, « or est bien tans
5600 Que je die ce que je pans
Et por quoi je sui ça venuz.
Trop me sui del dire tenuz,
Or nel puis celer an avant.
La Joie de la Cort demant,
5605 Que nule rien tant ne covoit.
Donez la moi, queus qu'ele soit,
Se vos an estes poestis. »
« Certes », fet li rois, « biaus amis,
Parler vos oi de grant oiseuse.
5610 Ceste chose est mout perilleuse,
Qui dolant a fet maint prodome ;
Vos meïsmes a la parsome
An seroiz morz et afolez,
Se consoil croire ne volez.
5615 Mes se vos me voliiez croire,
Je vos loeroie a recroire
De demander chose si grief
Don ja ne vandriiez a chief.
N'an parlez pas ! Teisiez vos an !
5620 Ne vos vandroit pas de grant san,
Se vos ne creez mon consoil.
De rien nule ne me mervoil
Se vos querez enor et pris ;
Mes se vos veoie antrepris
5625 Ou de vostre cors anpirié
J'an avroie le cuer irié.
Et sachiez bien que j'ai veü
Maint prodome estre recreü
Qui ceste joie demanderent.
5630 Onques de rien n'i amanderent,
Ainz i sont tuit mort et peri.
Ainz que demain soit asseri,
Poez autel loier atandre.
S'a la Joie volez antandre,
5635 Vos l'avroiz, mes que bien me poist.
C'est une chose que vos loist
A repantir et a retreire,
Se vos volez vostre preu feire.

déroba pas. « Seigneur, fit-il, le moment est venu
de dire ce que j'ai dans l'esprit et pourquoi je
suis venu ici. Je me suis retenu trop longtemps
d'en parler, je ne peux pas me taire davantage. Je
demande la Joie de la Cour, il n'est rien que je
désire aussi vivement. Accordez-la-moi, quelle
qu'elle soit, si vous en avez le pouvoir.

— Certes, fit le roi, cher ami, je vous entends
tenir des propos bien superflus. La chose est
extrêmement dangereuse et a fait le malheur de
bien des chevaliers valeureux. Vous-même, au
bout du compte, vous vous ferez mettre à mal et
tuer si vous ne voulez écouter un conseil. Mais,
si vous vouliez bien me croire, je vous conseille-
rais de renoncer à demander cette chose si terrible, dont vous ne viendriez sûrement pas à
bout. N'en parlez plus ! Ne dites plus rien ! Ce
serait montrer peu de sagesse que de vous refuser à suivre mon conseil. Je ne m'étonne
aucunement que vous vouliez acquérir gloire et
renommée ; mais si je vous voyais en situation
périlleuse ou en passe d'être blessé, j'en aurais le
cœur douloureux. Apprenez que j'ai vu nombre
de chevaliers vaillants demander cette Joie et être
obligés de s'avouer vaincus ; ils n'y gagnèrent
rien : tous ont trouvé là leur perte et sont morts.
Avant que la journée de demain ne s'achève,
vous pouvez vous attendre au même sort. Mais si
votre volonté est de tenter l'épreuve de la Joie,
vous le ferez, bien que j'en sois fâché. Vous avez
cependant toute liberté de vous reprendre et de
renoncer, si vous voulez considérer votre intérêt ;

Por ce vos di que traïson
5640 Vers vos feroie et mesprison,
Se tot le voir ne vos disoie. »
Erec antant et bien otroie
Que li rois a droit le consoille;
Mes con plus granz est la mervoille
5645 Et l'avanture plus grevainne,
Plus la covoite et plus se painne;
Et dist : « Sire, dire vos puis
Que prodome et leal vos truis,
Ne blasme ne vos an puis metre.
5650 De cest don me vuel antremetre,
Comant que des or mes m'an chiee
Ci an est la broche tranchiee;
Car ja de rien que j'aie anprise
Ne ferai tel recreantise,
5655 Que je tot mon pooir n'an face
Einçois que j'isse de la place. »
« Bien le savoie, » dist li rois,
« Vos errez ancontre mon pois.
La Joie avroiz que vos querez;
5660 Mes mout an sui desesperez,
Que mout dot vostre mescheance.
Mes or mes soiiez a fiance
D'avoir quanque vos coveitiez.
Se vos a joie an esploitiez,
5665 Conquise avroiz si grant enor
Qu'onques hon ne conquist greignor,
Et Deus, si con je le desir,
Vos an doint a joie partir. »
DE ce tote la nuit parlerent
5670 Jusqu'a tant que couchier alerent,
Que li lit furent atorné.

je vous en parle parce que ce serait une trahison et un crime de ma part de ne pas vous dire toute la vérité. »

Erec se rend bien compte que le roi lui donne des conseils judicieux. Mais plus l'aventure se révèle extraordinaire et douloureuse, plus il la désire et s'en met en peine. « Seigneur, dit-il, je peux vous dire que je vous trouve loyal et de bon conseil, et je ne peux aucunement vous blâmer. Mais je veux profiter de votre accord, et quoi qu'il m'arrive, le sort en est désormais jeté ; car, dans quelque entreprise que je me sois lancé, jamais je ne pourrai commettre la lâcheté de renoncer à aller jusqu'au bout de mes forces avant de m'en retirer.

— Je m'en doutais bien, dit le roi, vous allez à l'encontre de mes conseils. Vous tenterez la Joie que vous demandez, mais je m'en désespère, car je crains qu'il ne vous arrive malheur. Mais à présent soyez sûr que vous aurez tout ce que vous souhaitez. Si vous en venez à bout dans la joie, vous aurez conquis la plus grande gloire à laquelle puisse jamais prétendre un homme. Aussi je prie Dieu de vous accorder, comme je le souhaite, d'en réchapper dans la joie. »

Ils n'eurent pas d'autre sujet de conversation de toute la soirée jusqu'à ce qu'ils aillent se coucher une fois les lits prêts.

Au main quant il fu ajorné,
Erec qui fu an son esvoil,
Vit l'aube clere et le soloil,
5675 Si se lieve tost et atorne.
Enide a mout grant enui torne,
Et mout an est triste et iriee;
Mout an est la nuit anpiriee
De sospeçon et de peor
5680 Que ele avoit de son seignor
Qui se viaut metre an grant peril.
Mes tote voie s'atorne il,
Que nus ne l'an puet destorner.
Li rois, por son cors atorner,
5685 A son lever li anvoia
Armes que mout bien anploia.
Erec nes a pas refusees;
Car les soes ierent usees
Et anpiriees et maumises.
5690 Les armes a volantiers prises,
Si s'an fet armer an la sale.
Quant armez fu, si s'an avale
Trestoz les degrez contre val,
Et trueve anselé son cheval
5695 Et le roi qui montez estoit.
Chascuns de monter s'aprestoit
Et a la cort et as ostés.
An tot le chastel n'a remés
Home ne fame, droit ne tort,
5700 Grant ne petit, foible ne fort,
Qui aler puisse, qui n'i voise.
A l'esmovoir a mout grant noise
Et grant bruit par totes les rues;
Car les granz janz et les menues
5705 Disoient tuit : « Haï! haï!
Chevaliers! Joie t'a traï,
Cele que tu cuides conquerre;
Mes ton duel et ta mort vas querre. »
Et n'i a un seul qui ne die :
5710 « Ceste Joie, Deus la maudie!
Que tant prodome i sont ocis.

LA JOIE DE LA COUR
II. L'ÉPREUVE

Le matin quand le jour pointa, Erec en se réveillant vit l'aube claire et le soleil et, se levant rapidement, se prépara. Enide était dans la plus grande inquiétude et elle était plongée dans une tristesse et une affliction extrêmes. Elle avait passé une mauvaise nuit, pleine de pressentiments et de craintes pour son époux qui avait l'intention d'exposer sa vie à un tel péril.

Cependant il se préparait, car rien ne pouvait entamer sa détermination. Quand il se leva, le roi, pour l'aider à s'équiper, lui envoya une armure dont il fit bon usage; Erec s'était gardé de la refuser car la sienne était hors d'usage, tant elle était abîmée et détériorée. Il l'accepta donc volontiers et s'en fit revêtir dans la grande salle. Une fois équipé, il descendit l'escalier au bas duquel il trouva son cheval tout harnaché ainsi que le roi qui était déjà en selle. Tout le monde se tenait prêt à monter à cheval, dans la cour comme devant les maisons. Dans tout le château il n'était personne, homme ou femme, bossu ou de belle taille, petit ou grand, chétif ou robuste, qui ne se mît en route s'il le pouvait.

Ce fut un beau tohu-bohu dans toutes les rues quand on se mit en marche; tous, du plus humble au plus éminent, répétaient: « Hélas, hélas, chevalier! La Joie t'a trahi: tu t'imagines pouvoir la conquérir, mais c'est ta désolation et ta mort que tu vas chercher. »

Il n'y en avait pas un seul qui ne se lamentât: « Cette Joie, que Dieu la maudisse! Tant de vaillants chevaliers y ont trouvé la mort. Mais

Hui an cest jor fera le pis,
Que onques mes feïst sanz dote. »
Erec ot bien et si escote
5715 Qu'an dist de lui et sus et jus :
« Haï! haï! Tant mar i fus,
Biaus chevaliers, janz et adroiz!
Certes ne seroit mie droiz
Que ta vie si tost fenist
5720 Ne que nus enuis t'avenist
Don bleciez fusses et leidiz. »
Bien ot la parole et les diz;
Mes totes voies outre passe,
Ne tient mie la teste basse
5725 Ne ne fist sanblant de coart.
Qui que parot, mout li est tart
Que il voie et sache et conoisse
Dont il sont tuit an tel angoisse,
An tel enui et an tel painne.
5730 Li rois fors del chastel le mainne
An un vergier qui estoit prés;
Et tote la janz vet aprés
Proiant que de ceste besoingne
Deus a joie partir l'an doingne;
5735 Mes ne fet pas a trespasser
Por langue debatre et lasser
Que del vergier ne vos retraie
Lonc l'estoire chose veraie.
EL vergier n'avoit anviron
5740 Mur ne paliz se de l'er non;
Mes de l'er est de totes parz
Par nigromance clos li jarz
Si que riens antrer n'i pooit
Se par dessore n'i voloit,
5745 Ne que s'il fust toz clos de fer.
Et tot esté et tot iver
I avoit flors et fruit meür;
Et li fruiz avoit tel eür,
Que leanz se leissoit mangier :
5750 Au porter fors feisoit dangier;
Car qui point porter an vossist,

aujourd'hui elle commettra le plus triste forfait qu'elle ait jamais accompli, impossible d'en douter. »

Erec qui prêtait l'oreille entendait bien ce qu'on disait de lui un peu partout : « Hélas, hélas ! Quel malheur pour toi, beau chevalier, fier et élégant ! Non, il ne serait pas juste que ta vie se termine si tôt ou qu'il t'arrive un revers dont tu sortes blessé et honni. »

Il entendait parfaitement tout ce qui se disait, mais il n'en continuait pas moins son chemin la tête haute, sans paraître effrayé le moins du monde. Les paroles n'y faisaient rien, ce dont il était impatient, c'était de voir et d'apprendre ce qui les mettait tous dans une telle angoisse et leur causait une telle inquiétude et une telle affliction.

Le roi le conduisit hors du château, dans un verger proche. Tous les gens s'empressèrent de les suivre, priant qu'avec l'aide de Dieu Erec en réchappe dans la joie.

Mais la crainte de trop fatiguer et d'épuiser ma langue ne doit pas me conduire à omettre de vous faire une description exacte du verger, telle que la propose l'histoire.

Autour du verger il n'y avait ni mur ni haie, mais seulement de l'air. Par un effet magique l'air sur chaque côté assurait la clôture du jardin, si étroitement qu'il était impossible d'y pénétrer, à moins de voler par-dessus, exactement comme s'il avait été ceint d'une barrière en fer. Été comme hiver, on y trouvait des fleurs et des fruits à maturité. Ces fruits étaient ensorcelés : on pouvait les manger dans le verger mais il était impossible de les emporter à l'extérieur. Celui qui aurait voulu en emporter un n'aurait jamais

Ja mes a l'uis ne revenist
Ne ja mes del vergier n'issist
Tant qu'an son leu le fruit meïst;
5755 Ne soz ciel n'a oisel volant
Qui pleise a home, qui n'i chant
Por lui deduire et resjoïr,
Que l'an n'an i poïst oïr
Plusors de chascune nature;
5760 Et terre, tant come ele dure,
Ne porte espece ne racine
Qui vaille a nule medecine,
Que l'an n'an i eüst planté,
S'an i avoit a grant planté.
5765 Leanz par une estroite antree
Est la torbe des janz antree,
Li rois Evrains et tuit li autre,
Erec aloit lance sor fautre
Parmi le vergier chevauchant,
5770 Qui mout se delitoit el chant
Des oisiaus qui leanz chantoient;
Sa Joie li represantoient,
La chose a quoi il plus beoit;
Mes une mervoille veoit,
5775 Qui poïst feire grant peor
Au plus hardi conbateor
De trestoz çaus que nos savons,
Se fust Tiebauz, li Esclavons,
Ou Ospiniaus ou Fernaguz;
5780 Car devant aus sor peus aguz
Avoit hiaumes luisanz et clers,
Et s'avoit dessoz les cerclers
Teste d'ome dessoz chascun;
Mes au chief des peus avoit un
5785 Ou il n'avoit neant ancor
Fors que tant solemant un cor.
Il ne set que ce senefie,
Ne de neant ne se detrie;
Ainz demande que ce puet estre
5790 Le roi qui lez lui iere a destre.
Li rois li dit et si li conte :

pu trouver la porte et ne serait jamais sorti du
verger avant de l'avoir remis en place. De tous
les oiseaux qui peuplent le ciel et qui font le plaisir de l'homme en chantant pour le distraire et le
réjouir, il n'en est pas un que l'on ne puisse y
entendre, et même plusieurs de chaque espèce. Il
n'est pas sur toute l'étendue de la terre d'épice
ou de racine douées de vertus médicinales qui
n'y soient cultivées, et en abondance.

C'est là que par une entrée fort étroite pénétra
la foule des gens avec le roi Evrain et tous les
autres. Erec chevauchait dans le verger, la lance
en arrêt, tout en goûtant le chant des oiseaux qui
s'y faisaient entendre. Ils étaient pour lui le symbole de sa Joie, la chose qu'il désirait le plus.

Mais il aperçut un spectacle étonnant bien fait
pour inspirer une peur terrible au plus hardi de
tous les combattants que nous connaissons,
même à Tiébaut l'Esclavon ou à Ospinel ou à
Fernagut ; car devant lui, sur des pieux aigus,
étaient fichés des heaumes étincelants et sous la
bordure de chacun il y avait une tête d'homme.
Mais au bout de la rangée se dressait un pieu qui
ne portait encore rien, hormis un cor.

Erec ne savait ce que cela signifiait et, sans la
moindre hésitation, il demanda au roi, qui se
trouvait à sa droite, ce que cela voulait dire. Le

« Amis », fet il, « savez que monte
Ceste chose que ci veez?
Mout an devez estre esfreez,
5795 Se vos amez rien vostre cors;
Car cil seus peus qui est defors,
Ou vos veez cest cor pandu,
A mout longuemant atandu,
Mes nos ne savons mie cui,
5800 Se il atant vos ou autrui.
Garde ta teste n'i soit mise;
Car li peus siet an tel devise.
Bien vos an avoie garni
Einçois que vos venissiez ci.
5805 Ja ne cuit que mes an issiez,
Si soiiez morz et detranchiez;
Car nos an savomes ja tant
Que li peus vostre teste atant.
Et s'il avient qu'ele i soit mise,
5810 Si con chose li est promise,
Des que tes chiés i iert fichiez,
Uns autre peus sera dreciez
Aprés celui, qui atandra
Tant que ne sai qui revandra.
5815 Del cor ne vos dirai je plus,
Mes onques soner nel pot nus.
Mes cil qui soner le porra,
Ses pris et s'enors an croistra
Devant toz çaus de la contree;
5820 S'avra tel enor ancontree
Que tuit enorer le vandront
Et au mellor d'aus le tandront.
Or n'i a plus de cest afeire :
Feites voz janz arriere treire;
5825 Car la Joie vandra par tans
Qui vos fera dolant, ce pans. »
ATANT li rois Evrains le leisse,
Et cil vers Enide se beisse
Qui an son cuer grant duel feisoit
5830 Neporquant s'ele se teisoit;

roi lui fit cette réponse : « Ami, fit-il, savez-vous à quoi sert ce que vous voyez là ? Il y a de quoi vous remplir de frayeur, si vous tenez un peu à votre vie ; car ce pieu isolé, à l'écart des autres, sur lequel vous voyez ce cor pendu, attend depuis longtemps, mais nous ne savons pas qui, est-ce vous ou un autre ?... Prends garde que ta tête ne vienne y prendre place, car le pieu semble installé dans ce but. Je vous avais bien prévenu avant que vous veniez ici. Je ne crois pas que vous en sortiez jamais, sinon mort et taillé en pièces. Car ce que nous savons, c'est que ce pieu attend votre tête. Et s'il arrive qu'elle y soit fichée, ainsi qu'il est prévu, un autre pieu sera dressé à la suite de celui-ci, afin d'attendre qu'un autre, je ne sais qui, vienne à son tour. Pour le cor je n'ai rien de plus à en dire, sinon que personne n'a pu encore le sonner ; mais celui qui pourra en sonner y gagnera un surcroît de gloire et de renommée qui le mettra au-dessus de tous les chevaliers de ce pays. Et il y gagnera une gloire telle que tous viendront lui rendre hommage et le considéreront comme le meilleur d'entre eux. Maintenant tout a été dit ; faites reculer vos gens, car la Joie ne va pas tarder à venir, mais, pour vous, je le crains, porteuse d'affliction. »

Le roi Evrain le quitta alors tandis qu'il se baissait vers Enide qui avait le cœur gonflé de chagrin et cependant ne disait rien ; car le cha-

Car diaus que l'an face de boche
Ne monte rien, s'au cuer n'atoche.
Et cil qui bien conut son cuer
Li a dit : « Bele douce suer,
5835 Jantis dame leaus et sage !
Je conois tot vostre corage.
Grant peor avez, bien le voi,
Si ne savez ancor por quoi ;
Mes por neant vos esmaiiez
5840 Jusqu'a tant que veü aiiez
Que mes escuz iert depeciez
Et je dedanz le cors bleciez,
Et vos verroiz covrir de sanc
Les mailles de mon hauberc blanc,
5845 Et mon hiaume fret et quassé
Et moi recreant et lassé
Que plus ne me porrai deffandre,
Qu'il m'estovra merci atandre
Et deproiier outre mon vuel :
5850 Lors porroiz feire vostre duel ;
Que trop tost comancié l'avez.
Douce dame, ancor ne savez
Que ce sera, ne je nel sai.
De neant estes an esmai !
5855 Mes bien sachiez veraiemant :
S'an moi n'avoit de hardemant
Fors tant con vostre amors me baille,
Ne doteroie je sanz faille
Cors a cors nul home vivant.
5860 Si faz folie, qui me vant ;
Mes je nel di por nul orguel
Fors tant que conforter vos vuel.
Confortez vos ! Leissiez ester !
Je ne puis plus ci arester
5865 Ne vos n'iroiz plus avuec moi ;
Car avant mener ne vos doi
Si con li rois l'a comandé. »
Lors la beise et comande a Dé
Et ele i recomande lui ;
5870 Mes mout li vient a grant enui

grin qui s'exprime en mots n'est rien s'il ne
touche au cœur. Erec connaissait bien son cœur :
« Chère et tendre sœur, lui dit-il, noble dame
loyale et sage, je sais bien ce que vous ressentez.
Vous avez très peur, je le vois bien, et pourtant
vous ne savez pas encore pourquoi. Mais il est
inutile de vous inquiéter tant que vous n'aurez
pas vu mon écu en morceaux et moi-même grièvement blessé, tant que vous ne verrez pas le
sang couler sur les mailles de mon haubert brillant, mon heaume brisé et enfoncé, et moi,
épuisé et contraint de m'avouer vaincu parce
qu'incapable de me défendre davantage, obligé
de m'en remettre à la merci d'un autre que je
devrai implorer contre ma volonté : oui, alors
vous pourrez laisser éclater votre douleur ; vous
avez commencé trop tôt. Chère dame, vous ne
savez encore ce qu'il en sera, ni moi non plus.
Vous vous effrayez pour rien. Il faut que vous
sachiez que si je n'avais que le seul courage que
me donne votre amour, je ne craindrais personne
sur terre en combat corps à corps. Mais c'est
folie que de me vanter ; cependant ce n'est pas
l'orgueil qui inspire mes paroles, mais le désir de
vous rassurer. Rassurez-vous ! Cessez de vous
inquiéter ! Je ne peux pas m'attarder davantage
et vous ne pouvez pas m'accompagner plus longtemps, car il m'est interdit de vous emmener
plus loin, le roi l'a défendu. »

Il l'embrasse alors et, l'un et l'autre, ils se
recommandent à Dieu. Mais elle supporte mal

Quant ele nel siut et convoie
Tant qu'ele sache et qu'ele voie
Queus avanture ce sera
Et comant il esploitera ;
5875 Mes puis que remenoir l'estuet
Et avant siure ne le puet,
Si remaint iriee et dolante.
Et cil s'an va tote une sante,
Seus, sanz conpeignie de jant,
5880 Tant qu'il trova un lit d'arjant,
Covert d'un drap brosdé a or,
Dessoz l'onbre d'un sicamor,
Et sor le lit une pucele
Jante de cors et de vis, bele
5885 De totes biautez a devise ;
La s'estoit tote sole assise.
De li ne vuel plus deviser ;
Mes qui bien seüst raviser
Tot son ator et sa biauté,
5890 Dire poïst par verité
Qu'onques Lavine de Laurante,
Qui tant par fu et bele et jante,
Nen ot de sa biauté le quart.
Erec s'aproche cele part,
5895 Car de plus prés la vost veoir ;
Et les janz s'an vont asseoir
Soz les arbres par le vergier.
A tant ez vos un chevalier
Armé d'unes armes vermoilles,
5900 Qui mout estoit granz a mervoilles ;
Et s'il ne fust granz a enui,
Soz ciel n'eüst plus bel de lui ;
Mes il estoit un pié plus granz,
A tesmoing de totes les janz,
5905 Que chevaliers que l'an seust.
Einçois qu'Erec veü l'eüst,
Si s'escria : « Vassaus, vassaus !
Fos estes, se je soie saus,
Qui vers ma dameisele alez.
5910 Mien esciant tant ne valez

de ne pouvoir le suivre et l'accompagner afin de
savoir quelle aventure il va affronter et afin de
voir comment il se comportera; mais puisqu'elle
doit s'arrêter et qu'elle ne peut le suivre davantage, elle reste là, en proie à la douleur et à
l'affliction.

Erec suivit alors un sentier, seul, sans aucun
compagnon, et finit par trouver un lit d'argent
recouvert d'un drap brodé d'or, à l'ombre d'un
sycomore; sur le lit il vit une jeune fille, à la taille
bien prise, au visage fin, d'une beauté de rêve;
elle s'était assise là, toute seule. Je ne veux pas la
décrire davantage, mais à bien considérer sa
beauté et sa mise on pourrait dire sans se tromper que Lavine de Laurente qui avait tant de
grâce et d'élégance n'atteignait pas le quart de sa
beauté. Erec se dirigea de ce côté, car il voulait la
voir de plus près. Pendant ce temps les gens
allèrent s'asseoir sous les arbres dans le verger.

Mais voici que surgit un chevalier revêtu d'une
armure vermeille et extraordinairement grand.
S'il n'avait été d'une taille excessive, il aurait été
le plus bel homme que l'on pût trouver sous le
ciel; mais, au dire de tout le monde, il mesurait
un pied de plus que tous les chevaliers connus.
Avant qu'Erec l'eût vu, il s'écria : « Vassal, vassal! Sur mon salut, vous êtes fou de vous diriger
vers ma demoiselle. A ce que je crois, vous ne

Que vers li doiiez aprochier.
Vos conparroiz ancui mout chier
Vostre folie, par ma teste!
Estez arriers!» Et cil s'areste,
5915 Si le regarde; et cil s'estut.
Li uns vers l'autre ne se mut
Tant qu'Erec respondu li ot
Trestot quanque dire li plot.
« Amis », fet il, « dire puet l'an
5920 Folie aussi tost come san.
Menaciez tant con vos pleira,
Et je sui cil qui se teira;
Qu'an menacier n'a nul savoir.
Savez por quoi? Teus cuide avoir
5925 Le jeu joé, qui puis le pert.
Por ce est fos tot an apert,
Qui trop cuide et qui trop menace.
S'est qui fuie, assez est qui chace;
Mes je ne vos dot mie tant,
5930 Que je m'an fuie ancor a tant;
Aparelliez sui de deffandre,
S'est qui estor me vuelle randre,
Que a force feire l'estuisse,
Qu'autremant eschaper n'an puisse. »
5935 « Nenil », fet il, « se Deus me saut!
Sachiez, bataille ne vos faut;
Que je vos requier et desfi. »
Et ce sachiez vos tot de fi,
Que puis n'i ot resnes tenues.
5940 N'orent mie lances menues,
Ainz furent grosses et quarrees,
Si n'estoient mie plenees,
S'an furent plus roides et forz.
Sor les escuz par tel esforz
5945 S'antrefierent des fers tranchanz,
Que parmi les escuz luisanz
Passe de chascune une toise;
Mes li uns l'autre an char n'adoise,
Ne lance brisiee n'i ot;
5950 Chascuns au plus tost que il pot

méritez pas de l'approcher. Sur ma tête, vous allez payer cher aujourd'hui votre folie! Arrière! »

Erec s'arrêta et se retourna vers lui; l'autre s'arrêta également. Ils ne bougèrent ni l'un ni l'autre jusqu'à ce qu'Erec lui eût répondu tout ce qu'il voulait lui dire : « Ami, fit-il, sottise est aussi aisée à dire que parole sensée. Menacez tant que vous voudrez, pour moi, je me tairai, car il n'y a aucun bon sens à proférer des menaces. Savez-vous pourquoi? C'est que l'on s'imagine parfois la partie gagnée alors qu'on est près de la perdre. Il faut être un vrai fou pour être tellement sûr de soi et se répandre en menaces. S'il est des hommes pour fuir, il en est aussi bon nombre qui savent poursuivre. Je ne vous crains pas assez pour avoir envie de fuir. Je suis prêt à me défendre, s'il se trouve quelqu'un qui veuille se battre, et s'il faut recourir à la force comme seul moyen d'en réchapper.

— Il n'y en a pas d'autre, fit le chevalier, par le salut de mon âme! Aucun doute, il va falloir vous battre, car je vous défie et suis prêt à vous attaquer. »

Sachez donc qu'ils lâchèrent alors les rênes à leurs montures. Les lances qu'ils tenaient en main n'avaient rien d'un fétu, c'était des lances grosses et carrées, qui n'avaient pas été rabotées, ce qui les rendait plus rigides et plus robustes. Le heurt des fers tranchants fut si violent qu'une toise de lance passa au travers des écus étincelants, mais aucun d'eux ne fut atteint dans sa chair et aucune lance ne se brisa. Chacun retira

A sa lance retreite a lui,
Si s'antrevienent anbedui,
Et revienent a droite joste.
Li uns ancontre l'autre joste,
5955 Si se fierent par tel angoisse,
Que l'une et l'autre lance froisse
Et li cheval dessoz aus chieent.
Et cil qui sor les chevaus sieent
Ne se santent de rien grevé :
5960 Isnelemant sont relevé,
Car fort estoient et legier.
A pié sont anmi le vergier,
Si s'antrevienent demanois
As verz branz d'acier viënois
5965 Et fierent granz cos et nuisanz
Sor les hiaumes clers et luisanz,
Si que trestot les eschantelent
Et que li oel lor estancelent ;
Ne plus ne se pueent pener
5970 D'aus anpirier et d'aus grever
Que il se painnent et travaillent.
Andui fieremant s'antrassaillent
As pons dorez et as tranchanz.
Tant se sont martelé les danz
5975 Et les joes et les nasés
Et poinz et braz, et plus assez
Tanple et hateriaus et cos,
Que tuit lor an duelent li os.
Mout sont doillant et mout sont las ;
5980 Neporquant ne recroient pas,
Einçois s'esforcent miauz et miauz.
La suors lor troble les iauz
Et li sans qui avuec degote,
Si que par po ne voient gote ;
5985 Et bien sovant lor cos perdoient
Come cil qui pas ne veoient
Lor espees sor aus conduire ;
Ne ne pueent mes gueires nuire
Li uns a l'autre ; neporquant
5990 Ne recroient ne tant ne quant,

la sienne le plus vite qu'il put, et ils se ruèrent
l'un sur l'autre pour reprendre une joute en
règle.

Ils s'élancent, ils se frappent avec tant de violence que les deux lances se brisent et les chevaux s'effondrent sous eux. Mais eux qui sont
restés en selle, ils n'ont aucune blessure; ils se
relèvent prestement, car ils sont alertes et vigoureux.

Les voici à pied dans le verger. Ils courent aussitôt l'un sur l'autre brandissant leurs épées
d'acier viennois bruni, et ils se donnent des
coups si terribles et si redoutables sur les
heaumes clairs et luisants qu'ils les mettent en
pièces et qu'ils ont des étincelles plein les yeux.
Ils ne peuvent se tourmenter plus qu'ils ne le
font pour se blesser et se mettre à mal. L'un
comme l'autre, ils s'assaillent farouchement du
tranchant aussi bien que du pommeau doré des
épées. Ils se martèlent les dents, les joues, le nez,
les poings et les bras, mais plus encore les
tempes, la nuque, le cou : leurs os ne sont plus
que douleur. Leurs souffrances sont extrêmes et
ils sont épuisés, pourtant ils ne songent pas à
abandonner; bien au contraire, ils redoublent
d'efforts. La sueur leur trouble les yeux et se
mêle au sang qui coule, si bien qu'ils en sont
presque aveugles et que souvent leurs coups
s'égarent, parce qu'ils ne voient pas assez pour
diriger leurs épées; ils ne peuvent plus se faire
beaucoup de mal ni l'un ni l'autre; cependant il
n'est pas question d'abandonner et ils font appel

Que trestot lor pooir ne facent.
Por ce que li oel lor esfacent
Si que tot perdent lor veoir,
Leissent jus lor escuz cheoir,
5995 Si s'antraerdent par grant ire.
Li uns l'autre sache et detire
Si que sor les genouz s'abatent.
Einsi longuemant se conbatent
Tant que l'ore de none passe,
6000 Et li granz chevaliers se lasse
Si que tote li faut l'alainne.
Erec a son talant le mainne
Et sache et tire si que toz
Les laz de son hiaume a deroz
6005 Et jusque vers ses piez l'ancline.
Cil chiet a danz sor sa peitrine
Ne n'a pooir de relever.
Que que il li doie grever,
Li covient dire et otroiier :
6010 « Conquis m'avez, nel puis noiier,
Mes mout me vient a grant contreire.
Et neporquant de tel afeire
Poez estre et de tel renon
Qu'il ne m'an sera se bel non ;
6015 Et mout voudroie par proiiere,
S'estre puet an nule meniere,
Que je vostre droit non seüsse
Por ce que confort an eüsse.
Se miaudre de moi m'a conquis
6020 Liez an serai, jel vos plevis ;
Mes se il m'est si ancontré
Que pire de moi m'et outré,
De ce doi je grant duel avoir. »
« Amis, tu viaus mon non savoir ? »
6025 Fet Erec, « Et jel te dirai,
Ja ainz de ci ne partirai ;
Mes ce iert par tel covenant
Que tu me diras maintenant
Por quoi tu ies an cest jardin.
6030 Savoir an vuel tote la fin,

à toutes leurs forces. Et comme leurs yeux sont brouillés au point d'en perdre complètement la vue, ils abandonnent leurs écus qu'ils jettent à terre et s'agrippent l'un l'autre avec rage. Ils se tirent, se secouent l'un l'autre et finissent par s'abattre sur les genoux. Ils continuent de se battre dans cette position, si longtemps que l'après-midi est bien près de finir, mais le grand chevalier donne des signes d'épuisement et ne trouve plus sa respiration. Erec le mène où il veut, il tire, il force, si bien qu'il réussit à rompre tous les lacets du heaume et lui courbe la tête jusqu'à ses pieds. L'autre tombe face contre terre et est incapable de se relever. Quoi qu'il lui en coûte, il ne peut que reconnaître sa défaite :

« Vous m'avez conquis, je ne peux le nier ; mais j'en suis au désespoir. Cependant vous êtes peut-être d'un tel rang et d'un tel renom que je n'en serai pas déshonoré ; je voudrais donc vous demander instamment de me faire savoir votre nom, afin d'en tirer consolation, s'il se peut. Si j'ai été vaincu par meilleur que moi, j'en serai heureux, je vous le garantis. Mais si j'ai eu la malchance d'être écrasé par quelqu'un qui ne me vaut pas, j'en serai consterné.

— Ami, tu veux savoir mon nom ? fait Erec. Je vais te le dire avant de partir d'ici. Mais ce sera à la condition que tu me dises sans attendre pourquoi tu es dans ce jardin. Je veux en savoir tous

Queus est tes nons et queus la joie ;
Car mout me tarde que j'an oie
La verité de tot an tot. »
« Sire », fet il, « sanz nul redot
6035 Vos dirai tot quanque vos plest. »
Erec son non plus ne li test :
« Oïs onques parler », fet il,
« Del roi Lac et d'Erec son fil ? »
« Oïl, sire, bien le conui,
6040 Car a la cort son pere fui
Maint jor ainz que chevaliers fusse,
Ne ja son vuel ne m'an meüsse
D'ansanble o lui por nule rien. »
« Donc me doiz tu conoistre bien,
6045 Se tu fus onques avuec moi
A la cort mon pere, le roi. »
« Par foi ! donc m'est bien avenu.
Or oëz qui m'a retenu
An cest vergier si longuemant.
6050 De tot vostre comandemant
Dirai le voir, que qu'il me griet.
Cele pucele qui la siet
M'ama des anfance, et je li.
A l'un et a l'autre abeli,
6055 Et l'amors crut et amanda
Tant que ele me demanda
Un don, mes ne le noma mie.
Qui veeroit rien a s'amie ?
N'est pas amis, qui antreset
6060 Tot le buen s'amie ne fet
Sanz rien leissier et sanz feintise,
S'il onques puet an nule guise.
Creantai li sa volonté :
Quant je li oi acreanté,
6065 Si vost ancor que li plevisse.
Se plus vossist, plus an feïsse ;
Mes ele me crut par ma foi.
Fiançai li, si ne soi quoi.
Tant avint que chevaliers fui :
6070 Li rois Evrains, cui niés je sui,

les détails; dis-moi quel est ton nom, et quelle est cette Joie; j'ai grand hâte d'en apprendre toute la vérité.

— Seigneur, fit-il, je vous dirai sans aucune réserve tout ce que vous désirez. »

Erec ne lui cacha pas davantage son nom : « As-tu jamais entendu parler, fit-il, du roi Lac et de son fils Erec?

— Oui, seigneur, je l'ai bien connu; car j'ai longtemps séjourné à la cour de son père avant d'être chevalier, et, s'il n'avait tenu qu'à lui, je ne me serais jamais éloigné de lui.

— Alors tu dois bien me reconnaître si tu m'as tenu compagnie à la cour du roi, mon père.

— Ma parole! j'ai donc eu beaucoup de chance. Apprenez maintenant ce qui m'a retenu si longtemps dans ce verger. Je vais vous dire la vérité, même si elle m'est désagréable, sur tout ce que vous m'avez demandé. La jeune fille qui est assise là m'a aimé depuis l'enfance, et moi de même. Nous en étions heureux l'un et l'autre et l'amour grandit et s'épanouit si bien qu'un jour elle me pria de lui accorder un don, sans me dire de quoi il s'agissait. Qui refuserait quoi que ce soit à son amie? N'est pas véritablement ami qui n'exécute sur-le-champ toutes les volontés de son amie, sans restriction et sans tricherie, s'il en a la possibilité. Je promis donc de lui accorder ce qu'elle voulait. Quant je lui eus fait cette promesse, elle voulut encore que je m'y engage solennellement. Aurait-elle exigé davantage que je l'aurais fait; mais elle me crut sur ma parole. Je jurai donc, mais sans savoir quoi. Il arriva ensuite que je devins chevalier. Le roi Evrain,

M'adoba veant mainz prodomes
Dedanz cest vergier ou nos somes.
Ma damoisele qui siet la
Tantost de ma foi m'apela
6075 Et dist que plevi li avoie
Que ja mes de ceanz n'istroie
Tant que chevaliers i venist
Qui par armes me conquëist.
Reisons fu que je remassisse
6080 Ainz que ma fiance mantisse,
Ja ne l'eüsse je plevi.
Des que je soi le bien an li,
A la rien que je plus ai chiere
N'an dui feire sanblant ne chiere
6085 Que nule rien me despleüst,
Que, s'ele s'an aparceüst,
Tost retreissist a li son cuer;
Et je nel vossisse a nul fuer
Por rien qui deüst avenir.
6090 Einsi me cuida retenir
Ma dameisele a lonc sejor;
Ne cuidoit pas que a nul jor
Deüst an cest vergier antrer
Vassaus qui me poïst outrer.
6095 Por ce me cuida a delivre
Toz les jorz que j'eusse a vivre,
Avuec li tenir an prison.
Et je feïsse mesprison,
Se de rien nule me feinisse
6100 Que trestoz çaus ne conquëisse,
Vers cui je eüsse puissance;
Vilainne fust la delivrance.
Et je vos os bien afichier
Que je n'ai nul ami si chier
6105 Vers cui je m'an fainsisse pas.
Onques mes d'armes ne fui las,
Ne de conbatre recreüz.
Bien avez les hiaumes veüz
De çaus que j'ai veincuz et morz;
6110 Mes miens n'an est mie li torz,

dont je suis le neveu, m'adouba en présence de
maints vaillants chevaliers dans le verger où nous
sommes. Ma demoiselle, qui est assise là, me
rappela aussitôt ma promesse et dit que je
m'étais engagé envers elle à ne jamais sortir d'ici,
jusqu'à ce qu'y vienne un chevalier qui pourrait
me vaincre par les armes. Il était donc légitime
que je demeure là plutôt que de manquer à ma
parole, quand bien même je n'en aurais pas pris
l'engagement solennel. Dès que je sus quel était
son désir, il était impossible que, devant la créature que j'aime le plus, je laisse paraître sur mon
visage la moindre contrariété; car, si j'en avais
montré le moindre signe, elle aurait eu vite fait
de reprendre son cœur, et cela, je ne le voulais à
aucun prix, quoi qu'il pût advenir. C'est donc ce
qu'elle imagina pour me retenir longtemps près
d'elle; elle ne pensait pas qu'un jour puisse venir
dans ce verger un guerrier qui soit capable de me
vaincre. Elle crut qu'ainsi elle pourrait sans difficulté me garder prisonnier près d'elle tous les
jours de ma vie. J'aurais commis une faute grave
si, par quelque tricherie, je n'avais pas conquis
tous ceux que j'avais la force de vaincre; bien
honteuse aurait été ma délivrance. Et j'ose vous
assurer que je n'ai pas d'ami si cher que, par
amitié pour lui, j'eusse consenti à tricher. Jamais
je ne fus las de me battre et jamais je n'ai aban-
donné le combat. Vous avez vu les heaumes de
ceux que j'ai vaincus et tués; la faute ne m'en

Qui reison i viaut esgarder :
De ce ne me poi je garder,
Se je ne vossisse estre faus
Et foi mantie et desleaus.
6115 Or vos ai la verité dite,
Et sachiez bien, n'est pas petite
L'enors que vos avez conquise.
Mout avez an grant joie mise
La cort mon oncle et mes amis,
6120 Qu'or serai fors de ceanz mis ;
Et por ce que joie an avront
Tuit cil qui a la cort seront,
JOIE DE LA CORT l'apeloient
Cil qui la joie an atandoient.
6125 Tant longuemant l'ont atandue
Que ore lor sera randue
Par vos qui l'avez desresniee.
Bien avez matee et fesniee
Mon pris et ma chevalerie.
6130 Or est bien droiz que je vos die
Mon non, quant savoir le volez :
Mabonagrains sui apelez ;
Mes je ne sui pas coneüz
An terre, ou j'aie esté veüz,
6135 Par remanbrance de cest non,
S'an cest païs solemant non ;
Car onques tant con vaslez fui,
Mon non ne dis ne ne conui.
Sire, la verité savez
6140 De quanque vos requis m'avez ;
Mes a dire vos ai ancor
Qu'il a an cest vergier un cor,
Que bien avez veü, ce croi.
Fors de ceanz issir ne doi
6145 Tant que le cor aiiez soné ;
Mes lors m'avroiz desprisoné
Et lors comancera la Joie.
Qui que l'antande et qui que l'oie,
Ja essoines nel retandra,
6150 Quant la voiz del cor antandra,

revient pas, à considérer logiquement les choses.
Je ne pouvais me dérober sous peine de ne pas
tenir parole, d'être menteur et déloyal. Voilà, je
vous ai dit la vérité et, sachez-le bien, ce n'est pas
un piètre honneur que vous avez conquis. Grâce
à vous, la cour de mon oncle et mes amis
connaissent une joie immense, car à présent je
vais sortir d'ici. Et, comme tous ceux qui seront
à la cour en seront emplis de joie, ils appelaient
Joie de la Cour l'événement qui devait leur
apporter cette joie. Ils l'ont si longtemps attendue qu'elle va leur être maintenant rendue par
vous qui l'avez libérée. Vous avez réussi à abattre
comme par magie mon renom et ma valeur de
chevalier ; il est donc juste que je vous dise mon
nom puisque vous voulez le savoir : je m'appelle
Mabonagrain ; mais, dans les régions où je suis
passé, inutile de rappeler mon nom : on ne le
connaît pas, il n'est connu qu'en ce pays ; car
jamais, tant que je n'ai pas été chevalier, je n'ai
voulu dire ou avouer mon nom. Seigneur, vous
savez maintenant la vérité sur tout ce que vous
m'avez demandé, mais je dois encore ajouter
qu'il y a dans ce verger un cor — vous l'avez vu,
je pense. Il m'est impossible de sortir d'ici tant
que vous n'avez pas sonné de ce cor ; alors vous
aurez mis un terme à mon emprisonnement,
alors commencera la Joie. Quiconque l'entendra,
rien ne pourra empêcher qu'à l'appel de ce cor il

Qu'a la cort ne vaingne tantost.
Levez d'ici, sire! Alez tost!
Alez le cor lieemant prandre;
Car vos n'i avez que atandre,
6155 S'an feites ce que vos devez. »
Maintenant s'est Erec levez,
Et cil se lieve ansanble o lui,
Au cor an vienent anbedui.
Erec le prant et si le sone,
6160 Tote sa force i abandone
Si que mout loing an va l'oïe.
Mout s'an est Enide esjoïe.
Quant ele la voiz antandi,
Et Guivrez mout s'an esjoï.
6165 Liez est li rois et sa janz liee :
N'i a un seul cui mout ne siee
Et mout ne pleise ceste chose.
Nus n'i cesse ne ne repose
De joie feire et de chanter.
6170 Cel jor se pot Erec vanter
Qu'onques teus joie ne fu feite;
Ne porroit pas estre retreite
Ne contee par boche d'ome;
Mes je vos an dirai la some
6175 Briémant et sanz longue parole.
Novele par le païs vole
Qu'einsi est la chose avenue.
Puis n'i ot nule retenue,
Que tuit ne venissent a cort.
6180 Trestoz li pueples i acort,
Qu'a pié que a cheval batant
Que li uns l'autre n'i atant.
Et cil qui el vergier estoient
D'Erec desarmer s'aprestoient
6185 Et chantoient par contançon
Tuit de la joie une chançon;
Et les dames un lai troverent
Que LE LAI DE JOIE apelerent;
Mes n'est gueires li lais seüz.
6190 Bien fu de joie Erec peüz

ne se précipite aussitôt à la cour. Relevez-vous,
seigneur! Allez vite, allez joyeusement prendre
ce cor; car vous ne devez pas attendre davantage
pour en sonner comme il vous revient de le
faire. »

Erec aussitôt se releva et l'autre fit de même.

Tous deux, ils se dirigent vers le cor. Erec le
prend, il en sonne, il y met toutes ses forces si
bien que le son en porte très loin.

La joie s'empara d'Enide quand elle l'entendit, elle gagna aussi Guivret et le roi fut ravi
comme furent ravis ses gens; il n'est personne
qui n'en soit enchanté et qui n'y trouve le plus
grand plaisir. Tous ne cessent de se réjouir et de
chanter. Ce jour-là Erec put se vanter que jamais
on n'avait vu pareilles réjouissances; aucune
bouche humaine ne saurait trouver les mots pour
les retracer ou en faire le récit. Je vais pourtant
vous en dire l'essentiel brièvement et sans long
discours. La nouvelle vole par le pays annonçant
l'événement; rien alors ne put détourner tous
ceux qu'elle atteignait de venir à la cour. C'est
tout le peuple qui y accourt, qui à pied, qui à
cheval, à bride abattue, sans s'attendre l'un
l'autre.

Pendant ce temps, ceux qui étaient dans le
verger se préparaient à désarmer Erec et tous, à
l'envi, reprenaient une chanson qui chantait la
Joie; les dames composèrent un lai qu'elles
appelèrent le *Lai de la Joie*; mais il n'est guère
connu. Erec eut son contentement de joie, il en

Et bien serviz a son creante ;
Mes celi mie n'atalante
Qui sor le lit d'arjant seoit,
La joie que ele veoit ;
6195 Ne li venoit mie a plesir ;
Mes maintes jant covient teisir
Et esgarder ce qui lor poise.
Mout fist Enide que cortoise ;
Por ce que pansive la vit
6200 Et sole seoir sor le lit,
Li prist talanz que ele iroit
A li parler, si li diroit
De son afeire et de son estre,
Et anquerroit s'il pooit estre,
6205 Qu'ele del suen li redeïst,
Mes que trop ne li desseïst.
Sole i cuida Enide aler,
Que nelui n'i voloit mener ;
Mes des dames et des puceles,
6210 Des plus vaillanz et des plus beles,
La suïrent une partie
Por amor et por conpeignie,
Et por celi feire confort
Cui la joie enuie mout fort,
6215 Por ce qu'il li estoit avis,
Qu'or ne seroit mes ses amis
Avuec li tant come il soloit,
Quant del vergier issir voloit.
A cui que il desabelisse,
6220 Ne puet muër qu'il ne s'an isse,
Car venuz est l'ore et li termes.
Por ce li coroient les lermes
Des iauz tot contreval le vis.
Mout plus que je ne vos devis
6225 Estoit dolante et correciee,
Et neporquant si s'est dreciee ;
Mes de nelui ne li est tant
De çaus qui la vont confortant,
Que ele an lest son duel a feire.
6230 Enide come de bone eire

fut rassasié à plaisir. Mais la jeune fille qui était
assise sur le lit d'argent ne trouvait pas à son
goût la joie qu'elle voyait; elle n'en tirait aucun
plaisir; bien des gens se voient contraints de
regarder sans mot dire des choses qui les
fâchent.

Enide eut alors un geste de grande courtoisie :
comme elle la voyait tout attristée, assise seule
sur le lit, elle eut envie d'aller lui parler : elle lui
dirait son rang et son histoire et lui demanderait
qu'à son tour, s'il se pouvait, elle lui fasse part de
ce qui la concernait, à moins qu'elle n'en soit
trop contrariée. Enide pensait y aller seule, car
elle voulait n'y emmener personne; cependant
une partie des dames et des jeunes filles, parmi
les plus illustres et les plus belles, la suivirent
pour lui témoigner leur amitié et lui tenir compagnie, mais aussi pour apporter réconfort à celle
que la joie irritait vivement parce qu'elle était
convaincue que désormais son ami ne serait plus
auprès d'elle comme auparavant, puisqu'il voulait sortir du verger. Mais, que cela lui plaise ou
non, il faut bien qu'il en sorte, car l'heure en est
venue. C'est pourquoi ses yeux ruisselaient de
larmes qui inondaient son visage.

Sa douleur et son désespoir étaient encore
plus forts que je ne vous les dépeins; elle se leva
pourtant, mais ceux qui s'empressaient à la
consoler ne comptaient pas assez à ses yeux pour
qu'elle cesse de se lamenter. Enide la salua avec

La salue; cele ne pot
De grant piece respondre mot,
Car sospir et sanglot li tolent,
Qui mout l'anpirent et afolent.
6235 Grant piece aprés li a randu
La dameisele son salu,
Et quant ele l'ot esgardee
Une grant piece et ravisee,
Si li sanbla que l'ot veüe
6240 Autre foiiee et coneüe;
Mes n'an fu pas tres bien certainne,
Ne d'anquerre ne li fu painne
Dont ele estoit, de quel païs,
Et don ses sire estoit naïs;
6245 D'aus deus demande qui il sont.
Enide briémant li respont
Et la verité li reconte :
« Niece, » fet ele, « sui le conte
Qui tient Lalut an son demainne,
6250 Fille de sa seror germainne :
A Lalut fui nee et norrie. »
Ne puet muër que ne s'an rie,
Ainz que plus dire li oïst,
Cele qui tant s'an esjoïst
6255 Que de son duel mes ne li chaut.
De leesce li cuers li saut;
Sa joie ne puet mes celer :
Beisier la cort et acoler
Et dist : « Je sui vostre cosine !
6260 Sachiez que c'est veritez fine,
Et vos estes niece mon pere;
Car il et li vostre sont frere.
Mes je cuit que vos ne savez,
Ne oï dire ne l'avez,
6265 Comant je ving an ceste terre.
Li cuens, vostre oncles, avoit guerre,
Si vindrent a lui an soudees
Chevalier de maintes contrees.
Einsi, bele cosine, avint
6270 Qu'avuec aus uns soudoiiers vint,

beaucoup de délicatesse ; l'autre resta longtemps
sans pouvoir lui répondre, étouffée qu'elle était
par les soupirs et les sanglots qui l'épuisaient et
la plongeaient dans le plus grand désarroi. La
demoiselle mit longtemps à lui rendre son salut
et, après l'avoir longuement regardée et dévisa-
gée, il lui sembla qu'elle l'avait déjà vue et
qu'elle la connaissait ; mais elle n'en était pas
tout à fait certaine et elle n'hésita pas à lui
demander où elle était née, en quel pays, et d'où
était natif son époux ; elle s'enquit donc de chacun d'eux.

Enide lui répondit brièvement et lui fit un récit
exact : « Je suis, fit-elle, nièce du comte qui tient
en fief Lalut, fille de sa propre sœur. Je suis née
et j'ai été élevée à Lalut. »

L'autre alors, sans en entendre davantage, ne
put s'empêcher de rire, soudain emplie d'une
telle joie que sa douleur ne comptait plus. Son
cœur tressaille de bonheur, elle ne peut cacher
davantage sa joie : elle court embrasser Enide et
lui passe les bras autour du cou, en disant : « Je
suis votre cousine ! sachez-le, c'est la pure vérité,
et vous êtes la nièce de mon père, car votre père
et le mien sont frères. Mais je pense que vous ne
savez pas et qu'on ne vous a pas raconté comment je suis venue dans ce pays. Le comte, votre
oncle, était en guerre, si bien que des chevaliers
de plusieurs pays vinrent se mettre à son service.
C'est ainsi, chère cousine, que se trouva venir

Li niés le roi de Brandigan ;
Chiés mon pere fu prés d'un an.
Bien a, ce croi, doze anz passez :
Ancor estoie anfes assez,
6275 Il iert mout biaus et avenanz.
La feïmes noz covenanz
Antre nos deus teus con nos sist.
Ains ne vos rien qu'il ne vossist
Tant qu'a amer me comança,
6280 Si me plevi et fiança,
Que toz jorz mes amis seroit
Et que il ça m'an amanroit ;
Moi plot et lui de l'autre part.
Lui demora et moi fu tart
6285 Que ça m'an venisse avuec lui ;
Si nos an venimes andui
Que nus ne le sot fors que nos.
A cel jor antre moi et vos
Estiiens juenes et petites.
6290 Voir vos ai dit ; or me redites,
Aussi con je vos ai conté,
De vostre ami la verité,
Par quel avanture il vos a. »
« Bele cosine, il m'esposa
6295 Si que mes pere bien le sot
Et ma mere grant joie an ot.
Tuit le sorent et lié an furent
Nostre parant si come il durent.
Liez an fu meïsmes li cuens,
6300 Car il est chevaliers si buens
Que l'an ne puet mellor trover,
Si n'est or pas a esprover
Ne d'enor ne de vasselage ;
Et mout est de jantil lignage :
6305 Ne cuit que soit ses parauz nus.
Il m'aimme mout, et je lui plus ;
Que l'amors ne puet estre graindre.
Onques ancor ne me soi faindre
De lui amer ne je ne doi.
6310 Don n'est mes sire fiz de roi ?

parmi eux un chevalier qui était le neveu du roi
de Brandigan; il resta près d'un an chez mon
père; c'était, je crois, il y a plus de douze ans.
J'étais encore presque une enfant; lui, il était
beau et bien fait; nous nous accordâmes tous les
deux comme il nous plut. Je ne voulais rien qu'il
ne voulût lui aussi, si bien qu'il commença à
m'aimer. Il me promit et prit l'engagement
d'être toujours mon ami et de me conduire ici;
c'est ce que je voulais et c'est aussi ce qu'il voulait. Il nous tardait à l'un et l'autre que je vienne
ici avec lui, si bien que nous partîmes tous les
deux pour nous y rendre à l'insu de tous. A cette
époque, vous et moi, nous étions encore jeunes
et petites. Je vous ai fait un récit exact; racontez-
moi à votre tour, comme je l'ai fait moi-même,
ce qu'il en est de votre ami et par quelle aventure
il vous a trouvée.

— Chère cousine, il m'épousa au su de mon
père et à la grande joie de ma mère. Notre
mariage fut connu de tous et nos parents en
furent heureux comme il est normal. Le comte
lui-même en fut heureux, car Erec est un chevalier si valeureux qu'il n'en est pas de meilleur et
il n'a plus à faire la preuve de son prestige et de
sa vaillance; de plus il est de très noble lignage:
je crois qu'il n'a pas d'égal. Il m'aime beaucoup
et moi plus encore, tant qu'il est impossible
d'aimer plus. Je n'ai encore jamais pu mettre un
frein à mon amour pour lui et je me l'interdis.
Mon époux n'est-il pas fils de roi? Ne m'a-t-il

Don ne me prist il povre et nue ?
Par lui m'est teus enors venue,
Qu'ains a nule desconselliee
Ne fu si granz aparelliee.
6315 Et s'il vos plest je vos dirai,
Si que de rien ne mantirai,
Comant je ving a tel hautesce ;
Ja del dire ne m'iert peresce. »
Lors li conta et reconnut
6320 Comant Erec vint a Lalut ;
Car ele n'ot del celer cure.
Bien li reconta l'avanture
Tot mot a mot, sanz antrelés ;
Mes a conter le vos relés
6325 Por ce que d'enui croist son conte
Qui deus foiz une chose conte.
Que qu'eles parloient ansanble
Une dame sole s'an anble
Qui as barons l'ala conter
6330 Por la joie croistre et monter.
De ceste chose s'esjoïrent
Tuit ansanble cil qui l'oïrent.
Et quant Mabonagrains le sot
Por s'amie grant joie an ot
6335 Por ce qu'ele s'an conforta.
Et cele qui lor aporta
La novele hastivemant,
Les fist mout liez sodainnemant.
Liez an fu meïsmes li rois
6340 Qui grant joie feisoit einçois ;
Mes or la fet il mout greignor,
Erec porte mout grant enor.
Enide sa cosine an mainne,
Plus bele que ne fu Helainne,
6345 Et plus jante et plus avenant.
Contre eles corent maintenant
Antre Erec et Mabonagrain,
Et Guivret et le roi Evrain,
Et trestuit li autre i acorent,

pas épousée alors que j'étais pauvre et nue? Je lui
dois d'accéder à une dignité qu'aucune jeune
fille déshéritée n'a encore connue. Et si vous le
voulez, je vous dirai, sans mentir d'un mot, comment je suis parvenue à ce haut rang; je ne me
lasserai jamais de le raconter. »

Elle lui fit alors un récit sincère de la venue
d'Erec à Lalut, sans vouloir rien cacher. Elle lui
retraça dans le détail tout ce qui était arrivé, sans
rien omettre. Mais je m'abstiens de vous le rap-
porter, car c'est charger d'ennui son récit que de
raconter deux fois la même chose.

Tandis qu'elles s'entretenaient, une dame
s'esquiva, toute seule, et alla raconter la nouvelle
aux barons pour porter la joie à son comble. Ce
fut l'occasion de se réjouir pour l'ensemble de
ceux qui l'entendirent et quand Mabonagrain
l'apprit il en conçut une joie très vive pour son
amie qui avait trouvé là de quoi se réconforter.
Celle qui s'était hâtée de leur apporter la nouvelle les remplit donc d'un bonheur inattendu.
Le roi lui-même en fut heureux. Si auparavant sa
joie était grande, à présent elle ne connaît plus
de bornes. Il témoigne les plus grands égards à
Erec tandis qu'Enide emmène sa cousine, plus
belle, plus élégante et mieux faite qu'Hélène.

A leur rencontre s'élancent aussitôt Erec et
Mabonagrain; Guivret, le roi Evrain, et tous les
autres, ne manquent pas d'accourir à leur tour.

6350 Si les saluent et enorent,
Que nus ne s'an faint ne retret.
Mabonagrains grant joie fet
D'Enide et ele aussi de lui.
Erec et Guivrez anbedui
6355 Refont joie de la pucele.
Grant joie font et cil et cele,
Si s'antrebeisent et acolent.
De raler el chastel parolent,
Car trop ont el vergier esté.
6360 De l'issir fors sont apresté,
Si s'an issent joie feisant,
Et li uns l'autre antrebeisant.
Trestuit aprés le roi s'an issent;
Mes ainz que el chastel venissent
6365 Furent assanblé li baron
De tot le païs anviron,
Et tuit cil qui la joie sorent
I vindrent, qui venir i porent;
Granz fu l'assanblee et la presse.
6370 Chascuns d'Erec veoir s'angresse,
Et haut et bas, et povre et riche.
Li uns devant l'autre se fiche,
Si le saluent et anclinent,
Et dïent tuit, qu'onques ne finent:
6375 « Deus saut celui par cui ressort
Joie et leesce a nostre cort!
Deus saut le plus buen eüré
Que Deus a feire et anduré! »
Einsi jusqu'a la cort l'an mainnent
6380 Et de joie feire se painnent
Si con li cuer les an semonent.
Rotes, harpes, vïeles sonent,
Gigues, sautier et sinfonies
Et trestotes les armonies
6385 Qu'an poïst dire ne nomer.
Mes je le vos vuel assomer
Briémant, sanz trop longue demore.
Li rois a son pooir l'enore,
Et tuit li autre sanz feintise.

Ils s'empressent tous de les saluer et de les honorer à l'envi. Mabonagrain accueille Enide avec la
joie la plus vive et elle lui réserve le même
accueil. Erec et Guivret pour leur part reçoivent
avec allégresse la jeune fille. De tous côtés c'est
la joie la plus vive : on ne cesse de s'embrasser et
de se prendre par le cou. On commence à parler
de retourner dans le château, car on a été longtemps dans le verger. On s'apprête à partir et on
s'en va en joyeux cortège, tout en échangeant
mille baisers.

Ils sortent donc tous à la suite du roi ; mais
avant qu'ils aient regagné le château, les barons
de tout le pays alentour s'étaient rassemblés et,
dès qu'ils le purent, tous ceux qui avaient appris
le joyeux événement accoururent ; tous ces gens
faisaient une foule immense.

On se presse pour voir Erec, grands seigneurs
et petit peuple, pauvres et riches, on se plante les
uns devant les autres pour le saluer et s'incliner
devant lui ; et tous de dire et de répéter : « Que
Dieu sauve celui qui a rendu la joie et l'allégresse
à notre cour. Que Dieu sauve le plus fortuné des
hommes qu'il se soit donné la peine de créer ! »

C'est ainsi qu'ils le conduisent jusqu'à la cour
et qu'ils s'empressent de lui faire un cortège
joyeux, comme leur cœur les y invite. Et rotes,
harpes et vielles de résonner, violes, psaltérions,
symphonies, et tous les instruments qu'on sache
dire ou nommer.

Mais je veux en terminer rapidement et ne pas
m'attarder trop longuement. Le roi l'honore le
plus qu'il peut, imité de grand cœur par tous les

6390 N'i a nul qui de son servise
     Ne s'aparaut mout volantiers.
     Trois jorz dura la Joie antiers
     Ainz qu'Erec s'an poïst torner.
     Au quart ne vost plus sejorner
6395 Por rien qu'an li seüst proiier.
     Grant jant ot a lui convoiier,
     Et mout grant presse au congié prandre.
     Ne poïst pas les saluz randre
     An demi jor par un et un,
6400 S'il vossist respondre a chascun.
     Les barons salue et acole,
     Les autres a une parole
     Comande a Deu toz et salue.
     Enide ne rest mie mue
6405 Au congié prandre des barons.
     Toz les salue par lor nons,
     Et il li tuit comunemant.
     Au departir mout doucemant
     Beise et acole sa cosine.
6410 Departi sont, la Joie fine.

autres. Il n'en est pas un qui ne se propose
volontiers pour le servir. La Joie dura trois jours
complets, sans qu'Erec puisse partir. Au quatrième jour, on eut beau le prier, il décida qu'il
ne resterait pas davantage. Il y eut compagnie
nombreuse pour l'escorter et la presse fut grande
pour les adieux. Une demi-journée complète ne
lui aurait pas suffi pour rendre un par un tous les
saluts s'il avait voulu répondre à chacun. Il salue
les barons et leur donne l'accolade et il adresse
aux autres une phrase pour les recommander à
Dieu et les saluer tous.

Quant à Enide, elle ne reste pas muette au
moment de prendre congé des barons. Elles les
salue tous par leur nom et ils lui répondent tous
ensemble. Sur le point de partir, très tendrement, elle embrasse sa cousine en lui passant les
bras autour du cou.

Les voici partis, c'est la fin de la Joie.

CIL s'an vont, et cil s'an retornent.
Erec et Guivrez ne sejornent,
Mes a joie lor voie tindrent
Tant qu'an nuef jorz a Robais vindrent,
6415 Ou li rois lor fu anseigniez.
Le jor devant estoit seingniez
An ses chanbres priveemant ;
Ansanble o lui ot solemant
Cinc çanz barons de sa meison.
6420 Onques mes an nule seison
Ne fu trovez li rois si seus,
Si an estoit mout angoisseus,
Que plus n'avoit jant a sa cort.
A tant uns messages acort,
6425 Que il orent fet avancier
Por lor venue au roi noncier.
Cil s'an vint tot devant la rote,
Le roi trova et sa jant tote,
Si le salue come sages
6430 Et dist : « Sire, je sui messages
Erec et Guivret le Petit. »
Et puis li a conté et dit
Qu'a sa cort veoir le venoient.
Li rois respont : « Bien veignant soient
6435 Come baron vaillant et preu !
Mellors d'aus deus ne sai nul leu.
D'aus iert mout ma corz amandee. »
Lors a la reïne mandee,
Si li a dites les noveles.
6440 Li autre font metre lor seles
Por aler contre les barons.
Ains n'i chaucierent esperons,
Tant se hasterent de monter.
Briémant vos vuel dire et conter
6445 Que ja estoit el borc venue
La rote de la jant menue,
Garçon et queu et botellier,
Por les osteus aparellier.
La granz rote venoit aprés,
6450 S'estoit ja venue si prés,

LA JOIE DE LA COUR
III. LE COURONNEMENT

Ils partent donc tandis que les autres s'en retournent. Erec et Guivret ne perdent pas de temps, mais se font une telle joie de poursuivre leur chemin qu'en neuf jours ils atteignent Robais, où on leur avait dit que le roi se trouvait. On lui avait fait une saignée le jour précédent dans ses appartements privés. Il n'avait alors avec lui que cinq cents barons de sa maison. Jamais encore, à aucun moment, le roi n'avait été aussi esseulé; aussi s'inquiétait-il de n'avoir pas plus de monde à sa cour.

Mais voici qu'un messager accourt qu'Erec et Guivret avaient dépêché pour annoncer leur arrivée au roi. Le messager avait pris les devants et il trouva le roi et toute sa suite; il le salua avec courtoisie : « Sire, dit-il, je suis le messager d'Erec et de Guivret le Petit. » Et il lui conta ensuite qu'ils arrivaient à sa cour pour le voir.

Le roi répondit : « Qu'ils soient bienvenus ces barons nobles et courageux. De meilleurs qu'eux, il n'en est nulle part, à ma connaissance. Leur présence va rehausser considérablement ma cour. »

Il appela ensuite la reine pour lui dire la nouvelle tandis que les autres faisaient mettre les selles pour se porter à la rencontre des barons et dans leur hâte à sauter en selle, ils omirent de chausser les éperons.

Je veux vous dire en quelques mots qu'était déjà arrivée dans le bourg la troupe des petites gens, — valets, cuisiniers, échansons —, qui devaient préparer les logis. Le gros de la troupe suivait et ils avaient fait tant de chemin qu'ils

Qu'an la vile estoient antré.
Maintenant sont antrancontré,
Si s'antresalüent et beisent.
As osteus vienent, si s'aeisent,
6455 Si se deshuesent et atornent;
De lor beles robes s'aornent.
Quant bien et bel atorné furent,
Por aler a la cort s'esmurent.
A cort vienent : li rois les voit,
6460 Et la reïne qui desvoit
D'Erec et d'Enide veoir.
Li rois les fet lez lui seoir,
Si beise Erec et puis Guivret,
Enide au col ses deus braz met,
6465 Si la rebeise et fet grant joie.
La reïne ne rest pas coie
D'Erec et d'Enide acoler.
De li poïst l'an oiseler,
Tant estoit de grant joie plainne.
6470 Chascuns del conjoïr se painne.
Et li rois pes feire comande,
Puis anquiert Erec et demande
Noveles de ses avantures.
Quant aqueisiez fu li murmures
6475 Erec a comancié son conte.
Ses avantures li reconte
Que nule n'an i antroblie.
Cuidiez vos or que je vos die
Queus achoisons le fist movoir ?
6480 Naie ! que bien savez le voir
Et de ce et de l'autre chose,
Si con je la vos ai esclose.
Li reconters me seroit griés,
Car li contes n'est mie briés,
6485 Qui le voudroit recomancier
Et les paroles rajancier,
Si come il le conta et dist :
Des trois chevaliers qu'il conquist,
Et puis des cinc, et puis del conte
6490 Qui li vost feire si grant honte,

étaient déjà entrés dans la ville quand ils trouvèrent ceux qui venaient à leur rencontre. On
échangea salutations et embrassades et les nouveaux arrivants allèrent à leurs logis où ils se
mirent à leur aise ; ils ôtèrent leurs bottes et pas-
sèrent leurs vêtements d'apparat. Quand ils
eurent revêtu leurs plus beaux atours, ils se
mirent en marche pour gagner la cour.

Les voici à la cour : ils sont en présence du roi
et de la reine qui était follement impatiente de
voir Erec et Enide. Le roi les fait asseoir près de
lui ; il embrasse Erec, puis Guivret, et met ses
bras autour du cou d'Enide qu'il embrasse à son
tour et qu'il accueille joyeusement. Quant à la
reine elle ne se prive pas d'embrasser Erec et
Enide. Elle était pleine d'une joie qui lui donnait
des ailes.

Chacun s'empressait de leur faire fête quand
le roi demanda le silence et pressa Erec de
raconter ses aventures. Quand le brouhaha se fut
apaisé, Erec commença son récit. Il lui raconta
ses aventures, sans rien omettre.

Mais à présent, pensez-vous que je vais vous
retracer les circonstances de son départ ? Point
du tout, car vous savez exactement ce qui s'est
passé, pour cela comme pour le reste ; je vous ai
tout dévoilé et je serais fâché d'avoir à en faire à
nouveau le récit, car l'histoire serait longue si on
voulait la recommencer et ordonner les propos
dans l'ordre où Erec en fit le récit ; il raconta les
trois chevaliers qu'il conquit, puis les cinq
autres, puis le comte qui voulait lui faire un terrible déshonneur, ensuite les deux géants... Il lui

Et puis des deus jaianz aprés;
Trestot an ordre, prés a prés,
Ses avantures li conta
Jusque la ou il afronta
6495 Le conte Oringle de Limors.
« De maint peril estes estors »,
Ce dist li rois, « biaus douz amis!
Or remenez an cest païs
A ma cort si con vos solez. »
6500 « Sire, dés que vos le volez,
Je remandrai mout volantiers
Trois anz ou quatre toz antiers;
Mes priiez Guivret autressi
Del remenoir, et je l'an pri. »
6505 Li rois del remenoir li proie,
Et cil la remenance otroie.
Einsi remainnent anbedui :
Li rois les retint avuec lui,
Ses tint mout chiers et enora.
6510 EREC a cort tant demora,
Guivrez et Enide antr'aus trois,
Que morz fu ses pere, li rois,
Qui viauz iere et de grant aage.
Maintenant murent li message :
6515 Li baron qui l'alerent querre,
Li plus haut home de sa terre,
Tant le quistrent et demanderent
Que a Tintaguel le troverent
Vint jorz devant Natevité,
6520 Si li distrent la verité,
Comant il estoit avenu
De son pere, le viel chenu,
Qui morz estoit et trespassez.
Erec an pesa plus assez
6525 Qu'il ne mostra sanblant as janz;
Mes diaus de roi n'est mie janz,
N'a roi n'avient qu'il face duel.
La ou il iere a Tintaguel,
Fist chanter vigiles et messes,
6530 Promist et randi ses promesses

raconta toutes ses aventures dans l'ordre et à la
suite, jusqu'à l'épisode où il affronta le comte
Oringle de Limors.

« Vous avez échappé à bien des dangers, mon
cher ami, dit le roi ; à présent demeurez dans ce
pays, à ma cour, comme par le passé.

— Seigneur, puisque vous le voulez, je resterai très volontiers trois ou quatre ans tout
entiers ; mais demandez aussi à Guivret de rester,
comme je l'en prie moi-même. »

Le roi engagea alors Guivret à rester, ce qu'il
accorda, et c'est ainsi qu'ils restèrent tous les
deux et que le roi les garda près de lui, leur
témoignant beaucoup d'égards et d'affection.

Erec demeura si longtemps à la cour, avec
Guivret et Enide, que le roi son père, qui était
vieux et très âgé, mourut. Des messagers furent
aussitôt envoyés : les barons qui partirent à sa
recherche, l'élite des seigneurs du pays, firent
tant et posèrent tant de questions qu'ils le trouvèrent à Tintaguel, vingt jours avant Noël. Ils lui
apprirent donc ce qu'il était advenu de son père,
vieillard chenu, qui était passé de vie à trépas.
Erec en fut beaucoup plus affecté qu'il ne le
laissa voir à son entourage ; mais deuil de roi est
malséant, et à un roi il convient mal de s'abandonner à la douleur. Il fit donc chanter vigiles et
messes à Tintaguel où il se trouvait, promit des
donations et les distribua, en tenant exactement

Si come il les avoit promises,
As meisons Deu et as eglises;
Mout fist bien quanque feire dut :
Povres mesaeisiez eslut
6535 Plus de çant et seissante et nuef,
Si les revesti tot de nuef;
As povres clers et as provoires
Dona, que droiz fu, chapes noires
Et chaudes pelices dessoz.
6540 Mout fist grant bien por Deu a toz :
A çaus qui an orent mestier
Dona deniers plus d'un sestier.
Quant departi ot son avoir
Aprés fist un mout grant savoir,
6545 Que del roi sa terre reprist;
Aprés si li pria et dist
Qu'il le coronast a sa cort.
Li rois li dist que tost s'atort;
Que coroné seront andui,
6550 Il et sa fame ansanble o lui,
A la Natevité qui vient;
Et dist : « Aler vos an covient
De ci qu'a Nantes an Bretaingne;
La porteroiz real ansaingne,
6555 Corone el chief et ceptre el poing;
Cest don et ceste enor vos doing. »
Erec le roi an mercia
Et dist que mout bel don i a.
A la Natevité ansanble
6560 Li rois toz ses barons assanble,
Trestoz par un et un les mande.
A Nantes venir les comande;
Toz les manda : nus n'i remaint.
Erec des suens remanda maint,
6565 Maint venir an i comanda.
Plus an i vint qu'il ne manda
Por lui servir et enor feire.
Ne vos sai dire ne retreire,
Qui fu chascuns ne come ot non;
6570 Mes qui que venist ne qui non,

ses engagements, aux hospices et aux églises. Il
s'acquitta parfaitement de ce qu'il lui appartenait de faire : il choisit plus de cent soixante-neuf
pauvres dans un complet dénuement et les
habilla de neuf; aux pauvres clercs et aux prêtres
il donna, comme il était normal, des chapes
noires doublées de chaudes pelisses. Il distribua
à tous de larges aumônes au nom de Dieu : à
ceux qui en avaient besoin il distribua plus d'un
setier de deniers.

Après avoir partagé ce qu'il possédait, il fit une
démarche qui dénotait beaucoup de bon sens : il
voulut tenir sa terre du roi Arthur. Il s'adressa
donc à lui pour le prier de le couronner à sa
cour. Le roi lui répondit de se préparer sans tarder : il les couronnera tous les deux, lui et son
épouse, au prochain Noël : « Il faut vous rendre à
Nantes en Bretagne; c'est là que vous recevrez
les insignes royaux, la couronne sur votre tête, et
le sceptre dans votre main; voilà l'honneur dont
je veux entourer cette faveur. »

Erec remercia le roi de la grande faveur qu'il
lui faisait. A Noël le roi réunit tous ses barons,
les convoquant tous nommément. Il leur
commanda de se rendre à Nantes; il les convoqua tous et aucun ne se déroba. De son côté,
Erec convoqua nombre de ses gens; il en invita
beaucoup, mais il en vint davantage, afin de le
servir avec plus d'éclat. Je ne peux pas vous les
énumérer tous ni vous donner leurs noms; mais
peu importe de savoir qui vint ou non, en tout

N'i fu pas obliëz li pere
Ma dame Enide ne sa mere.
Cil fu mandez premieremant
Et vint a cort mout richemant
6575 Come hauz ber et chastelains.
N'ot pas rote de chapelains
Ne de jant fole n'esbaïe,
Mes de buene chevalerie
Et de jant mout bien atornee.
6580 Chascun jor firent grant jornee :
Tant chevauchierent chascun jor
A grant joie et a grant ator,
La voille de Natevité
Vindrent a Nantes la cité.
6585 Onques nul leu ne s'aresterent
Tant qu'an la haute sale antrerent
Ou li rois et ses janz estoient.
Erec et Enide les voient :
Savoir poez que joie an orent.
6590 Ancontre vont plus tost qu'il porent,
Si les salüent et acolent,
Mout doucemant les aparolent
Et font joie si come il durent.
Quant antreconjoï se furent
6595 Tuit quatre main a main se tindrent,
Jusque devant le roi s'an vindrent,
Si le saluent maintenant,
Et puis la reïne ansemant,
Qui delez lui seoit an coste.
6600 Erec tint par la main son oste
Et dist : « Sire, veez vos ci
Mon buen oste, mon buen ami,
Qui me porta si grant enor
Qu'a sa meison me fist seignor.
6605 Ainz qu'il me coneüst de rien
Me herberja et bel et bien.
Quanquë il ot m'abandona,
Neïs sa fille me dona
Sanz los et sanz consoil d'autrui. »

cas le père de ma dame Enide ne fut pas oublié,
non plus que sa mère. Il fut le premier invité et
arriva à la cour en grande pompe, comme il
convient à un haut baron possesseur d'un château. Il ne conduisait pas une troupe de chapelains ou d'étourdis sans cervelle, mais un cortège
de chevaliers valeureux et de gens fort bien
vêtus. Ils faisaient chaque jour de longues étapes
et, chevauchant ainsi chaque jour joyeusement et
en bel arroi, ils parvinrent à la cité de Nantes la
veille de Noël. Ils ne s'arrêtèrent pas avant
d'entrer dans la salle d'apparat où se tenaient le
roi et ses gens.

Erec et Enide les voient, vous pouvez deviner
leur joie. Ils se portent à leur rencontre au plus
vite, les saluent, les embrassent, les accueillent
tendrement et leur font fête comme il se doit.

Après ce joyeux échange d'amitiés, tous les
quatre, se tenant par la main, s'avancèrent
jusque devant le roi. Ils s'empressèrent de le
saluer, ainsi que la reine qui était assise à ses
côtés. Erec, tenant par la main celui qui avait été
son hôte, prit la parole : « Sire, voici mon bon
hôte, mon cher ami, qui me traita avec des
égards si attentionnés qu'il me fit seigneur de sa
maison. Avant même de rien savoir sur moi il
m'hébergea magnifiquement. Il mit tout ce qu'il
avait à ma disposition et me donna même sa fille
sans prendre avis ou conseil de personne.

6610 « Et ceste dame ansanble o lui,
    Amis », fet li rois, « qui est ele ? »
    Erec nule rien en li cele :
    « Sire », fet il, « de ceste dame
    Vos di qu'ele est mere ma fame. »
6615 « Sa mere est ele ? » — « Voire, sire ! »
    « Certes, donc vos puis je bien dire
    Que mout doit estre bele et jante
    La flors qui nest de si bele ante,
    Et li fruiz miaudre, qu'an i quiaut,
6620 Car qui de buen ist, soef iaut.
    Bele est Enide, et bele doit
    Estre par reison et par droit,
    Que bele dame est mout sa mere,
    Bel chevalier a an son pere.
6625 De nule rien ne les angingne,
    Car mout retret bien et relingne
    A anbedeus de mainte chose. »
    Ci se test li rois et repose,
    Si lor comande qu'il s'assieent.
6630 Cil son comandemant ne vieent,
    Assis se sont tot maintenant.
    Or a Enide joie grant
    Quant son pere et sa mere voit,
    Que mout lonc tans passé avoit
6635 Que ele nes avoit veüz.
    Mout l'an est granz joies creüz :
    Mout l'an fu bel et mout li plot ;
    Sanblant an fist, quanqu'ele pot ;
    Mes n'an pot pas tel sanblant feire
6640 Qu'ancor ne fust la joie meire.
    Ne je n'an vuel ore plus dire,
    Que vers la cort li cuers me tire,
    Qui ja estoit tote assanblee.
    De mainte diverse contree
6645 I ot contes et dus et rois,
    Normanz, Bretons, Escoz, Irois ;
    D'Angleterre et de Cornoaille
    I ot mout riche baronaille,
    Que des Gales jusqu'an Anjo,

— Et cette dame qui l'accompagne, ami, fit le roi, qui est-ce ? »

Erec ne lui cacha rien : « Sire, fit-il, je vous l'apprends, cette dame est la mère de ma femme.

— Est-ce sa mère ?

— Oui, sire !

— Certes, j'ai bien le droit de dire que la fleur qui naît d'un si beau rameau ne peut qu'être belle et gracieuse, et meilleur encore le fruit qu'on y cueille. Car de lignée valeureuse, saveur délicieuse. Enide est belle, et il est légitime et normal qu'elle soit belle, car sa mère est une fort belle dame et son père est un magnifique chevalier. Elle n'a rien qui doive les décevoir, tant de traits en elle renvoient à l'un et à l'autre. »

Le roi se tut alors et les invita à s'asseoir ; ils ne déclinèrent pas l'offre du roi et s'assirent aussitôt.

A présent Enide déborde de joie puisqu'elle retrouve son père et sa mère qu'elle n'avait pas vus depuis très longtemps. Sa joie est immense et elle est immensément heureuse ; elle a plaisir à laisser paraître sa joie ; elle a beau la laisser paraître, la joie qui habite son cœur est encore plus grande. Mais je ne veux pas en dire plus à présent car j'ai envie de passer à la cour qui était déjà réunie au complet.

On y voyait des comtes, des ducs et des rois de nombreux pays, des Normands, des Bretons, des Écossais, des Irlandais ; l'Angleterre et la Cornouaille étaient représentées par de puissants barons, car du Pays de Galles à l'Anjou, dans le

6650 Ne el Mainne ne an Peito
     N'ot chevalier de grant afeire
     Ne jantil dame de bone eire
     Que les mellors et les plus jantes
     Ne fussent a la cort a Nantes,
6655 Si con li rois les ot mandez.
     Or oëz, se vos comandez,
     La grant joie et la grant hautesce,
     La seignorie et la richesce,
     Qui a la cort fu demenee.
6660 Einçois que none fust sonee,
     Ot adobé li rois Artus
     Quatre çanz chevaliers et plus,
     Toz fiz de contes et de rois.
     Chevaus dona a chascun trois,
6665 Et robes a chascun deus peire
     Por ce que sa corz miaudre apeire.
     Mout fu li rois puissanz et larges :
     Ne dona pas mantiaus de sarges,
     Ne de conins ne de brunetes,
6670 Mes de samiz et d'erminetes,
     De ver antiers et de diaspres,
     Listez d'orfrois roiiez et aspres.
     Alixandres, qui tant conquist
     Que soz lui tot le monde mist
6675 Et tant fu larges et tant riches,
     Vers cestui fu povres et chiches.
     Cesar, l'anperere de Rome,
     Et tuit li roi que l'an vos nome
     An diz et an chançons de geste,
6680 Ne dona tant a une feste
     Come li rois Artus dona
     Le jor que Erec corona ;
     Ne tant n'osassent pas despandre
     Antre Cesar et Alixandre,
6685 Come a la cort ot despandu.
     Li mantel furent estandu
     A bandon par totes les sales,
     Tuit furent gité fors des males ;
     S'an prist qui vost, sanz contredit.

Maine comme en Poitou, il n'y avait chevalier de haut rang ou noble dame de bonne naissance qui ne soient présents à la cour de Nantes, répondant à l'invitation du roi.

A présent, écoutez, puisque vous le voulez, l'allégresse et la pompe, la majesté et la magnificence, qui régnaient à la cour.

Avant le milieu de l'après-midi, le roi Arthur avait adoubé quatre cents chevaliers et plus, tous fils de comtes et de rois. Il donna trois chevaux à chacun et à chacun deux paires de robes, afin que sa cour ait plus d'éclat. Le roi était puissant et généreux; les manteaux qu'il donna n'étaient pas des manteaux de serge ou en fourrure de lapin ou en laine, mais bien de satin ou fourrés d'hermine ou de petit-gris entiers, ou en brocart, avec des bordures d'orfroi rayé et épais. Alexandre, ce conquérant qui soumit le monde entier, qui fut si généreux et si fastueux, était pauvre et chiche en comparaison d'Arthur. César, l'empereur de Rome, et tous les rois qu'on vous cite dans les récits et les chansons de geste, ne distribuèrent jamais autant de dons que le roi Arthur, le jour où il couronna Erec; César et Alexandre réunis n'auraient pas osé assumer les dépenses qui furent faites à la cour d'Arthur.

Les manteaux étaient librement étalés dans toutes les salles; on avait vidé tous les coffres; en prenait qui voulait, sans aucun empêchement.

6690 Anmi la cort sor un tapit
      Ot trante muis d'esterlins blans;
      Car lors avoient a cel tans
      Coreü des le tans Merlin
      Par tote Bretaingne esterlin.
6695 Iluec pristrent livreison tuit;
      Chascuns an porta cele nuit
      Tant come il vost a son ostel.
      A tierce le jor de Noël
      Resont tuit a cort assanblé.
6700 Tot a Erec son cuer anblé
      La granz joie qui li aproche.
      Or ne porroit langue ne boche
      De nul home, tant seüst d'art,
      Deviser le tierz ne le quart
6705 Ne le quint de l'atornemant
      Qui fu a son coronemant.
      Donc vuel je grant folie anprandre,
      Qui au descrive vuel antandre;
      Mes puis que feire le m'estuet,
6710 Or avaingne qu'avenir puet,
      Ne leisserai que je ne die
      Selonc mon san une partie.
      LI rois avoit deus faudestués
      D'ivoire blanc, bien fez et nués,
6715 D'une meniere et d'une taille.
      Cil qui les fist, sanz nule faille,
      Fu mout sotis et angigneus;
      Car si les fist sanblanz andeus
      D'un haut, d'un lé et d'un ator,
6720 Ja tant n'esgardissiez antor
      Por l'un de l'autre deviser,
      Que ja i poïssiez trover
      An l'un, qui an l'autre ne fust.
      N'i avoit nule rien de fust
6725 Se d'or non ou d'ivoire fin.
      Bien furent taillié de grant fin;
      Car li dui manbre d'une part
      Orent sanblance de liépart,
      Li autre dui de corcatrilles.

Au milieu de la cour, sur un tapis, se trouvaient trente muids d'esterlins brillants; car à l'époque, et depuis le temps de Merlin, les esterlins avaient cours dans toute la Bretagne. Tous vinrent se servir et chacun ce soir-là en emporta autant qu'il voulut à son logis. Au début de la matinée, le jour de Noël, ils se réunirent tous à nouveau à la cour.

La grande joie qui se prépare a pris totalement possession du cœur d'Erec. Il serait impossible à une langue ou une bouche humaine, si habiles qu'elles soient, de décrire le tiers ou le quart ou même le cinquième des fastes qui présidèrent à son couronnement. Je m'apprête donc à me lancer dans une entreprise bien folle quand je me prépare à en faire la description; mais, puisqu'il le faut, advienne que pourra, je ne renoncerai pas à en dire une partie, à proportion de mon talent.

Le roi avait deux sièges en ivoire blanc, bien faits et tout neufs, de même modèle et de même taille. L'artiste qui les avait fabriqués était assurément d'une adresse et d'une ingéniosité rares : il les fit tous les deux si exactement semblables, en hauteur, largeur et décoration, qu'à chercher de toutes parts comment les distinguer l'un de l'autre, vous ne pourriez trouver dans l'un un détail qui ne serait pas dans l'autre. Rien n'était en bois, tout était d'or ou d'ivoire précieux. Ils avaient été sculptés avec un art consommé, car les deux pieds de devant représentaient un léopard, et les deux autres un crocodile. C'est un

6730 Uns chevaliers, Bruianz des Illes,
     An avoit fet don et seisine
     Le roi Artu et la reïne.
     Li rois Artus sor l'un s'assist,
     Sor l'autre Erec asseoir fist
6735 Qui fu vestuz d'un drap de moire.
     Lisant trovomes an l'estoire
     La description de la robe,
     Si an trai a garant Macrobe,
     Qui au descrivre mist s'antante,
6740 Que l'an ne die que je mante.
     Macrobes m'ansaingne a descrivre,
     Si con je l'ai trové el livre,
     L'uevre del drap et le portret.
     Quatre fees l'avoient fet
6745 Par grant san et par grant mestrie.
     L'une i portrest Geometrie,
     Si come ele esgarde et mesure
     Con li ciaus et la terre dure,
     Si que de rien nule n'i faut,
6750 Et puis le bas et puis le haut,
     Et puis le lé et puis le lonc;
     Et puis esgarde par selonc
     Con la mers est lee et parfonde
     Et si mesure tot le monde.
6755 Tel oevre i mist la premerainne;
     Et la seconde mist sa painne
     An Arimetique portreire,
     Si se pena mout de bien feire,
     Si come ele nonbre par sans
6760 Les jorz et les ores del tans,
     Et l'eve de mer gote a gote,
     Et puis aprés l'arainne tote
     Et les estoiles tire a tire,
     (Bien an set la verité dire),
6765 Et quantes fuelles an bois a :
     Onques nonbres ne l'an boisa
     Ne ja n'an mantira de rien
     Quant ele i viaut antandre bien;
     Teus est li sans d'Arimetique.

chevalier, Bruiant des Iles, qui en avait fait don
au roi Arthur et à la reine.

Le roi Arthur s'assit sur l'un et fit asseoir Erec
sur l'autre, vêtu d'une soie moirée. Quand on se
rapporte au livre, on y lit la description de la
robe et, pour qu'on ne dise pas que je mente, je
prends à témoin Macrobe qui fit de la description l'objet de son étude. C'est en effet Macrobe
qui m'apprend à décrire, selon ce que j'ai trouvé
dans le livre, la façon de l'étoffe et ses dessins.

La robe était l'œuvre de quatre fées qui y
avaient mis tout leur talent et leur savoir. L'une y
représenta Géométrie, comment elle examine et
mesure les dimensions du ciel et de la terre, sans
rien omettre, le haut puis le bas, le côté puis la
longueur; ensuite elle examine, en bordure de la
terre, la largeur et la profondeur de la mer; ainsi
elle mesure la totalité du monde. Telle était
l'œuvre de la première.

La seconde mit sa peine à représenter Arithmétique; elle fit vraiment de son mieux; on
voyait comment elle compte avec talent le temps
en jours et en heures, et l'eau de la mer, goutte
par goutte, ensuite tous les grains de sable, et les
étoiles, une à une (elle sait en donner le nombre
exact), et combien il y a de feuilles dans un bois.
Jamais un nombre ne l'induisit en erreur et ses
résultats seront toujours exacts si elle décide de
s'y consacrer; tels sont donc les talents d'Arithmétique.

6770 La tierce oevre fu de Musique,
     A cui toz li deduiz s'acorde,
     Chant et deschant, et son de corde,
     De harpe, de rote et viële.
     Ceste oevre fu et buene et bele,
6775 Car devant li gisoient tuit
     Li estrumant et li deduit.
     La quarte qui aprés ovra
     A mout buene oevre recovra,
     Car la mellor des arz i mist.
6780 D'Astronomie s'antremist
     Cele qui fet tante mervoille,
     Qui as estoiles se consoille
     Et a la lune et au soloil;
     An autre leu ne prant consoil
6785 De rien qui a feire li soit.
     Cil la consoillent bien a droit
     De quanquë ele les requiert,
     Et quanque fu et quanquë iert
     Li font certainnement savoir
6790 Sanz mantir et sanz decevoir.
     Ceste oevre fu el drap portreite,
     De quoi la robe Erec fu feite,
     A fil d'or ovree et tissue.
     La pane qui i fu cosue
6795 Fu d'unes contrefeites bestes,
     Qui ont totes blanches les testes
     Et les cos noirs come une more,
     Les dos ont toz vermauz dessore,
     Les vantres vers et la coe inde.
6800 Iteus bestes neissent an Inde,
     Si ont barbioletes non;
     Ne manjuent s'especes non,
     Quenele et girofle novel.
     Que vos diroie del mantel?
6805 Mout fu riches et buens et biaus :
     Quatre pierres ot és tassiaus,
     D'une part ot deus crisolites
     Et de l'autre deus ametites,
     Qui furent assises an or.

La troisième œuvre concernait Musique, avec qui s'accorde toute réjouissance, chant et déchant, mélodie des cordes, de la harpe, de la rote et de la vielle. Le travail était parfait, car on voyait à ses pieds les instruments et les réjouissances qu'elle prodigue.

La quatrième fée, dont le travail venait ensuite, réalisa une œuvre magnifique, car elle y représenta la plus haute figure des arts. Elle entreprit de représenter Astronomie, celle qui accomplit tant de merveilles, qui consulte les étoiles ainsi que la lune et le soleil. Elle n'a d'autre source de conseil pour tout ce qu'elle entreprend et les astres lui donnent des avis profitables sur toutes les questions qu'elle leur soumet ; sur le passé, sur l'avenir, ils lui donnent des informations sûres, exemptes de mensonge et de tromperie. Ce travail figurait sur le tissu dont était fait la robe d'Erec, brodé et tissé en fil d'or.

La bordure de fourrure qui y était cousue provenait d'animaux extraordinaires : ils ont la tête toute blanche et le cou noir comme une mûre, le dessus du dos est tout vermeil, le ventre vert et la queue violette. Ces bêtes vivent en Inde et on les appelle barbiolettes. Elles ne se nourrissent que d'épices, de cannelle et de girofle frais.

Que vous dire du manteau ? Il était splendide, parfaitement beau ; il y avait quatre pierres sur les plaques d'agrafe, deux chrysolites sur l'une et deux améthystes sur l'autre, serties dans de l'or.

6810 ENIDE n'estoit pas ancor
     Venue el palés a cele ore.
     Quant li rois voit qu'ele demore
     Gauvain comande tost aler
     Li et la reïne amener.
6815 Gauvains i cort, ne fu pas lanz
     O lui li rois Cadovalanz
     Et li larges rois de Gavoie.
     Guivrez li Petiz les convoie,
     Aprés va Yders, li fiz Nut.
6820 Des autres barons i corut
     Tant por les deus dames conduire,
     Bien poïssent une ost destruire,
     Car plus an i ot d'un millier.
     Quanque pot, d'Enide atillier
6825 Se fu la reïne penee.
     El palés l'an ont amenee
     D'une part Gauvains, li cortois,
     Et d'autre part li larges rois
     De Gavoie, qui mout l'ot chiere,
6830 Tot por Erec, qui ses niés iere.
     Quant eles vindrent el palés,
     Contre eles vint a grant eslés
     Li rois Artus, et par franchise
     Lez Erec a Enide assise,
6835 Car mout li viaut grant enor feire.
     Maintenant comande fors treire
     Deus corones de son tresor,
     Totes massices de fin or.
     Dés qu'il l'ot comandé et dit,
6840 Les corones sanz nul respit
     Li furent devant aportees,
     D'escharboncles anluminees,
     Que quatre an avoit an chascune.
     Nule riens n'est clartez de lune
6845 A la clarté que toz li mandre
     Des escharboncles pooit randre.
     Por la clarté qu'eles randoient,
     Tuit cil qui el palés estoient
     Si tres duremant s'esbaïrent

A ce moment Enide n'avait pas encore gagné
la salle d'apparat. Quand le roi voit qu'elle tarde,
il demande à Gauvain d'aller rapidement la chercher, ainsi que la reine. Gauvain, qui était preste,
y court, emmenant avec lui le roi Cadovalant et
le généreux roi de Gavoie. Guivret le Petit les
accompagne suivi d'Yders, fils de Nut. Tant de
barons accoururent pour faire cortège aux deux
dames qu'ils étaient assez nombreux pour venir à
bout d'une armée, car ils étaient plus d'un millier. La reine avait mis tous ses soins à parer
Enide qui fut conduite à la salle d'apparat escor-
tée par Gauvain le courtois d'un côté et, de
l'autre, par le généreux roi de Gavoie, qui avait
beaucoup d'affection pour elle à cause d'Erec
qui était son neveu. Quand les dames arrivèrent
au palais, le roi Arthur s'élança au-devant
d'elles, et fit à Enide la courtoisie de l'asseoir
près d'Erec, car il tenait à lui faire honneur.

Il ordonna ensuite qu'on apporte deux couronnes de son trésor, en or massif très fin. A
peine en eut-il donné l'ordre que les couronnes
lui furent présentées, scintillant de l'éclat des
quatre escarboucles que portait chacune d'elles.
La clarté de la lune n'est rien en comparaison de
celle qui émanait de la plus petite de ces escarboucles. La clarté qu'elles répandaient surprit si
fortement les yeux de ceux qui étaient dans la

6850 Que de piece gote ne virent;
     Neïs li rois s'an esbaï
     Et neporquant mout s'esjoï
     Quant il les vit cleres et beles.
     L'une fist prandre a deus puceles
6855 Et l'autre a deus barons tenir.
     Puis comanda avant venir
     Les evesques et les prïeus
     Et les abez religïeus,
     Por enoindre le novel roi
6860 Selonc la crestiiene loi.
     Maintenant sont avant venu
     Tuit li prelat, juene et chenu;
     Car a la cort avoit assez
     Venuz evesques et abez.
6865 L'evesques de Nantes meïsmes
     Qui mout fu prodon et saintismes,
     Fist le sacre del roi novel
     Mout saintemant et bien et bel,
     Et la corone el chief li mist.
6870 Li rois Artus aporter fist
     Un ceptre qui mout fu loez.
     Del ceptre la façon oëz,
     Qui fu plus clers d'une verrine,
     Toz d'une esmeraude anterine,
6875 Et s'avoit bien plain poing de gros.
     Par verité dire vos os
     Qu'an tot le mont nen a meniere
     De peisson ne de beste fiere
     Ne d'ome ne d'oisel volage
6880 Que chascuns lonc sa propre image
     N'i fust ovrez et antailliez.
     Li ceptres fu au roi bailliez,
     Qui a mervoilles l'esgarda;
     Si le mist, que plus ne tarda,
6885 Le roi Erec an sa main destre;
     Or fu il rois si con dut estre.
     Puis ra Enide coronee.
     Ja estoit la messe sonee,
     Si s'an vont a la mestre eglise

salle qu'ils furent longtemps sans rien voir. Le
roi lui-même en fut surpris, mais il fut ravi de les
voir si lumineuses et si belles. Il confia l'une à
deux jeunes filles et fit tenir l'autre par deux
barons, puis il commanda aux évêques, aux
prieurs et aux abbés de s'avancer afin de procé-
der à l'onction du nouveau roi, selon le rite de la
religion chrétienne.

On vit donc s'avancer aussitôt tous les prélats,
jeunes et chenus, car à cette cour évêques et
abbés étaient venus en nombre. L'évêque de
Nantes en personne, homme d'une sainte piété,
consacra le nouveau roi, très pieusement et reli-
gieusement, et déposa la couronne sur sa tête.

Le roi Arthur fit apporter un sceptre qui sus-
cita l'admiration générale. Écoutez comment il
était fait : il était plus lumineux qu'un vitrail et
n'était composé que d'une seule émeraude qui
avait bien la grosseur du poing. J'ose dire sans
être traité de menteur qu'il n'y a pas au monde
d'espèce de poissons, de bêtes sauvages,
d'hommes ou d'oiseaux ailés, qui ne s'y soit
trouvé sculpté en une représentation fidèle. Le
sceptre fut présenté au roi qui, après l'avoir
regardé avec émerveillement, le plaça sans plus
tarder dans la main droite d'Erec. A présent il
était devenu roi selon le rite et, à son tour, il couronna Enide.

Mais la messe était déjà sonnée et ils se dirigèrent tous vers la cathédrale pour entendre la

6890 Oïr la messe et le servise;
       A l'eveschié s'an vont orer.
       De joie veïssiez plorer
       Le pere a la reïne Enide
       Et sa mere Carsenefide.
6895 Por voir einsi ot non sa mere,
       Et Liconaus ot non ses pere;
       Mout estoient anbedui lié.
       Quant il vindrent a l'eveschié,
       Ancontr'aus s'an ist tote fors
6900 O reliques et o tresors
       La processions del mostier.
       Croiz et textes et ancansier
       Et chasses atot les cors sainz,
       Dont il ot an l'eglise mainz,
6905 Lor fu a l'ancontre fors tret,
       Ne de chanter n'i ot po fet.
       Onques ansanble ne vit nus
       Tant rois, tant contes ne tant dus
       Ne tant barons a une messe,
6910 Si fu granz la presse et espesse,
       Que toz an fu li mostiers plains.
       Onques n'i pot antrer vilains,
       Se dames non et chevalier.
       Defors la porte del mostier
6915 An i remest ancor assez :
       Tant an i avoit amassez
       Qui el mostier antrer ne porent.
       Quant tote la messe oïe orent,
       Si sont el palés retorné.
6920 Ja fu tot fet et atorné,
       Tables mises, et napes sus :
       Cinc çanz tables i ot et plus;
       Mes je ne vos vuel feire acroire
       Chose qui ne sanble estre voire.
6925 Mançonge sanbleroit trop granz,
       Se je disoie que cinc çanz
       Tables fussent mises a tire
       An un palés, ja nel quier dire;
       Ainz an i ot cinc sales plainnes,

messe et l'office; ils s'en allaient prier avec
l'évêque. Vous auriez pu voir le père de la reine
Enide pleurer, ainsi que sa mère Carsenefide.
Tel était en effet le nom de sa mère et son père
s'appelait Liconal. Ils étaient tous les deux au
comble de la joie.

Quand ils arrivèrent à la cathédrale, tout le
clergé en procession s'avança à leur rencontre
portant les reliques et le trésor. On avait sorti
pour aller au-devant d'eux les croix, les missels,
les encensoirs et les châsses avec les saintes
reliques qui faisaient la richesse de l'église et l'on
ne se priva pas de chanter. On n'avait encore
jamais vu réunis autant de rois, de comtes, de
ducs et de barons pour assister à une messe;
aussi la presse était-elle grande et l'église
complètement remplie. Aucun manant ne put y
entrer, seules les dames et les chevaliers y pénétrèrent; encore en resta-t-il beaucoup à la porte
de l'église, tant ils étaient nombreux à n'avoir pu
trouver place.

Quand ils eurent entendu la messe, ils retournèrent à la salle d'apparat où tout était préparé,
tables mises avec les nappes dessus : il y avait
cinq cents tables et plus; mais je ne cherche pas
à vous faire croire une chose invraisemblable. Le
mensonge paraîtrait énorme si j'affirmais que
cinq cents tables furent mises les unes à côté des
autres dans une seule salle, et ce n'est pas ce que
je veux dire; en réalité il y avait cinq salles si

6930 Si que l'an pooit a granz painnes
Voie antre les tables avoir.
A chascune table por voir
Avoit ou roi ou duc ou conte,
Et çant chevalier tot par conte
6935 A chascune table seoient.
Mil chevalier de pain servoient,
Et mil de vin, et mil de mes,
Vestu d'ermins peliçons fres.
De mes divers sont tuit servi :
6940 Neporquant se je ne les vi
Vos an seüsse reison randre,
Mes il m'estuet a el antandre
Que a reconter le mangier :
Assez an orent sanz dangier ;
6945 A grant joie et a grant planté
Servi furent a volanté.
QUANT cele feste fu finee,
Li rois departi l'assanblee
Des rois et des dus et des contes,
6950 Dont assez estoit granz li contes,
Des autres janz et des menues
Qui a la feste sont venues.
Mout lor ot doné largemant
Chevaus et armes et arjant,
6955 Dras et pailes de mainte guise,
Por ce qu'il est de grant franchise
Et por Erec qu'il ama tant.
Li contes fine ci a tant.

remplies qu'il était difficile de trouver un passage entre les tables. Chaque table, c'est la vérité, était présidée par un roi, un duc ou un comte, et à chaque table avaient pris place, tout bien compté, cent chevaliers. Mille chevaliers faisaient le service du pain, mille autres le service du vin, et mille autres servaient les mets; tous étaient vêtus de tuniques d'hermine neuves. A tous on servit des mets divers : bien que je ne les aie pas vus, je pourrais vous en faire le compte, mais j'ai autre chose à faire qu'à détailler le repas; ils eurent beaucoup à manger et sans restriction; ils furent servis à volonté dans une atmosphère de réjouissance et d'abondance.

Quand la fête fut terminée, le roi congédia l'assemblée qui avait réuni des rois, des ducs et des comtes en nombre important, et bien d'autres gens plus humbles qui étaient venus à la fête. Il avait distribué largement chevaux, armes et argent, étoffes et tentures de diverses façons, parce que telle est sa générosité et parce qu'il aimait beaucoup Erec.

Ici se clôt mon récit.

NOTES

Les références bibliographiques des études répertoriées dans la bibliographie sont données de façon succincte.

Les références aux autres œuvres de Chrétien de Troyes renvoient aux éditions suivantes : *Cligès*, éd. M. Roques, Paris, Champion (Classiques Français du Moyen Age) ; *Le Chevalier au lion*, éd. M. Rousse, Paris, Flammarion, 1990, Coll. GF ; *Le Chevalier de la Charrette*, éd. J.-Cl. Aubailly, Paris, Flammarion, 1991, Coll. GF ; *Perceval*, éd. W. Roach, Genève et Paris, Droz, 1959, coll. Textes Littéraires Français.

1. Chrétien fait montre dans ce prologue d'une volonté de surprendre qui ne va pas sans un certain humour. Commencer une œuvre qui se veut courtoise par *Li vilains* (le paysan, le rustre), qui symbolise l'opposé de la courtoisie, ne manque pas de sel. Mais après ce premier mot qui crée la surprise, il se plie au procédé rhétorique recommandé par Mathieu de Vendôme pour commencer une œuvre, le recours à un proverbe (Voir E. Faral, *Les Arts poétiques du douzième et du treizième siècle*, Paris, Champion, 1923, « Bibl. de l'École des Hautes Études », p. 113). Et il justifie de la sorte l'appel au *vilain*, puisque l'époque s'est plu à voir aussi dans le *vilain* un être fruste dont la rusticité et la naïveté s'accompagnent d'un bon sens terre à terre. Dans la seconde moitié du XIIe siècle, peu après *Erec* semble-t-il, fut compilé pour Philippe d'Alsace, comte de Flandres, un recueil intitulé *Les proverbes au vilain* (édité par A. Tobler, *Li proverbe au vilain. Die Sprichwörter des gemeinen Mannes, nach den bisher bekannten Hss.*, Leipzig, 1895), et une demoiselle dans le *Chevalier de la Charrette*, en appelle, elle aussi, à un proverbe de vilain : *Li vilains dit bien voir qu'a poinne Puet an mes un ami trover* (v. 6502-6503). Chrétien s'amuse des surprises de son auditoire dont il éveille la curiosité. On a quelque peine à saisir immédiatement ce que les premiers vers veulent énoncer ; mais cela est encore une façon de faire attendre la suite et d'accrocher l'attention.

5. Chrétien affirme qu'il veut faire une œuvre qui ne soit pas de frivolité et n'ait rien de commun avec ce que proposent les jon-

gleurs. Il doit donc mettre sa peine à créer une œuvre où s'inscrive
un sens profond, riche d'enseignement pour qui saura la lire. Cette
affirmation s'accompagne de l'ambition de créer une œuvre destinée à survivre à son auteur et à lui assurer l'immortalité (voir les
v. 24-26). Tout cela est déjà présent dans le *Roman de Thèbes*
auquel les premiers vers d'*Erec* semblent faire écho :

> *Qui sages est nel doit celer,*
> *Ainz doit por ce son senz moutrer*
> *Que quant il ert du siecle alez*
> *Touz jors en soit mes ramenbrez* (v. 1-4)

« Celui qui est savant ne doit pas le cacher, il doit montrer son
savoir, afin que lorsqu'il aura quitté ce monde, on s'en souvienne
toujours. »
et quelques vers plus loin :

> *Pour ce n'en veul mon senz tesir,*
> *Ma sapience retenir,*
> *Ainz me delite a raconter*
> *Chose digne por ramenbrer* (v. 9-12)

« Je ne veux pas taire mon savoir, ni cacher ma sagesse ; je prends
plaisir au contraire à faire le récit de faits qui méritent qu'on les
conserve en mémoire. »

19. Le héros du roman est annoncé en ouverture du récit. Chrétien ne procède pas toujours ainsi. Dans *Le Chevalier de la charrette*
il laisse l'auditoire dans l'incertitude, ne révélant le nom de son
héros qu'au vers 3660 et dans *Le Conte du Graal*, Perceval ne se
nomme qu'au vers 3582 (éd. Roach). C'est que le nom affirme la
personnalité et est comme l'emblème de l'épanouissement de celui
qui le porte. Chrétien joue du mystère que peut conférer l'absence
du nom ; s'il nomme Erec dès les premiers vers, il n'en est pas de
même d'Enide dont nous n'apprenons le nom qu'au v. 2031.

29. Le personnage d'Arthur est un personnage de légende. « On
a dit que le nom était un emprunt au latin Artorius et que, par
conséquent, le personnage historique était un obscur officier,
d'origine dalmate, de l'armée romaine stationnée en Bretagne.
Mais si jamais il a existé, le personnage historique est sans importance en comparaison du personnage légendaire. Ce dernier est,
quant à son nom, au centre d'une étymologie à la fois analytique et
croisée qui allie « l'ours » et « la pierre » (*art* en irlandais, *arth* en
gallois), les deux termes principaux du symbolisme royal. [...] La
principale différence entre le mythe (irlandais) et la légende arthurienne (galloise) pourrait être la suivante : l'Irlande n'a fait aucune
application politique du mythe [...]. Les Bretons, au contraire, ont
tout de suite fait d'Arthur le héros messianique qui doit les délivrer
de leur servitude et briser l'invasion saxonne ou franque » (Christian Guyonvarc'h, « Légende arthurienne et mythe celtique »,
Conférence prononcée à Rennes en 1986). Arthur devient ensuite,
dans les romans de Chrétien de Troyes, le roi qui règne sur le pays
et sur sa cour, mais qui ne combat pas lui-même.

37. Le motif de la chasse au blanc cerf est fréquent dans le folklore et devient très vite un topos de la littérature romanesque.

Jean Frappier voit dans « la bête blanche que le héros ou le chevalier chasse dans la forêt aventureuse », « un leurre envoyé par une
fée pour attirer auprès d'elle dans l'Autre Monde, celui dont elle
désire l'amour » (*Chrétien de Troyes*, p. 90-91). Laurence Harf-
Lancner a donné une étude approfondie de ce motif dans son
ouvrage *Les Fées au Moyen Âge*, p. 221-241. Comme souvent
Chrétien utilise ici un motif dont il détourne la fonction. Le blanc
cerf ne conduit pas le héros à une fée. Erec ne participe même pas
à la chasse et le cerf ne joue aucun rôle dans son aventure. Mais,
non sans malice, Chrétien fait de cette chasse l'occasion pour Erec
d'accompagner la reine et de rencontrer le chevalier grossier qui le
mènera à Enide. Très indirectement, la chasse au blanc cerf a suscité cette rencontre...

38. La coutume régit les relations sociales à divers niveaux ;
Georges Duby voyait dans la féodalité rurale un « monde qui [...],
pour assurer l'agencement de toutes les relations sociales, ne se
fiait pas à des textes, mais à la mémoire, à cette mémoire collective
qu'était la "coutume" — un code très strict, impérieux, bien qu'il
ne fût nulle part enregistré » (*Mâle Moyen Âge*, Paris, 1988,
p. 212) Arthur se fait ici le gardien et le garant de la coutume de
sa cour, et, à la réaction de Gauvain, on voit bien ce que cette coutume pouvait avoir d'anachronique et de contestable ou même de
dangereux. La figure d'Arthur y perd-elle en grandeur ? C'est ce
que pense Donald Maddox : « Dès le premier épisode d'Erec, il fait
figure de roi intransigeant en ce qui concerne le droit coutumier,
legs du patrimoine pandragonien, objet de vénération filiale. Par la
suite, c'est précisément cette inflexibilité qui le rend de moins en
moins capable de maîtriser et de maintenir l'équilibre juridique à
sa cour. Au cours de la série de quatre romans où il est souvent
question de coutumes (*Erec, Yvain, la Charrette, le Conte du graal*),
Arthur se révèle de plus en plus *victime* de sa propre fidélité iné-
branlable à la coutume. » (« Yvain et le sens de la coutume »,
p. 16.)

81. Pourquoi Erec n'est-il pas parti lui aussi avec les autres à la
chasse ? R.R. Bezzola pense que n'ayant pas d'amie, Erec ne pouvait pas « honorer la coutume » (*Le Sens de l'aventure et de l'amour*,
p. 109) ; Norris Lacy voit dans cette position en retrait, une attitude voulue, une absence de goût pour l'action ; Erec serait, selon
elle, le premier exemple d'un chevalier qui préfère rester auprès
d'une dame plutôt que d'affronter l'aventure, « Thematic analogues in *Erec* », p. 273) ; mais faut-il vraiment expliquer cette attitude singulière d'Erec ? N'est-ce pas une façon de marquer, dès le
départ, qu'il est différent, et, de la sorte, déjà laisser entrevoir une
destinée hors du commun ?

82. Le nom d'Erec est breton, de la Petite Bretagne, selon Ferdinand Lot ; il se présente aussi sous la forme Guerrec, qui fut le
nom d'un comte de Nantes au xe siècle (« Erec », p. 588-590).

83. Chrétien mentionne la Table Ronde deux fois dans *Erec et
Enide* (v. 1689) et une fois dans le *Conte du Graal* où la reine du
Château des Dames demande à Gauvain s'il est de ceux de la

Table Ronde (éd. Roach, v. 8125). La Table Ronde rassemble autour d'Arthur l'élite des chevaliers. Elle est mentionnée pour la première fois par Wace dans le *Roman de Brut* : « Voyant que chacun de ses nobles barons se tenait pour le plus vaillant et que personne n'aurait su dire qui valait moins, le roi Arthur institua la Table Ronde, qui fait le sujet de maints contes bretons. Les guerriers s'asseyaient là en toute égalité, et à cette table, ils étaient servis comme des égaux, sans aucune préséance » (Traduction des vers 1207-1216, éd. par I.D.O. Arnold et M.M. Pelan, *La Partie Arthurienne du Roman de Brut*). Après Chrétien, la Table Ronde apparaît dans de nombreux romans. Dans la *Queste del saint Graal*, un siège y est vide, le « siège périlleux », où seul Galaad pourra s'asseoir ; et c'est à cette table que tous les chevaliers de la Table Ronde seront servis par le Graal (Roger S. Loomis, *Arthurian Tradition*, ch. VI, p. 61-68).

138. L'apparition soudaine d'un chevalier inconnu, chevauchant muni de toutes ses armes, qui va être le point de départ de l'aventure a son pendant dans la première scène du *Chevalier de la charrette* où le roman s'ouvre sur l'apparition à la cour d'un chevalier inconnu, armé lui aussi de pied en cap, qui ne dit pas son nom et qui vient lancer son défi au roi Arthur. Ils ont l'un et l'autre un aspect redoutable et une réputation d'invincibilité. Dans l'un et l'autre cas, leur grossière intervention s'opère contre la reine Guenièvre ; dans le *Chevalier de la charrette* l'inconnu enlève la reine ; ici, il l'outrage gravement ; dans les deux cas également, un chevalier proche de la reine s'élance à la poursuite de l'inconnu.

146. Dans le *Chevalier au lion* un nain accompagne le géant Harpin de la Montagne et il a lui aussi un « fouet à six nœuds » dont il frappe les prisonniers (v. 4097-4101). Dans le *Chevalier de la charrette*, un nain apparaît dans deux épisodes différents ; l'un conduit la charrette dans laquelle il va contraindre Lancelot à monter, il a en main une longue verge (v. 347-349) ; l'autre est l'instrument de la ruse qui va empêcher Lancelot de passer le Pont-sous-les-eaux (v. 5059-5062), comme le nain d'*Erec*, il tient un fouet (*une courgee*) en sa main. Le fouet que tient le nain est dans chaque cas une « courgée », c'est-à-dire un fouet à plusieurs lanières. Ce fouet est, selon Jean-Claude Aubailly, le signe distinctif des personnages féeriques (*Le Chevalier de la charrette*, p. 435). Le nain est un personnage maléfique, et près de son nom l'adjectif *fel* est constamment présent.

231. Proverbe qui se retrouve sous le n" 754 dans le recueil de Morawski, *Proverbes français antérieurs au XIe siècle*, Paris, 1925 (Classiques français du Moyen Age, 47) ; il figure aussi dans le *Roman de la Rose*, énoncé par Raison (éd. F. Lecoy, v. 6958). Dans le *Tristan en prose*, ce proverbe forme le premier vers du lai que la reine fit parvenir à Kahédin, en réponse à un lai que celui-ci lui avait envoyé (éd. Ph. Ménard, t. I, p. 158).

411. Le portrait d'Enide s'attache à créer une impression de surprise émerveillée, confuse d'abord, puis ensuite absorbée par la contemplation du seul visage. Ainsi s'affirme l'originalité du narra-

teur, même si le matériel utilisé est stéréotypé : *topos* du *Deus formator*; description qui part des cheveux (qui sont bien sûr blonds comme ceux d'Iseut) pour descendre au front (plus blanc qu'un lys), puis aux yeux (qui ont l'éclat des étoiles), au nez, à la bouche; association de la blancheur et de la couleur vermeille, etc. L'hyperbole est constante, mais Chrétien sait aussi montrer qu'il garde une pleine maîtrise de ses développements qu'il ne prolonge pas au-delà du visage. Il s'emploie à susciter un sentiment double, d'émerveillement d'abord devant cette apparition lumineuse et presque divine, mais aussi de désir devant ces perfections dont la sensualité n'est pas absente; et l'attitude de timidité confuse de la jeune fille devant l'hôte inconnu ne manque pas de charme.

440. On peut penser qu'ici Chrétien se laisse emporter par le plaisir d'écrire, — et d'écrire avec un sourire. Son humour s'appuie sur les valeurs du mot *mireor*, « miroir », qui, en ancien français, par son éclat et sa luminosité, était devenu synonyme de modèle achevé de beauté; ainsi Hélène est-elle présentée dans le *Roman de Troie* de Benoît de Sainte-Maure : *De trestotes beautez la flor, De totes dames mireor* (v. 5120-5121). Voir : Jean Frappier, « Variations sur le thème du miroir de Bernard de Ventadour à Maurice Scève », *Cahiers de l'Association Internationale des Études Françaises*, XI (1959), p. 136-137; Alice Colby, *The portrait in twelfth century French Literature*, p. 143.

631. Le *don* dont il est question ici est ce que l'on appelle un « don contraignant ». Il relève d'une coutume d'origine celtique, inconnue du monde germanique ou de l'antiquité gréco-latine comme de la Bible. Le don doit être accordé avant même que son contenu soit précisé. La requête d'un don s'accompagne de la promesse d'une contrepartie, un *guerredon* (don en retour). On en voit clairement le fonctionnement dans ce passage : Erec demande un don sans dire en quoi il consiste et le vavasseur le lui accorde immédiatement; Erec énonce alors sa requête, il demande que lui soit confiée la jeune fille pour aller conquérir l'épervier; et il annonce ensuite qu'en cas de victoire, il la fera reine : il expose clairement que, fils de roi, il s'engage à l'épouser, — et c'est le *guerredon* promis (voir : Jean Frappier, « Le motif du *don contraignant* dans la littérature du Moyen Age », *Amour courtois et Table Ronde*, p. 225-264).

643. Passage du style direct au style indirect. Les propos rapportés dans les v. 643-646 appartiennent à Erec.

739. *Desafublee* signifie que la jeune fille ne porte pas de manteau. Le manteau est « un vêtement très habillé, toujours fait d'une riche étoffe; [...] il fait partie intégrante du costume de cérémonie » (Foulet, *Glossary...*, s.v. mantel). L'épreuve de l'épervier, qui veut que la jeune fille paraisse dans sa plus grande beauté, serait le moment ou jamais de mettre un superbe mantel; en indiquant qu'elle n'en porte pas et que sa chevelure n'est pas tressée (de fils d'or bien sûr...), Chrétien marque la pauvreté d'Énide et souligne que la beauté naturelle d'Enide est suffisamment éclatante.

757. Ces propos qu'échangent les gens qui regardent passer Erec accompagné d'Enide disent la différence entre la situation où

se trouve engagé Erec et celle que la coutume du blanc cerf risquait d'amener à la cour : ici tous jugent qu'Erec « puet bien *desresnier par droit* » qu'Enide est la plus belle ; Erec en avait déjà jugé lui-même ainsi au v. 644 : « Reison avra *droite* et certaine De *desresnier...* ». Ces expressions sont à comparer avec les propos de Gauvain mettant Arthur en garde contre les conséquences de la chasse au blanc cerf qu'il veut engager : « ... chascuns *desresnier* voudroit *Ou fust a tort ou fust a droit* Que cele qui li atalante Est la plus bele et la plus jante ».

1222. Proverbe à rapprocher du proverbe 777 du recueil de Morawski : *Fous est qui ne croit conseil.*

1307. L'image de la jeune fille qui nourrit sur son poing un épervier en lui donnant à manger l'aile d'un pluvier était déjà, pratiquement mot pour mot, dans le *Roman de Thèbes* à propos d'Ismène : *Sor son poing tint un esprevier Qu'ele put de l'ele d'un plouvier* (v. 4099-4100).

1314. La victoire d'Erec est aussi une conquête de la joie que scande la retour insistant du mot : d'abord pour le vavasseur (v. 1296), pour toute la maisonnée (v. 1301), pour la jeune fille qui est comme au centre de cette joie à laquelle elle est trois fois de rang associée (v. 1311, 1314, 1316) ; elle rejaillit enfin sur tous (v. 1318). De Laluth, la joie gagnera ensuite la cour d'Arthur (v. 1535-1536). Cette joie qui, issue de l'aventure personnelle des héros, se répand peu à peu sur tous et devient générale est comme une annonce de l'aventure finale de la Joie de la Cour.

1348. La volonté d'Erec d'amener Enide à la cour sans qu'elle soit revêtue d'autres vêtements que les pauvres habits qu'elle portait à son arrivée a sans doute pour but de faire éclater la supériorité de la beauté d'Enide ; il n'est nul besoin des parures qui rehaussent la beauté des autres pour que la sienne ne soit éclatante. On pourrait songer aussi à une attention délicate d'Erec à l'égard de Guenièvre. Lors de la chasse au blanc cerf, il s'est comporté comme le chevalier qui a pour seule ambition de lui « faire compagnie ». Lui demander de donner une de ses robes à la jeune fille qu'il a élue comme épouse, c'est faire passer quelque chose de Guenièvre à cette jeune fille, et de la sorte elle sera discrètement associée aux hommages adressés à Enide. D'autres interprétations sont possibles et l'on pourra se reporter à divers ouvrages et articles : Z.P. Zaddy, « The Structure of Chrétien's *Erec* », p. 613-614 ; S. Sturm-Maddox, « The Joie de la Cort : Thematic unity in Chrétien's *Erec et Enide* », p. 521 ; A. R. Press, « Le comportement d'Erec envers Enide dans le roman de Chrétien de Troyes », p. 532.

1391. Enide va donc avoir un palefroi *vair* (gris pommelé) ; c'est assurément une couleur fort prisée, mais c'est peut-être aussi une couleur chargée de symbole. R. Bezzola affirme que c'est « la couleur de la beauté et de la pureté », et, rappelant le rôle joué en d'autres textes par un vair palefroi pour la réunion des amants, il ajoute : « Le *vair palefroi* symbolise évidemment la beauté, la pureté de la jeune fille, peut-être la promesse de la grande aventure à travers l'amour » (*Le Sens de l'aventure*, p. 123).

1478. Allusion à un conte largement répandu dans le folklore de divers peuples. Robert Bicket en a donné une version en vers de six syllabes, le *Lai du cor*, qui est peut-être postérieur à *Erec et Enide*. Il s'agit d'un cor (corne à boire) qu'un roi fait porter à la cour d'Arthur et qui a la propriété de révéler l'infidélité des épouses (Voir Loomis, *Arthurian Literature*, p. 114).

1560. Proverbe à rapprocher du proverbe 1716 du recueil de Morawski : *Povreté abaisse courtoisie*.

1610. Il est probable que les couleurs, les étoffes, les pierres précieuses, ne sont pas choisies au hasard et qu'elles sont chargées de valeurs symboliques. L'abandon du blanc pour ce chatoiement de couleurs marque sûrement le franchissement d'une étape : la jeune fille passe de l'innocence enfantine aux fêtes d'une vie nouvelle. R. Bezzola propose des interprétations plus précises auxquelles on pourra se reporter : *Le Sens de l'aventure et de l'amour*, p. 129-130.

1691. Commence ici une liste-catalogue des chevaliers de la Table Ronde ; ce type d'énumération, très prisé, était traditionnel et avait déjà place dans l'épopée. Chrétien ne se prive pas du plaisir de renforcer l'atmosphère mystérieuse et en partie exotique de son roman par cette suite de noms aux consonances peu familières aux oreilles françaises, mais bien caractéristiques des récits du fonds « breton ». Il met en tête des noms connus, Gauvain, Erec, Lancelot ; Gornemant de Gohort se retrouve dans le *Conte du Graal*. Mais il joue aussi du plaisir d'introduire quelques facéties qui viennent rompre ce qu'une telle liste pourrait avoir de monotone et de fastidieux. Il ajoute au nom des qualificatifs qui tiennent plus du sobriquet que de l'épithète épique : Dodineau le Sauvage (v. 1700), Galet le Chauve (v. 1726), Gru la Colère (v. 1716), Caradeux Brascourts (v. 1719) dont on peut se demander si ses petits bras n'ont pas suscité l'ironie de vers suivant, Sagremor l'Effréné (v. 1733). D'autres noms sont formés de deux adjectifs qui s'accordent mal : le Beau Couard, le Laid Hardi, Mauduit le Sage (qui pourrait se traduire par l'Ignorant Savant), se suivent dans un rapprochement qui n'est pas de hasard (v. 1696-1699). Philippe Ménard qui a relevé ces exemples de dénominations plaisantes, souligne que le procédé commence avec Chrétien qui l'a peut-être inventé, et qu'ensuite il sera fréquemment exploité dans la littérature arthurienne (*Le Rire et le sourire*, p. 576-577).

1713. Tristan « qui jamais ne rit » n'est pas différent de Tristan, amant d'Iseut. Sa destinée tragique justifie sans doute cette appellation ; mais il n'est pas exclu qu'il y ait là une pointe d'humour de Chrétien, prenant appui sur la légende, mais aussi sur le nom même de Tristan en y faisant résonner l'adjectif « triste ».

1719. Le nom de Karadués Briébraz (« aux bras courts ») résulte de la réfection en français du breton Karadoc Brech Bras (« aux bras vigoureux »).

1793. Arthur définit dans ce passage sa conception de la fonction royale. E. Kohler y voit une déclaration qui ne pouvait que plaire à un public aristocratique : attachement à la loi traditionnelle et respect des volontés des grands (*L'Aventure chevaleresque*, p. 11-15). Il y décèle un « conservatisme inquiet, un attachement presque anxieux à la loi traditionnelle, aux *costumes* et *usages*, afin que personne n'ait des raisons de se plaindre. La *leauté* d'Arthur s'épanouit dans ce traditionalisme ; elle réduit ainsi le concept de fidélité du droit féodal au maintien de l'ordre légal traditionnel, elle pose cet ordre comme intangible et limite de la sorte rigoureusement l'activité du roi » (p. 12).

1823. La beauté d'Enide apporte la solution à la coutume du blanc cerf ; le roi peut l'embrasser « par droit », tous s'y accordent, et cette scène souligne comment Erec et Enide résolvent le conflit latent qui menaçait la cour, quand chacun s'apprêtait « à tort ou à raison » à prétendre que son amie était la plus belle.

1841-1843. S. Sturm-Maddox remarque que cette première partie dont Chrétien souligne la fin par la formule du v. 1844, se présente comme l'esquisse d'une joie de la cour : Erec et Enide ramènent à la cour une harmonie que la chasse au blanc cerf menaçait gravement (« The Joie de la Cort : Thematic unity in Chrétien's *Erec et Enide* », p. 522).

1844. Ce vers a donné lieu à des interprétations multiples. En ancien français, *vers* désigne comme en français moderne un vers mais aussi la « strophe » d'une chanson ou d'un poème lyrique. Qu'a voulu dire Chrétien ? Foerster donnait à *vers* un sens technique : transposé dans la structure romanesque le mot prendrait le sens de chapitre ; St. Hofer voyait dans *premerain vers* la forme primitive du récit que Chrétien aurait développé dans sa « conjointure » ; E. Hoepffner suppose que le « premier vers » ici renvoie à la première strophe d'une chanson lyrique, qui est de façon presque constante consacrée à évoquer le renouveau de la nature au printemps, les strophes qui suivent étant souvent de caractère plus mélancolique ou douloureux (« Matière et sens... », p. 433-434). M. Roques, reprenant cette interprétation, glose : « Ici se borne le premier et heureux aspect de la vie des héros ; les douleurs et les souffrances vont commencer » (voir l'édition de M. Roques, p. IX n. 1, et p. 219). Une formule identique est employée au v. 11 de la branche I du *Roman de Renart* — *Ce dit l'estoire el premer vers* —, pour introduire le printemps et la convocation de la cour par Noble le lion.

1874. Selon Roger S. Loomis, le royaume d'Outre-Galles serait la déformation de Destre-Galles, traduction d'une façon de désigner le sud du Pays de Galles (*Arthurian Tradition*, p. 70-71) ; le royaume d'Erec serait donc à identifier comme le sud du Pays de Galles.

1922. La description des noces d'Erec et Enide reprend certains éléments de la description du couronnement du roi Arthur dans le *Brut* de Wace (*La Partie Arthurienne du Roman de Brut*, v. 1697-2072) : une énumération suggestive des barons invités, les interventions des jongleurs, les caroles.

1946. L'Ile de Verre est, comme l'île d'Avalon, l'Autre Monde des Celtes, le pays de la vie d'après la mort, que certaines légendes celtiques décrivent comme une tour de verre au milieu de l'océan. F. Lot propose de lire dans Mahéloas, qui est ici le seigneur de cette île, deux mots gallois qui signifient « Prince de la Mort ». J. Frappier y voyait un indice qui suggère que les légendes irlandaises auraient été transmises aux auteurs français par les Gallois (*Le Roman breton. Les origines de la légende arthurienne. Chrétien de Troyes*, Paris, « Les cours de Sorbonne », p. 36). Il convient aussi de rappeler que l'abbaye de Glastonbury, située au milieu des marécages, a prétendu être cette Ile de Verre en jouant sur une étymologie populaire de son nom. Loomis (*Arturian Tradition*, p. 218-232) propose d'assimiler Mahéloas avec Méléagant et d'identifier l'Ile de Verre (« Isle de Voirre ») avec l'Ile de Gorre, cette île dont « nul étranger ne revient », du *Chevalier de la charrette* (v. 637-641).

1952. Selon F. Lot, Graislemiers et Guigomar seraient des noms à rattacher à la Bretagne armoricaine. Il reconnaît dans Graislemiers Grallon le Grand (muer en breton), roi de l'Armorique au vi^e siècle, et Guigomar (Guyomar) est le nom traditionnel des vicomtes de Léon; « Nous possédons des lais bretons (armoricains) qui ont pour héros précisément ces deux personnages » (« Nouvelles études sur la provenance du cycle arthurien... », p. 327). Le *Lai de Guingamor* a été édité par Pr M. O'Hara Tobin, dans *Les Lais anonymes des xiie et xiiie siècles*, Genève, Droz, 1976, p. 137-153. Édition reprise par A. Micha, accompagnée d'une traduction, Paris, 1992, Coll. Garnier-Flammarion.

1958. Une telle formule est sans doute assaisonnée d'une pointe d'humour.

1970. Ce roi est mentionné en tête des barons qui répondent à l'invitation du roi Arthur dans le *Roman de Brut* de Wace : *D'Escoce i vint rois Aguisel, Aparelliez et bien et bel... (La Partie Arthurienne du Roman de Brut*, v. 1705-1706).

1994. Bilis est un nom sûrement breton, mais Antipodès, lié à une peuplade de nains, est sans doute une réminiscence d'un passage des *Étymologies* d'Isidore de Séville qui fait habiter les Pygmées aux antipodes. « Chrétien s'est diverti à marier une donnée celtique (sans doute un conte ou un lai sur des nains, des korrigans?) avec un terme d'antiquité, à la rehausser par un nom prestigieux, un peu de clinquant *humaniste* » (Jean Frappier, « Pour le commentaire d'Erec et Enide », p. 1-3).

2047. La carole est une ronde d'origine populaire, souvent liée aux fêtes de mai. Selon J. Bédier, elle consiste « en une alternance de trois pas faits en mesure vers la gauche et de mouvements balancés sur place ; un vers ou deux remplissent le temps pendant lequel on fait les trois pas, et un refrain occupe les temps consacrés au mouvement balancé. Cette sorte de branle est conduit par un coryphée (celui ou celle qui "chante avant"), et les paroles chantées se distribuent entre lui et les autres danseurs » (« Les plus anciennes danses françaises », *Revue des Deux Mondes*, 1906, p. 398-424)

2076. Allusion à la légende de Tristan et Yseut. Lors de sa nuit de noces avec le roi Marc, Yseut profita de l'obscurité pour mettre à sa place Brangien, sa suivante, qui était vierge. Brangien, dans un moment de colère, le lui rappelle dans ce qui nous reste du roman écrit par Thomas : « Je me suis exilée pour vous, puis pour votre passion folle, j'ai sacrifié ma virginité. Je l'ai fait par dévouement, mais vous me promettiez miracle, vous et votre complice Tristan le parjure... » (v. 1272-1277, trad. Jean-Charles Payen).

2081. Le début de cette phrase est le premier verset du psaume 41 : *Quemadmodum desiderat cervus ad fontes aquarum, ita desiderat anima mea ad te dominum...* « Comme le cerf soupire après les eaux vives, ainsi mon âme soupire après toi, seigneur. » Chrétien a détourné le début de ce verset bien connu, l'a redoublé d'une comparaison de même registre, et le fait déboucher de façon quelque peu irrévérencieuse sur les plaisirs charnels auxquels aspirent les deux époux.

2131. Evroïc est une forme anglo-normande de Eoforwic, ancien nom de la ville qui se nomme aujourd'hui York. Tenebroc se trouve aussi sous la forme Danebroc, Daneborc, dans d'autres manuscrits ; ce serait, selon Loomis, le nom francisé de la ville d'Edinburgh. Il n'est pas exclu que Chrétien ait voulu faire résonner dans le nom de Tenebroc un écho des mots tournois et ténèbres.

2138. L'armure et en particulier le heaume complété par le ventail rendait pratiquement impossible à reconnaître le guerrier au combat. C'est pourquoi naquit l'usage de signes distinctifs peints sur le bouclier ; mais il s'y ajoutait, pour donner plus de panache à l'équipement, une enseigne qui se fixait sur la hampe de la lance, et les chevaliers qui voulaient honorer leur amie, portaient sa guimpe ou sa manche en guise d'enseigne (car, à l'époque, les manches se cousaient chaque matin à l'habit).

2268. Nous rétablissons ici le texte des manuscrits que Foerster avait corrigé d'après la traduction allemande d'Hartmann von Aue. Il lui semblait que, dans le contexte qui associe chaque qualité à un personnage qui l'incarne, le lion introduisait une rupture et une inconséquence. Jean Frappier a plaidé pour rétablir le texte des manuscrits, et met cette comparaison d'Erec à un lion en relation avec la figuration d'un léopard sur le tapis au v. 2634 où il revêt son armure. Il voit une intention dans cet appel à deux animaux qui symbolisent le courage guerrier, le léopard venant après le lion : « Au tournoi de Tenebroc, [...] Erec paraissait sur le point de devenir un chevalier au lion : *de fierté sanbla lyon.* Depuis, il a subi une relative dégradation, suggérée par le mot et l'image du léopard », « Pour le commentaire d'*Erec et Enide* », p. 15).

2315. Selon Loomis (*Arturian Tradition*, p. 481), il faudrait lire Carvent, qui serait à identifier avec Caerwent dans le Monmouthshire. On a aussi proposé de lire dans Carnant l'expression Caer Nant, qui serait la ville de Nantes.

2371. Erec était déjà de droit le seigneur du peuple d'Estregales, il est « nouveau seigneur » au sens qu'il était auparavant jeune homme résidant auprès d'Arthur et menant « une vie d'aventure et de prouesse entre les bornes de vie fixées, c'est-à-dire entre

l'adolescence et son propre établissement en homme marié »;
maintenant il « arrive en homme établi et marié, acceptant ses res-
ponsabilités d'héritier dans le royaume de son père ». (Voir Claude
Luttrell, « La nouveauté significative dans *Erec et Enide* », p. 277-
280).

2434. Erec illustre là un des dangers que la femme peut faire
courir à l'homme. Les théologiens disent : *Omnis ardentior amator
propriae uxoris adulter est*, « C'est être adultère que d'aimer trop
ardemment sa propre femme » (Voir : Marie-Thérèse d'Alverny,
« Comment les théologiens et les philosophes voient la femme »,
Cahiers de Civilisation Médiévale, 20, 1977, p. 122). Gauvain, dans
le *Chevalier au Lion*, mettra en garde Yvain contre la tentation à
laquelle cède Erec : *Comant ? Seroiz vos or de çaus [...] Qui por lor
fames valent mains ? Honiz soit de sainte Marie Qui por anpirier se
marie !* « Comment, serez-vous de ceux qui, à cause de leurs
femmes, se montrent moins vaillants ? Par sainte Marie, malheur à
qui se marie pour déchoir ! » (v. 2484-2488).

2507. *Mar*, particule fort usitée dans l'ancienne langue et
notamment dans les chansons de geste, « évoque le malheur d'une
destinée » (Jean Rychner) ; elle est ici l'expression en quelque sorte
rituelle d'une angoisse profonde (sur les valeurs de *mar*, voir : Bernard Cerquiglini, *La Parole médiévale*, Paris, 1981, p. 128 ss.).
Daniel Poirion soupçonne quelque malice de Chrétien dans la for-
mulation : « Il y a un jeu de mots sur *mar i/mari*, faisant surgir le
malheur dans le mariage même, dans le mari » (*Résurgences*,
p. 147).

2588. Célèbre proverbe, qui se trouve dans le recueil de
Morawski sous le n° 2297, et dont Villon fit le premier vers de sa
Ballade des proverbes. Chrétien, en la circonstance, en fait un usage
humoristique ; la présence de ce proverbe apparaît ici proprement
incongrue, et introduit ce que Philippe Ménard qualifie de « plaisante dissonance » en parlant du proverbe pittoresque qui « illustre
une situation romanesque avec des éléments empruntés à un autre
registre » (*Le Rire et le sourire*, p. 611).

2634. Erec s'asseyant pour s'armer sur la représentation d'un
léopard, devient en quelque sorte un chevalier au léopard ; le léopard étant un symbole de courage guerrier, Chrétien suggère ainsi
qu'il retrouve quelque chose de son ancienne prouesse ; mais,
comme l'a fort bien montré Jean Frappier, du lion du v. 2238 au
léopard, il y a une légère différence qui marque qu'Erec « n'atteint
pas dans le même instant au plus haut degré de la valeur et de la
générosité pour un chevalier »; la décision de partir en aventure
« est ternie de quelque impureté, elle ne va pas sans violence ni
démesure. Elle est une réplique apparemment disproportionnée à
la "faute" d'Enide, au cas où celle-ci aurait vraiment commis cet
acte *d'orgueil et de sorcuidance* qu'elle se reproche à elle-même »
(voir note du v. 2238).

2639. Ce haubert d'argent est un objet magnifique, resplendis-
sant du luxe raffiné qui s'exprime dans les romans courtois ; « Qui
parmi les auteurs de chansons de geste aurait pensé à comparer un

haubert à une cotte de soie? », demande Jean Frappier. Il s'y ajoute une signification morale : « Incapable de se couvrir d'une tache de rouille, il est l'image du chevalier parfait qu'Erec devrait être ou qu'il n'est plus, depuis que la *recreantise* a terni sa gloire » (Jean Frappier, « Pour le commentaire d'*Erec et Enide* », p. 16).

2939. Proverbe à rapprocher du proverbe 434 du recueil de Morawski : *Couvoitise fait trop de mal.*

2943. Proverbe qui se retrouve dans le *Roman de la Violette* (v. 2994). L'accumulation de proverbes dans les vers 2939-2943 introduit un effet d'ironie qui souligne la crédulité des assaillants d'Erec, insiste sur leur naïveté et annonce de façon plaisante l'issue de l'épisode.

3128. L'expression « fromage de regain » n'est pas claire. Il s'agit peut-être de fromage fait avec le lait de vaches qui ont eu de bons pâturages.

3762. L'attitude du héros perdu dans ses pensées et qui va jusqu'à perdre conscience de sa propre existence est un thème que Chrétien reprendra volontiers dans les romans suivants. Dans *Le Chevalier de la Charrette*, Lancelot, tout à ses pensées amoureuses, est décrit dans les mêmes termes :

> *Et cil de la charrete* **panse**
> *Con cil qui force ne desfanse*
> *N'a vers Amors qui le justise ;*
> *Et ses pansers est de tel guise*
> *Que* **lui meïsme en oblie**. (v. 711-715)

(« et le chevalier de la charrette est perdu dans ses pensées en homme qui ne peut résister à Amour qui règne sur lui ; et sa rêverie est telle qu'il s'en oublie lui-même »). Enfin, Chrétien présente Perceval dans la même perte de conscience, lors de la contemplation des gouttes de sang laissées par une oie sur la neige : *Si pense tant que il s'oblie* (éd. Roach, v. 4202). Ce thème est celui de l'amant éperdu d'amour si bien illustré par le troubadour Bernard de Ventadour : *Can vei la lauzeta mover De joi sas alas contra'l rai Que* **s'oblid'** *e's laissa chazer...* (Quand je vois l'alouette De joie battre des ailes dans le soleil Au point de s'oublier et se laisser tomber...)

3957. Le cheval de Gauvain porte le nom de Guingalet ou de Gringalet. Selon Loomis, ce nom pourrait être gallois et signifier « blanc hardi » (*Arthurian Tradition...*, p. 485).

4131. L'Aubagu semble être le nom du cheval d'Arthur, comme au v. 3957 le cheval de Gauvain est appelé le Guingalet. Il n'est nommé dans aucun autre roman.

4219. « Morguain la fée » a déjà été nommée au v. 1957. Dans *Yvain*, la dame de Noroison pourra guérir le héros de sa démence grâce à un onguent que lui avait donné « Morgue la sage » (v. 2952-2953). Ces dons de guérisseuse attribuée à Morgane sont sans doute issus du récit de Geoffroy de Monmouth, qui avait raconté dans une *Vie de Merlin* en latin qu'Arthur, après avoir livré sa dernière bataille, avait été accueilli dans l'*Insula Pomorum*, c'est-à-dire en Avalon, par Morgue, qui l'avait soigné de ses blessures.

Ces apparitions incidentes de Morgane créent une atmosphère de connivence avec le lecteur qui est supposé savoir de quoi il s'agit, et contribuent à donner au personnage une *aura* de mystère.

4328. Le motif de la lutte contre des géants est fréquent dans la littérature arthurienne ; Yvain aura à lutter contre Harpin de la Montagne qui malmène de façon odieuse les frères de la jeune fille qu'il convoite (v. 3851 ss.). Emmanuele Baumgartner a étudié la valeur symbolique du combat contre les géants : « Le combat signale avec constance le triomphe de la civilisation sur la barbarie » et elle souligne leur constante malignité : « Alors qu'il existe dans la littérature comme dans les légendes occidentales, de bons géants, de saint Christophe à Gargantua, les géants des romans bretons sont toujours des êtres redoutables et cruels... » (« Géants et chevaliers », *The Spirit of the Court*, Cambridge, Brewer, 1985, p. 9-22. Voir p. 11.)

4422. Les géants lancent ici le premier terme d'un échange verbal à coup de formules proverbiales. Erec y répond par le v. 4426. Les géants renchérissent par une comparaison empruntée au règne animal au v. 4434, et reçoivent une repartie empruntée au même registre, mais décisive par son ironie narquoise, aux v. 4436-4437. Nous assistons ainsi en préambule au combat qui va suivre a une joute verbale, où le héros a évidemment le dernier mot.

4437. Proverbe à rapprocher du proverbe 2243 du recueil de Morawski : *Se les nubz cheent, les aloes sont toutes prises.* C'est un *adunaton*, « figure ironique d'autant plus plaisante qu'elle est plus absurde » comme l'écrit Philippe Ménard (*Le Rire et le sourire*, p. 662).

4630-31. Ces vers développent un proverbe répertorié par Morawski, sous la forme : 1254 *Mieux vaut bons taires que fous parlers.*

4637. Enide prononce à nouveau la *parole* qui a déclenché leur départ en aventure. Mais le sens n'en est plus le même. Cette exclamation exprime bien sûr dans les deux cas une douleur très vive. Mais au v. 2507 Enide regrettait la *recreantise* de son époux s'en estimant responsable ; maintenant c'est cette *parole* même qu'elle regrette, parce qu'elle l'estime responsable de la mort d'Erec. Cette seconde *parole* efface la première, et la réconciliation est proche.

4771. Le refus d'Enide rend nul le mariage à laquelle la contraint le comte.

5223. Les couleurs de la tête du palefroi d'Enide suscitent l'étonnement par leur caractère complètement irréaliste. Chrétien de Troyes a voulu créer cet effet sur son auditeur ou son lecteur, et, ce faisant, il a souligné que ces couleurs n'étaient pas là par hasard. Les explications restent hésitantes, et il importe de laisser à chacun sa liberté d'interprétation. Thomas Hill a peut-être donné une indication précieuse en rapportant un écho de l'enseignement donné à Salerne sur la valeur des couleurs vers les années 1200. Le blanc et le noir sont, comme on peut s'y attendre, donnés pour les couleurs extrêmes ; mais le vert occupe la place médiane dans la

série et apparaît de ce fait comme la plus belle des couleurs. Cette
partition de la tête du palefroi, — un côté blanc, un côté noir, et,
entre les deux, une ligne verte qui en fait la séparation, — est à
coup sûr porteuse de symbole. Thomas Hill suggère que cette
ligne verte tracerait la voie à suivre pour Erec comme pour Enide :
Erec doit trouver la voie moyenne entre deux passions extrêmes,
son amour pour Enide et ses devoirs de chevalier ; Enide doit
apprendre à n'être ni trop docile ni trop abrupte dans ses propos,
« Enide's colored horse and salernitan color theory », p. 526-527).
Dans le *Conte du Graal*, le palefroi de la Male Pucelle a lui aussi
une tête *d'une part noire et d'autre blanche* (v. 6579, éd. F. Lecoy) ;
F. Dubost y voit le signe d'une appartenance à l'Autre Monde, et
souligne que le palefroi d'Enide lui a été offert par Guivret qui par
bien des aspects relève du monde féerique (*Aspects fantastiques*,
t. 2, p. 911, n. 17).

5245-5256. « Le conteur champenois lance un clin d'œil
complice à ses lecteurs, et, sans s'appesantir lourdement, d'une
manière fluide et délicate il suggère le bonheur des amants » (Philippe Ménard, *Le Rire et le sourire*, p. 270).

5335. La décoration de la selle par le thème du voyage d'Enée
n'est pas un pur ornement de récit. Il y a sans doute là allusion
révérencieuse au *Roman d'Eneas* et une façon d'annoncer le destin
d'Erec, comme le pense Raymond J. Cormier (« Remarques sur le
Roman d'Eneas et l'*Erec et Enide* de Chrétien de Troyes », p. 95).
Chrétien de Troyes ajoute au plaisir d'une description toute en
finesse un supplément de sens. N'est-il pas en train d'évoquer le
thème même de son roman : Eneas, un fils de roi, délaisse son
entreprise pris par la *joie* que lui procure le *lit* de Didon, jusqu'au
moment où il se reprend et conquiert les domaines dont il va devenir roi ; les plaisirs du lit ont failli contrecarrer la destinée royale
d'Eneas. En parallèle on peut mettre l'histoire d'Erec qui lui aussi
s'attarde dans le *lit* auprès d'Enide (v. 2072 et 2475) où il trouve
joie et *delit* (v. 2071 et 2476) ; mais Enide, au contraire de Didon,
veille au destin de son époux, et c'est elle qui va involontairement
déclencher le départ en aventure et l'amener à parfaire son
accomplissement : il deviendra digne de succéder à son père à la
tête de son royaume, après avoir conquis la Joie de la Cour, la véritable joie. Le rappel de l'aventure d'Enée se situe précisément au
moment du départ pour cette étape qui va les mener au château de
Brandigan et à la Joie de la Cour. Voir une interprétation légèrement différente par Joseph S. Wittig : « The Aeneas-Dido allusion
in Chrétien's *Erec et Enide* », p. 237-253.

5347. Dans ces vers où Chrétien exprime son admiration pour
l'habileté du sculpteur, on peut soupçonner qu'il songe aussi à son
propre travail ; la présence du verbe *entendre* (v. 5351) fait écho à la
proclamation d'intention du prologue.

5373. *Une eve rade et bruiant*, « une eau rapide et bruyante »
entoure aussi le château de la dame de Noroison, et la demoiselle
qui a soigné Yvain y jette la boîte d'onguent vide (v. 3088). Mais
on pense aussi à *l'eve felenesse, Noire et bruiant, roide et espesse* qui

coule sous le Pont-de-l'épée (*Charrette*, v. 3009-3010). Une eau au cours si violent sert de frontière entre le monde quotidien et un Autre Monde.

5652. La *broche* dont il est question dans le texte en ancien français est la cheville qui sert à boucher le trou d'un tonneau ; *trancher la broche*, c'est mettre le tonneau en perce.

5739. La description de ce verger évoque le jardin de Paradis. Nous sommes dans l'ailleurs, dans un Autre Monde de rêve, dont tout mal semble exclu et qui le recèle pourtant. La puissance suggestive de cette description renvoie le lecteur aux moments idylliques de la naissance de l'amour entre Erec et Enide, qui recelait en eux le germe de cette « recréance » qui va être la cause de leurs épreuves. On peut évoquer ici la description de la Lande où, à la fin du *Lancelot* (6973-6998), se déroule le combat de Lancelot et de Méléagant ; un sycomore, — arbre du Paradis —, en fait également l'ornement, et le roi va s'asseoir à son ombre pour assister au combat.

5778. Tibaut, Opinel et Fernagut sont des rois païens, personnages de chansons de geste, qui se révélèrent des adversaires particulièrement hardis. Tibaut, roi d'Esclavonie, est nommé Tiébaut l'Esclavon au v. 230 de la *Prise d'Orange* (éd. Cl. Régnier). Il était le mari d'Orable qui devint ensuite la femme de Guillaume.

5780. Ces têtes fichées sur une rangée de pieux dont le dernier attend la tête du héros, sont un motif que Stith Thompson a relevé sous le n° H 901.1 de son *Motif-Index of Folk-Literature* (Bloomington-London, 1955) : « Heads placed on stakes for failure in performance of task. Unsuccessful youths are beheaded and heads exposed. Hero sees them when he sets out to accomplish his task. » Anita Guerreau-Jalabert qui relève cette similitude souligne cependant que « le combat livré à Maboagrain, défenseur de la *coutume*, se termine par sa défaite, mais non par sa décapitation comme l'aurait voulu la logique apparente du thème, qui repose sur la succession des décapitations » ; elle voit dans la présence du cor qui annonce la fin heureuse du combat, « une sorte de substitut de la décapitation absente » ; enfin, elle rapproche ces pieux des pieux pointus qui entourent l'enclos où sont enfermées les pucelles du Château de Pesme Aventure dans *Yvain*, en notant qu'il y aura là aussi un combat, qui, lui, se terminera par la décapitation d'un des fils du *netun* (« Romans de Chrétien de Troyes et contes folkloriques », p. 25).

5882. Le sycomore a sans doute une valeur symbolique. Cet arbre originaire d'Égypte possède un bois imputrescible, et il a sa place toute désignée dans ce lieu hors du temps. Dans le *Chevalier de la charrette*, le roi, pour assister au combat final de Lancelot et de Méléagant, va s'asseoir à l'ombre d'un sycomore (v. 6989) ; le vers suivant précise même qu'il avait été « planté au temps d'Abel », ce qui témoigne des croyances qui pouvaient s'y rattacher. Dans une note à ce passage, J.-C. Aubailly y voit l'Arbre de la Connaissance, axe du monde (p. 446 de son édition du *Chevalier de la charrette*). H. Rey-Flaud avance une hypothèse qui rendrait compte de la forme savante *sicamor* de notre texte (tandis que le *Chevalier de la charrette* présente la forme populaire *sagremor*) : « Car si pour les maîtres de la pensée médiévale, Raban Mawr et Bartholomeus Anglicus, *Sycomorus est ficus fatua*, le "fruit stérile", c'est peut-être qu'il sonnait pour eux comme le *siccum amorem*, le "sec amour", infécond et mortel de la courtoisie » (*La Névrose courtoise*, p. 61).

5891. Dans le *Roman d'Eneas*, Lavine, la fille de Lavinius, roi du Latium dont la capitale est Laurente, suscite l'amour d'Eneas, et cet amour le rend capable d'affronter victorieusement Turnus. Voir les v. 5335 ss. qui renvoient eux aussi au *Roman d'Eneas*.

5919. La réponse d'Erec laisse transparaître un jeu de l'auteur avec les propos de son personnage; celui-ci annonce qu'il va se taire, et enfile une série de proverbes et d'expressions imagées qu'il assène à son adversaire à l'image des coups qu'il va ensuite lui donner.

5928. Proverbe à rapprocher du proverbe 1953 du recueil de Morawski : *Qui fuit il treuve qui le chace*.

5964. L'acier viennois est déjà mentionné dans la *Chanson de Roland* (éd. Bédier, v. 997). Il s'agit peut-être de Vienne en Dauphiné.

6057. Coutume proprement celtique du don contraignant. Voir la note au v. 631.

6468. Ce vers reste obscur. La *Première Continuation* du conte du Graal reprend la même expression au v. 11038. Dans son lexique, Foulet reprend l'explication qu'avait donnée G. Paris (*Glossary...*, s.v. oiseler); il faudrait donc comprendre : « Sa joie est telle qu'elle est prête à s'envoler, au point qu'on pourrait se servir d'elle pour la chasse aux oiseaux. »

6620. Proverbe à rapprocher du proverbe 1886 du recueil de Morawski : *Qui de bons est soef fleire*.

6642. Le contraste entre les barons qui assistent au mariage d'Erec et Enide et ceux qui assistent à leur couronnement est complet. Pour le mariage, Chrétien nous présente une liste de noms qui appartiennent aux contes celtiques, et l'on a même pu soupçonner qu'il en avait inventé certains; pour le couronnement, les barons, qu'il ne nomme pas, viennent tous de territoires qui ont des liens étroits avec le roi anglo-normand. S'appuyant sur cette constatation, Helen Laurie rapproche le récit du couronnement d'Erec à Nantes pour Noël, du voyage que fit à Nantes le roi d'Angleterre Henri II pour l'investiture de son fils comme duc de Bretagne; il le rejoignit à Nantes à Noël 1169. Ce qui confirmerait la date de 1169-1170 pour la composition d'*Erec et Enide* (« The arthurian world of Erec et Enide », p. 113).

6728. Les sculptures du siège ont valeur symbolique : le léopard est une figure de la vaillance; le crocodile représente le mal. On peut hésiter sur ce que signifie l'opposition *li dui manbre d'une part / li autre dui*; certains y voient une opposition droite / gauche; il est peut-être plus satisfaisant d'y voir une opposition entre l'avant et l'arrière. De toute façon la sculpture présente sous forme figurée la victoire de la vaillance sur le mal.

6738. Le *Commentaire du Songe de Scipion* de Macrobe fut un des ouvrages que lurent assidûment les clercs du Moyen Age. C'est à travers cet ouvrage en particulier que le Moyen Age se forgea une conception du récit. Ce n'est pas un hasard si Guillaume de Lorris invoque lui aussi Macrobe en tête du *Roman de la Rose*. Il avait défini différents types de fables, et avait mis en avant les récits porteurs d'un sens à découvrir sous ce que le texte raconte.

6746. L'enseignement des arts libéraux se faisait selon deux étapes, le *Trivium* et le *Quadrivium*. Géométrie, arithmétique, musique, astronomie, constituaient le *Quadrivium*. Quelques années plus tôt, vers le milieu du siècle, les sept arts libéraux avaient été sculptés sur le Portail Royal de la cathédrale de Chartres. Dans la construction du roman, ce passage évoque la déclaration initiale sur la nécessité de l'étude et sur la volonté du narrateur de *bien dire et bien apprendre* (enseigner). Cette description est une exaltation de l'étude et du savoir. Denyse Delcourt voit dans l'appel à Macrobe associé à cette figuration des arts du *quadrivium*, une prise de position qui va dans le même sens que l'enseignement de l'école de Chartres au milieu du xiie siècle. On y manifestait un vif intérêt pour le monde sensible et pour une approche « scientifique » du réel. « En revêtant son héros de la robe du *quadrivium*, Chrétien s'associe, pour ainsi dire, à cette nouvelle vision du monde. » Le roi pour bien régner doit manifester de l'intérêt pour le présent, le réel ; il doit posséder la *scientia*, symbolisée par la mention du *quadrivium*. « Ce n'est pas en effet n'importe quel "savoir" qui est là associé au pouvoir, mais celui qui conduit à une plus grande connaissance du monde sensible » (*L'Éthique du changement*, p. 105-106).

6801. Le nom de ces animaux n'apparaît que dans ce texte. Est-ce une création de Chrétien ? L'étrangeté du nom renforce l'étrangeté de l'animal évoqué et lui donne un cachet d'exotisme authentique. Benoît de Sainte-Maure avait usé d'un procédé analogue en indiquant dans le *Roman de Troie* qu'un *dindialos* a fourni la fourrure du manteau de Briséida.

6871. Le sceptre, insigne du pouvoir royal, porte en lui la luminosité surnaturelle du vitrail et l'éclat magique de l'émeraude qui dans la conception du Moyen Age participe de la lumière divine qui s'y condense ; les sculptures qui y figurent symbolisent un pouvoir qui s'étend sur toutes les créatures terrestres.

6912. L'église dont l'entrée est interdite aux *vilains* (à tous ceux qui ne sont pas nobles) pourrait bien être le symbole de l'œuvre littéraire, et l'on doit ici encore songer à la célèbre déclaration du début du *Roman de Thèbes* :

Or s'en tesent de cest mestier,
Se ne sont clerc ou chevalier,
Car ausi pueent escouter
Comme li asnes a harper.
Ne parlerai de peletiers
Ne de vilains ne de bouchiers... (v. 13-18).

6939. A partir de là, Chrétien abandonne avec une désinvolture ironique le récit du repas et met fin à son roman.

LE MONDE MÉDIÉVAL

Armes. — La diffusion de la métallurgie entraîna un « perfectionnement » des armes défensives et offensives. Pour la défense, le corps est protégé par une tunique faite d'anneaux de fer, la *cotte de maille* ou *haubert*, qui enveloppe le chevalier, depuis la tête (recouverte par la *coiffe*), jusqu'aux genoux. Par-dessus la coiffe, un casque de métal, de forme conique, le *heaume*, destiné à faire glisser les coups d'épée, protège la tête ; le bord du heaume est renforcé par le *cercle* (v. 2658) ; il est fixé par des *lacets* sur le haubert (v. 2660) ; pour le visage, une lame métallique descend sur le nez, le *nasal* ; mais le visage peut être aussi entièrement dissimulé par une sorte de volet qui se rabat devant le heaume, le *ventail* ; le ventail est retenu par des lacets (v. 987) ; des *chausses* en fer s'ajustent sur le devant des jambes, maintenues par des courroies en cuir de cerf (v. 711-712) ; un bouclier, l'*écu*, rond ou triangulaire, fait de planches de bois doublées de cuir, est suspendu au cou par une lanière, la *guige* (v. 727), mais lors du combat on le passe au bras où il est retenu par des courroies, les *enarmes* (v. 2195) ; il comporte en son centre, un renflement circulaire, la *boucle* (v. 2151) qui donnera son nom au bouclier. C'est souvent à la décoration de l'écu que l'on reconnaît le chevalier que son équipement rend parfaitement anonyme ; l'écu décoré de son ornementation s'appelle le *blason* (v. 2151). Avec cet équipement le chevalier est pratiquement invulnérable aux armes de jet. Pour l'offensive, le chevalier dispose de la *lance*, formée d'une hampe, la *hante* (v. 2189), souvent en bois de frêne, robuste et léger, terminée par une pointe de métal, le *fer* ; il la saisit par le talon, l'*arestuel*. Il porte de plus au côté

gauche une *épée* (v. 2152). On conçoit la complexité de cet
équipement, et pourquoi il est nécessaire d'être aidé pour
s'armer ou se désarmer. Chrétien aime présenter une jeune
fille se chargeant de cette tâche proprement masculine ;
ainsi voit-on Enide armant Erec avant son combat contre
Yder (v. 709).

Baron. — Les barons sont, dans le monde féodal, la
partie la plus riche et la plus puissante des seigneurs. Les
barons sont chevaliers, mais tous les chevaliers ne sont pas
barons. Les barons forment la partie la plus influente des
vassaux d'un prince, et désignent les membres de son
conseil. Le château matérialise souvent la puissance d'un
baron.

Château. — Le mot a souvent, au Moyen Age, un sens
plus large qu'aujourd'hui. Il désigne l'ensemble des habitations qui sont regroupées à l'intérieur d'une enceinte
autour de la demeure seigneuriale fortifiée. La maison du
seigneur, qui domine en général sur la position la plus
haute la bourgade, est désignée du nom de *tour* (v. 3676)
ou *donjon*, ou de *palais* (v. 2069), et fait l'objet de construc-
tions défensives renforcées. Les autres maisons constituent
le *bourg* (v. 6445). Le mot désigne aussi bien les habitations
construites à l'intérieur de l'enceinte que celles qui, à la
faveur d'une période de paix, ont pu s'établir à l'extérieur
— d'où l'appellation de « forsbourg » qui deviendra le fau-
bourg. Le *palais* désigne aussi la grande salle où se déroule
la vie publique du château. Le nom de palais alterne avec le
terme *salle* pour désigner cette pièce d'apparat, où le seigneur reçoit ses hôtes et où se déroulent les festins qui sont
un des éléments essentiels de la vie seigneuriale. Cette
pièce de vastes dimensions, est située à l'étage, et on y
accède par un escalier (v. 5311) ; dans un château royal
comme celui d'Arthur, la salle est flanquée de *loges* (« galeries », v. 1089), d'où l'on a une vue sur le pays environnant,
et où les chevaliers aiment à se retrouver. A la salle, lieu de
la vie publique, s'oppose les *chambres*, lieux de la vie privée ;
on n'y trouve pas seulement les lits, c'est aussi l'endroit où
se tiennent les femmes (v. 360). Voir : *Histoire de la vie privée*, sous la dir. de Philippe Ariès et Georges Duby, t. 2,
Paris, Seuil, 1985, p. 72-74.

Chevalier. — L'amélioration de la race chevaline,
l'emploi de l'étrier et de la grande selle, amènent une transformation profonde dans l'art du combat. Désormais, le
combattant par excellence est celui qui a un cheval et
l'équipement guerrier adapté. Le chevalier appartient à

l'aristocratie féodale, et doit disposer de moyens suffisants pour se procurer cheval et armement, mais aussi pour trouver le loisir nécessaire à l'entraînement indispensable. Les chevaliers constituent une catégorie à l'intérieur de la noblesse, qui se distingue par sa fonction guerrière et par une mentalité commune, un état d'esprit qui privilégie les qualités morales de courage, de fidélité à la parole donnée, bref un code d'honneur du combattant qui va s'enrichir d'un idéal de courtoisie et d'humanisme. Entre les chevaliers, il existe de profondes différences de fortune, et à côté des grands seigneurs possédant château (v. *Baron*), on trouve des chevaliers moins aisés qui sont au service d'un seigneur plus puissant,... ou qui se font brigands.

Cheval. — Le Moyen Age distinguait plusieurs sortes de montures, et établissait une hiérarchie entre elles. Le cheval par excellence, c'est le *destrier*, le cheval de bataille, fougueux et spécialement dressé pour la joute à la lance. On le ménage et l'écuyer, quand le chevalier ne le monte pas, le conduit à côté de lui, en le tenant de la main droite (d'où son nom). Quand un chevalier parle de son *cheval*, sans autre précision, il s'agit de son destrier, et, dans les romans de Chrétien de Troyes, les chevaliers ne désignent jamais autrement leur monture de combat. Pour le voyage ou pour la parade, on utilise un *palefroi*, dont le pas est plus doux et qui est plus confortable à chevaucher ; c'est un cheval très recherché, cheval de dame pour la promenade ou le voyage (v. 80). On disposait également de chevaux spécialement dressés pour la chasse, les *chaceors* (v. 74). Mais il est aussi des chevaux de charge, les *sommiers* (v. 1853) ; le *roncin* est un cheval de travail des champs, cheval de paysan, qui n'a aucune beauté et dont l'usage est infamant (v. 145) ; c'est une honte pour un chevalier que de se retrouver assis sur un roncin (v. 4387). La *mule* est une monture de dame, moins noble que le palefroi, mais la douceur de son pas est appréciée (v. 5178) ; on dit qu'Anne de Bretagne chevauchait toujours à dos de mule. (Voir : Jean Dufournet, *Cours sur la Chanson de Roland*, Paris, CDU, p. 77ss, et André Eskénazi, « *Cheval* et *destrier* dans les romans de Chrétien de Troyes », *Revue de linguistique romane*, 53, 1989, p. 398-433.)

Combat. — Le combat commence par une attaque à la lance ; les chevaliers foncent à cheval l'un contre l'autre, la lance appuyée sur la hanche (où une pièce de *feutre* est destinée à amortir le choc et à empêcher la lance de glisser) et essaient de se désarçonner mutuellement. Les premiers temps du combat sont donc constitués par une série de charges où le chevalier doit au passage esquiver la lance de son adversaire et ajuster le coup de la sienne ; s'il a pu résister, il exécute un demi-tour avec son cheval et revient affronter son adversaire. Dans le choc, la lance se brise fréquemment, et a lieu alors la deuxième phase du combat, à l'épée. Les combattants, lors d'un tournoi, ont plaisir à arborer, comme signe distinctif au combat, la guimpe ou la manche de celle qu'ils voulaient honorer (à l'époque les manches étaient cousues chaque matin à l'habit).

Costume. — Le mot *robe* désigne l'ensemble des vêtements, mais il peut aussi s'employer pour désigner la pièce principale de l'habillement. La *chemise* est une pièce de lingerie en toile de fil que l'on porte à même la peau. C'est un vêtement aussi bien masculin que féminin. Enide porte par-dessus la chemise un *chainse*, fait de même tissu de peu de valeur (v. 403). C'est le minimum que l'on puisse porter sur soi. Sur la chemise, quand on est plus riche, on porte une *cotte*, comme on le voit pour Arthur ou Erec (v. 72 et 97), sorte de tunique souvent en soie (v. 2652). C'est là le vêtement ordinaire aussi bien des hommes que des femmes. Mais pour les femmes, le comble de l'élégance et du faste c'est de porter sur la chemise un *bliaut* ; ainsi Enide est-elle invitée à quitter son chainse pour revêtir un bliaut très précieux (v. 1636-1637) dont on nous a décrit auparavant l'étoffe précieuse et les manches fourrées d'hermine (v. 1595-1603). Les *manches* étaient si bien ajustées qu'elles devaient être cousues au vêtement chaque fois qu'on s'habillait ; lors d'un tournoi, c'était la marque d'une faveur que de donner sa manche à porter à un chevalier choisi, en guise d'enseigne (v. 2141). En compagnie, pour être plus « habillé », on revêtait un *mantel* d'apparat, taillé en demi-cercle, sans manche, et qui était retenu par une agrafe sur le devant ; lorsqu'on n'en porte pas, on est *desafublé*, ce qui est ou bien la marque d'une mission à remplir dans une cérémonie, ou bien le signe d'une extrême pauvreté (v. 739). Les hommes portaient des *braies*, qui étaient une sorte de culotte, intermédiaire entre le caleçon et le pantalon, que des *chausses* montant au-dessus du genou venaient compléter sur les jambes et les pieds. A l'extérieur, en voyage, on portait une *chape* pour se protéger du froid et de la pluie ; pour les membres du clergé, la chape est le vêtement d'usage, sous lequel on peut ajouter une *pelisse* (v. 6538-6539).

Dame. — La femme d'un seigneur mérite seule d'être appelée de ce nom. A plus forte raison lorsqu'elle est elle-même à la tête d'un fief, en est-elle la dame. Enide est désignée du nom de *pucelle* ou de *damoiselle*, jusqu'à sa nuit de noce qui en fait une dame (v. 2108). La poésie des troubadours qui a transposé les termes de la hiérarchie féodale dans la relation qui s'établit entre l'amant et celle qu'il prie d'amour, donne aussi ce titre à la femme dont le poète est amoureux.

Écuyer. — L'écuyer est, étymologiquement, le serviteur du chevalier, chargé de porter son écu lors d'une chevauchée guerrière. Mais ce terme fut aussi lié à la famille du latin *equus*, « cheval », d'autant plus facilement que ses fonctions l'amenaient aussi à s'occuper du cheval de son maître. Au XIIe siècle, l'écuyer appartient au cercle noble ; il est homme d'armes vivant dans l'entourage du chevalier, et, s'il n'est pas encore chevalier, c'est qu'il est jeune homme, mais il a bon espoir de l'être un jour. A partir du XVe siècle, l'écuyer fut l'officier de cour chargé tout spécialement du soin des chevaux et de l'*écurie* (terme qui désigne jusqu'à cette époque l'état d'écuyer). Le XVIIe siècle, pour qui l'écuyer n'a plus de lien avec l'écu, désigne de ce mot un cavalier habile.

Essart. — Entre le Xe et le XIIIe siècle la superficie des terres cultivées paraît avoir doublée. Ce fut une époque de grands défrichements, où l'on s'attaqua à la forêt. La population croissait, on disposait aussi d'outils plus efficaces, la scie « passe-partout », la hache, des pics, des pelles ferrées, qui permettaient de couper les arbres, d'arracher les souches, et de passer la charrue dès l'année suivante. Ces terres défrichées sont nommées « essarts ». L'essart est donc un espace de transition entre le monde des cultures et la forêt qui lui est contiguë. Voir : Georges Duby, *L'Économie rurale et la vie des campagnes dans l'Occident médiéval*, Paris, Aubier, 1962, p. 142-169.

Géant. — Le géant est un personnage traditionnel de la littérature arthurienne. Alors que dans la *Chanson de Guillaume*, Renouart au tinel s'est converti au parti du bien, dans les romans arthuriens, le géant appartient toujours au monde maléfique : « Les géants des romans bretons sont toujours des êtres redoutables et cruels et qui, surtout, transgressent les interdits sur lesquels se fonde, du moins dans nos textes, une civilisation : l'inceste et l'anthropophagie » (Emmanuele Baumgartner, « Géants et chevaliers », *The Spirit of the Court*, Cambridge, Brewer, 1985, p. 11).

Monseigneur. — Chrétien de Troyes semble avoir fait descendre l'appellation *mes sire* devant un nom propre « du ciel sur la terre »; ce titre de profond respect avait d'abord été réservé aux saints (Lucien Foulet, « Sire, messire », *Romania*, 71, 1950, p. 1-48). Dans le monde profane, il s'inscrit comme un raffinement de politesse à l'égard d'un homme que l'on veut particulièrement honorer. Dans *Erec et Enide* le seul qui en bénéficie est Gauvain, exemple parfait du chevalier preux et courtois. Il semble bien que ce soit une innovation de Chrétien. Mais dans le *Chevalier au lion*, Keu parfois (non sans doute sans une volonté de malice), et Yvain, de façon presque constante, sont honorés de ce titre. Il faut donc voir dans l'usage de ce titre une marque de déférence respectueuse et souriante, qui souligne la faveur de l'auteur pour son héros. Après Chrétien de Troyes, l'expression deviendra traditionnelle pour Gauvain dans les romans arthuriens. (Voir : Jean Frappier, *Étude sur Yvain*, p. 142 ss.)

Seigneur. — Ce terme de respect désigne le suzerain par rapport à un vassal dans la hiérarchie féodale ; il désigne le roi de façon privilégiée, quand on s'adresse à lui ; mais il sert aussi à s'adresser avec déférence à tout chevalier que l'on rencontre, même si l'on ignore son rang. Le seigneur est maître d'une terre. L'ancienne langue jouait même d'une autre signification que le français moderne ne permet pas de conserver : seigneur pouvait désigner le mari ; Enide emploie plusieurs fois ce terme pour désigner son époux.

Vassal. — Le sens premier de ce terme, chevalier noble relevant d'un suzerain, n'apparaît pas dans les romans de Chrétien de Troyes. La valeur laudative qu'il avait dans les chansons de geste, où il désignait le chevalier courageux au combat, s'est conservée (v. 1255), et Erec et Yder dans leur combat sans merci sont ainsi qualifiés (v. 961); mais curieusement vassal employé pour s'adresser directement à quelqu'un comporte arrogance et mépris envers celui que l'on interpelle (v. 210).

Vavasseur. — C'est un petit noble ; il est trop pauvre pour être à la cour ; il vit sur ses terres, et il ne fréquente pas les tournois. L'étymologie de son nom (*vassus vassorum*, « vassal de vassal ») indique bien que son rang est des plus humbles ; c'est « un tenancier d'arrière-fief ». Dans les romans, et sans doute à la suite de Chrétien de Troyes qui en a créé le type, le vavasseur est un hôte hospitalier qui

« maintient fidèlement, loin de la vie brillante des cours, les meilleures traditions chevaleresques de prudhommie et de loyauté » (Jean Frappier, *Étude sur Yvain*, p. 95). Il n'a pas de château, mais il a, dans l'enceinte fortifiée du seigneur du lieu, une maison qui se distingue par une *tour* (v. 2666). Voir : Charles Foulon, « Les vavasseurs dans les romans de Chrétien de Troyes », *Mélanges Lewis Thorpe*, 1980.

BIBLIOGRAPHIE

On a beaucoup écrit sur Chrétien de Troyes et sur *Erec et Enide*. Nous donnerons seulement quelques titres pris surtout parmi les plus récents. Pour plus de renseignements, on aura recours à :

Kelly (Douglas), *Chrétien de Troyes : An analytic Bibliography*, London, Grant & Cutler, 1976 (Research Bibliographies and Checklists, 17).

Bulletin bibliographique de la société internationale arthurienne (paraît chaque année et donne un résumé de tous les articles et ouvrages répertoriés).

ÉDITIONS

CHRÉTIEN DE TROYES, *Christian von Troyes sämtliche Werke*, III. Band : *Erec*, Halle, 1890. Édition critique par Wendelin Foerster.

(CHRÉTIEN DE TROYES), Kristian von Troyes, *Erec und Enide*. Textausgabe mit variantenauswahl, einleitung, erklärenden anmerkungen und vollständigem glossar, herausgegeben von Wendelin FOERSTER, Dritte auflage, Halle, Max Niemeyer, 1934, XLVIII-211p. (Romanische Bibliothek).

CHRÉTIEN DE TROYES, *Erec et Enide*, publié par Mario Roques, Paris, Champion, 1952 (Classiques Français du Moyen Age, 80).

CHRÉTIEN DE TROYES, *Erec et Enide*, edit. and transl. by Carleton W. Caroll, New York, 1987.

CHRÉTIEN DE TROYES, *Erec et Enide*, édition et traduction par J.-M. Fritz, Paris, Le Livre de poche, 1992 (Lettres Gothiques).

TRADUCTIONS

CHRÉTIEN DE TROYES, *Erec et Enide. Le Chevalier au Lion*, traduits par André Mary, Paris, s.d. [1923].

CHRÉTIEN DE TROYES, *Erec et Enide*, traduit par René Louis, Paris, Champion, 1954 (Traduction des Classiques Français du Moyen Age).

CHRÉTIEN DE TROYES, *Erec et Enide.* Nach der Ausgabe von Mario Roques; übersetz und eingeleitet von Heinz Klüppelholz, Gütelzsloh, 1977 (Reihe Romanistik in Schaüble Verlag, 15).

CHRÉTIEN DE TROYES, *Erec und Enide*, übersetz und eingeleitet von Ingrid Kasten, München, 1979 (Klassische Texte des romanischen Mittelalters in zweisprächigen Ausgabe, 17).

CHRÉTIEN DE TROYES, *Erec et Enide*, transl. by Carleton W. Carrol, London : Penguin, 1991 (Penguins Classics).

ADAPTATION ALLEMANDE AU MOYEN ÂGE

HARTMANN VON AUE, *Erec*, hrsg. von Albert Leitzmann, fortgeführt von Ludwig Wolff. 6. Auflage besorgt von Christoph Cormeau und Kurt Gärtner, Tübingen, Max Niemeyer Verlag, 1985 (Altdeutsche Textbibliothek, 39); 335 p.

HARTMANN VON AUE, *Erec. Iwein.* Text, Nacherzählung, Worterklärungen, hrsg. von Ernst Schwarz, 2. unveränderte Auflage, Garmstadt, Wissenschaftliche Buchgesellschaft, 1986. (1ʳᵉ éd. 1967).

ÉTUDES

ACCARIE (Maurice), « Faux mariage et vrai mariage dans les romans de Chrétien de Troyes », *Annales de la Faculté 60des Lettres et Sciences humaines de Nice*, 38 (1979), p. 25-35.

ALLARD (Jean-Paul), *L'Initiation royale d'Erec, le chevalier*, Milan-Paris, Arche-Les Belles Lettres, 1987, IX-133 pages (Études Indo-Européennes, 1).

ALTIÉRI (Marcelle), *Les Romans de Chrétien de Troyes : leur perspective médiévale et gnomique*, Paris, Nizet, 1976.

BARTOSZ (Antoni), « Fonction du geste dans un texte romanesque médiéval. Remarques sur la gestualité dans la première partie d'Erec », *Romania*, 111 (1990), p. 346-360.

BEDNAR (J.), *La Spiritualité et le symbolisme dans les œuvres de Chrétien de Troyes*, Paris, Nizet, 1974.

BEZZOLA (Reto R.), *Le Sens de l'aventure et de l'amour. Chrétien de Troyes*, Paris, 1947.

BEZZOLA (Reto R.), *Les Origines et la formation de la littérature courtoise en Occident (500-1200)*. Troisième partie, *La société courtoise : littérature de cour et littérature courtoise*, 2 tomes, Paris, Champion, 1963.

BIBOLET (Jean-Claude), « Jardins et vergers dans l'œuvre de Chrétien de Troyes », *Vergers et jardins dans l'univers médiéval*, Colloque du CUERMA 1990, Aix-en-Provence, 1990, p. 31-40.

BOSSY (Michel-André), « The elaboration of female narrative functions in *Erec et Enide* », *Courtly literature. Culture and context. Selected papers from Congress of the Int. courtly literature Soc.*, ed. by Keith Busby and Erik Kooper, Amsterdam, 1990, p. 23-38.

BROMWICH (Rachel), « A note on the name Enide », *Bulletin of the Board of Celtic Studies*, XVII.

BROMWICH (Rachel), « Celtic dynastic themes and the breton lays », *Études Celtiques*, 9 (1961), p. 439-474.

BROMWICH (Rachel), « The White Stag and the transformed hag », *Études Celtiques*, 9 (1961), p. 439-474.

BRUCE (J. D.), *The evolution of Arthurian Romance*, Groningen, 1928, 2 vol.

BURGESS (Glynn S.) and John L. CURRY, « Berbiolete and dindialos : animal magic in some twelfth-century garments », *Medium Aevum*, 40 (1991), p. 84-92.

BURGESS (Glynn S.), *Chrétien de Troyes : Erec et Enide, Critical Guide to French texts*, Londres, 1984.

CARASSO-BULOW (Lucienne), *The Merveilleux in Chrétien de Troyes' Romances*, Genève, Droz, 1976.

CHANDES (Gérard), « Recherches sur l'imagerie des eaux dans l'œuvre de Chrétien de Troyes », *Cahiers de Civilisation Médiévale*, 74, 1976, p. 151-164.

CHANDES (Gérard), « Observations sur le champ sémantique de la recreantise », *Hommage à Jean-Charles Payen. Farai chansoneta novele; essais sur la liberté créatrice au Moyen Age*, Université de Caen, 1989.

CHENERIE (Marie-Luce), *Le Chevalier errant dans les romans arthuriens en vers des XIIᵉ et XIIIᵉ siècles*, Genève, Droz, 1986 (Publications romanes et françaises, 172).

CIGADA (Sergio), *La leggenda medievale del cervo bianco e le origine della « Matiere de Bretagne »*, Roma, 1965 (Atti dell'Accademia nazionale dei Lincei, Classe di Scienze morali, storiche e filologiche, 12).

COHEN (Gustave), *Un grand romancier d'amour et d'aventure au XIIe siècle : Chrétien de Troyes et son œuvre*, Paris, Boivin, 1931 ; n. éd., 1948.

COLBY (Alice M.), *The portrait in twelfth-century french literature, An example of the stylistic originality of Chrétien de Troyes*, Genève, Droz, 1965.

COOK (Robert G.), « The Structure of romance in Chrétien's *Erec* and *Yvain* », *Modern Philology*, 71 (1973-1974), p. 128-143.

CORMIER (Raymond), « Remarques sur le *Roman d'Enéas* et l'*Erec et Enide* de Chrétien de Troyes », *Revue des Langues Romanes*, 82 (1976), p. 84-96.

DELCOURT (Denyse), *L'Ethique du changement dans le roman français du XIIe siècle*, Genève, Droz, 1990 (Histoire des idées et Critique littéraire 276), 176 p.

DUBOST (François), *Aspects fantastiques de la littérature narrative médiévale (XIIe-XIIIe siècles). L'Autre, l'Ailleurs, l'Autrefois*, Paris, Champion, 1991, 2 vol.

DULAC (Liliane), « Peut-on comprendre les relations entre Erec et Enide ? », *Le Moyen Age*, 100 (1994), p. 37-50.

FOULON (Charles), « La fée Morgue chez Chrétien de Troyes », *Mélanges Jean Frappier*, I, 1970, p. 283-290.

FOULON (Charles), « Les vavasseurs dans les romans de Chrétien de Troyes », *Bulletin de la Société Intern. Arthurienne*, 31 (1979), p. 270-271.

FOURRIER (Anthime), « Encore la chronologie des œuvres de Chrétien de Troyes », *Bulletin de la Société Intern. Arthurienne*, 2 (1950), p. 69-88.

FRAPPIER (Jean), *Chrétien de Troyes, l'homme et l'œuvre*, Paris, Hatier, 1968 (Connaissance des lettres, 50).

FRAPPIER (Jean), *Amour courtois et Table Ronde*, Genève, 1973.

FRAPPIER (Jean), « La brisure du couplet dans *Erec et Enide* », *Romania*, 86 (1965), p. 1-21.

FRAPPIER (Jean), « Pour le commentaire d'*Erec et Enide* », *Marche Romane*, t. XX, 4, 1970, p. 1-16.

FRAPPIER (Jean), « Sur la versification de Chrétien de Troyes : l'enjambement dans *Erec et Enide* », *Research Studies*, 32/2 (juin 1964), p. 41-49.

FRAPPIER (Jean), « Variations sur le thème du miroir de Bernard de Ventadour à Maurice Scève », *Cahiers de l'Association Intern. des Études Françaises*, 11 (1959), 134-158.

GALLAIS (Pierre), *Dialectique du récit médiéval (Chrétien de Troyes et l'hexagone logique)*, Amsterdam, Rodopi, 1982.

GALLAIS (Pierre), *La Fée à la fontaine et à l'arbre*, Rodopi, Amsterdam, 1992.

GALLAIS (Pierre), « Littérature et médiatisation, réflexions sur la genèse du genre romanesque », *Études littéraires*, 4, 1971, p. 51-57.

GALLIEN (S.), *La Conception sentimentale de Chrétien de Troyes*, Paris, Nizet, 1975.

GERTZ (Sun Hee Kim), « Rhetoric and the prologue to Chrétien's *Erec et Enide* », *Essays in French Literature*. Nedlands, 25 (Nov. 1988), p. 1-8.

GOUTTEBROZE (Jean-Guy), « La chasse au blanc cerf et la conquête de l'épervier dans *Erec et Enide* », *Mélanges Alice Planche*, Nice-Paris, Les Belles-Lettres, 1984, p. 213-224.

GOUTTEBROZE (Jean-Guy), « Le statut sociologique du mariage d'Erec et d'Enide », *Actes du XIVe Congrès International Arthurien*, Rennes, 1985, t. I, p. 241-256.

GRIGSBY (John L.), « Narrative voices in Chrétien de Troyes. A prologomenon to dissection », *Romance Philology*, 32 (1978-1979), p. 261-273.

GUERREAU (Anita), « Romans de Chrétien de Troyes et contes folkloriques. Rapprochements et observations de méthode », *Romania*, 104 (1983), p. 1-48.

GUERREAU-JALABERT (Anita), *Index des motifs narratifs dans les romans arthuriens français en vers (XIIe-XIIIe siècle)*, Genève, Droz, 1992 (Publications romanes et françaises, 202).

GUIETTE (Robert), « Li conte de Bretaigne sont si vain et plaisant » *Romania*, 88, 1967, p. 1-12.

GUYONVARC'H (Christian J.) et Françoise LE ROUX, *La Civilisation celtique*, Rennes, Ouest-France, 1989.

GYORY (Jean), « Prolégomènes à une imagerie de Chrétien de Troyes », *Cahiers de Civilisation Médiévale*, 10 (1967), p. 361-384 et 11 (1968), p. 29-39.

HARF-LANCNER (Laurence), *Les Fées au Moyen Age. Morgane et Mélusine. La naissance des fées*, Paris, Champion, 1984 (« Nouvelle Bibliothèque du Moyen Age », 8).

HILL (Thomas), « Enide's colored horse and Salernitan color theory », *Romania*, 108 (1987), p. 523-526.

HILTY (Gerold), « Zum Erec-Prolog von Chrétien de Troyes », *Mélanges Erhard Lommatzsch*, 1975, p. 245-256.

HOEPFFNER (E.), « Matière et sens dans le roman d'*Erec et Enide* », *Archivum romanicum*, 18 (1934), p. 433-450.

Huby (Michel), « L'interprétation des romans courtois de Hartmann von Aue », *Cahiers de Civilisation Médiévale*, 22, 1979, p. 23-38.

Hunt (Tony), « Chrestien de Troyes : The textual problem », French Studies, 33 (1979), p. 257-271.

Hunt (Tony), « Redating Chrestien de Troyes », *Bulletin de la Société Intern. Arthurienne*, 30 (1978), p. 209-237.

Jonin (Pierre), « L'espace et le temps de la nuit dans les romans de Chrétien de Troyes », *Mélanges Alice Planche*, Nice-Paris, Les Belles Lettres, 1984, p. 235-246.

Kalasz (Katalin), *Structures narratives chez Chrétien de Troyes*, Studia romanica, Universitatis Debrecienensi, Series Literaria, VII, Kossuth Lajos Tudomanygyetem, 1980.

Kay (Sarah), « Commemoration, Memory and the Role of the Past in Chrétien de Troyes. Retrospection and Meaning in *Erec et Enide*, *Yvain* and *Perceval* », *Reading Medieval Studies*, XVII (1991), p. 31-50.

Kellermann (Wilhelm), « L'adaptation du roman d'*Erec et Enide* de Chrétien de Troyes par Hartmann von Aue », *Mélanges Jean Frappier*, I, 1970, p. 509-522.

Kellog (Judith L.), « Economic and social tensions reflected in the romances of Chrétien de Troyes », *Romance Philology*, 39, 1985, p. 1-21.

Kelly (Douglas) ed., *The Romances of Chrétien de Troyes. A symposium*, Lexington, Kentucky, French Forum, 1985.

Kelly (Douglas), « Fin'amors and recreantise in Chrétien's *Erec et Enide* », *Bulletin de la Société Intern. Arthurienne*, 21 (1969), p. 141.

Kelly (Douglas), « La forme et le sens de la quête dans l'*Erec et Enide* de Chrétien de Troyes », *Romania*, 92 (1971), p. 326-358.

Kelly (Douglas), « The Source and meaning of *conjointure* in Chrétien's *Erec* 14 », *Viator*, 1 (1970), p. 179-200.

Koehler (Erich), *L'Aventure chevaleresque : idéal et réalité dans le roman courtois. Études sur la forme des plus anciens poèmes d'Arthur et du Graal*, trad. fr. par E. Kaufholz, Paris, Gallimard, 1974.

Koehler (Erich), « Le rôle de la coutume dans les romans de Chrétien de Troyes », *Romania*, 1960, p. 386-397.

Lachet (Claude), *Sone de Nansay et le roman d'aventures en vers au XIIIe siècle*, Paris, Champion, 1992 (« Nouvelle Bibliothèque du Moyen Age », 19) ; 814 p.

LACY (Norris J.), *The Craft of Chrétien de Troyes; An essay on narrative art*, Leiden, Brill, 1980 (Davis Medieval Texts and Studies, 3).

LACY (Norris J.), « Thematic Analogues in Erec », *L'Esprit Créateur*, 9 (1969), p. 286-292.

LACY (Norris J.), D. KELLY, K. BUSBY (ed.), *The Legacy of Chrétien de Troyes*, Amsterdam, Rodopi, 2 vol., 1987-1988.

LAURIE (Helen C.R.), « Chrétien and the English court », *Romania*, 93 (1972), p. 85-87.

LAURIE (Helen C.R.), *The Making of Romance. Three studies*, Genève, Droz, 1991 (Histoire des idées et critique littéraire 290).

LAURIE (Helen C.R.), *Two Studies in Chrétien de Troyes*, Genève, 1972 (Histoire des idées et critique littéraire, 119).

LAURIE (Helen C.R.), « Chrétien's bele conjointure », *Actes du XIVe congrès International Arthurien*, Rennes, 1985, t. I, p. 379-396.

LAURIE (Helen C.R.), « Some experiments in technique in early courtly romance », *Zeitschr. f. Rom. Philologie*, 88 (1972), p. 45-68.

LAURIE (Helen C.R.), « The arthurian world of *Erec et Enide* », *Bulletin de la Société Intern. Arthurienne*, 21 (1969), p. 111-119.

LAURIE (Helen C.R.), « The testing of Enide », *Romanische Forschungen*, 82 (1970), p. 353-364.

LEFAY-TOURY (Marie-Noëlle), « Roman breton et mythes courtois. L'évolution du personnage féminin dans les romans de Chrétien de Troyes », *Cahiers de Civilisation Médiévale*, 15, 1972, p. 183-204 et 283-294.

LOOMIS (Roger S.) ed., *Arthurian literature in the Middle Ages : A collaborative history*, Oxford, Clarendon, 1959.

LOOMIS (Roger S.), *Arthurian tradition and Chrétien de Troyes*, New York, Columbia University Press, 1949.

LOT (Ferdinand), « Erec », *Romania*, 25 (1896), p. 588-590.

LOT (Ferdinand), « Nouvelles études sur la provenance du cycle arthurien. Morgue la fée et Morgan-tud », *Romania*, 28 (1899), p. 321-328.

LOT (Ferdinand), « Nouvelles études sur la provenance du cycle arthurien. Les noces d'Erec et Enide », *Romania*, 46 (1920), p. 321-328.

Loth (J.), *Les Mabinogion*, trad. de J. L., Paris, Fontemoing, 1913 (2ᵉ éd.). Réédition : *Les Mabinogion : contes bardiques gallois*, Paris, Les Presses d'aujourd'hui, 1979.

Luttrell (Claude), « La nouveauté significative dans *Erec et Enide* », *Romania*, 101 (1980), p. 277-280.

Maddox (Donald), *Structure and sacring : The systematic kongdom in Chrétien's Erec et Enide*, Lexington, 1978 (French Forum Monographs, 8).

Maddox (Donald), *The Arthurian Romances of Chrétien de Troyes : once and future fictions*, Cambridge, Cambridge Univ. Press, 1991.

Maddox (Donald), « Chrétien's presentation of Erec in *Li premiers vers* », *Bulletin de la Société Intern. Arthurienne*, 27 (1975), p. 220.

Maddox (Donald), « The Prologue to Chrétien's Erec and the problem of meaning », *Mélanges Jean Misrahi*, 1977, p. 159-174.

Maddox (Donald), « Yvain et le sens de la coutume », *Romania*, 109 (1988), pp. 1-17.

Mela (Charles), *La Reine et le Graal : la conjointure dans les romans du Graal, de Chrétien de Troyes au Livre de Lancelot*, Paris, Seuil, 1984.

Ménage (René), « *Erec et Enide* : Quelques pièces du dossier », *Mélanges offerts à Charles Foulon*, II, Marche Romane, 30 (1980), 203-221.

Ménage (René), « Erec et les intermittences du cœur », *Marche romane*, 32 (1982), 5-14.

Ménard (Philippe), *Le Rire et le sourire dans le roman courtois en France au Moyen Age (1150-1250)*, Genève, Droz, 1969.

Menard (Philippe), « Le temps et la durée dans les romans de Chrétien de Troyes », *Le Moyen Age*, 73, 1967, p. 375-401.

Menebhetti (Maria-Luisa), « *Joie de la Cort* : intégration individuelle et métaphore sociale dans *Erec et Enide* », *Cahiers de Civilisation Médiévale*, 19 (1976) p. 371-379.

Micha (Alexandre), « Temps et conscience chez Chrétien de Troyes », *Mélanges Pierre Le Gentil*, Paris, SEDES, 1973, p. 553-560.

Micha (Alexandre), « Le pays inconnu dans l'œuvre de Chrétien de Troyes », *Mélanges Italo Siciliano*, I, 1966, p. 785-792.

Middleton (Roger), « Chrétien's *Erec* in the Eighteenth century », *The Changing face of Arthurian Romance, Essays on Arthurian Romances in memory of Cedric* E. Pickford, ed. A. Adams, A. Diverres et al., Cambridge, Brewer, 1986 (Arthurian Studies XVI), p. 151-164.

MIDDLETON (Roger), « Le Grand d'Aussy's *Erec et Enide* », *Nottingham French Studies*, 25 (1986), p. 14-41.

MIDDLETON (Roger), « Structure and chronology in *Erec et Enide* », *Nottingham French Studies*, 30-2 (1991), Arthurian Romance, p. 42-80.

NEWSTEAD (Elaine), « The *Joie de la cort* episode in *Erec* and the horn of Bran », *Publ. Mod. lang. Ass.*, 51 (1936), p. 13-25.

NIEMEYER (Karina H.), « The Writer's Craft : *La Joie de la Cort* », *L'Esprit Créateur*, 9 (1969), p. 286-292.

NIGHTINGALE (Jeanne A.), « From mirror to metamorphosis : Echoes of Ovid's Narcissus in Chrétien de Troyes' *Erec et Enide* », *The Mythographic Art : Classical Fable and the Rise of the Vernacular in Early Franc and England*, ed. J. Change, Gainesville FL., Un. Press, 1990, p. 47-82.

OLLIER (Marie-Louise), *Lexique et concordance de Chrétien de Troyes d'après la copie Guiot*, avec introd., index et rimaire. Traitement informatique par Serge Lusignan, Charles Doutrelepont et Bernard Derval, Montréal, Institut d'Et. Méd., Univ. de Montréal, Paris, Vrin, 1986.

OLLIER (Marie-Louise), « Le présent du récit. Temporalité et roman en vers », *Langue Française*, 40 (déc. 1978), p. 99-112.

OLLIER (Marie-Louise), « Modernité de Chrétien de Troyes », *Romanic Review*, 71 (1980), p. 413-444.

PAGANI (Walter), « Ancora sul prologo dell'*Erec et Enide* », *Studi Mediolatini e Volgari*, 24 (1976), p. 141-152.

PASTRÉ (Jean-Marc), « Rhétorique et adaptation : l'*Erec* de Hartmann von Aue et l'*Erec et Enide* de Chrétien de Troyes », *Cahiers d'Études Médiévales*, 1 (1979), p. 109-132.

PERENNEC (René), « La *faute* d'Enide : transgression ou inadéquation entre un projet poétique et des stéréotypes de comportement » ; *Amour, mariage et transgressions au Moyen Age*, Univ. de Picardie, Coll. 1983, éd. par D. Buschinger et A. Crépin, Göppingen, 1984, p. 153-159.

PHILIPOT (Emmanuel), « Un épisode d'*Erec et Enide*. La joie de la Cour. Mabon l'enchanteur », *Romania*, 25 (1896), p. 258-294.

PICKENS (Rupert), « Estoire, Lai and Romance : Chrétien's *Erec* and *Cligès* », *Romanic Review*, 66 (1975), p. 247-262.

PLANCHE (Alice), « La dame au sycomore », *Mélanges Jeanne Lods*, I, 1978, p. 495-516.

PLUMMER (John F.), « Bien dire et bien aprandre in Chrétien de Troyes' *Erec et Enide* », *Romania*, 95 (1974), p. 380-394.

POIRION (Daniel), *Le Merveilleux dans la littérature du Moyen Age*, Paris, P.U.F., 1982 (Que sais-je ?, 1938).

POIRION (Daniel), *Résurgences. Mythe et littérature à l'âge du symbole (XII* siècle)*, Paris, P.U.F., 1986 (Écriture).

PRESS (Alan R.), « Le comportement d'Erec envers Enide dans le roman de Chrétien de Troyes », *Romania*, 90 (1969), p. 529-538.

REY-FLAUD (Henri), *La Névrose courtoise*, Paris, 1983.

RIBARD (Jacques), *Le Moyen Age, Littérature et symbolisme*, Paris, Champion, 1984 (Coll. « Essais, 9 »).

ROY (Bruno), « La cantillation des romans médiévaux : une voie vers la théâtralisation », *Le Moyen Français*, 19 (1986), 148-162.

SARGENT (Barbara Nelson), « Belle Enide, bonne Enide », *Mélanges Pierre Le Gentil*, 1973, p. 767-771.

SARGENT-BAUR (Barbara Nelson), « *Erec, novel seignor*, à nouveau », *Romania*, 105 (1984), p. 552-558.

SCULLY (Terence), « The *sen* of Chrétien de Troyes *Joie de la Cort* », *The Expansion and Transformations of Courtly Literature*, ed. by Nathaniel B. Smith and Joseph T. Snow, Athens, 1980, p. 71-94.

STANESCO (Michel), « Entre sommeillant et esveillé : un jeu d'errance du chevalier médiéval », *Moyen Age*, 90 (1984), p. 401-432.

STURM-MADDOX (Sara), « The *Joie de la Cort* : Thematic Unity in chrétien's *Erec et Enide* », *Romania*, 103 (1982), p. 513-528.

SUARD (François), « La réconciliation d'Erec et Enide : de la parole destructrice à la parole libératrice (*Erec*, vv. 1879-1893) », *Bien dire et bien aprandre*, 1 (1978), p. 86-105.

SUARD (François), « Réconciliation d'Erec et Enide », *Chrétien de Troyes et le Graal*, Colloque arthurien de Bruges, Paris, 1984, Nizet, p. 27-44.

SULLIVAN (Penny), « The Presentation of Enide in the premier vers of Chrétien's *Erec et Enide* », *Med. Aev.*, LII (1983), p. 77-89.

TOPSFIELD (Leslie T.), *Chrétien de Troyes : A study of the arthurian romances*, Cambridge, Cambridge University Press, 1981.

VANCE (Eugène), « Le combat érotique chez Chrétien de Troyes. De la figure à la forme », *Poétique*, 3 (1972), p. 544-571.

VERCHÈRE (Chantal), « Périphérie et croisement : aspect du nain dans la littérature médiévale », *Senefiance*, 5. *Exclus et systèmes d'exclusion dans la littérature et la civilisation médiévales*, 1978, p. 251-265.

VINAVER (Eugène), *A la Recherche d'une poétique médiévale*, Paris, Nizet, 1970.

VON MOOS (Peter I.), « Le dialogue latin au Moyen Age : l'exemple d'Evrard d'Ypres », *Annales E.S.C.*, 44 (1989), 993-1028.

WARREN (F.M.), « Some features of Style in early french narrative », *Modern Philology*, 3 (1905-1906), p. 179-209 et 513-539 ; MP 4 (1906-1907), p. 655-676.

WITHEHEAD (Frederick), « The *Joie de le Cour* episode in *Erec* and its bearign on Chrétien's ideas on love », *Bulletin de la Société Intern. Arthurienne*, 21 (1969), p. 142-143.

WITTIG (Joseph S.), « The Aeneas-Dido allusion in Chrétien's *Erec et Enide* », *Comparative Literature*, 22 (1970), p. 237-243.

ZADDY (Zara P.), « Chrétien de Troyes and the epic tradition », *Cultura neolatina*, 21 (1961), p. 71-82.

ZADDY (Zara P.), *Chrétien's Studies : Problems of form and meaning in Erec, Yvain, Cligès, and the Charrette*, Glasgow, University of Glasgow Press, 1973.

ZADDY (Zara P.), « Pourquoi Erec se décide-t-il à partir en voyage avec Enide ? », *Cahiers de Civilisation Médiévale*, 7 (1964), p. 179-185.

ZADDY (Zara P.), « The structure of Chrétien's *Erec* », *Modern Language Review*, 62 (1967), p. 608-619.

ZUMTHOR (Paul), « Genèse et évolution d'un genre », *Grundriss der romanichen Literaturen des Mittelalters*, IV/I, *Le roman jusqu'à la fin du XIII* siècle, sous la dir. de H.R. Jauss et Erich Köhler, Heidelberg, Carl Winter Universitatverlag, 1978, 60-73.

Chrétien de Troyes, numéro de la revue *Europe*, 641, octobre 1982.

CHRONOLOGIE

*La présence d'un astérisque accolé à une date indique que
cette date est hypothétique.*

1130-1190 : Repères historiques.

1135-1444* : L'abbé Suger dirige la reconstruction du
porche et du chœur de Saint-Denis.

1137-1180 : Règne de Louis VII, roi de France.

1137 : Louis VII épouse Aliénor, duchesse d'Aquitaine et
comtesse de Poitou, petite-fille du prince troubadour Guillaume IX d'Aquitaine.

1140 : Abélard est condamné au concile de Sens.

1144 : En Terre Sainte, Zenghi prend Edesse aux Latins,
nouvelle qui déclenche une grande émotion en Occident.

1145* : Construction du portail royal de Chartres. Les Arts
libéraux y sont représentés.

1146 : Nour-al-Dîn succède à son père Zenghi dans la prin-
cipauté d'Alep.

1147 : Saint Bernard prêche la deuxième croisade.

1147-1149 : Deuxième croisade, menée par Louis VII, roi
de France, et l'empereur Conrad III, empereur d'Allemagne. Ils échouent devant Damas, et rembarquent.

1149-1151 : Nour-al-Dîn conquiert une partie de la princi-
pauté d'Antioche et le comté d'Edesse.

1150 : Louis VII répudie Aliénor d'Aquitaine.

1152-1190 : Règne de Frédéric Barberousse, empereur
d'Allemagne.

1152 : Aliénor d'Aquitaine épouse Henri Plantagenêt,
comte d'Anjou et duc de Normandie.

1153 : Mort de saint Bernard.

1154 : Henri II Plantagenêt devient roi d'Angleterre (il meurt en 1189).

1154 : Prise de Damas par Nour-al-Dîn.

1163-1196 : Construction de Notre-Dame de Paris (nef et chœur).

1164 : Henri le Libéral, comte de Champagne, épouse Marie de France, fille aînée de Louis VII et Aliénor d'Aquitaine.

1170 : Meurtre de Thomas Becket.

1173-1174 : Révolte des fils d'Henri II Plantagenêt contre leur père.

1173 : Guerre entre Louis VII, roi de France, et Henri II, roi d'Angleterre.

1174 : Paix de Montlouis entre Henri II Plantagenêt et ses fils.

1177-1185 : Construction du Pont d'Avignon.

1180 : Philippe Auguste devient roi de France (il meurt en 1223).

1187 : Prise de Jérusalem par Saladin.

1189 : Richard Cœur de Lion devient roi d'Angleterre (il meurt en 1199).

1190-1192 : Troisième croisade (Frédéric Barberousse, Philippe Auguste, Richard Cœur de Lion).

1130-1190 : La littérature.

1130* : *La Chanson de Guillaume*.

1130-1150 : Époque où fleurissent les troubadours occitans Cercamon, Marcabru, Jaufré Rudel.

1136 : Geoffroy de Monmouth, *Historia regum Britanniae* (« Histoire des rois de Bretagne »), livre qui célèbre en latin les rois bretons et accorde près de la moitié de son texte au roi Arthur.

1150-1160* : On situe vers le milieu du XIIe siècle les chansons de geste qui constituent le noyau primitif de la biographie de Guillaume : le *Couronnement de Louis*, le *Charroi de Nîmes*, la *Prise d'Orange*, le *Moniage de Guillaume*. De cette même époque date aussi le premier texte de théâtre en français : le *Jeu d'Adam*. Dans ces années également, un jongleur alsacien, Henri le Glichezare traduit en allemand des branches perdues du *Roman de Renart*.

1150-1180 : Âge d'or de la chanson d'amour des troubadours occitans. Parmi les plus grands, Bernard Marti et surtout Bernard de Ventadour, qui dédia une chanson à la reine Aliénor et qui fit un séjour à la cour de Londres, où il

composa plusieurs chansons en l'honneur du roi Henri II
(entre 1154 et 1173, sans que l'on puisse préciser).

1155* : Un auteur de l'Ouest (sans doute Poitevin) écrit,
probablement à la cour d'Angleterre, le *Roman de Thèbes*
qui se fonde sur la *Thébaïde* de Stace. C'est le plus ancien
des romans « antiques », c'est-à-dire qui puisent leur
matière dans les œuvres de l'Antiquité latine.

1155 : Wace offre le *Roman de Brut* à Aliénor d'Aquitaine.
C'est une libre adaptation de l'*Historia regum Britanniae* de
Geoffroy de Monmouth. Wace raconte l'histoire des rois
bretons depuis Brut, compagnon d'Enée, qui serait leur
ancêtre. L'ouvrage fait une large place à Arthur et a joué un
rôle capital dans l'introduction de la « matière de Bretagne » dans la littérature française.

1159 : Jean de Salisbury écrit, à la cour d'Henri II, le *Policraticus sive de nugis curialium et vestigiis philosophorum*
(« Policraticus, ou les frivolités des courtisans et l'exemple
des philosophes ») ; ouvrage qui décrit la vie de cour et ses
embûches et constitue le premier exposé systématique au
Moyen Age d'une philosophie politique.

1160* : *Roman d'Eneas*, roman « antique » qui retrace les
aventures d'Enée en transformant ce que l'*Énéide* lui
offrait. Innove dans l'importance accordée à l'amour et à la
description des sentiments.

1160* : *Floire et Blancheflor*, roman d'inspiration byzantine,
qui a pu être composé dans le Maine, lors d'un séjour qu'y
fit Éléonore d'Aquitaine.

1160-1165* : Récits brefs inspirés d'Ovide : *Pyrame et
Thisbé*, *Narcisse*, et de Chrétien de Troyes, *Philomena*.

1160-1174 : Wace écrit pour Henri II le *Roman de Rou*, qui
se veut une histoire des ducs de Normandie.

1160-1170* : Marie de France écrit ses *Lais*.

1165* : Benoît de Sainte-Maure (bourgade située entre
Tours et Poitiers) compose le *Roman de Troie*, roman « antique ». Il appartient probablement à la cour d'Aliénor
d'Aquitaine et d'Henri II Plantagenêt.

1165-1170* : Gautier d'Arras écrit *Éracle*, roman d'inspiration byzantine, à la cour de Blois et à la cour de Flandre,
puis *Ille et Galeron*.

1170* : *Chronique des ducs de Normandie*, écrite par Benoît
(sans doute l'auteur du *Roman de Troie*) pour Henri II.

1170* : Chrétien de Troyes écrit *Erec et Enide*, peut-être à
la cour d'Angleterre.

1172-1175* : Thomas écrit un *Roman de Tristan* qu'il dédie
à Aliénor d'Aquitaine.

1174 : Guernes de Pont-Sainte-Maxence, *Vie de Thomas Becket*.

1174-1177* : *Roman de Renart*, Branches II et Va (Renart est confronté à Chantecler, à la mésange, à Tibert ; viol d'Hersent ; l'escondit Renart), dues à Pierre de Saint-Cloud. Ce sont les branches les plus anciennes ; elles tournent en dérision les romans courtois.

1175* : Henri de Veldeke, chevalier néerlandais, traduit le *Roman d'Énéas*.

1176* : Chrétien de Troyes, *Cligès*.

1176-1181* : Chrétien de Troyes écrit en même temps *Yvain ou le Chevalier au Lion* et *Lancelot ou le Chevalier à la Charrette*, à la cour de Marie de Champagne.

1178 : Plusieurs branches du *Roman de Renart* : III (le vol des anguilles, la pêche à la queue) ; XV (Renart, Tibert et l'andouille) ; IV (Renart et Ysengrin dans le puits) ; XIV (Renart et Primaut).

1179 : *Roman de Renart*, Branche I (le jugement de Renart et le siège de Maupertuis).

1180* : *Roman de Tristan* de Béroul.

1180-1190* : *Roman de Renart*, Branche X (Renart médecin).

1182-1183 : Chrétien de Troyes, *Perceval ou le Conte du Graal*.

1184-1186 : André le Chapelain rédige à la cour de Marie de Champagne son traité *De Amore*, qui se présente comme un « art d'aimer » inspiré d'Ovide et reflétant les nouvelles conceptions de l'amour. Il y cite trois fois des jugements rendus par Aliénor d'Aquitaine sur des questions d'amour, et la comtesse Marie de Champagne, sa fille, y arbitre treize jugements, dont le seul qui soit daté est du 1er mai 1174.

1190* : *Roman de Renart*, Branches VI (duel de Renart et d'Ysengrin), XII (les vêpres de Tibert).

TABLE

DERNIÈRES PARUTIONS

GF-DOSSIER